SON LOUP ALPHA

SERIE ROMANCES DES LOUPS GARDIENS

JODI VAUGHN

CHAPITRE UN

Parc national de Petit Jean, Arkansas

Barrett Middleton était en enfer.

La douleur le traversait de toutes parts. Il avait l'impression que des éclairs aveuglants couraient le long de ses nerfs et que son corps était consumé par les flammes.

Malgré la souffrance indescriptible, c'était sa poitrine qui semblait le faire le plus souffrir.

Il essaya de soulever ses paupières lourdes, mais comprit rapidement qu'il en était incapable.

Il était en enfer, entouré par les ténèbres et coincé dans la souffrance éternelle.

Il essaya de se rappeler ce qui s'était passé et ce qui l'avait conduit dans ce purgatoire, mais il n'avait plus aucun souvenir. Il avait envie de crier et de hurler, mais ne parvint qu'à déglutir. La douleur le fit grimacer.

Apparemment, quelqu'un avait mis des tessons de verre dans sa gorge.

Il essaya de lever le bras, mais son corps refusa d'obéir.

Son cœur se serra.

Merde. Peut-être qu'il ne pouvait pas bouger parce qu'il était paralysé.

Une main fraîche se posa sur son cou et des doigts fins appuyèrent près de sa gorge.

— Tu devrais vraiment rester immobile. Je vois que tu essaies de bouger, ton cœur bat plus fort, murmura une voix féminine près de son oreille.

Qu'est-ce qui m'arrive ? Qu'est-ce qui s'est passé ? Il essaya de forcer sa bouche à former les mots.

— Et ce n'est pas la peine d'essayer de parler, tu ne peux pas. Pas encore, du moins, ajouta-t-elle.

Putain, qui était-ce, et pourquoi sa voix était-elle si familière ?

— On dirait que ça va juste être toi et moi pendant un moment, loup. On va être bien, tous les deux.

Elle appuya ses lèvres contre son oreille et aspira son lobe dans sa bouche tiède.

La main se leva de son cou, descendit entre ses jambes et se posa sur son sexe.

Le cœur de Barrett se mit à battre plus vite. Pour la première fois de sa vie, il se sentait impuissant et vulnérable.

— J'ai des vues sur toi depuis un sacré bout de temps, Barrett. On va avoir l'occasion d'apprendre à se connaître un peu mieux pendant que tu guéris, susurra-t-elle.

Il se sentit un peu nauséeux.

— Éloigne-toi de lui, sorcière, grommela une voix qu'il reconnut.

Ryker. Dieu merci.

Elle enleva sa main et, d'après le bruit de ses pas, s'éloigna.

— Je le mettais juste à l'aise.

— À l'aise ? Avec ta main sur sa bite ? Ça m'étonnerait.

— En attendant de pouvoir sortir de cette grotte, on va

devoir apprendre à cohabiter, dit-elle d'une voix traînante. Et si tu joues bien tes cartes, on pourrait même apprendre à très bien s'entendre, tous les deux.

Ce n'était pas l'enfer. Une grotte. Ils étaient dans une espèce de grotte.

— Aucune chance. Je ne couche pas avec les sorcières psychotiques, lâcha Ryker. Tu me lancerais sûrement un sort pour me faire tomber la bite. Et si je te revois en train de tripoter Barrett, je te coupe la main, putain.

— Je suis pas psychotique ! J'ai un trouble de la personnalité.

Merde. Il était coincé dans une grotte avec une sorcière tarée et un Gardien au caractère de cochon. L'enfer semblait une option de plus en plus préférable.

— Psychotique ou pas, tu dois contrôler ce foutu chat. Il a défoncé ma veste en cuir avec ses griffes ! s'énerva Ryker.

— Elle s'ennuie, c'est tout. Et puis, je ne contrôle pas Nyx.

— Ella, je te préviens. T'as intérêt à garder ce chat loin de moi et de mes affaires, sinon je lui fais la peau !

Ella. Ça lui revenait, à présent. La sorcière de Yazoo City. Elle s'était échappée du cimetière dans le Mississippi quand il avait envoyé Lucien la voir pour obtenir des informations sur les disparitions de Gardiens. Elle avait été condamnée à passer l'éternité dans ce cimetière, mais avait réussi à s'échapper avec un peu de magie et de sang.

De brèves scènes apparurent sous ses paupières closes.

La sorcière.

Edward Boudier.

Jaxon.

La dette de sang.

Soudain pris de hauts-le-cœur, il eut envie de rouler sur le flanc pour vomir.

Il se souvenait de tout.

Le Grand Tribunal avait reconnu Jaxon coupable et

Barrett s'était acquitté de la dette de son Gardien. Il l'avait payé de son propre sang.

Ses muscles se bandèrent.

Ça n'avait aucun sens. S'il était mort, pourquoi Ryker et cette satanée sorcière étaient-ils avec lui ? À sa connaissance, ils n'étaient pas morts.

— On va devoir rester là combien de temps ? demanda Ella en soupirant.

— Tu te plains ? Je te rappelle que je pourrais aussi te ramener dans ton cimetière.

— Je ne peux pas m'en empêcher. C'est sale, ça sent le moisi et les murs ruissellent quand il pleut. Sans parler de l'humidité qui fait friser mes cheveux.

— Pauvre toi. On restera là jusqu'à ce qu'on puisse faire sortir Barrett d'Arkansas pour l'emmener là où personne ne le cherchera jamais.

— Et c'est où, ça ?

— Nulle part dans le coin. Trop de métamorphes savent à quoi il ressemble. On doit sortir des États du Sud.

— Pourquoi pas New York ? proposa Ella d'un air excité. Je n'y suis jamais allée.

— Putain, non. Barrett détesterait la ville. Et puis, c'est sur la côte Est. Il vient de Caroline du Sud. Ou peut-être de Caroline du Nord. Merde, je confonds toujours les deux.

— Ooohhh ! J'adorerais habiter en Caroline du Sud. Il paraît que Charleston est une ville charmante.

Barrett fronça les sourcils ; du moins, il le fit dans sa tête. Il n'était pas sûr que son visage puisse faire le moindre mouvement.

— Non, pas Charleston, dit sèchement Ryker.

Barrett se détendit. Ryker avait raison. Aller à Charleston serait une terrible erreur. Sa famille était originaire de là-bas ; quelqu'un le reconnaîtrait sûrement. Non, mieux valait partir ailleurs. Très, très loin d'ici.

— Et en Californie ? demanda Ella.

— Non, soupira Ryker. Il nous faut un endroit entouré de nature. Il y a plein de coins où les gens ne s'intéressent pas trop à leurs voisins.

— Le Missouri, alors.

— Ouais, mais le Missouri est un État rebelle. Et tout le monde reconnaîtrait immédiatement Barrett là-bas.

— Donc, tu veux de la nature, des montagnes et des endroits où il pourra s'isoler si nécessaire, résuma-t-elle. C'est l'Alaska, ça.

Barrett se crispa. L'Alaska était sympa à visiter, mais il n'avait aucune envie d'y vivre. Il ne pensait pas réussir à supporter les hivers glacés.

— Ce n'est pas une mauvaise idée, dit Ryker.

Putain, non. Hors de question, point barre. Si Ryker l'emmenait en Alaska, Barrett le lui ferait payer très cher dès qu'il le pourrait.

— Mais c'est trop loin, murmura Ryker en se parlant à lui-même.

— Je croyais que c'est ce que tu voulais, de la distance. Bon sang, décide-toi, s'impatienta Ella.

Le silence se fit dans la grotte.

— Donne-moi ton téléphone, demanda Ella.

— Pour quoi faire, putain ?

— Je veux savoir ce que j'ai loupé dans le monde réel, répondit la sorcière avec un gros soupir. J'ai l'impression d'être enfermée dans une autre prison loin des vivants, comme ce cimetière.

— D'accord, mais n'appelle personne. C'est compris ?

Barrett ne comprenait toujours pas ce qu'Ella faisait ici. Pourquoi Ryker ne la livrait-il pas au chef de la meute du Mississipi ? Où étaient ses autres Gardiens ? Et bon sang, que se passait-il dans l'État d'Arkansas ? Boudier avait-il pris le pouvoir ? Avait-il tué les autres Gardiens ?

— Et ne t'en sers pas pour regarder des émissions de télé-réalité débiles. Si les Gardiens voient ça sur mon téléphone, je vais en entendre parler pendant des années.

La détresse dans la voix de Ryker donna envie de sourire à Barrett. Aucun doute, ils lui feraient vivre un enfer. Il avait hâte de sortir de là pour le balancer aux Gardiens.

Sa gorge se noua. Le désespoir l'envahit.

Même s'il sortait de là, il ne pourrait jamais revenir en Arkansas. Sinon, la vie de Jaxon serait en danger.

Il ne serait plus jamais chef de meute.

La colère et le regret bataillèrent en lui.

Il s'était sacrifié pour la meute. Il devrait être mort, mais une partie de son plan avait dû échouer. Le couteau en argent avait peut-être glissé de sa poitrine quand avait atterri au pied de la falaise. Il était censé être mort, pas paralysé et aussi impuissant qu'un animal blessé. Ils auraient mieux fait de lui planter la lame dans sa cervelle pour le laisser crever avec un peu de dignité.

Il ne parvint qu'à entrouvrir ses paupières, mais il n'avait pas besoin de davantage pour discerner où il se trouvait.

Les murs étaient en pierre, le sol en terre. Des bougies étaient allumées un peu partout dans la grotte, et quelques torches étaient accrochées de chaque côté de l'entrée de leur abri rudimentaire.

Il déplaça légèrement sa tête sur le côté et cligna des yeux. Il était vraiment dans une putain de grotte, ce qui signifiait qu'ils se trouvaient probablement toujours dans le parc de Petit Jean. Là où le Grand Tribunal avait eu lieu.

Ella poussa un cri aigu.

— Bon sang, qu'est-ce qui te prend ? Ton groupe préféré passe en tournée ici, ou quoi ? râla Ryker.

Il grommela dans sa barbe en se penchant pour fouiller dans son sac en cuir.

— Non, idiot. Je regarde des petites maisons à vendre, et il y en a une dans mes prix.

— Tu veux habiter dans une boîte de conserve ? Où est-ce que tu vas mettre toutes les godasses que tu piques ?

Ella ôta une mèche rousse devant ses yeux en réfléchissant.

— Je pourrais acheter deux maisonnettes. Une pour mes chaussures, et l'autre pour moi.

— Et moi ? demanda un chat noir en sortant lentement de l'ombre.

Il s'assit, enroula sa longue queue d'un noir d'encre autour de ses pattes et leva la tête vers la sorcière.

— Où est-ce que je vais vivre ? demanda-t-il.

La bouche d'Ella se tordit en un rictus mauvais.

— Sur le toit.

Un chat parlant. Parfait. Il avait entendu parler des familiers, mais n'en avait encore jamais vu.

— C'est une très mauvaise idée, dit le chat.

Il fit un bond et lui arracha le téléphone des mains d'un coup de patte. L'appareil atterrit par terre avec un bruit sourd.

— Fais gaffe, le chat. C'est mon téléphone, le menaça Ryker d'une voix assassine.

Le chat s'approcha et regarda l'écran.

— Où est cette maison ? Au milieu de nulle part, on dirait.

Ella ramassa le téléphone.

— Dans le Colorado. Ça n'ira pas. C'est trop loin.

Ses épaules s'affaissèrent.

— Qu'est-ce que tu viens de dire ? demanda Ryker en regardant la sorcière d'un air intense.

— J'ai dit que c'était trop loin, répéta Ella en fronçant les sourcils.

— Non, tu as dit que c'était dans le Colorado.

— Ouais, et alors ?

— Alors, c'est loin du Sud. Personne ne connaît Barrett là-bas, et il y a des montagnes, des lacs et assez d'espace pour s'isoler s'il en a envie. C'est l'endroit parfait.

— En plus, le cannabis est légal dans le Colorado, donc si quelqu'un le reconnaît, il sera trop défoncé pour s'en inquiéter, ajouta le chat.

Le Colorado ? Ryker n'envisageait pas sérieusement de l'emmener dans le Colorado ?

Un petit sourire se dessina sur lèvres du Gardien.

— Va pour le Colorado.

Barrett essaya d'ouvrir la bouche pour leur dire ce qu'il pensait de leur idée, mais son corps refusa de coopérer.

Il sentit ses paupières s'alourdir. Ses yeux se fermèrent lentement et il se réenfonça bientôt dans un sommeil sans rêves et sans le moindre espoir en vue.

CHAPITRE DEUX

— Tu n'as pas besoin de jouer le babysitter. Je suis adulte, lâcha Barrett en dévisageant froidement Ryker dans la cuisine de leur suite. Et puis, je suis sûr que les Gardiens commencent à se demander où tu es parti depuis si longtemps.

— Quand ils me poseront la question, je leur dirai que je pleurais la mort de mon chef estimé, dit Ryker en haussant les épaules. Mais pour être honnête, je ne pense pas qu'ils me demanderont quoi que ce soit.

— Pourquoi pas ?

Barrett n'était dans le Colorado que depuis quelques jours, mais il ne tenait déjà plus en place. Il avait passé de longues semaines dans la grotte en Arkansas, le temps de guérir puis de s'assurer que personne ne le verrait sortir de l'État. La nuit de leur départ, Ryker avait laissé Ella partir de son côté. Le loup avait accepté de ne pas la livrer aux Gardiens du Mississippi à condition qu'elle ne révèle à personne que Barrett était en vie. Barrett aurait voulu quitter l'État plus tôt, mais Ryker avait refusé, en expliquant qu'il ne voulait pas prendre le risque qu'un des Gardiens d'Arkansas découvre qu'il était vivant.

— Parce qu'ils font tous leur deuil à leur façon. Ils pensent que je fais la même chose, dit Ryker en sortant une bière du réfrigérateur.

Il décapsula la bouteille glacée, but une longue gorgée et la fit suivre d'un rot sonore.

— Content de voir que tu vis bien mon décès, trouduc, fit sèchement Barrett en se tournant vers la fenêtre.

On n'était qu'en août et le climat était encore doux l'après-midi. Depuis bientôt une semaine, Barrett était enfermé dans l'hôtel presque constamment. Ryker ne le laissait sortir que la nuit, et jamais seul.

Barrett n'avait jamais été du genre à chercher la compagnie des autres. Même pendant son enfance, il préférait la solitude. Il n'avait jamais compris pourquoi ses Gardiens semblaient si heureux avec leurs compagnes. Il ne supporterait pas de se réveiller à côté de la même femme jour après jour.

Ça l'étoufferait.

Exactement comme Ryker était en train de l'étouffer en ce moment même par sa présence constante.

Ryker aboya un rire.

— Qu'est-ce qu'il y a de drôle ?

— La tête que tu fais. On dirait que tu envisages plusieurs moyens pour me supprimer et être enfin seul, répondit Ryker en s'affalant sur le canapé et en posant ses bottes sur la table basse. Désolé, mon pote. Ça n'arrivera pas.

— C'est pas interdit de rêver, non ? marmonna Barrett avant de se retourner vers le paysage urbain par la fenêtre.

— Concentre-toi sur le positif. Au moins maintenant, tu ne dois plus prendre de compagne. Tu es censé être mort, et les morts restent célibataires, dit Ryker avec un large sourire.

— C'est bien une chose pour laquelle tu n'auras jamais

besoin de t'inquiéter. Même si je n'étais pas « mort », je ne prendrais pas de compagne. Je n'ai pas le tempérament pour.

— C'est bien vrai, putain ! s'exclama Ryker.

Barrett se retourna vers lui avec un regard noir.

— Et puis, aucune femme n'arriverait à te supporter. Tu es trop abrupt. Trop têtu. Trop flippant pour qu'une fille...

— C'est bon, on a compris, le coupa Barrett en levant la main.

Ryker haussa les sourcils et but une autre gorgée de bière.

— On sortira manger dès qu'il fera nuit.

— Parfait.

Il en avait assez de se nourrir de plats à emporter et il avait besoin d'air frais.

— Je ne peux pas passer le reste de ma vie dans un hôtel. J'ai besoin de sortir, dit-il en reportant son regard sur la ville animée de Denver.

Des voitures et des gens se déplaçaient constamment dans toutes les directions, jamais immobiles. Contrairement à lui, en cage depuis des semaines. Il avait besoin de liberté.

— Justement, je voulais te parler de ça, dit Ryker.

Barrett se détourna de la fenêtre et regarda son Gardien – son ancien Gardien. Ryker n'était plus sous ses ordres : Barrett n'était plus le chef de la meute d'Arkansas.

— Je te préviens, je ne passerai pas une semaine de plus dans cette putain de chambre.

Il n'allait même pas y rester une seule nuit de plus, mais il ne comptait pas le dire à Ryker. Quand ils auraient dîné, il ferait mine de se rendre aux toilettes et disparaîtrait dans la nuit. Il appréciait son ami, mais Ryker faisait partie d'un passé avec lequel il ne pouvait plus être associé.

Il était officiellement mort. Il avait été poignardé avec une lame en argent qui avait traversé son cœur puis il s'était jeté de la falaise du parc de Petit Jean. Il avait senti la vie quitter son corps. Les dernières choses dont il se souvenait étaient le hurlement d'un loup au bord du précipice et le son horrible de sa nuque quand elle s'était fracassée contre les rochers tranchants.

Il n'avait jamais vraiment réfléchi à ce qui se passait après la mort. Il se disait qu'une fois mort, c'était terminé. Cependant, quand il avait ouvert les yeux dans une grotte avec une sorcière tarée en train de lui toucher la bite, il avait cru être en enfer. Puis il avait vu Ryker, et ses soupçons s'étaient confirmés.

Ils lui avaient expliqué qu'il n'était pas mort. Ils l'avaient ressuscité avec l'aide d'une fée.

Le téléphone de Ryker vibra. Il le sortit de la poche de son jean, regarda l'écran et leva les yeux vers Barrett.

— Tu as rencard avec un canon ce soir, ou quoi ?

— Tu es mon seul rencard ce soir, et t'es pas un canon.

— Ce n'est pas ce qu'a dit Ella, répliqua Barrett d'un ton pince-sans-rire.

— Ouais, mais elle est dingue, donc je ne me fierais pas trop à ce qu'elle dit. Sans parler du fait qu'elle essayait de me peloter le cul chaque fois que je me penchais.

— Dans ce cas, elle est vraiment désespérée, dit Barrett avant de montrer le téléphone d'un geste du menton. C'est qui ?

Ryker rencontra son regard. Barrett sentit un frisson le traverser.

— Celeste.

— La fée ? Qu'est-ce qu'elle veut ?

— Juste prendre de tes nouvelles, s'assurer que tu respires toujours. Tu pourrais montrer un peu plus de gratitude. Elle t'a ramené à la vie. Elle n'était pas obligée de le faire.

Il regarda longuement Ryker et serra les poings

— Je ne lui ai pas demandé de me ramener.

— Je sais. C'est moi qui l'ai fait.

— Comment est-ce que tu as su que j'avais prévu de mourir à la place de Jaxon ? Je n'en avais parlé à personne.

— J'avais un mauvais pressentiment. Je me doutais qu'il allait se passer un truc merdique, alors j'ai appelé Celeste pour lui demander de venir. Heureusement qu'elle possède son avion privé. Elle est arrivée juste à temps.

Ryker le regarda quelques instants avant de poursuivre :

— Je t'ai vu donner la valise à Jack Welbourn dans la forêt. Quand t'es parti, je l'ai coincé. Il m'a avoué qu'il avait passé un pacte de sang avec toi et qu'il avait juré de ne pas ouvrir la valise. Mais moi, je n'avais rien promis à personne et je lui ai dit que s'il ne me la donnait pas, j'allais lui ouvrir le bide et l'étrangler avec ses propres intestins.

— Je suis sûr que c'est très bien passé auprès du chef de meute du Mississippi, dit Barrett en haussant un sourcil.

— Mieux que tu ne le penses. Bref, en voyant que tu transmettais ta place de chef à Damon, j'ai compris que tu comptais offrir ta vie à la place de Jaxon, mais je me doutais que le Conseil ne le permettrait pas. Quand tu as menacé Ava, j'ai su que tu allais mourir. Tu as forcé Damon à te tuer.

— Je n'avais pas d'autre choix, dit-il en se passant la main dans les cheveux.

Il détestait penser à ce qu'il avait fait subir à Damon.

— Je comprends.

— Vraiment ? Alors, tu sais que je ne comptais pas revenir d'entre les morts.

— Ça, c'est moi, dit Ryker en inclinant sa bière vers lui.

— À quoi est-ce que je pourrais bien servir, maintenant ? Je me cache dans des hôtels, je mange de la bouffe de merde et je ne peux dire à personne que j'ai survécu parce que si je suis vivant, Jaxon sera condamné à mort. Quand j'ai payé la dette, je pensais que c'était la fin pour moi.

Barrett fit les cent pas dans la pièce, le bruit de ses pas étouffé par la moquette.

— Tu sais que je ne pouvais pas te laisser faire ça, soupira Ryker.

— Dans quel but ? Maintenant, je suis condamné à me planquer.

Il se sentait aussi inutile que des mamelles sur un taureau.

— Plus maintenant.

— Comment ça ? demanda-t-il en arrêtant de marcher.

— J'ai trouvé un endroit pour toi, dit Ryker avec un petit sourire.

— Je n'irai pas en Alaska.

— Pas en Alaska, abruti. Dans les montagnes, au-dessus de Denver.

— Et comment est-ce que je suis censé payer un logement là-bas ? Damon a hérité de tout mon argent.

À la mort d'un chef de meute, son successeur héritait de tous ses biens.

— Non seulement je t'ai trouvé un logement, mais aussi un bar-restaurant. En plus de pouvoir y habiter, tu as un moyen de gagner ta vie, dit Ryker en souriant.

— Tenir un bar ? Tu es sérieusement en train de me dire que je vais devoir travailler dans un bar ?

Il le regarda sans ciller.

— Ben, ouais. Tu as dirigé les Gardiens d'Arkansas pendant des années. Tu sais comment gérer des trouducs têtus et bourrés. C'est parfait pour toi.

— Tu n'as pas tort. Et j'ai encore un trouduc ingérable dans mes pattes.

Ryker éclata de rire.

— Tu ne m'as toujours pas dit comment j'allais pouvoir le payer, reprit Barrett.

— Tu as pris un crédit.

— Bordel, comment est-ce que je pourrais prendre un crédit alors que je suis officiellement mort ?

— Pas auprès d'une banque. Auprès de moi. Un oncle

éloigné m'a légué cet endroit il y a quelques années. Je pense y passer ma retraite, expliqua Ryker.

— Merde.

Barrett détestait devoir quoi que ce soit à quelqu'un. Il avait toujours évité ce cas de figure. Il ne voulait avoir de dettes envers personne, même pas Ryker.

— Tu pourrais montrer un peu plus de reconnaissance. Je veux dire, c'est comme avoir une deuxième chance.

C'est ça. Une deuxième chance sans un rond, mort aux yeux de tous ceux qu'il avait connus, et dans le Colorado, un État réputé pour ses violentes chutes de neiges.

— Je montrerai de la reconnaissance quand je serai sorti de cet hôtel.

Quant au reste, il en était moins sûr.

CHAPITRE TROIS

Jacey Miller serra son gros sac en toile noir contre sa poitrine comme un bouclier et leva la tête vers le bar rustique.

Elle était dans le Colorado, loin de chez elle, et le peu d'argent qui lui restait disparaissait rapidement pour payer ses repas et des chambres d'hôtel miteuses. Le *Mountain Top Bar & Grill* était sa dernière chance de commencer une nouvelle vie.

Une bourrasque de vent lui fouetta le visage. Elle frissonna et s'emmitoufla dans sa veste en cuir. Elle s'achèterait un manteau plus chaud dès qu'elle toucherait son premier salaire.

Enfin, si elle touchait un salaire un jour, bien sûr.

Elle n'aurait jamais imaginé que sa vie prendrait un tel tournant.

Elle avait emporté ses maigres économies et acheté un aller simple pour partir aussi loin que possible du Mississippi.

Ce billet d'avion l'avait menée dans le Colorado, à Denver.

Pour la première fois de sa vie, elle était complètement livrée à elle-même. Elle avait failli se laisser engloutir par la peur pendant le vol, mais le besoin viscéral de survivre avait pris le dessus, et elle avait résolu de chercher un emploi dès que l'avion aurait atterri.

Après avoir trouvé une chambre d'hôtel en ville, elle avait utilisé l'ordinateur à disposition des clients pour éplucher les offres d'emploi.

Elle n'avait pour ainsi dire aucune chance de trouver une annonce qui pourrait correspondre à son profil, parce qu'elle n'avait aucune expérience professionnelle.

Quand elle était tombée sur l'offre d'un bar-restaurant dans la petite ville de Silverton cherchant un employé, une petite lueur d'espoir s'était allumée dans son cœur.

Elle avait besoin d'un travail. Peu lui importait quoi tant que ce n'était pas illégal.

Devant l'entrée du Mountain Top Bar & Grill, elle se demanda si elle avait fait erreur. Silverton était une ville plus petite qu'elle ne le pensait, plutôt un village niché au sommet de la montagne, loin de la civilisation. Elle avait dû prendre un bus pour arriver au sommet de la montagne parce que les trains ne circulaient pas l'hiver à cause de la neige.

Les larges rues de la petite bourgade ne comptaient qu'une poignée de commerces, et encore moins de maisons. Cette ville au cœur de la montagne autrefois réputée pour ses mines d'argent prospères ressemblait désormais à une ville fantôme recouverte par la neige. Un endroit sans avenir, peuplé par des souvenirs du passé.

Elle rassembla le peu de courage dont elle disposait et ouvrit la porte du bar.

Elle fut frappée de plein fouet par chaleur et la musique. Un groupe était en train de jouer un morceau rock des années quatre-vingt dans la salle faiblement éclairée. Elle se glissa à l'intérieur du bar et laissa la porte se refermer derrière elle.

L'intérieur n'avait pas meilleure mine que l'extérieur. Des box avec des banquettes noires étaient alignées contre les murs et des tables occupaient le centre de la pièce. Elle vit d'interminables rangées de bouteilles derrière le bar, tous les alcools possibles et imaginables. Une vieille caisse enregistreuse était posée au bout du comptoir. Personne ne semblait s'occuper du bar.

Il n'était que vingt heures, mais l'établissement était déjà bondé. Son espoir grandit de plus belle. S'ils avaient vraiment besoin d'aide, elle serait peut-être embauchée malgré son manque d'expérience.

— Ma belle, tu veux une table ou tu préfères t'installer au bar ? lui demanda une femme chaleureuse d'environ soixante-cinq ans, un plateau rempli de verres à la main.

— Je ne suis pas venue pour manger.

— Tant mieux, parce que la nourriture est dégueu, lâcha la serveuse.

Jacey secoua la tête et s'éclaircit la gorge.

— Je veux dire, je viens pour l'annonce que j'ai vue en ligne. Le poste n'était pas précisé. Je ne sais pas si c'est pour servir ou pour être en cuisine.

— En fait, on a besoin des deux, mais tu dois en discuter avec le patron. Il est en train de faire un carnage dans la cuisine, comme d'habitude. Passe par là, lui indiqua la femme en lui montrant la double porte derrière le bar.

— Ah, à quoi ressemble-t-il ?

La serveuse sourit.

— Ma chérie, tu ne peux pas le rater.

Jacey hocha la tête et se tourna vers la salle. Malgré la souplesse du Colorado concernant la consommation de tabac et de cannabis, personne ne fumait dans le restaurant.

Elle remarqua un panneau « Espace non-fumeur – Tabac et autres » accroché au-dessus du bar.

S'il y avait bien une chose qu'elle détestait, c'était la fumée. Les métamorphes avaient un odorat surdéveloppé. La plupart des loups avaient horreur de ça.

Elle ne savait pas quel genre de personne était le propriétaire, mais c'était un bon signe. Elle serra son sac contre elle et se fraya un chemin à travers la foule en direction de la cuisine.

Elle poussa l'une des portes battantes mais rencontra une résistance. Un grand fracas retentit de l'autre côté de la porte, suivi d'un chapelet de jurons.

Le cœur au bord des lèvres, elle passa la tête dans la cuisine. Un homme extrêmement musclé était en train de ramasser des morceaux d'assiettes éparpillés par terre. Elles avaient été remplies de hamburgers et de frites avant de se fracasser sur le carrelage.

— Oh, mon Dieu. Je suis navrée, murmura-t-elle.

Elle entra dans la cuisine pour l'aider à nettoyer.

— Qu'est-ce que vous foutez ici ? grogna l'homme aux larges épaules en la regardant avec des yeux mi-clos. Les toilettes sont de l'autre côté du bar.

Elle resta presque pétrifiée. Il était plus musclé que tous les humains qu'elle avait déjà croisés. Ses yeux avaient une surprenante teinte vert turquoise, si intenses qu'ils étaient déstabilisants, et ses lèvres étaient retroussées en un rictus agacé.

Des cheveux blond foncé encadraient son visage aux traits bien dessinés, si parfaits qu'ils auraient pu appartenir à un dieu grec.

— Pardon. Je cherchais le propriétaire, dit-elle d'une petite voix.

Quand il se redressa, elle dut lever les yeux pour

remonter jusqu'à son visage. S'il était intimidant accroupi, du haut de ses deux mètres, il était terrifiant.

— C'est moi. Qu'est-ce que vous voulez ? lâcha-t-il.

Elle cligna des yeux lorsque son odeur de loup lui tomba dessus aussi violemment qu'un mur de briques. C'était un métamorphe, lui aussi.

— Je... Hum, je suis là pour l'offre d'emploi.

Elle se redressa et carra ses épaules. Avoir l'air d'une mauviette ne l'aiderait pas à se faire embaucher. Elle devait projeter de l'assurance, pas se comporter comme une petite souris craintive.

— Je n'ai mis aucune annonce dans le journal, grogna-t-il.

— En fait, c'était sur Internet. Je l'ai trouvée parmi les offres d'emploi.

Il plissa ses yeux verts sévères.

— Helen, viens ici ! aboya-t-il.

Jacey sursauta et résista à l'envie de mettre un doigt dans son oreille pour faire passer l'acouphène provoqué par son cri.

— Arrête de brailler comme une fichue harpie, dit Helen en entrant dans la cuisine. Qu'est-ce qui se passe ? Où en sont les hamburgers ?

L'homme regarda Jacey d'un air antipathique.

— Ça ne sera pas prêt tout de suite. Les assiettes ont fini par terre.

— Ce n'est pas si grave. De toute façon, les seuls clients qui commandent à manger sont pleins comme des outres.

— C'était un accident. Il n'y a pas de panneau pour indiquer le sens d'entrée sur les portes, dit Jacey en se mordant les lèvres.

Le propriétaire ignora sa tentative d'excuses et fusilla la serveuse du regard.

— Tu as posté une offre d'emploi sur un site ?

— Oh que oui. Mon petit-fils m'a aidée, dit Helen avec un large sourire en lui donnant une tape sur le torse.

Jacey retint son souffle, redoutant la réaction du loup.

— Pourquoi ?

— Parce qu'on a besoin d'aide. Surtout en cuisine. Si tu veux réaliser des bénéfices, tu dois pouvoir nourrir tes clients. Les gens aiment manger quand ils ont bu. Je dirais même qu'ils aiment manger en grandes quantités. C'est pour ça que j'ai dû arrêter le vin, continua-t-elle en tapotant ses hanches. Je ne pouvais pas boire de vin sans manger de chocolat... mais je commençais à m'empâter un peu, alors j'ai arrêté l'alcool.

Il grimaça, comme si c'était trop d'informations pour lui.

— Écoute, Barrett, je n'ai pas le temps de discuter. Je dois retourner en salle. Je ne gagne que mes pourboires en ce moment, et même ça, ça ne fait pas lourd. Pourquoi ne pas lui donner une chance ? Elle ne peut pas cuisiner plus mal que toi.

Sur ces mots, Helen tourna les talons et ressortit dans la salle.

Les mains sur les hanches, Barrett regarda Jacey fixement comme s'il essayait de sonder son âme. Il pencha la tête.

— Tu es une louve.

— Toi aussi tu es un loup, rétorqua-t-elle.

Il se passa la main dans les cheveux et la regarda encore quelques instants, puis il fit un geste vers les frites éparpillées par terre.

— C'est arrivé par ta faute. À toi de réparer.

Était-ce une proposition d'embauche ou un test ? Elle n'en était pas sûre, mais elle se pencha toutefois pour ramasser la nourriture. Il la retint par le coude.

— Non, je ne parle pas de nettoyer. Voyons ce que vaut ta cuisine. Je regarderai ton CV plus tard.

Il ne lui laissa pas l'occasion de répondre et sortit par la double porte.

Elle n'avait pas de CV. Bon sang, elle n'avait pas une seule expérience professionnelle. Elle ne possédait que les habits qu'elle portait sur son dos et le contenu du sac sur son épaule.

Elle devait faire ses preuves auprès de Barrett. Il ne l'embaucherait certainement pas pour son physique. Elle devait réussir à impressionner un homme difficilement impressionnable.

C'était sa seule chance.

CHAPITRE QUATRE

Barrett passa le reste de la soirée à préparer les boissons derrière le bar et à encaisser les clients. Il était trop occupé pour avoir le temps de penser, et c'était exactement ce qu'il lui fallait. Il ne comptait pas retourner dans la cuisine. Pas tant que... Bon sang, il ne connaissait même pas son prénom... Pas tant qu'elle y serait, en train de faire allez savoir quoi.

Il avait eu l'impression de recevoir une décharge électrique en plongeant son regard dans ses yeux brun caramel. Peut-être était-ce son instinct qui l'avertissait de garder ses distances, qu'elle était dangereuse ?

Elle était synonyme de problèmes, et il n'avait pas besoin d'ennuis supplémentaires.

— Barrett, ce hamburger est incroyable. Vraiment, c'est le meilleur truc que j'aie jamais mangé. Tu as embauché un chef cinq étoiles ? demanda Abraham, assis au comptoir.

Le vieil homme mordit à nouveau dans le hamburger en écarquillant les yeux avant d'essuyer sa barbe blanche avec une serviette en papier.

Abraham était un humain, un résident de longue date de

Silverton et un habitué du bar. Il tenait un petit magasin de motos pendant la saison estivale et fermait boutique pendant l'hiver.

— Non. Il a embauché une jolie petite nana qui a l'air de poser dans des magazines, dit Helen en remplissant son plateau de bières fraîches.

— Je ne l'ai pas embauchée.

Barrett lança un regard d'avertissement à sa serveuse. La prochaine fois qu'il verrait Ryker, il allait lui passer un savon pour avoir engagé Helen. Elle passait son temps à miner son autorité avec des remarques acerbes. Sans parler du fait qu'elle lui rappelait une autre femme à la tête dure qui n'avait pas sa langue dans sa poche.

Mamie.

Ryker avait engagé des employés pour le Mountain Top Bar & Grill juste avant l'arrivée de Barrett. Pour l'instant, le restaurant fonctionnait avec une équipe réduite composée d'Helen, sa seule serveuse, et de lui-même. Il avait aussi un barman au début, mais ça n'avait pas duré. Barrett avait surpris Mic en train de prendre des billets dans la caisse et de les fourrer dans sa poche. Il l'avait viré sur-le-champ.

Depuis, Barrett devait s'occuper du bar en plus de la restauration. Helen devait préparer ses commandes de boissons quand il était en cuisine, ce dont elle se plaignait constamment.

Il arrivait à peine à garder la tête hors de l'eau, mais embaucher quelqu'un dans cette petite ville, même à temps partiel, était presque impossible. Deux serveuses étaient venues faire un essai. Elles avaient toutes les deux essayé de coucher avec lui et avaient démissionné quand il avait refusé. Au moins, il ne risquait rien de la sorte avec Helen. Il en était quasiment certain.

— Mignonne, et elle sait cuisiner ? Je vote pour que tu la

gardes, Barrett, dit Abraham en hochant la tête avec enthousiasme.

— Abraham, quand je voudrai ton avis, je te le demanderai, lâcha Barrett en remplissant quatre autres chopes de bière.

Abraham se renfrogna, mais Helen sourit et lui donna une tape amicale dans le dos.

— Oh, mon chou, ne fais pas attention à lui. Il est juste frustré. Il a besoin de sortir un peu de ce bar et de faire autre chose.

— Si je ne suis pas là pour ouvrir, tu n'es pas payée, rétorqua Barrett.

Il secoua la tête. En vérité, un jour de congé ne lui ferait pas de mal, mais il ne comptait pas le lui dire.

— Bah, on pourrait se permettre de fermer un jour par semaine. Je ne connais aucun commerce qui reste ouvert sept jours sur sept, dit Helen en haussant les épaules. Ferme le bar le dimanche. Comme ça, tu pourras former la nouvelle.

— Je ne vais pas l'embaucher, lâcha-t-il entre ses dents.

Helen lui lança un regard agacé.

— Bon sang, et pourquoi pas ? Elle a assuré toutes les commandes ce soir. Et c'était mangeable. Grosse amélioration.

Il inspira profondément et serra les poings. Il devait rester calme et parler posément.

— Je ne vais pas l'embaucher parce que je ne sais rien sur elle.

— C'est simple. Regarde son CV et vérifie ses références.

— Pourquoi est-ce que tu veux adopter absolument tous les vagabonds qui se présentent ? demanda-t-il.

— Tout le monde mérite une seconde chance, Barrett. Cette pauvre petite est probablement à la rue. Tu es sa seule chance d'avoir un emploi.

— C'est ça. Comme Mic. Tu m'as bassiné pour que je l'embauche, et il volait dans la caisse.

— D'accord, ça n'a pas marché avec Mic, concéda-t-elle en fronçant les sourcils. J'ai toujours du mal à croire ce qu'il a fait. Mon intuition s'est vraiment trompée sur celui-là.

— Ton intuition se trompe peut-être aussi sur cette fille.

— Peut-être, dit Helen sans se démonter. Mais pourquoi ne pas lui donner une chance quand même ? Tu n'as pas grand-chose à perdre.

Elle s'éloigna avec son plateau pour servir les bières aux clients dans la salle.

C'était là qu'Helen se trompait. S'il laissait entrer la mauvaise personne dans sa vie, Barrett avait beaucoup à perdre.

* * *

Jacey rinça la dernière casserole et éteignit l'eau. Elle prit un torchon et la sécha soigneusement avant de la suspendre avec les autres au-dessus de l'îlot de cuisine en inox.

Des yeux, elle fit le tour de la cuisine propre et posa les yeux sur la grosse horloge blanche au mur.

Deux heures du matin.

Elle avait été tellement occupée par la préparation des commandes qu'elle n'avait pas vu le temps passer.

Au début, Helen ne lui avait apporté que quelques bons, des hamburgers avec des frites et un sandwich au fromage fondu. Mais les clients qui voyaient les plats arriver sur les tables avaient apparemment trouvé que ç'avait l'air très bon, et les commandes avaient bientôt afflué. Heureusement, Jacey avait l'habitude de cuisiner pour Jeremy, et le loup mangeait comme un ogre.

Elle dut bientôt préparer les plats à la chaîne.

Son estomac gronda. Elle posa la main sur son ventre.

— On dirait que tu as loupé le dîner, dit Barrett en entrant dans la cuisine.

Il portait une pile de plateaux d'une main et son expression était peu avenante.

— Tu devrais manger un peu.

— Je grignoterai plus tard.

En vérité, elle n'avait pas mangé grand-chose depuis qu'elle avait laissé son ancienne vie derrière elle. L'inquiétude qui occupait toutes ses pensées lui coupait l'appétit.

— Ce n'était pas une proposition, c'était un ordre, dit Barrett la regardant par-dessus son épaule.

Elle ravala une réponse cinglante. Elle n'avait pas l'habitude qu'on lui parle de cette manière autoritaire. Jeremy l'avait peut-être trompée, mais il ne s'était jamais adressé à elle comme à une gamine.

Elle cacha son agacement. Pour l'instant, elle ne pouvait pas se permettre de se vexer de l'attitude de Barrett. Elle avait besoin de ce travail.

— Je vais préparer un hamburger. Tu en veux un ?

Elle sortit de la viande et un saladier pour la mélanger à des épices.

— Volontiers. Je n'ai rien avalé depuis ce matin.

Le ton sec de Barrett lui donna l'impression qu'il n'aimait pas qu'on fasse des choses pour lui. Sans qu'elle sache vraiment pourquoi, le loup la mettait à cran. Elle avait l'impression qu'il était dangereux. Peut-être était-il en cavale ? Mais ça ne paraissait pas logique. Un criminel en fuite n'ouvrirait pas un bar-restaurant.

Quelques minutes plus tard, la viande hachée frémissait sur le grill brûlant. Elle l'avait déjà nettoyé et n'avait aucune envie de recommencer, mais quand les arômes chatouillèrent ses narines, elle décida que ce repas valait bien un peu de travail en plus.

Elle observait Barrett à la dérobée tout en cuisinant. Il ne tenait pas en place, restait toujours en mouvement. Il retourna dans la salle du bar à présent fermé. Elle l'épia à travers les fenêtres rondes des portes battantes. Il remonta les chaises sur les tables et essuya les tables des box. Une fois cette tâche terminée, il commença à balayer le sol.

Il n'avait pas l'air à sa place dans cet endroit. Être propriétaire de bar ne semblait pas être sa vocation.

Il paraissait essayer de maintenir de l'ordre dans un lieu qui puait le chaos.

Elle plaça les hamburgers sur des assiettes, sortit des paquets de chips d'un placard, les ouvrit et les ajouta à côté.

— C'est prêt ! appela-t-elle.

Barrett entra par les portes battantes, les muscles de ses larges épaules ondulant avec chacun de ses mouvements. Ses yeux verts se posèrent sur les assiettes, et pour la première fois depuis qu'elle le connaissait, il ne parut pas sur le point de lui arracher la tête.

C'était un progrès.

— Ça a l'air bon, dit-il en prenant les deux assiettes. Allons manger au comptoir.

Elle le suivit hors de la cuisine sans rien dire. Elle chercha la serveuse des yeux, mais la salle était vide.

— Où est Helen ? demanda-t-elle en s'asseyant sur un tabouret.

— Elle est partie. Elle élève son petit-fils, alors elle part vers une heure du matin pour s'assurer qu'il est bien au lit.

— Qu'est-ce qui est arrivé à ses parents ?

— Ils sont vivants, si c'est ta question. Ils sont tous les deux toxicos. Helen a dû intervenir et prendre son petit-fils avec elle. Elle ne voulait pas qu'il grandisse dans ce genre d'environnement.

— Évidemment, je la comprends. C'est admirable qu'elle s'acquitte d'une responsabilité pareille à son âge. De nos jours, les gens ont tendance à ne penser qu'à eux-mêmes.

Elle sentit sa gorge se nouer en pensant à son ancienne vie.

— Helen n'est pas une métamorphe. Mais je suppose que tu le sais déjà.

— Oui. Et aux odeurs dans la salle, je sais aussi que c'est un bar fréquenté par des humains. Je ne crois pas avoir vu un seul loup dans l'établissement à part toi et moi.

— C'est vrai. Les loups du Colorado n'aiment pas monter trop haut dans la montagne. Il fait trop froid.

— Pourtant tu es là.

— Toi aussi, rétorqua-t-il. Dis-moi, qu'est-ce qu'une jolie louve du Mississippi fait dans le Colorado ?

Il mordit dans son hamburger sans cesser de l'observer.

Elle lâcha la chips qu'elle s'apprêtait à manger et sentit les muscles de son dos se crisper. La peur se réveilla en elle. Elle n'avait rien fait de mal. Son compagnon adultère l'avait quittée ; si quelqu'un avait des torts, c'était lui. Mais dans la communauté des loups, quelles que soient les raisons, quitter son compagnon était mal vu.

Elle était mal vue.

Il prit l'une des bouteilles de bière qu'il avait placées devant eux et en but une lampée.

— Détends-toi. Je ne suis pas en train de te draguer.

— Je n'avais pas interprété ça comme de la drague, répondit-elle du tac au tac.

— Tant mieux, parce que c'est bien la dernière chose dont j'ai besoin. J'ai assez de problèmes comme ça, dit-il avec un regard froid.

Elle ravala la boule qui s'était formée dans sa gorge.

— Comment est-ce que tu sais que je viens du Mississippi ?

Il aboya un rire.

— Tu es sérieuse ? Je n'ai jamais entendu un accent aussi prononcé. Tu viens probablement du delta. J'ai connu des loups du Mississippi, ajouta-t-il en détournant la tête avec un petit haussement d'épaule.

Elle rit doucement à son tour.

— J'imagine que c'est facile d'oublier que tout le monde ne parle pas comme soi quand on n'est jamais sorti de son État.

— Tu viens d'où, exactement ?

— Yazoo City, répondit-elle avant de mordre dans son burger.

— Vraiment ?

Il eut l'air surpris, et une émotion étrange passa fugacement sur son visage.

— J'imagine que tu as entendu parler de l'évasion de la sorcière, reprit-il.

— Oui. Tout le monde ne parlait que de ça, répondit-elle en faisant tourner son tabouret pour le regarder en face. Plein de rumeurs circulent sur ce qu'elle est devenue. Certains disent qu'elle commet des meurtres partout où elle passe, d'autres qu'elle a quitté le pays et qu'elle vit sur une île dans les Caraïbes.

Elle s'interrompit et secoua la tête.

— Tu sais, j'ai grandi là-bas. Personne ne parlait beaucoup d'elle. Quand j'étais petite, je demandais tout le temps ce qu'elle avait fait pour être enfermée dans ce cimetière.

— Qu'est-ce qu'on te répondait ? demanda Barrett, manifestement très intéressé par sa réponse.

— Que c'était à cause d'un homme, répondit-elle en haussant les épaules avant de mordre dans son burger.

— C'est toujours le cas, grommela Barrett en secouant la tête.

Il s'adossa au tabouret. Il avait déjà englouti la moitié de son hamburger ; elle avait à peine touché à son assiette.

— Alors, tu as trouvé l'annonce sur Internet.

Elle hocha la tête en mâchant lentement.

— Je ne sais pas si tu te plairais ici. Travailler en cuisine dans un bar-restaurant pourrave, ce n'est pas vraiment le rêve de toutes les femmes.

— C'est peut-être le mien.

— La nourriture est bonne. Tu cuisines depuis combien de temps ?

— Depuis aussi loin que je me rappelle, dit-elle en frottant ses mains sur son jean.

— J'imagine que je devrais regarder ton CV et appeler tes références.

Il but une gorgée de bière en soutenant son regard.

Elle sentit ses joues chauffer et eut envie de gigoter sous son examen attentif. Ça semblait aller plus loin qu'un entretien d'embauche. Elle avait l'impression de subir un interrogatoire.

— En fait, je n'ai pas de références professionnelles.

Il ouvrit la bouche, et elle sut qu'elle devait vite ajouter quelque chose.

— Et avant que tu me demandes, non, je ne peux pas te donner de références personnelles non plus.

— Tu as des ennuis, c'est ça ? Parce que je n'ai pas besoin de ça ici.

Il se leva. Même perchée sur le tabouret, il était toujours beaucoup plus grand qu'elle.

— Je ne veux pas d'ennuis. Je cherche un emploi. J'ai besoin de travailler.

Il posa les mains des deux côtés du tabouret de Jacey et le fit tourner jusqu'à ce qu'ils soient face à face.

— La dernière personne que j'ai engagée sans références piquait dans la caisse. Et les deux autres serveuses que j'ai pris à l'essai sont parties parce qu'elles voulaient un peu plus qu'un salaire de ma part.

Jacey ouvrit des yeux ronds.

— Je ne suis pas une voleuse, je ne l'ai jamais été. Et en ce qui concerne l'autre chose, je ne veux rien avec personne. Je préfère rester seule.

— Moi aussi. Mais ça ne répond pas à ma question. Qu'est-ce que tu fais si loin du Mississippi ?

Elle pensa à lui mentir, à lui dire n'importe quoi plutôt que la vérité. Mais quelque chose dans son regard vert si sévère ne lui laissa pas d'autre choix que lui avouer la véritable raison de son exil.

— Mon compagnon m'a trompée. Je ne pouvais plus rester là-bas. Maintenant, je n'ai nulle part où aller. Je suis déshonorée.

L'expression de Barrett ne changea pas, il ne cligna pas des yeux. Jacey sentit ses tripes se nouer, de plus en plus mal à l'aise.

Il n'allait certainement pas l'embaucher maintenant. Il ne voudrait pas être associé à sa réputation honteuse.

— Où est-ce que tu loges ? demanda-t-il.

— Je... nulle part pour le moment. J'ai une chambre d'hôtel à Denver, et j'ai pris un bus jusqu'ici.

Merde. Elle n'avait pas réfléchi à ce problème. Elle ne savait pas où dormir ce soir. Elle était si déterminée à décrocher un emploi qu'elle n'avait pas du tout pensé à chercher un hôtel.

— Et où est-ce que tu as prévu de passer la nuit ? demanda-t-il en penchant la tête.

— Dans un hôtel, je pense.

Elle déglutit. Elle avait l'impression d'avoir du plomb dans le ventre.

— À cette heure-ci ?

Elle était coincée sur une montagne, sans travail et sans toit pour la nuit. Elle regarda les banquettes en se demandant distraitement si Barrett accepterait de la laisser dormir là cette nuit, mais elle savait que la réponse serait négative.

Venir dans le Colorado avait été une erreur. Elle n'avait même pas assez d'argent pour acheter un billet retour.

Il se leva, ramassa son assiette vide et se dirigea vers la cuisine.

— Allez, viens.

— Où est-ce qu'on va ? demanda-t-elle d'une voix étranglée.

— Tu peux dormir chez Mena.

— C'est qui, Mena ?

— Elle loue des chambres chez elle. Il y a de la place, en général.

— Une sorte de chambre d'hôtes ?

— Oui, mais le genre où tu fais toi-même ton lit et ton petit-déj', dit-il en lui lançant un regard amusé.

Elle se força à poser la question suivante.

— Et demain ?

— Demain, tu commences à travailler.

Elle sentit un sourire se dessiner sur ses lèvres.

— Mais seulement à l'essai, ajouta-t-il en secouant son index. Que ce soit bien clair. Si tu es mêlée à quoi que ce soit d'illégal ou si j'apprends que tu me caches quelque chose, parce que je l'apprendrai, sois-en sûre, tu es virée.

— C'est compris, dit-elle en hochant vigoureusement la tête.

Elle avait un endroit où dormir, le ventre plein et un emploi. Elle s'inquiéterait de ses autres problèmes demain.

CHAPITRE CINQ

Barrett resta à fixer le plafond allongé dans son lit longtemps après avoir emmené Jacey chez Mena. Heureusement, la vieille dame aimait veiller tard et passait souvent la nuit à regarder de vieux films en noir et blanc ; elle ne dormait pas quand ils frappèrent à sa porte. Mena accueillit chaleureusement Jacey et lui montra sa chambre. Barrett n'était pas resté plus longtemps. Il savait que Mena s'occuperait bien de Jacey.

Il avait rencontré Mena la nuit de son arrivée à Silverton avec Ryker. Ils avaient passé la première nuit chez elle parce que l'électricité n'était pas encore raccordée au Mountain Top Bar & Grill.

La vieille dame habitait dans une maison victorienne remplie de meubles anciens. Elle portait les mêmes robes amples ridicules aux couleurs vives que Mamie, mais les appelait des caftans. Elle était couverte de bijoux : de grosses boucles d'oreilles en or, des colliers autour du cou, des bracelets empilés sur les poignets et d'imposantes bagues à chaque doigt. Apparemment, Mena mettait tous les bijoux qu'elle possédait dès qu'elle se réveillait le matin.

Il avait apprécié que la vieille dame ne fasse pas de

manières avec lui, ni d'ailleurs avec aucun de ses hôtes. Elle vous laissait vous débrouiller tout seul.

Un soir, Helen lui avait dit que Mena louait des chambres chez elle parce qu'elle se sentait plus en sécurité avec du monde dans sa grande baraque, et aussi parce qu'elle se sentait un peu seule, même si elle ne l'admettrait sans doute jamais. Son mari était mort dix ans plus tôt en lui laissant une grande maison et un héritage conséquent.

D'une certaine manière, elle faisait preuve de charité en laissant des gens vivre chez elle pour presque rien, et c'était une situation qui arrangeait tout le monde.

Il se passa la main sur le front. Alors qu'il commençait enfin à s'habituer à sa routine, voilà qu'il avait une nouvelle employée : Jacey Miller. Avec ses yeux caramel et ses cheveux blonds soyeux, cette fille n'était pas seulement mignonne ; elle était sublime. Elle essayait de le cacher sous ses vêtements amples et derrière ce gros sac en toile qu'elle trimballait partout comme un bouclier, mais il n'était pas dupe.

Il grogna en repoussant le drap, se leva et alla jusqu'à la fenêtre qui donnait sur la petite ville.

Le Mountain Top Bar & Grill possédait un appartement rattaché à l'établissement. Barrett s'était attendu à un petit bâtiment à côté du restaurant, mais il s'agissait d'un loft directement au-dessus du bar.

C'était un lieu de vie agréable. L'appartement avait un style industriel, avec des murs en brique sombres et des tuyaux à nu le long des plafonds. Les baies vitrées étaient d'époque, le genre qui rendait le paysage un peu flou quand on regardait à travers. Le plancher en bois datait aussi de la construction du bâtiment, et n'avait jamais été poncé ni verni. Il aimait son aspect usé, les rayures et les taches. Elles lui rappelaient sa propre existence, ses propres erreurs. Malgré elles, il continuait.

Le vaste espace ouvert comportait un coin cuisine avec

des équipements vieillots. Manifestement, l'ancien propriétaire adorait cuisiner. Un gros canapé en cuir était placé en face des baies vitrées intégrales. Le loft n'était pas équipé d'une télévision à son arrivée. Barrett avait prévu d'en acheter une, mais il n'avait pas eu une minute à lui depuis l'ouverture du bar-restaurant.

Il ne faisait que dormir pendant son temps libre. Et même le sommeil semblait parfois le fuir.

Ryker avait fait livrer un lit dans le loft avant son arrivée. C'était un modèle king size installé sur une petite plateforme. Barrett avait pu constater que le matelas était d'excellente qualité.

Après tout, quitte à être coincé en enfer, autant être confortablement installé.

Il leva les bras et posa les mains sur le cadre de la fenêtre en regardant la petite ville endormie. Certaines personnes la qualifieraient de romantique ou de charmante. Elle était certainement les deux, si c'était ce que vous cherchiez.

Mais ce n'était pas son cas.

Jacey Miller était synonyme d'ennuis. Il le sentait au plus profond de ses os. Il n'était pas sûr qu'elle lui ait dit la vérité. Son compagnon l'avait-il vraiment trompée et quittée pour une autre louve ?

C'était impensable dans le monde des métamorphes. Les loups s'unissaient pour la vie. C'était un lien plus fort que le mariage.

Et puis, pourquoi un loup la tromperait-il ? Elle était terriblement séduisante et avait un corps de rêve. Elle avait l'air d'une mannequin de Victoria's Secret.

Il n'arrivait pas à comprendre.

S'il avait encore été chef de la meute d'Arkansas, il aurait pu obtenir des réponses en un clin d'œil. Il lui aurait suffi de passer un coup de fil à Jack Welbourn, et le chef de la meute du Mississippi lui aurait dit tout ce qu'il y avait à savoir sur Jacey Miller.

Mais ce n'était plus une possibilité. Il ne pouvait jamais retrouver son ancienne vie et sa place de chef de meute.

Sinon, son sacrifice n'aurait servi à rien. Jaxon devrait mourir.

Retrouver sa vie signifierait la mort de l'un de ses Gardiens.

Il ne pouvait pas le permettre, il s'y refusait.

Il plissa les yeux à travers la nuit en direction de la maison de Mena. Il put discerner une faible lumière provenant d'une des chambres à l'étage. Il consulta l'heure sur le réveil près du lit en se demandant si c'était la chambre de Jacey. Elle ne dormait pas ? Qu'était-elle en train de faire ?

— Bon sang. Je me comporte comme les Gardiens d'Arkansas. Qu'est-ce que ça peut me foutre, ce qu'elle est en train de faire ? grommela-t-il en se frottant le front avant de s'écarter de la fenêtre.

Il avait d'autres sujets de préoccupation, comme se demander comment allait sa meute et quand Ryker ramènerait ses fesses dans le Colorado.

D'ici là, il ferait en sorte de garder ses distances avec la belle louve et ses foutus problèmes.

CHAPITRE SIX

*D*amon était assis derrière le bureau du chef de meute d'Arkansas. Dans le bureau de Barrett... désormais le sien.

Barrett était mort depuis des mois, pourtant il avait l'impression que ça ne faisait que quelques jours.

Depuis qu'il était devenu chef de la meute, Damon devait jongler pour assumer ses nouvelles responsabilités tout en portant sa culpabilité pour le rôle qu'il avait joué dans la mort de Barrett.

Il l'avait tué.

Mais personne ne le tenait pour responsable. Il n'avait certes pas volontairement poignardé Barrett dans le cœur, mais il voulait effectivement étriper son chef quand il l'avait vu menacer Ava, sa compagne, et poser la lame du couteau contre sa gorge.

Sur le moment, il n'avait pas compris que Barrett avait tout manigancé, qu'il avait décidé de sacrifier sa vie pour sauver celle de Jaxon. Il avait payé la dette de sang avec le sien.

Damon ravala la bile qu'il sentit monter dans sa gorge.

Serait-il un aussi bon chef de meute que Barrett ? Serait-il capable de mourir pour un de ses loups ?

Il posa les yeux sur le seul cadre posé sur son bureau.

Ava. Sa compagne, la mère de leur futur enfant.

Elle était toute sa vie. Il était prêt à tout pour la protéger, pour s'assurer de son bien-être et de celui de leur enfant à venir.

Malgré la responsabilité de la gestion de tout l'État d'Arkansas qui pesait sur ses épaules, il devait trouver un moyen de remplir son nouveau rôle de futur père.

Père. Le simple fait de penser au mot le faisait toujours sourire. L'autre jour, quand Lucien lui avait demandé comment se passait la grossesse d'Ava, il s'était mis à sourire jusqu'aux oreilles comme un abruti sans même s'en rendre compte.

Lucien s'était foutu de lui et l'avait accusé de se ramollir.

Il s'en fichait. Il aimait Ava de tout son être et avait conscience de sa chance incroyable de l'avoir rencontrée.

Son téléphone portable vibra, et il perdit son sourire. Il se sentit nerveux en ouvrant le message qu'il venait de recevoir.

On n'a pas retrouvé le corps. On a cherché partout, disait le SMS de Jaxon.

Le malaise de Damon s'intensifia. Il avait envoyé quotidiennement ses Gardiens dans le parc de Petit Jean à la recherche du corps de Barrett. Les jours s'étaient transformés en semaines, puis, terriblement, en mois, mais ils n'avaient rien trouvé. Aucun corps, pas de vêtements, pas le moindre os. Il détestait penser à ce que ça signifiait, mais il était temps d'arrêter de torturer ses Gardiens.

On arrête les recherches. Damon envoya la réponse et inspira profondément.

En d'autres termes, il admettait à demi-mot ce qu'ils craignaient tous. Le corps de Barrett avait été dévoré par des animaux sauvages depuis longtemps et ses os étaient probablement dispersés à travers tout l'Arkansas.

Dans les jours qui avaient suivi la mort de Barrett, après être sorti de l'enfer émotionnel qu'il s'était d'abord imposé, Damon avait organisé les recherches pour retrouver son cadavre. Il voulait donner à son chef de meute un enterrement dans les règles. Il avait repoussé les funérailles en disant qu'ils attendaient de retrouver le corps. Ç'avait été sa première erreur en tant que chef de meute. Ryker était le seul Gardien à avoir eu le cran de lui dire d'arrêter de chercher et de se tourner vers l'avenir.

Sur le moment, il était entré dans une colère noire et avait envoyé un coup de poing à Ryker. Le loup avait frotté sa mâchoire et tourné les talons sans dire un mot. Damon s'était immédiatement senti comme le derniers des connards. Il avait levé la main sur un de ses hommes.

Ryker était parti trop vite pour qu'il puisse lui présenter des excuses. Le loup allait et venait au gré des missions qui se présentaient. Dernièrement, il n'y avait pas grand-chose à faire. Damon avait posté des Gardiens autour de la frontière de Louisiane pour aider à faire régner la paix dans l'État voisin. La nuit de la mort de Barret, Edward Boudier avait été arrêté. Il serait bientôt jugé devant un Grand Tribunal pour tentative de meurtres sur les Gardiens et les chefs de meutes des États du Sud. Barrett avait déjà rassemblé des preuves, et grâce à la contribution d'un des propres Assassins de Boudier, Lorcan, le dossier était accablant.

Jack Welbourn, le chef de meute du Mississippi, avait demandé au chef de la meute du Texas de garder Boudier. L'Arkansas avait besoin de lécher ses plaies, et les chefs des autres États du Sud étaient furieux d'apprendre qu'on avait voulu les assassiner.

Jack Welbourn avait été temporairement désigné pour s'occuper de la Louisiane jusqu'à ce qu'un nouveau chef de

meute soit choisi. En plus de diriger ses Gardiens du Mississippi, il gérait aussi ceux de Louisiane.

Assez incroyablement, Lorcan avait immédiatement assuré
Jack Welbourn de sa loyauté et s'était assuré que le reste de la
Louisiane en fasse autant. En peu de temps, les deux autres
Assassins, Brutus et Killian, s'étaient également déclarés
loyaux à Welbourn. Mais Damon savait que la situation ne
durerait pas. Jack l'avait déjà appelé plusieurs fois pour lui dire
qu'il fallait trouver un remplaçant pour diriger la Louisiane de
toute urgence. Il avait son propre État à gouverner, et prendre
la tête d'un autre territoire ne l'intéressait pas. En ses propres
mots, il avait d'autres conneries à gérer. Comme retrouver la
sorcière de Yazoo et la réenfermer dans le cimetière.

Cette putain de sorcière. Damon serra les poings en
lâchant un grondement. Elle avait joué un rôle dans la mort
de Barrett. Elle était le témoin de Boudier au Grand Tribunal
et l'avait aidé à faire condamner Jaxon. Il y avait déjà réfléchi
un millier de fois. Si Ella n'avait pas témoigné contre lui,
Jaxon aurait été reconnu innocent. Et Barrett serait encore
vivant aujourd'hui.

— Connasse, grommela-t-il.

— La dernière personne à m'avoir appelé comme ça
essaie encore de retrouver ses dents, dit la voix grave
de Zane.

Damon leva la tête vers son Gardien qui le regardait,
sourcils haussés.

— Pas toi, lâcha-t-il.

— Tu parlais tout seul, alors ? demanda Zane en s'installant sur la chaise devant le bureau.

— Quelque chose comme ça.

Damon regarda le loup droit dans les yeux et reprit :

— Aucun corps n'a été retrouvé. J'ai donné l'ordre d'arrêter les recherches.

4

La bouche du Gardien s'ouvrit, et il s'assit au fond de la chaise. Il frotta distraitement ses paumes sur ses cuisses.

— Je vois, dit-il finalement d'une voix un peu étranglée. C'est une bonne idée. Il est temps.

Zane hocha la tête, l'air un peu plus assuré. Damon détourna les yeux. La colère lui noua la gorge.

— Comment on organise des funérailles sans son corps ? Tous les chefs de meute méritent qu'on leur rende hommage. Pas de se faire dévorer par des animaux.

— Il est mort honorablement, dit lentement Zane. Tous les Gardiens des États du Sud ont compris ce qu'est l'honneur quand Barrett a sacrifié sa vie pour l'un de ses hommes. Ils ont tous vu ce qu'est un vrai chef de meute.

— Pas tous, lâcha Damon entre ses dents.

— Ne sous-estime pas la Louisiane. Du moins, pas l'État entier. Tous les loups sont soulagés de savoir qu'Edward Boudier est derrière les barreaux. Au moins, il n'est plus à la tête de leur territoire. Et la majorité des Gardiens de Louisiane parlent de Barrett en termes élogieux. Certains m'ont même contacté pour rejoindre les rangs des Gardiens d'Arkansas.

— Non. Je ne ferai jamais confiance à la Louisiane ou à ses Gardiens.

— Même à Lorcan ?

— Surtout à Lorcan.

— Ne laisse pas Lucien t'entendre dire ça, dit sévèrement Zane.

— Lucien et Lorcan sont frères, mais ça ne veut pas dire qu'ils partagent les mêmes valeurs morales.

— Lorcan nous a aidés à faire tomber Boudier. Et ce n'était pas la première fois.

— Et si c'était juste pour sauver ses miches ? Pour autant que je sache, Lorcan a été endoctriné par Boudier pendant des années. Tout ça ne disparaît pas juste parce qu'il est en prison.

— Ouais, mais Boudier a essayé de faire assassiner Lorcan. Et il a témoigné contre Boudier après la mort de Barrett.

— Où est-ce qu'il était avant la mort de Barrett ? cria Damon en se levant brusquement de sa chaise et en écrasant son poing sur le bureau.

Zane ne dit rien, il ne bougea pas. Damon n'avait pas besoin de lever la tête pour savoir que son Gardien le regardait avec compassion.

— Tu penses que j'accuse Lorcan de la mort de Barrett au lieu de le reprocher au vrai coupable.

Lui-même.

— Merde, Damon, grogna Zane en se levant. Écoute-moi, et écoute-moi bien.

— Je n'aime pas ce ton, Zane, le prévint Damon avec un regard glacé.

— J'en ai rien à foutre. Tu vas écouter ce que j'ai à dire, lâcha Zane en soutenant le regard de son chef. Tu n'es pas responsable de la mort de Barrett. Je pense que Barrett s'attendait à ce que Jaxon soit condamné par le Grand Tribunal. Pendant les heures qui ont précédé le procès, il était sur les nerfs et ne voulait parler à personne. Bon sang, même Jack Welbourn l'a remarqué. Quand il a vu Ava, il a trouvé un moyen de mourir au dernier moment. Tu lui as rendu service.

— Service ? fit Damon avec une grimace. Prendre sa vie, ce n'est pas lui rendre service.

— Damon, tu ne savais pas qu'il allait orienter la lame en argent vers son cœur quand tu l'as attaqué. Tu sais à quel point il est difficile de mettre un terme à sa propre vie ? Sans parler du fait qu'il s'est quand même jeté de la falaise pour être certain de mourir. Donc, ouais. Je pense que tu lui as rendu service. Aucun loup n'a envie de mettre fin à ses jours. Ça va à l'encontre de tous nos instincts.

Zane se tourna vers la porte et lui lança un dernier regard sévère par-dessus son épaule avant de sortir en claquant la porte derrière lui.

Damon inspira longuement, son regard se promenant dans la pièce peu meublée. Il n'avait rien changé dans le bureau depuis qu'il était devenu chef de meute. La pièce était toujours aussi austère, ne contenant qu'un ordinateur sur le large bureau et quelques chaises. Sur le mur était accroché le blason de l'État d'Arkansas portant les mots : « Chef et commandant, né pour faire respecter la loi lupine ».

Il détestait l'admettre, mais Zane n'avait pas tort. Il devait accepter le fait que Barrett était mort, qu'il avait décidé de se sacrifier pour sauver Jaxon.

Il fallait qu'il arrête de se prendre pour un chef de meute intérimaire et prenne réellement sa place.

Il composa un numéro sur le téléphone. Jayden répondit à la première sonnerie.

— Salut chef, quoi de neuf ?

Jayden, son meilleur ami depuis l'adolescence, arrivait toujours à détendre l'atmosphère.

— J'arrête officiellement les recherches pour retrouver... le corps de Barrett, dit-il en se redressant. J'aimerais que tu en informes les Gardiens. Les funérailles auront lieu dans quelques jours, et je vais avoir besoin d'aide pour l'organisation.

Il ne savait pas du tout ce qu'impliquait ce genre d'évènement.

— Je préviens les Gardiens tout de suite, répondit Jayden.

Il avait employé un ton sérieux que Damon avait rarement entendu de la bouche de son ami.

— Et si on faisait ça chez Braxton et Kaye ? ajouta Jayden. Il paraît que Kate a déjà organisé des services funéraires dans son auberge. Les familles préféraient se réunir dans un cadre intime dans la forêt plutôt que dans un salon funéraire, et le défunt a été incinéré, je crois.

— Bonne idée. Je pense que Barrett préférerait qu'on lui rende hommage dans la nature plutôt qu'entourés de croque-morts. Je ne me rappelle même plus la dernière fois qu'un chef de meute est mort. Je ne sais pas où l'enterrement a eu lieu.

La tristesse lui noua les tripes. Il se frotta le ventre pour essayer de faire passer la sensation désagréable.

— Moi non plus, mon frère. Je vais en parler avec les Gardiens. Ne t'inquiète pas pour les détails. Je suis sûr que Mamie et les louves voudront participer. Je te préviendrai dès que tout est arrangé, d'accord ?

— Merci, Jayden.

Damon raccrocha et posa le téléphone sur son bureau.

C'était bien réel à présent. Ces mois à se voiler la face et à refuser la réalité étaient terminés.

Barrett était mort, et Damon était maintenant à la tête de l'État d'Arkansas.

Malgré le malaise qui étreignait sa poitrine, Damon savait qu'il devait se reprendre en main et assurer.

C'était ce que Barrett aurait voulu.

CHAPITRE SEPT

Jacey serra son oreiller contre sa poitrine et se blottit dans les couvertures douces comme des nuages. Elle n'avait pas envie d'ouvrir les yeux. Elle savait ce qui l'attendait : elle était dans un endroit inconnu, n'avait presque pas un sou, pas un seul ami et tout aussi peu de perspectives d'avenir.

Elle était totalement et terriblement seule dans un monde gigantesque et effrayant.

Des larmes lui piquèrent les yeux, et elle serra ses paupières pour ne pas les laisser couler. Elle ne voulait pas pleurer. Elle détestait ça. Elle avait versé assez de larmes quand Jeremy l'avait mise dehors et l'avait humiliée devant Wendy, sa maîtresse. Elle avait assez pleuré quand elle avait raconté la situation à ses amis, puis quand elle avait expliqué à ses parents ce qui s'était passé.

Elle aurait dû avoir épuisé ses réserves de larmes.

Elle se coucha sur le dos et fixa le plafond blanc.

Ils étaient arrivés chez Mena au milieu de la nuit. Elle habitait dans une vieille maison victorienne en très bon état malgré son grand âge. Jacey avait été surprise de trouver la vieille dame encore debout, mais Barrett lui avait expliqué qu'elle aimait regarder de vieux films en noir et blanc jusqu'à l'aube en sirotant des gin tonic, son cocktail préféré.

Mena l'avait rapidement fait entrer et lui avait montré sa chambre à l'étage. Elle était décorée dans des tons rouge sombre. Le lit à baldaquin était recouvert d'une épaisse couette couleur cerise avec un drap housse assorti. Les housses d'oreillers couleur crème avec des monogrammes brodés apportaient un contraste agréable avec les teintes plus foncées. Les murs étaient recouverts d'un papier peint texturé rouge qui rappelait l'âge de la maison. La chambre comportait peu de meubles mais était fonctionnelle.

Le lit était placé contre le mur, avec une table de chevet de chaque côté. Deux grandes fenêtres prenant toute la hauteur du mur étaient encadrées d'épais rideaux rouges. Une chaise de style edwardien et un repose-pieds assorti étaient installés près de l'une d'elles avec une lampe, créant un petit coin parfait pour regarder la petite ville au chaud pendant les nuits glacées. La chambre possédait également une cheminée, ce qui était une bonne surprise.

Jacey avait toujours rêvé de dormir devant un feu de cheminée.

Si elle passait un certain temps ici, elle devrait demander à Mena comment se servir de la cheminée.

— Je ne sais même pas combien coûte la chambre.

Elle enfonça le nez sous la couette et s'essuya les yeux. Elle était si épuisée la veille qu'elle n'avait pas pensé à demander les tarifs à Mena.

Sa nouvelle vie ne commençait pas sous les meilleurs auspices.

Elle tourna la tête vers la fenêtre. Elle arrivait presque à discerner le Mountain Top Bar & Grill depuis son lit. Elle avait fait de son mieux en cuisine hier soir, mais elle ne savait pas si le plat avait vraiment plu à Barrett ou s'il était juste affamé et aurait avalé n'importe quoi.

Barrett était un mystère. Elle ne connaissait toujours pas son nom de famille. Il n'avait pas l'air d'aimer cuisiner et, d'après Helen, il était incapable de préparer ne serait-ce qu'un croque-monsieur. Et tenir le bar ne semblait pas particulièrement lui plaire non plus.

Pourquoi acheter un bar s'il détestait ça ?

— Il est peut-être aussi désespéré que moi, dit-elle avec un petit rire. Peut-être qu'il n'a pas eu le choix, lui non plus.

Sous sa musculature intimidante et son air renfrogné, Barrett était très séduisant. Plus que ça : il était à tomber. Mais d'une manière dangereuse. De longs cheveux blond foncé et des yeux vert intenses, un visage si beau que le regarder faisait mal. Son jean sombre et son t-shirt étiré au maximum sur les muscles de son torse lui donnaient l'air d'un videur, pas d'un propriétaire de restaurant.

Mais ça n'avait pas d'importance. Elle était là pour prendre un nouveau départ. Elle espérait arriver à économiser un peu d'argent et découvrir ce qu'elle avait vraiment envie de faire. Elle pourrait peut-être même reprendre des études, obtenir un diplôme. Une chose était sûre : elle ne voulait plus jamais dépendre d'un homme. Peu importe à quel point elle croyait l'aimer.

Elle se tourna dans le lit et regarda l'heure sur le réveil. Presque huit heures. Même si elle en avait envie, elle ne pouvait pas se rendormir. Elle devait se lever et affronter sa nouvelle réalité.

Barrett l'attendrait au bar. Il lui avait dit de passer dans la matinée pour discuter du poste.

Au moins, c'était un pas dans la bonne direction.

Elle se leva et marcha à pas feutrés dans la chambre. Elle rassembla des vêtements propres, sa trousse de toilette et de maquillage, puis elle décrocha un peignoir sur un crochet près de la porte et l'enfila. Elle ne savait pas exactement combien de personnes logeaient chez Mena, et elle ne voulait pas aller jusqu'à la salle de bains à demi-nue de peur de croiser quelqu'un.

Elle traversa le couloir jusqu'à la salle de bains, referma la porte et tourna le verrou. Elle brancha le petit chauffage électrique posé sur le sol. Il s'alluma en ronronnant et remplit progressivement la pièce de chaleur.

Jacey sourit en découvrant la baignoire à pieds.

Après avoir trouvé un gant et une serviette sous le lavabo, elle s'agenouilla près de la baignoire, ouvrit l'eau et ajusta la température jusqu'à ce qu'elle soit parfaite. Elle ajouta du bain moussant qu'elle avait également trouvé à côté des serviettes.

Elle se déshabilla, et resta interdite en voyant son reflet dans le miroir derrière la porte.

Ses cheveux blonds retombaient en boucles souples sur ses épaules et son dos mince. Elle avait toujours été fine, mais elle avait perdu du poids depuis que son monde avait été mis sens dessus-dessous, ce qui accentuait la façon dont ses côtes apparaissaient sous sa peau et le creux de son ventre. Les os de ses hanches saillaient et ses jambes étaient presque maigres. Elle avait l'air malade.

Son regard remonta sur son visage. Des cernes sombres marquaient le dessous de ses yeux bruns, des yeux que les gens qualifiaient souvent de dorés plutôt que marrons. Ses lèvres pleines paraissaient encore plus charnues avec ses joues creuses et son teint pâle. D'habitude, elle était bronzée toute l'année, même en hiver, mais depuis qu'elle avait quitté le Mississippi pour le Colorado, elle n'avait presque pas passé de temps au soleil et son hâle s'était estompé.

Elle ne se reconnaissait plus.

Elle se força à détourner les yeux et ouvrit le placard sous l'évier. Après avoir cherché un élastique sans succès, elle trouva des épingles à cheveux. Elle entortilla sa chevelure et la remonta en chignon.

Elle coupa l'eau de la baignoire élégante, entra dans le bain et s'enfonça sous les bulles.

Elle resta dans la baignoire jusqu'à ce que l'eau devienne froide et ses doigts fripés, puis sortit et enfila un jean noir et un haut crème à manches longues. Elle décida d'ajouter un peu de couleur à son visage en mettant de l'ombre à paupières brune et du mascara. Elle ne possédait pas de blush ; elle avait toujours eu un teint bronzé et n'en avait pas eu besoin. Elle se pinça les joues pour les faire rosir puis appliqua un peu de gloss rose sur ses lèvres pour la touche finale. Elle prit son temps pour brosser sa chevelure jusqu'à ce qu'elle brille.

Satisfaite du résultat, elle ramassa le peignoir et sortit de la salle de bains. Elle était à mi-chemin dans le couloir quand une porte s'ouvrit et que la personne qui sortit précipitamment de la pièce se cogna contre elle.

Elle trébucha en arrière et sa trousse de toilette lui échappa des mains.

— Oh, mince. Je suis vraiment désolé.

Un jeune homme blond aux yeux bleus s'agenouilla pour ramasser ses affaires avec un air contrit.

— Ce n'est rien. C'est moi qui aurais dû regarder où j'allais, assura-t-elle avec un rire nerveux en se penchant à son tour pour ranger le maquillage échappé de la trousse.

— Non, c'est vraiment ma faute.

Il se redressa et lui tendit le reste de ses affaires avec un sourire amical. Elle le lui rendit.

— Je ne savais pas que quelqu'un d'autre logeait chez Mena, ajouta-t-il.

— Je suis arrivée tard hier soir, dit-elle en lui tendant la main. Je suis Jacey.

— Charles.

Il lui serra la main en souriant. Elle renifla discrètement. Il était humain.

— Contente de faire ta connaissance, Charles, dit-elle en serrant le peignoir en boule contre sa poitrine.

— Moi aussi. Si j'avais su que Mena allait héberger une aussi jolie fille, je serais resté plus longtemps, dit-il avec un sourire espiègle.

Pourquoi les humains croyaient-ils que les femmes aimaient qu'on leur parle comme ça ?

— Dans ce cas, c'est une putain de bonne chose que tu t'en ailles, grommela une voix grave derrière elle.

Son sang se glaça. Elle reconnut immédiatement la voix rocailleuse.

Elle regarda Charles du coin de l'œil. Il avait perdu son sourire et était devenu blême. Il regardait quelqu'un de très grand au-dessus de l'épaule de Jacey.

Elle se retourna.

— Jacey, tu es prête ? demanda Barrett.

Ses yeux vert vif étaient plissés. L'espace d'un instant, elle se sentit coupable, comme si elle venait d'être prise en faute.

— Oui, laisse-moi juste poser mes affaires et prendre mon sac.

Elle se hâta vers sa chambre. Elle ne prit pas la peine de ranger ses affaires, se contentant de tout poser au pied du lit, puis chercha frénétiquement son sac et le trouva près de la penderie. Elle le mit sur son épaule, prit la clé de la chambre sur la table de chevet et sortit.

Barrett était seul, sa silhouette musclée semblant faire rétrécir le couloir. Il la regardait.

— Où est Charles ?

— Parti, répondit-il. Tu es prête ?

— Oui. Mais je dois trouver Mena pour la payer.

Elle ouvrit son sac et fouilla dedans pour trouver ses économies, qui s'amenuisaient à toute vitesse.

— Pas besoin. Tu paies à la fin du mois, dit-il en se tournant vers l'escalier.

Elle pressa le pas pour rester à sa hauteur malgré ses grandes jambes. Elle remonta la lanière du sac sur son épaule et rangea la clé dans la poche.

— Mais je ne sais pas combien de temps je vais rester ici.

— Ça dépend si tu veux la place ou non.

— Bien sûr que je veux la place.

Elle le regarda en coin, essayant de jauger son expression. Elle avait beaucoup de mal à le cerner.

— Alors, tu resteras ici autant de temps que tu voudras, lâcha-t-il en descendant les marches deux par deux.

Elle le suivit en posant la main sur la rampe en bois sombre.

— Alors, j'ai le poste ? En cuisine ? demanda-t-elle, le cœur battant. Mais on n'a jamais discuté du salaire, des horaires ni de quoi que ce soit.

Il s'arrêta au milieu des escaliers et se retourna, lui accordant tout son attention.

Elle sentit ses joues chauffer sans comprendre pourquoi elle se sentait gênée. C'étaient des questions raisonnables, et il aurait dû les aborder avant de lui proposer le boulot. Elle n'avait pas la moindre idée du salaire d'un cuisinier.

Elle serra son sac contre elle. Il ne lui restait plus qu'à espérer qu'il n'allait pas essayer de l'arnaquer.

— Le bar est ouvert sept jours sur sept, mais je vais peut-être commencer à fermer le dimanche.

— Ça paraît sensé, dit-elle en hochant la tête.

— Je paie vingt dollars de l'heure. Et tu as un jour de libre par semaine sans compter le dimanche, donc techniquement tu as deux jours de congés. Tu peux choisir lequel, mais je préférerais que tu ne prennes pas les jeudis, vendredis ou samedis.

— Ce sont les jours avec les plus gros services. Bien sûr, je comprends. Je dois admettre que je m'attendais à moins de vingt dollars de l'heure, ajouta-t-elle en levant les yeux vers lui.

Il inclina la tête et la regarda fixement.

— J'étais prêt à aller jusqu'à trente. Tu n'es pas une très bonne négociatrice. Je parie que les gens profitent de toi tout le temps.

— Ça va changer, dit-elle en levant le menton.

— Ça vaudrait mieux si tu veux survivre dans ce monde.

Il se retourna et continua à descendre les marches. Elle lui emboîta le pas.

— Au fait, qu'est-ce que tu fais ici ?

— Tu as dit que tu n'avais pas de voiture. On va aller t'acheter des affaires à Durango. Si tu n'as que ce sac, je suppose que tu as besoin de vêtements chauds plus adaptés à ce climat.

Il ouvrit la porte d'entrée et attendit qu'elle passe la première.

Pour quelqu'un de bourru, il était certainement galant.

— J'ai assez de vêtements pour le moment, dit-elle en secouant la tête. J'achèterai des habits d'hiver quand je toucherai ma première paye.

— Tu n'as pas vu la météo annoncée ce soir, dit-il avec un petit sourire en coin.

— Non.

Dès qu'elle fit un pas dehors, un vent glacé traversa son haut fin. Elle frissonna et serra ses bras autour de son corps.

Barrett enleva sa veste en cuir et la lui tendit.

— Tiens, mets ça.

— Non, ça va...

— Ce n'était pas une proposition, lâcha-t-il en la fixant avec un regard dur jusqu'à ce qu'elle prenne la veste. Je n'ai pas envie que tu tombes malade avant d'avoir commencé à travailler.

Bien sûr. Il ne faisait pas ça pour elle. Il protégeait ses propres intérêts.

Elle passa les bras dans la grande veste et se força à résister à son envie de plonger le nez dans le col pour respirer le parfum de Barrett. Il avait une odeur attirante, plus que tous les hommes qu'elle avait connus. Même son compagnon. Son ex-compagnon, rectifia-t-elle.

— Je ne vais pas avoir de problèmes avec ton compagnon, au moins ? demanda Barrett avec un regard en coin en se dirigeant vers sa voiture.

C'était une vieille Jeep avec les plus gros pneus qu'elle avait jamais vus, même dans le Mississippi. La carrosserie était verte à l'origine, mais la peinture s'était effacée avec la neige et le froid de la montagne. Barrett ouvrit la portière passager.

Elle s'accrocha à la poignée et leva la jambe pour monter à bord, mais son pied glissa sur la plaque métallique. Les grandes mains de Barrett se posèrent sur sa taille pour l'empêcher de tomber.

— Ça va ? demanda-t-il dans un murmure rauque.

Il la souleva et l'assit sur le siège. Le cœur de Jacey se mit à battre la chamade contre ses côtes et elle sentit son corps se réchauffer considérablement. Elle n'avait plus froid, et même au contraire soudain trop chaud. Elle déglutit et se força à regarder droit devant elle.

— Oui, réussit-t-elle à couiner avant de chercher la ceinture.

La portière claqua. Elle observa Barrett à travers le pare-brise de la Jeep pendant qu'il faisait le tour de la voiture vers la place conducteur. Ses traits étaient sévères, et également teintés d'une autre émotion qu'elle n'arrivait pas à identifier.

Elle pressa ses mains froides contre ses joues pour essayer de se rafraîchir. Qu'est-ce qui lui arrivait ? Elle était peut-être encore épuisée à cause de ses récentes épreuves. Peut-être que Jeremy lui manquait et que la proximité d'un homme, n'importe lequel, éveillait son désir.

Quoi qu'il en soit, elle allait devoir se secouer si elle voulait garder cet emploi. Elle ne voulait pas donner à Barrett une raison de la virer dès le premier jour.

Il ouvrit la portière et entra dans la voiture. L'odeur sur son manteau se mêla à celle de son corps, et Jacey eut une nouvelle bouffée de chaleur.

— Merci pour la veste.

— Pas de problème.

Il regardait droit devant lui. Il tourna la clé dans le contact, le moteur de la Jeep se mit à ronronner.

Barrett emprunta la rue principale, sortit de la petite ville et commença la descente de la montagne.

— Tu habites ici depuis combien de temps ? demanda-t-elle, surtout pour essayer d'alléger l'ambiance pesante dans la voiture.

— Pas longtemps.

— Je suppose que tu as hérité du bar-restaurant. Enfin, si ça ne t'ennuie pas d'en parler.

— Qu'est-ce qui te fait penser ça ? demanda-t-il en lui lançant un regard en coin.

Elle joignit les mains sur ses genoux et regarda droit devant elle.

— Ça n'a pas l'air d'être ton truc de tenir un bar. En fait, on dirait même que ça te gonfle. Tu n'as pas l'air d'y prendre le moindre plaisir.

— Et qu'est-ce que tu me verrais faire d'autre, exactement ? demanda-t-il en tournant légèrement la tête vers elle.

— Je ne sais pas. Un métier où tu diriges des gens, où tu leur dis quoi faire. PDG, ou un truc du genre.

Un petit sourire se dessina sur les lèvres de Barrett, puis il aboya un rire.

Ce son détendit Jacey. Elle sourit à son tour.

— Dire aux gens quoi faire ? C'est ce que je faisais dans une autre vie.

Son sourire s'effaça lentement, et son expression austère reprit bientôt à nouveau sa place. Le cœur de Jacey se serra.

— Il n'est pas trop tard pour faire autre chose. Si tu n'es pas heureux avec le bar, tu pourrais le vendre et recommencer ailleurs.

Elle n'était pas sûre que ça serve à quelque chose mais, étrangement, elle avait envie de le rassurer et de lui redonner espoir. Elle n'en avait guère pour elle-même, mais Barrett pouvait probablement avoir une autre vie s'il le désirait.

Il la regarda, ses yeux intenses et sincères.

— C'est le truc avec le temps qui passe. Parfois, c'est trop tard. Il y a certaines choses qu'on ne peut pas changer.

CHAPITRE HUIT

Ils gardèrent un silence gêné jusqu'à la ville de Durango, au pied de la montagne. Barrett avait besoin de calme pour réfléchir. Il se sentait sur les nerfs depuis qu'il avait trouvé un type en train de draguer ouvertement Jacey dans le couloir. Il n'arrivait pas comprendre pourquoi ça l'avait autant dérangé.

Peut-être parce que Jacey venait d'arriver en ville et qu'elle ne cherchait manifestement pas à se mettre en couple. Peut-être parce qu'il allait passer la journée à lui acheter des vêtements chauds au lieu d'ouvrir le bar. Et peut-être aussi parce qu'il détestait admettre qu'elle était une excellente cuisinière, et exactement ce dont le grill avait besoin pour rapporter des bénéfices.

Il se passa la main sur le visage et se concentra sur la route devant lui. Jacey avait tapé dans le mille quand elle avait remarqué qu'il serait plus à sa place en dirigeant des gens. C'était exactement ce qu'il faisait avec ses Gardiens.

Mais être chef de meute appartenait à son passé. Il ne retrouverait jamais cette vie. Si quelqu'un découvrait sa véritable identité, les Gardiens d'Arkansas devraient en payer le

21

prix. Il n'avait pas fait tout ça pour mettre à nouveau la vie de Jaxon en danger.

C'était sa nouvelle existence, et il allait devoir s'y habituer.

— Qu'est-ce que tu faisais dans le Mississippi ? demanda-t-il.

— Femme au foyer, répondit Jacey en regardant par la vitre.

— Jusqu'à ce que votre union soit annulée.

Il l'étudia discrètement. Elle poussa un soupir et tourna la tête vers lui.

— Jeremy n'a jamais vraiment été mon compagnon. Quand il m'a mise à la porte, il m'a dit qu'il ne m'avait jamais aimée et que je n'étais pas sa véritable compagne. Il m'a remplacée par une autre louve, Wendy.

— Il m'a l'air d'être un putain d'imbécile, grommela Barrett.

Jacey était sublime et son parfum était incroyable. N'importe quel loup se battrait pour la garder. Elle battit des cils et rit doucement.

— Ouais. Peut-être bien.

— Je n'ai aucun doute là-dessus. C'est un crétin, c'est sûr. Et s'il change d'avis et qu'il essaie de te recontacter ?

— Oh, crois-moi, ça n'arrivera pas. Et si je le recroise un jour, je ne compte pas lui adresser la parole, dit-elle en croisant les bras. J'ai rencontré Jeremy à l'école. On s'est unis dès la fin du lycée. Il a fait des études pour devenir électricien, et il ne voulait pas que je travaille. Il disait qu'il préférait que je m'occupe de la maison et qu'un dîner l'attende sur la table quand il rentrait le soir. Alors c'est ce que j'ai fait.

— Si tu pouvais remonter le temps et recommencer, qu'est-ce que tu ferais ?

Elle secoua la tête.

— Je ferais des études d'infirmière. Je m'occupais de ma

grand-mère quand j'étais au lycée. Quand elle n'allait pas bien, je prenais soin d'elle.

Après une petite pause, elle ajouta en haussant les épaules :

— C'est trop tard, maintenant.

— Me dit la femme qui vient de m'assurer qu'il n'était jamais trop tard, remarqua-t-il avec un regard appuyé.

— Tu as raison, je reconnais que c'est contradictoire, dit-elle en riant doucement. Si je pouvais remonter le temps et recommencer, je m'assurerais d'avoir un métier et de gagner ma vie. Je n'aurais jamais pensé me retrouver un jour sans un sou.

Elle dit cette dernière phrase en secouant la tête.

— Comment ça marche, au point de vue légal ? Normalement, une union entre loups, c'est censé être pour la vie. Il pourrait te rappeler, te dire qu'il a commis une erreur et te demander de rentrer à la maison.

— Non. Il est allé voir Jack Welbourn et lui a fait connaître ses intentions.

Barrett ralentit en entrant dans la ville. Penser à Jack l'emplissait de nostalgie.

— Je n'ai entendu parler que d'un seul cas similaire. Le sang doit couler pour briser un lien entre compagnons, et l'union peut être annulée seulement si l'un des loups a été uni à l'autre contre sa volonté, dit-il.

— C'est vrai. Jeremy a prétendu qu'il avait été uni à moi contre sa volonté. Il a affirmé que je l'avais ensorcelé, expliqua-t-elle avant de hausser les épaules. Bref, Jack Welbourn a accepté d'annuler notre union à condition que Jeremy verse son sang. Il s'est entaillé la main, et on a été officiellement séparés.

— Alors, tu ne peux jamais retourner auprès de lui ?

— Non. Je ne peux pas et je n'en ai pas envie, dit-elle en regardant par la fenêtre pour ne pas rencontrer son regard.

Ça m'a fait ouvrir les yeux. Jeremy m'a menti des centaines de fois. Il me disait qu'il m'aimait alors qu'il couchait avec quelqu'un d'autre. Je ne sais pas s'il a trouvé le bonheur, mais j'en doute. En un sens, je crois que je suis contente de savoir la vérité et de ne pas passer le restant de mes jours avec lui.

— Tu es encore jeune. Tu as le temps de rencontrer ton compagnon.

— Je ne veux plus jamais m'unir. Pour la première fois, je peux vivre ma vie comme je l'entends et non en fonction des désirs de quelqu'un d'autre. Et je préfère rester seule plutôt qu'avoir un menteur pour compagnon.

Ses mots firent tressaillir Barrett. Si elle apprenait sa véritable identité, jugerait-elle qu'il était un menteur et ne valait pas mieux que son ex ? Lui en voudrait-elle autant qu'elle en voulait à Jeremy ?

Il se gara sur une place de parking devant un magasin spécialisé en vêtements de montagne.

Au fond, ça n'avait pas d'importance. Jacey n'apprendrait jamais qui il était. Il ne comptait pas se rapprocher suffisamment d'elle pour que la situation se présente.

* * *

Jacey sortit de la cabine, les bras chargés des vêtements que Barrett l'avait forcée à essayer.

— Ça t'allait ? demanda-t-il.

— Oui, mais ce n'est pas le problème. Je n'ai pas les moyens de les acheter.

Le manteau et les autres habits la garderaient certainement au chaud malgré les hivers rudes du Colorado, mais elle ne pouvait pas se les offrir. Pas encore, du moins.

— Je vais payer.

— Pour quoi ?

— Pour tout.

Il lui prit les vêtements des mains et les posa sur le comptoir de la caisse. Le vendeur commença à scanner les étiquettes en lui accordant à peine un regard.

— Attends, je ne peux pas te laisser faire ça, protesta-t-elle.

— Mais si.

Il tendit une liasse de billets à l'employé, récupéra la monnaie et les deux gros sacs d'emplettes et se retourna vers la sortie. Elle le retint par le bras.

— Barrett, c'est très gentil, mais ça me gêne que tu paies pour moi.

— Ne t'inquiète pas, tu me rembourseras, dit-il avec un sourire en lui ouvrant la porte.

Une fois dehors, elle se tourna pour le regarder et remarqua une fois de plus à quel point il était grand et musclé. Les passants semblaient laisser un large espace autour de lui dans la rue.

— C'est une avance sur salaire ?

— Non, mais j'aimerais que tu me rendes un service, dit-il en souriant toujours.

Elle frissonna. Elle n'aimait pas le tour que prenait cette conversation.

Il sortit le nouveau manteau rose texturé d'un des sacs et coupa les étiquettes avant de le tendre à Jacey.

— Tiens.

Elle passa ses bras dans les manches du manteau et faillit pousser un soupir en sentant le tissu chaud se coller contre son corps. Il haussa un sourcil.

— C'est mieux ?

— Beaucoup mieux, reconnut-elle.

Elle leva la tête vers le ciel empli de nuages gris qui s'assombrissait rapidement.

— Il va neiger ce soir, dit-il.

— Comment est-ce que tu le sais ?

— Je peux le sentir dans l'air.

Les loups avaient un odorat exceptionnel. Elle inspira, mais ne réussit pas à sentir ce qu'il détectait.

— Allez, viens. On a du travail avant l'ouverture du restau ce soir.

Il entreposa le reste des achats sur la banquette arrière de la Jeep et lui ouvrit la portière passager. Elle s'installa sur le siège, boucla sa ceinture et suivit Barrett des yeux pendant qu'il faisait le tour de la voiture et venait s'asseoir derrière le volant. Il démarra le moteur et sortit de la place de parking.

— Où est-ce qu'on va ?

— Tu verras.

CHAPITRE NEUF

— Damon, tout le monde est là.

Kate Devereaux entra dans la cuisine du Bella Luna et joignit les mains avec un sourire triste. Elle portait du noir comme tout le monde, mais contrairement aux autres femmes, elle avait mis un costume au lieu d'une robe.

Damon hocha la tête en regardant la compagne de Braxton dans les yeux.

— Merci, Kate. Et merci d'accepter d'accueillir la céré-monie dans ton auberge.

— Bien sûr. C'est la moindre des choses, dit-elle en souriant. Tu sais, la première fois que j'ai rencontré Barrett, je dois admettre qu'il m'a fichu les jetons. Mais bon, j'ai flippé quand je t'ai rencontré pour la première fois aussi. Les Gardiens sont tous intimidants.

— Ça fait partie du boulot, j'imagine.

Damon rit doucement. L'expression de Kate s'adoucit et elle baissa la tête.

— J'ai été surprise d'entendre tant de loups me dire que l'union entre Braxton et moi est exceptionnelle. Apparemment, les humains et les loups ne s'unissent jamais, mais Barrett l'a autorisé. Il a trouvé un moyen pour que je puisse être avec l'homme de ma vie. Je ne sais pas si j'ai vraiment eu l'occasion de le remercier.

Le regard de Kate se troubla.

— Du sang de loup coule dans tes veines, même si tu ne muteras jamais. Et puis, Barrett a fait plus d'une entorse aux règles quand il estimait que c'était la chose à faire. Ça demande plus de courage que se contenter de suivre les ordres.

Damon déglutit pour essayer de se débarrasser de la boule qui se formait dans sa gorge.

— Tu devrais dire ça pendant ton discours aujourd'hui.

Kate s'approcha et lui serra le bras, dans une manifestation silencieuse de soutien, avant de repartir dans le salon.

Damon se retourna et surprit son reflet dans le microondes. Il resta un peu surpris.

Il ne portait jamais de costume ; il préférait les jeans et les t-shirts. Mais pas aujourd'hui. Il y avait eu un petit débat pour décider comment les Gardiens s'habilleraient pour la cérémonie funéraire. Certains pensaient qu'il valait mieux porter leurs vêtements habituels, jeans et t-shirts. D'autres voulaient venir sous leur forme de loup. Finalement, Damon sortit de sa zone de confort et demanda à tout le monde de mettre un costume. Il voulait rendre hommage à son chef de meute et lui témoigner toutes les formes de respect possibles, et s'il devait s'habiller en pingouin pour ça, putain, il le ferait.

— Damon.

Il se retourna en entendant la voix d'Ava, et se retint de la soulever dans ses bras en la voyant.

Elle avait mis une robe noire à manches longues avec un col montant. Un collier de petites perles était accroché autour de son cou, et des perles ornaient aussi ses oreilles. La robe moulait chaque courbe de son corps, y compris son ventre qui s'arrondissait chaque jour pour accueillir leur enfant à venir. Il sourit.

— Ava. J'allais arriver.

— En fait, nous avons des visiteurs supplémentaires et je ne crois pas qu'on tiendra tous dans le Bella Luna, dit Ava d'une voix inquiète.

Il fronça les sourcils.

— D'autres Gardiens ? Combien ?

Il avait accepté la proposition de Jack Welbourn, et des Gardiens du Mississippi étaient postés en Arkansas pour la journée. Il voulait être sûr que son État était bien gardé pendant qu'ils rendaient hommage à leur chef disparu.

— Hum, il y a des Gardiens d'Alabama, du Kentucky et du Mississippi, et même quelques-uns de Louisiane. Ils sont en train de bloquer la rue. On leur a expliqué qu'on ne pouvait pas faire entrer tout le monde à la fois, alors ils ont dit qu'ils attendraient leur tour pour présenter leurs condoléances.

— Merde, lâcha Damon en passant sa main dans sa chevelure.

Barrett avait eu un impact sur plus de monde qu'il ne l'avait réalisé.

Ava s'approcha de lui en souriant et replaça les mèches qu'il avait décoiffées.

— Pardon, murmura-t-il en la serrant contre son torse.

Elle se colla contre lui, comblant la sensation de vide dans sa poitrine.

— Je t'aime, dit-elle.

— Moi aussi, je t'aime.

Il posa la main sur son petit ventre rond et sentit un léger mouvement sous ses doigts.

— Il devient bagarreur, dit-il en caressant le dos d'Ava.

— Je pense qu'elle l'est, dit-elle avec un regard pétillant.

— Merde, Ava. Ne dis pas ça.

Il sentit ses bras se couvrir de chair de poule. L'idée d'avoir une fille le rendait un peu malade. Il ne passerait plus jamais une bonne nuit de sommeil s'il devait protéger sa fille dans ce monde hostile. Un fils, c'était différent. Il saurait se débrouiller. Damon s'en assurerait.

— Il est temps, dit-il en hochant la tête.

— Tu vas très bien t'en sortir. L'État d'Arkansas a beaucoup de chance de t'avoir comme chef de meute.

Ava déposa un petit baiser sur sa joue et alla rejoindre les autres.

Damon prit quelques instants pour rassembler ses pensées puis entra à son tour. Sa mâchoire manqua de se décrocher en découvrant la foule dans le salon. Les meubles avaient été retirés pour faire plus de place. Ses Gardiens étaient assis sur des chaises alignées en rang dans la pièce et des Gardiens d'autres États étaient adossés contre les murs, ou debout dans l'entrée.

Il regarda par la baie vitrée et vit un océan de Gardiens de tous les États du Sud. Tous portaient un costume-cravate. Il esquissa un faible sourire. Voir un tel convoi de durs à cuire en costard sur leurs Harley avait dû être un spectacle inédit sur la route.

Barrett aurait tellement ri qu'il se serait pissé dessus.

Braxton, Jayden, Zane et Lucien étaient assis au premier rang à côté de leurs compagnes, Kate, Haley, Skylar et Catty. Les Gardiens d'Arkansas célibataires étaient installés sur la rangée derrière eux. L'Arkansas était un vaste territoire, et même s'il ne connaissait pas chaque loup personnellement, il les avait déjà vu sur la base des Gardiens. Il devait y avoir une cinquantaine de métamorphes entassés dans le salon, et des centaines de plus derrière la porte.

Damon se plaça derrière le podium en bois que Kate avait

installé au centre de la pièce. Elle avait aussi passé deux jours d'affilée dans la cuisine pour préparer des plats, mais avec l'arrivée de tant d'autres Gardiens, il n'y aurait jamais de quoi nourrir tout le monde.

Braxton se leva, s'approcha de lui et se pencha pour lui dire à voix basse :

— Jack Welbourn et les autres chefs de meute ont envoyé de quoi manger. Un camion est garé derrière l'auberge. Ne t'inquiète pas. Il y aura assez pour tout le monde. Les louves vont installer un grand buffet dehors pour tous les Gardiens.

— Parfait.

Il hocha la tête, rassuré. Il devrait penser à envoyer ses remerciements à tous les chefs de meute, accompagnés d'une bonne bouteille de bourbon. Braxton alla se rasseoir à côté de Kate.

Damon n'avait pas préparé de discours, mais il avait passé la nuit à réfléchir à ce qu'il allait dire. Le silence se fit dans l'assemblée.

— Nous sommes réunis aujourd'hui pour rendre hommage à notre chef de meute, Barrett Middleton. Il était sans aucun doute le meilleur alpha que j'aie jamais connu. Il a vécu et dirigé sa meute avec dignité, honneur et respect. Il a toujours protégé son État des menaces extérieures comme intérieures, et il plaçait le bien-être de ses Gardiens avant le sien.

Son regard se posa sur Jaxon, qui fixait le sol. Sa compagne Ginny lui tenait la main et avait la tête posée sur son épaule. Elle était enceinte, et devait accoucher peu de temps avant Ava.

Barrett avait sauvé la vie de Jaxon pour qu'il puisse prendre soin de Ginny et être un père pour son enfant. C'était l'acte le plus altruiste auquel Damon avait jamais assisté.

— Je suis sûr que si Barrett pouvait nous voir aujourd'hui, il lorgnerait chacun de ses Gardiens d'un sale œil puis il nous demanderait pourquoi on s'est tous sapés comme une bande de pantins, continua-t-il avant de lâcher un petit rire.

Les loups acquiescèrent en riant.

— Il ne montrait pas ses émotions et ne parlait jamais de sa vie privée. Pour certains d'entre nous, il était une énigme. Pour d'autres, une personne froide et réservée. Mais quand je pense à Barrett, je réalise tout ce qu'il donnait à ses hommes sans jamais rien demander en retour. Et pourtant, nous lui avons donné la chose la plus importante qu'un homme puisse obtenir : notre respect.

Tout le monde hocha la tête, et un petit murmure d'approbation s'éleva parmi les convives.

— Il ne protégeait pas seulement l'Arkansas, il protégeait aussi ses Gardiens. À mes yeux, en plus d'être la marque d'un chef de meute valeureux, c'est aussi le signe d'un frère de meute exceptionnel.

L'émotion lui noua la gorge. Il n'avait pas dit tout ce qu'il avait prévu, mais ça lui semblait suffisant. Son regard se posa sur les personnes présentes et il s'éclaircit la gorge.

— En tant que nouveau chef de la meute d'Arkansas, ma première proposition au Conseil sera de faire ériger une statue à l'effigie de Barrett Middleton sur la base de Little Rock. Son souvenir et son héritage resteront dans les cœurs et les esprits de tous ceux qui l'ont connu pour toujours.

Des applaudissements retentirent. Les loups qui attendaient leur tour pour entrer dans l'auberge pressèrent leurs visages contre la vitre pour essayer de voir ce qui se passait.

Les Gardiens se levèrent et s'approchèrent de Damon.

— Bien dit, mon frère, dit Jayden en lui serrant la main.

Mamie donna une tape sur le crâne de son petit-fils.

— Adresse-toi à lui correctement, Jayden. C'est ton chef de meute à présent, dit-elle sévèrement.

— Bon sang, Mamie, râla Jayden en se frottant la tête avant de se tourner vers Damon. Pardon. Bien joué, chef.

— Tu peux toujours m'appeler Damon, tronche de cul.

Il sentit un sourire étirer le coin de ses lèvres.

Jayden ouvrit la bouche pour riposter, puis la ferma. Il fit la grimace.

— Je ne peux même plus lui rabattre son caquet, dit-il à Braxton d'un air dégoûté.

Braxton sourit.

— Oh, ne t'en fais pas. Il y a plein d'autres Gardiens qui se foutent de toi.

— Ouais, et je me porte volontaire pour être le premier, dit Zane en jouant des coudes pour s'approcher.

— Je n'en doute pas, grogna Jayden.

— Barrett aurait été fier de toi, Damon, dit Zane en lui serrant la main.

— Merci, dit Damon avant de détourner les yeux.

Les regards approbateurs de ses Gardiens le mettaient mal à l'aise. Ava s'approcha de lui en se faufilant entre les loups.

— Damon, on a besoin d'aide pour apporter les plats dehors. On va tout disposer sur des tables de pique-nique. Quand les Gardiens seront venus se recueillir à l'intérieur, ils pourront aller manger dans le jardin.

Il passa un bras autour de la taille de sa compagne et la serra contre lui.

— Merci, dit-il dans un murmure.

— Oui, les garçons, venez nous donner un coup de main, dit Mamie en partant en direction de la cuisine.

Ava se tourna pour la suivre, mais Damon la retint fermement.

— Pas toi, Ava.

— Mais je dois les aider.

33

— Laisse les autres s'en occuper. Tu es ma compagne, et j'ai besoin de toi aujourd'hui.

Ava lui sourit avec des yeux brillants. Il n'aurait pas pensé que c'était possible, pourtant il l'aimait un peu plus chaque jour.

— D'accord.

Elle respira profondément et se tourna en souriant vers la foule de Gardiens en train de venir dans leur direction.

Un par un, tous les Gardiens d'Arkansas vinrent dire quelques mots à Damon. Ils serrèrent la main de leur nouveau chef de meute et lui jurèrent allégeance avant de saluer respectueusement Ava. Damon comprit que la meute d'Arkansas obéirait à ses ordres sans hésitation. C'était une responsabilité terrible. Il n'était pas sûr d'être digne de leur confiance.

— Damon.

Lucien approcha, suivi de Zane, Braxton et Jayden. Jaxon se tenait derrière eux.

— Ava est restée avec toi pour accueillir les loups de notre meute. Et si tu la laissais aller manger un morceau ? On aimerait être à tes côtés pour recevoir les Gardiens des autres États, dit Lucien en échangeant un regard avec ses frères.

Damon sentit la fierté lui réchauffer le cœur. Il avait une meute exceptionnelle, un État fantastique et des loups fidèles et loyaux.

— Je serais fier de vous avoir à mes côtés, dit-il en regardant chacun des loups dans les yeux.

Ava se dressa sur la pointe des pieds pour lui effleurer la joue des lèvres.

— Je t'aime, murmura-t-elle avant de s'éloigner vers la cuisine.

Jayden se plaça à la gauche de Damon, Braxton à côté de lui. Zane, Jaxon et Lucien se mirent à sa droite. Entouré de ses hommes, il était prêt à rencontrer les autres Gardiens du Sud.

Mildred Jones, le chef de la meute du Kentucky, entra le premier et lui tendit la main.

— Damon, je suis vraiment navré pour Barrett. Il a toujours été un grand chef.

— Merci. C'est vrai.

Mildred ne s'attarda pas après avoir salué les Gardiens de Damon, et le reste de la meute du Kentucky s'approcha pour présenter ses hommages.

Jack Welbourn entra ensuite, serra la main de Damon et se tourna vers les Gardiens réunis. Le vieil homme se passa la main dans les cheveux, un petit sourire flottant sur les lèvres.

— Je pense que ce qui me manquera le plus à propos de Barrett, c'est sa manière de ne jamais hésiter à me dire quand il pensait que je racontais des conneries. Je ne crois pas avoir déjà rencontré quelqu'un qui arrivait à me faire autant flipper d'un simple regard.

— Il était très intimidant. Il ne supportait pas les conneries et ne laissait personne lui tenir tête.

— Sauf Mamie, dit Jayden.

Jack aboya un rire.

— Fils, c'est la seule louve que je connaisse qui était capable tenir tête à Barrett et de lui faire entendre raison. Elle ne manque pas de cran. Dis-moi Jayden, elle voit quelqu'un ? demanda-t-il en se frottant le menton.

— Non, et ça va rester comme ça, répondit Jayden avec un regard horrifié.

— Dommage, dit Jack avant de se diriger vers la sortie.

Tous les Gardiens regardèrent Jayden.

— Pas un mot, putain, lâcha-t-il. Les rencards pour Mamie, c'est terminé. Et elle ne va certainement pas sortir avec Jack Welbourn.

Damon masqua un petit sourire et les Gardiens éclatèrent

bruyamment de rire. C'était un son agréable qu'il n'avait pas entendu depuis la mort de Barrett.

À cet instant, il comprit que la meute d'Arkansas se relèverait. Il était temps pour eux de se tourner vers l'avenir.

*B*arrett se gara devant le Mountain Top Bar & Grill et coupa le moteur. S'il devait passer une minute de plus enfermé dans la Jeep avec le parfum de Jacey dans le nez, il allait perdre la boule.

Merde. Il avait besoin de tirer un coup.

C'était pour ça qu'il avait passé la nuit à tourner en rond et à penser à elle, à la couleur de ses yeux, à l'odeur de ses cheveux. C'était pour ça que, quand il avait enfin trouvé le sommeil, il avait rêvé de sa bouche et avait goûté sa jolie langue rose jusqu'à ce que ses arômes et saveurs soient imprégnés dans son esprit.

Il poussa un grondement grave.

— Qu'est-ce qui ne va pas ? demanda Jacey.

Merde. Il ouvrit la portière en grand. L'air sec et froid du Colorado lui piqua les poumons. Il ferma les yeux et prit une profonde inspiration en se frottant le torse. C'était exacte-ment ce qui lui fallait.

— Tout va bien ? Tu n'es pas en train de faire une crise cardiaque, au moins ?

Jacey fit rapidement le tour de la voiture et se plaça en face de lui, ses yeux caramel inquiets.

— Quoi ? Non, pas du tout. Attends, tu penses que j'ai quel âge ?

Elle était de toute évidence plus jeune que lui, mais quand même, il ne pouvait pas avoir l'air vieux *à ce point*.

— Tu as quel âge ? demanda-t-il en plissant les yeux.

Elle avait intérêt à lui dire la vérité. Il ne supportait pas les mensonges, même quand la menteuse était sublime.

Elle leva la tête et soutint son regard avec un air de défi.

— J'ai vingt-quatre ans. Et toi ? demanda-t-elle en croisant les bras.

Merde, elle avait huit ans de moins que lui. Même si l'âge n'avait pas beaucoup d'importance chez les loups, tout de même. Elle était trop jeune pour lui. Il secoua la tête.

— Trente-deux. Allez, viens. Entrons avant que tu meures de froid.

Au moins, le bar-restaurant était beaucoup plus vieux que lui, pensa Barrett. La cuisine avait été remise aux normes et rénovée quelques années plus tôt, mais à part ça, tout le reste était d'origine. Trois longues fenêtres de chaque côté de l'entrée donnaient sur une terrasse couverte. Tout l'établissement était bâti en surélévation sur un mètre cinquante. Le premier propriétaire voulait un bâtiment surélevé à cause des fortes chutes de neige annuelles du Colorado ; avoir un bar-restaurant ne servait à rien si les clients ne pouvaient pas y accéder l'hiver. Les planchers en bois étaient marqués et usés par le passage et les bagarres. Il y avait même eu quelques morts, à en croire les autochtones.

Lorsqu'il était plein, l'établissement était sombre et animé ; mais quand il était fermé, il était lugubre, étouffant. C'était l'une des raisons pour lesquelles Barrett ne fermait jamais le bar, mais il ne l'avait pas dit à Helen.

Quand Ryker l'avait conduit dans le Colorado, il n'était

resté qu'un seul jour avant de repartir en Arkansas. Il lui avait expliqué qu'il ne voulait pas que Damon fouine et découvre où il était parti.

Si Damon apprenait que Barrett était vivant, la nouvelle se répandrait comme une traînée de poudre et les Gardiens d'Arkansas ne seraient plus en sécurité.

Ryker avait fait livrer un matelas neuf pour que Barrett ne soit pas forcé de dormir sur le canapé du loft, il s'était assuré que le réfrigérateur soit plein et avait embauché quelques employés pour le restaurant, dont il ne restait plus qu'Helen.

La dame âgée avait besoin d'un revenu supplémentaire depuis que son petit-fils était venu habiter avec elle. Il appréciait beaucoup cette humaine. Très sociable, elle était faite pour le service.

Il déverrouilla la porte du bar et s'écarta pour laisser entrer Jacey. Quand elle passa à côté de lui, il sentit une effluve de son parfum féminin sucré mélangé à l'odeur de la tempête de neige qui tomberait cette nuit.

Il secoua la tête et entra après elle. Il devait vraiment arrêter de se comporter comme un ado. Peut-être était-il juste épuisé ? Ou alors, c'était parce qu'il n'avait pas muté depuis sa « mort ».

Il avait prévu de laisser son loup se dégourdir les pattes dès son arrivée dans le Colorado, mais il y avait eu tant à faire. Il ne connaissait pas encore le territoire et n'avait croisé qu'une poignée de loups, qui n'étaient généralement que de passage. Aucun loup ne s'attardait dans les régions froides.

Ce qui était une bonne chose. Moins il en croisait, moins on risquait de découvrir qui il était. Il allait devoir redoubler de prudence avec Jacey. Garder ses distances autant que possible.

Il se tourna et s'adossa au comptoir du bar pour l'observer. Elle était mignonne, avec son nouveau manteau et ses bottes de montagne. Il lui fallait encore un bonnet pour protéger ses cheveux soyeux et garder ses oreilles au chaud. Elles étaient déjà rougies par le froid. C'était une louve, et elle allait avoir du mal à ne pas se geler dans ce genre de climat.

— Tu m'as dit que tu cuisinais beaucoup. Tu connais beaucoup de recettes ?

— J'avais l'habitude de prévoir les repas sur sept jours pour ne faire les courses qu'une fois par semaine, en général le dimanche. Jeremy aimait la diversité et il refusait de manger des restes. Avec son appétit, il y en avait rarement, de toute manière. Je ne crois pas avoir déjà cuisiné le même plat plus d'une fois par mois. Pourquoi cette question ?

— Si tu peux prévoir des menus pour un mois entier, je te laisse carte blanche pour commander les ingrédients. On se fait livrer deux fois par mois. Jusqu'à présent, je préparais surtout des hamburgers. Un chili de temps en temps en fin de semaine.

— D'après toi, je devrais prévoir pour combien de couverts ? Vous servez combien de plats par soir, en moyenne ? Ça m'aidera à déterminer les quantités dont j'ai besoin.

Il ne répondit pas tout de suite. Il avait l'impression de se noyer dans son regard d'une teinte de brun si inhabituelle, et n'arrivait pas à comprendre quel genre de trou du cul l'avait laissée partir. Il se demandait aussi ce qui lui prenait et ce que le passé de cette louve pouvait bien lui foutre. Il secoua la tête.

— On vend à peu près quinze hamburgers par soir.

— Vraiment ? C'est tout ? Ça m'étonne. Rien qu'hier, je dirais qu'on en a vendu quarante. Si ce n'est pas cinquante.

— En fait, quinze burgers par soir, c'était une bonne soirée.

Il plissa les yeux. Sa cuisine était immangeable, il le savait pertinemment. Quand il était chef de meute, il y avait toujours eu quelqu'un pour lui apporter de bons petits plats, Mamie ou les autres louves. Et pendant son enfance, des domestiques cuisinaient pour sa famille.

Maintenant, il n'avait plus personne.

— Avec ton talent en cuisine, je prédis que les ventes vont doubler, voire tripler.

Il fit le tour du bar pour prendre un bloc-notes et le fit glisser sur le comptoir en direction de Jacey.

— On ne va pas ouvrir ce soir, ajouta-t-il.

— Mais je dois commencer à travailler tout de suite, dit-elle en écarquillant légèrement les yeux.

— Oh, tu commences dès aujourd'hui. Mais tu ne vas pas cuisiner. J'ai besoin que tu élabores un menu et que tu notes tout ce dont tu auras besoin sur cette feuille. Je te paierai pour ton temps.

— D'accord. Ça ne va pas me prendre longtemps, dit-elle prenant le carnet. Ça t'ennuie si je réorganise un peu la cuisine ? Juste histoire de me faciliter un peu la tâche ?

— Ma belle, la cuisine est à toi, dit-il en souriant. Je veux bien ne plus jamais voir un burger calciné de ma vie.

CHAPITRE ONZE

Jacey décida de faire l'inventaire de ce qui se trouvait déjà dans la cuisine avant de commander des ingrédients supplémentaires. Inutile de gaspiller.

Elle posa le bloc-notes sur le comptoir en acier et ouvrit les placards. Elle nota rapidement ce qui s'y trouvait puis alla regarder dans l'immense réfrigérateur. Après avoir dressé la liste de son contenu, elle fit de même avec les deux grands congélateurs au fond de la pièce.

Il y avait assez de place pour installer une chambre froide, mais elle ne pensait pas que Barrett avait envie de dépenser de l'argent pour rénover le bar-restaurant. Sans trop savoir pourquoi, elle sentait qu'il ne comptait pas s'attarder ici. Il n'avait pas l'air de s'investir dans cet endroit. Il restait sur ses gardes, toujours en mouvement.

Ses yeux verts semblaient constamment observer l'environnement dans lequel il se trouvait, à la recherche du moindre signe de danger. Et elle avait aussi l'impression qu'il n'était pas du genre à fuir devant le danger. Plutôt à foncer dedans tête baissée.

Ce qui l'effrayait encore plus.

Elle sortit de la cuisine par les portes battantes, le carnet à la main, et haussa un sourcil avant de rajouter d'acheter des écriteaux d'entrée et de sortie à sa liste. Inutile de cuisiner de bons plats s'ils finissaient par terre.

Cette cuisine avait besoin d'un sérieux coup de propre. Quand il s'agissait de l'endroit où elle cuisinait, elle était un peu maniaque.

Elle chercha Barrett dans le bar faiblement éclairé mais ne trouva personne. En s'approchant des fenêtres, elle le vit dehors, appuyé contre le capot de la Jeep, son pied posé sur le pare-boue. Les bras croisés, il était en train d'écouter un homme âgé aux cheveux blancs. Elle ne pouvait pas en être sûre à cette distance, mais le vieillard avait l'air humain.

Barrett ne disait pas un mot et hochait régulièrement la tête, tandis que son interlocuteur parlait avec animation en faisant de grands gestes avec les bras.

Jacey s'assit sur l'une des banquettes sous la fenêtre et observa la neige qui commençait à tomber doucement. Elle fut bientôt captivée par cette vision apaisante, et dut se forcer à détourner les yeux pour se concentrer sur ses notes.

— On dirait que tu n'as pas chômé.

La voix rauque et traînante brisa le silence dans la salle. Elle sursauta légèrement et leva la tête.

— Pardon. Je ne voulais pas te faire peur, dit Barrett.

— Je ne t'ai pas entendu entrer.

— Avec la taille que je fais, tu ne m'as pas entendu entrer ?

Il lui fit un petit sourire en coin. Jacey sentit son ventre s'échauffer, et son cœur commença à battre plus vite.

Elle s'humecta les lèvres et s'éclaircit la gorge. Il fallait qu'elle se calme. Elle ne pouvait pas se permettre de devenir toute chose devant son patron. Il lui avait clairement dit qu'il ne voulait pas sortir avec une employée. Et de toute manière, elle était encore en train d'essayer d'oublier son ex. N'est-ce pas ?

— J'ai de bonnes nouvelles.

Elle tourna le carnet vers lui pour lui montrer ce qu'elle avait écrit. Avant qu'elle puisse ajouter quoi que ce soit, il s'installa à côté d'elle sur la banquette.

Elle se décala immédiatement pour lui faire de la place, et aussi pour essayer de se remettre de l'effet que la proximité du loup lui faisait.

— Ouah. Bon travail, dit-il en hochant la tête d'un air satisfait.

— C'est la liste de ce que contient la cuisine, dit-elle en lui tendant la feuille. Et en dessous, c'est ce qu'il faut commander.

— Très efficace. Attends, on a de la dinde ?

— Deux ou trois dans le congélateur. Pas assez pour proposer des sandwichs de dinde au menu, mais on pourrait les servir dans une soupe de légumes.

— Belle et débrouillarde. J'aurais bien aimé te trouver plus tôt, laissa-t-il échapper.

Elle cligna des yeux sans savoir quoi répondre.

Il se leva et mit les mains sur les hanches.

— Je passerai commande demain, mais ça n'arrivera pas avant la semaine prochaine. Si tu penses qu'on risque de manquer de quelque chose d'ici là, on peut descendre faire des courses en ville.

— Ce ne sera pas nécessaire, à mon avis. Je sais composer avec ce que j'ai.

Elle se leva à son tour et se frotta les mains contre son jean en essayant de ne pas gigoter.

— Si ça ne t'ennuie pas, j'aimerais bien commencer à organiser la cuisine.

— Vas-y. J'ai de la compta à faire. Si tu as besoin de moi, je suis à l'étage. L'entrée de mon appartement est derrière le bar, en haut des escaliers.

— Tu habites ici ?

— Ouais. Au-dessus du bar.

— Ça doit être pratique pour ouvrir à l'heure.

Elle leva les yeux vers le plafond en se demandant à quoi ressemblait l'appartement de Barrett. Était-il décoré à la dernière mode, ou l'avait-il laissé comme il l'avait trouvé ?

— J'ai du mal à sortir la tête du travail, surtout en vivant juste au-dessus, dit-il avec un haussement d'épaules.

— On dirait que tu ne fais que ça. Travailler, je veux dire.

Elle mit ses mains dans ses poches en se sentant un peu idiote, et se demanda pourquoi elle essayait de continuer cette conversation. Depuis son départ du Mississippi, elle préférait la solitude. Elle en avait besoin pour se remettre de ses épreuves. Pourtant, elle avait envie de prolonger ce moment.

— Le boulot, il n'y a que ça de vrai, hein ? lâcha-t-il avec un sourire ironique. Viens me voir si tu as besoin de moi.

Il hocha la tête et sortit du restaurant. Une fois seule, Jacey eut l'impression que la température dans la salle avait perdu quelques degrés. Elle n'avait pas remarqué la chaleur que la large carrure de Barrett semblait émettre avant qu'il ne soit plus là. Autre chose la perturbait, au-delà de son corps parfait conçu pour le péché et des regards qu'il lui lançait. Elle avait étrangement l'impression qu'elle n'était pas la seule à se sentir perdue dans ce monde.

CHAPITRE DOUZE

Après avoir salué le dernier Gardien d'Alabama venu présenter ses condoléances, Damon mit les mains dans ses poches et poussa un soupir. Les loups avaient été si nombreux qu'il avait déjà oublié la plupart de leurs prénoms.

Il avait l'impression d'avoir rencontré un million de Gardiens aujourd'hui.

Le service funéraire s'était mieux passé qu'il ne le craignait. Et il savait que Barrett aurait été impressionné par le nombre de Gardiens venus de tous les États du Sud lui rendre un dernier hommage.

Jack Welbourn s'approcha de lui, un verre de cognac à la main, accompagné de Mildred Jones, de Charles Price, le chef de meute du Tennessee, et de Gerald Davidson, celui de la meute d'Alabama.

— Merci d'avoir envoyé toute cette nourriture, Jack, dit Damon. Je ne m'attendais vraiment pas à ce qu'autant de monde vienne.

— Barrett a compté pour beaucoup de loups, dit Jack avec un petit hochement de tête.

— Je déteste aborder le sujet dans un moment pareil, mais

nous devons parler des affaires des meutes, dit Gerald en inclinant la tête. Nous avons repoussé cette discussion depuis déjà trop longtemps.

— Tu veux parler d'Edward Boudier, dit Damon d'une voix égale.

Les chefs de meute hochèrent silencieusement la tête.

Damon avait demandé que le Grand Tribunal se réunisse pour juger l'ancien chef de la meute de Louisiane, mais le procès avait été reporté en attendant de retrouver le corps de Barrett et de l'enterrer en bonne et due forme. Maintenant que les recherches avaient cessé et que la cérémonie funéraire avait eu lieu, il était temps que Boudier paie pour les crimes qu'il avait commis contre l'État d'Arkansas. Boudier avait donné l'ordre d'assassiner Heimy, un des Gardiens de Louisiane. Il avait aussi orchestré l'enlèvement et la torture de Mitchell et Lucien. Si les Gardiens d'Arkansas n'étaient pas venus les secourir, l'ancien chef de la meute de Louisiane aurait fait deux victimes de plus.

— Ouais, ce connard doit payer, lâcha Damon entre ses dents serrées.

— Oh, il paiera. Il paiera de son sang, gronda Gerald avec un sourire mauvais.

— Je ne comprends toujours pas pourquoi il voulait assassiner ses propres Gardiens, dit Mildred Jones.

— Parce que Boudier est complètement taré, au point de se débarrasser de ses propres Gardiens, dit Charles en secouant la tête. Il aurait dû être arrêté il y a bien longtemps. Je suis navré de ne pas m'en être rendu compte plus tôt. C'est un problème qui concerne toutes les meutes. Il est toujours emprisonné au Texas ?

— Ouais. Mason Brown, le chef de meute, a proposé de le garder sur son territoire jusqu'au procès, répondit Damon en se dirigeant vers la sélection de whisky et d'alcools divers disposée sur une petite table antique sous la fenêtre. Il choisit un verre en cristal, se servit un double whisky et le vida d'un trait.

— Je ne pourrai jamais assez remercier Mason pour son aide. On ne pouvait pas le garder en Arkansas. Tous les loups de l'État auraient essayé de lui faire la peau avant le procès, moi y compris.

— Sans déconner, j'aurais fait l'aller-retour pour lui arracher la tête de mes propres mains, dit Gerald. Ce serait une mort digne d'une sous-merde comme Boudier.

— Il va falloir décider qui sera le prochain chef de la meute de Louisiane. Personne ne s'est porté volontaire pour l'instant, reprit Jack avant de boire une gorgée de cognac. D'habitude, l'alpha a toujours un bras droit. Dans le cas de Boudier, ça aurait été son gendre, mais il est mort.

— Et personne ne veut de la place, ajouta Charles. Boudier a rendu l'État instable.

— Et les Assassins ?

Damon avait beaucoup réfléchi aux trois loups de Louisiane. Leur seule tâche était de retrouver et de tuer les loups qui avaient commis les crimes les plus graves. Ils ne répondaient qu'au chef de meute de Louisiane, et étaient désormais plus ou moins livrés à eux-mêmes.

Jack secoua la tête.

— J'ai discuté avec Brutus l'autre jour. Aucun d'entre eux ne veut prendre le commandement. Selon eux, la situation en Louisiane est tellement compliquée actuellement que personne ne veut être le nouveau chef de meute. Les loups n'ont plus confiance. Ils pensent que le prochain chef sera aussi horrible que Boudier, voire pire.

— Personne ne pourrait être pire que Boudier, pas même Satan en personne, lâcha Gerald avant de boire une gorgée de whisky.

— Et si on inscrivait tous une liste de noms ? Des

Gardiens, des loups du civil, peu importe. On en sélectionne quelques-uns et on vote, proposa Charles.

— Tous les biens de Boudier ont été saisis. Ils seront transférés au prochain chef de meute, dit Jack. On pensait que ce serait sa fille, Ginny, qui en hériterait, mais le Conseil en a décidé autrement. Apparemment, la loi stipule que les possessions de l'ancien chef de meute reviennent automatiquement à son successeur.

— De toute façon, je ne pense pas que Ginny aurait accepté l'argent de Boudier. Et elle a déjà hérité de la fortune de son ancien mari. Cette enflure était plein aux as, et cet argent lui revient légalement. Elle le mérite amplement, après tout ce que fils de chien lui a fait subir.

Damon serra les poings. Jaxon lui avait parlé des violences que Ginny avait endurées de la main de son mari. Heureusement, il était mort et elle ne connaîtrait plus jamais ça.

— Ginny le mérite. Et elle mérite d'être heureuse avec Jaxon, dit Jack.

Damon hocha la tête.

— Damon ! cria Lucien en sortant en trombe de la cuisine, son téléphone à la main. Tu ferais mieux d'écouter ça.

— C'est qui ? demanda-t-il en prenant le téléphone.

— Lorcan. Il dit que c'est à propos de Boudier et que c'est urgent.

L'expression tendue de Lucien mit les nerfs de Damon en pelote. Il approcha le téléphone de son oreille.

— Damon à l'appareil.

— Boudier s'est échappé.

La voix grave de Lorcan résonna dans le combiné. Damon eut l'impression de recevoir un coup dans le ventre.

— Comment ça, Boudier s'est échappé ? fit-il dans un râle.

Les autres chefs de meute cessèrent de parler et braquèrent leurs regards sur Damon, soudain suspendus à ses lèvres.

— Il a joué les filles de l'air, et les Gardiens du Texas ont perdu sa trace, répondit lentement Lorcan.

— Putain, pourquoi le Texas ne m'a pas prévenu ?

— Oh, je suis sûr qu'ils vont t'appeler. Sans doute d'ici cinq secondes.

Son téléphone vibra dans sa poche. Il le sortit pour regarder l'écran. L'appel venait du Texas.

— Merde. Je dois prendre l'appel, lâcha Damon avant d'ajouter : Attends, comment t'es au courant ?

— Être Assassin m'a permis de créer un bon réseau de contacts. Et les Assassins sont généralement avertis avant les chefs de meute, au cas où le problème ne pourrait pas se régler sans notre intervention.

Lorcan raccrocha sans rien ajouter de plus. Damon leva les yeux vers les chefs de meute réunis devant lui.

— Boudier s'est échappé. Le chef de la meute du Texas est en train de m'appeler pour me prévenir.

— C'est ce que Lorcan vient de te dire ? demanda Lucien.

— Oui. On en parlera plus tard. Là, je dois répondre à cet appel, dit-il avant d'ajouter à Lucien : J'ai besoin que tu préviennes nos Gardiens. On doit le retrouver.

Lucien acquiesça et repartit dans la cuisine en courant. Damon entendit la porte de derrière claquer lorsque le loup sortit dans le jardin rassembler les Gardiens.

— On va s'en occuper tous ensemble, Damon, dit Jack. Tous les États enverront des loups. Dis-nous simplement où tu en as besoin.

— Merci, Jack.

Il remercia les chefs de meute d'un hochement de tête et fit glisser son doigt sur l'écran du téléphone pour accepter l'appel.

— Allô, ici Damon.

Chapitre treize

Quand Jacey eut terminé de nettoyer et de ranger la cuisine à sa convenance, Barrett l'emmena manger dans un café situé plus bas dans la rue. Ils avaient parlé de tout et de rien pendant le dîner. C'était agréable de discuter avec un autre loup.

Une fois de retour dans son loft, il resta devant la fenêtre et regarda la rue déserte qui continuait d'être lentement recouverte par la neige. Il neigeait souvent depuis son arrivée dans le Colorado, mais quelque chose lui paraissait différent ce soir. La petite ville lui semblait plus paisible, moins désolée.

Il s'écarta de la fenêtre et commença à faire les cent pas. Jacey avait-elle assez chaud chez Mena ? La vieille dame maintenait-elle la maison à une température agréable ou était-elle pingre et n'allumait-elle pas les chauffages, obligeant Jacey à dormir sous une montagne de couvertures ? Jacey avait-elle seulement une couverture ? Elle n'était arrivée qu'avec les vêtements sur son dos et le contenu de son sac en toile. Même s'il lui avait acheté quelques affaires chaudes indispensables, ce n'était pas suffisant.

— Merde, grogna-t-il en s'ébouriffant les cheveux.

Qu'est-ce qui lui arrivait, bon sang ? Il devait faire profil bas et garder ses distances avec la louve. Bon Dieu, c'était une métamorphe du Sud. Elle risquait de découvrir sa véritable identité. C'était beaucoup trop dangereux.

Il avait besoin de tirer un coup, voilà ce dont il avait besoin. Il ferait mieux de descendre à Durango, ou putain, même à Denver pour rencontrer une jolie fille dans un bar. Il n'y avait pas beaucoup de louves dans le Colorado, mais il en avait croisé quelques-unes dans des bars à Denver avec Ryker.

Il poussa un soupir. Il ne pouvait pas descendre dans la vallée sous cette tempête de neige. Sa Jeep était coriace, mais pas à ce point, et d'ici à ce qu'il arrive en bas, tous les bars seraient fermés.

Il était coincé sur cette montagne, et commençait à avoir la gaule à force de penser à Jacey Miller.

Il baissa les yeux vers la bosse dans son jean. Il pouvait s'en occuper tout seul, mais il préférait quand une femme s'en chargeait. Et puis, il avait toujours tiré fierté de son self-control.

Il resta saisi en se retournant vers la fenêtre. Les lumières de la ville s'étaient éteintes, la neige tombait plus densément et plus fort.

S'il ne pouvait pas baiser, il irait courir.

C'était la nuit idéale pour muter et courir à travers la forêt glacée, ses pattes s'enfonçant à chaque pas dans la neige moelleuse. Il courrait jusqu'à ce que ses idées se remettent en place et que son corps arrête de réagir chaque fois qu'il pensait à Jacey.

Il allait enfin libérer son loup. Il sourit et ramassa ses clés sur le comptoir de la cuisine.

* * *

Jacey avait cherché le sommeil pendant des heures. Elle était même descendue se préparer une tisane de camomille à la cuisine, mais sans le moindre résultat.

Elle arrêta de fixer le plafond victorien et se leva. Elle accueillit la fraîcheur du plancher sous ses pieds nus. Mena devait être frileuse ; la température dans la vieille maison devait égaler celle de l'enfer. Jacey étouffait. Elle s'approcha de la fenêtre et remarqua que la neige tombait de plus en plus fort.

Voilà ce dont elle avait besoin. Sentir la neige froide contre sa peau... ou contre sa fourrure.

Depuis combien de temps n'était-elle pas allée courir ? Une éternité, lui semblait-il, et encore jamais sous la neige.

Elle sourit. La petite ville était endormie. Personne ne mettrait le nez dehors par ce temps, et le seul autre loup dans la région était Barrett.

Elle se trouvait au cœur de la montagne, avec de nombreux endroits où courir et se dégourdir les jambes.

L'excitation la gagna. Elle mit rapidement un jean et un pull, enfila ses nouvelles bottes chaudes et prit son manteau, son sac et la clé de sa chambre. Elle décida de gagner les bois en passant par le jardin derrière la maison. La pente était raide, mais elle s'en sortirait grâce à sa vue de louve.

Souriant comme un enfant à sa fête d'anniversaire, elle sortit de sa chambre, descendit l'escalier, ouvrit silencieusement la porte d'entrée et sortit dans la nuit.

Des flocons atterrirent sur son visage et fondirent rapidement contre sa peau. Elle accueillit les petits baisers glacés avec plaisir et se hâta de s'éloigner de la maison pour se déshabiller et muter. La neige tombait encore plus fort que tout à l'heure. De gros flocons s'accrochaient à ses cils.

Elle éclata de rire, puis renversa sa tête en arrière et ouvrit la bouche pour laisser des flocons fondre sur sa langue.

Elle repéra un grand arbre aux abords de la maison. Elle accrocha son sac à l'une des branches basses et posa son manteau par-dessus avant d'enlever son pull et de le ranger dans le sac. Elle n'avait pas pris la peine de mettre des sous-vêtements pour ne pas s'embarrasser de trop d'affaires. Elle retira ses bottes et laissa échapper un petit rire en posant ses pieds nus dans la neige moelleuse. Elle se débarrassa de son jean et le fourra dans le sac. Elle retrouverait facilement ses affaires quand elle reprendrait forme humaine.

Elle s'accroupit et enfonça ses mains dans l'épaisse couche de neige immaculée. La forêt était plongée dans le noir, la neige qui tombait masquant la lune. Une fois sous sa forme lupine, sa vue serait beaucoup plus aiguisée. Ses yeux de louve la guideraient et lui permettraient de retrouver son chemin.

Elle ferma les yeux et laissa la mutation débuter. Ses os changèrent de forme, ses tendons s'allongèrent et de la fourrure douce apparut sur son corps. Elle se sentit changer, prendre la forme de l'animal tapi en elle.

Elle leva son museau vers le ciel et poussa un hurlement qui résonna à travers la nuit, puis elle commença à courir.

Elle fonça, ses jambes la portant à toute vitesse à travers la neige. Elle s'enfonça de plus en plus profondément dans la forêt.

Elle détecta une odeur étrange dans l'air. Un parfum de danger.

Quelque chose de tranchant se referma autour de l'une de ses pattes avant. Sa course fut arrêtée net et elle atterrit lourdement dans la neige. Elle poussa un glapissement et vit des gouttes écarlates teinter la neige. Son sang.

La douleur s'éveilla dans sa patte et remonta jusqu'à sa cuisse.

Elle essaya de libérer sa patte mais en fut incapable. Elle baissa le museau pour voir ce qui la retenait prisonnière et vit des mâchoires métalliques briller sous la neige. La panique lui comprima la poitrine. Son sang se glaça.

Elle était prise dans un piège. Un piège délibérément placé pour attraper un animal.

— Tiens, tiens. On dirait qu'on a eu un loup.

Un humain vêtu d'une tenue au motif camouflage sortit des bois et braqua une lampe-torche dans ses yeux. Elle poussa un grondement grave et sa fourrure se hérissa. L'humain sortit un revolver et visa sa tête.

— Sam, ramène le camion. On l'embarque, dit-il.

— Mais il est encore vivant, répondit l'autre chasseur en la regardant.

Leurs yeux étaient vides et ne contenaient aucune bonté. Ces hommes voulaient du sang. Son sang.

— Il nous le faut vivant. On nous paiera un paquet pour une louve comme ça, rétorqua le chasseur.

— Je comprends pas pourquoi. Ils veulent pas juste prendre sa fourrure ?

Jacey se sentit nauséeuse. Un taré allait l'écorcher vive.

— Je pose pas de questions, et tu devrais faire pareil, fit le chasseur avant de secouer la tête. Tu sais comment sont les Sudistes. Si ça se trouve, il veut se la taper.

— D'accord. Mais envoie-lui d'abord une fléchette de calmants. J'ai pas envie d'attraper la rage avec ce clébard, lâcha l'autre homme en s'éloignant dans la nuit.

Jacey poussa un grondement aussi féroce et sonore qu'elle le put. Si son heure était vraiment arrivée, elle ne comptait pas mourir sans se battre.

Le chasseur la visa avec son arme et appuya sur la détente. Elle gronda, et une douleur cinglante lui paralysa l'épaule. Sa vision commença à se troubler. Elle avait soudain l'impression que ses forces l'abandonnaient en se déversant dans la neige. Elle voulut bouger, mais elle avait la tête lourde et son corps ne lui obéissait plus.

Tétanisée par la peur, elle sentit ses paupières se fermer, la plongeant dans une obscurité terrifiante.

CHAPITRE QUATORZE

Barrett ne roula pas longtemps avant de se garer sur le bas-côté de la route couverte de neige. Il sortit de la Jeep et se déshabilla. Les flocons glacés qui atterrissaient sur sa peau chaude fondaient instantanément.

Sa respiration s'accéléra. Il sentit des frissons d'excitation le traverser.

C'était exactement ce qui lui fallait. Courir dans la neige et laisser ses problèmes se fondre dans la nuit noire, les y abandonner pour toujours.

Il ferma les yeux et appela l'animal en lui. Il se crispa quand les tiraillements douloureux débutèrent dans sa colonne vertébrale et se propagèrent dans tout son corps. Il avait attendu trop longtemps sans libérer son loup. Il se força à respirer calmement et à endurer la douleur causée par ses os qui s'allongeaient et ses tendons qui changeaient de forme. Il accueillit la souffrance mordante et laissa sortir l'animal tapi à fleur de peau.

Le loup leva la tête vers le ciel et se gorgea de la nuit, de la neige et de la nature.

Un hurlement déchira soudain le silence, le glaçant jusqu'aux os.

C'était un loup, aucun doute. Et ce hurlement était un cri de douleur.

Tous ses poils se hérissèrent. Il tourna la tête en direction du son et poussa un grondement guttural.

Il commença à courir vers le bruit, son esprit tournant à cent à l'heure.

Deux lumières tressautaient au loin, au niveau du sol. Il capta l'odeur de deux humains et celle d'une louve.

Son cœur manqua un battement. Le parfum de la louve lui était distinctement familier.

Jacey.

Il fonça de plus belle vers les lumières. Un chasseur dans une tenue camouflage avait un pistolet braqué sur Jacey. Il accéléra, essayant d'arriver avant que...

La détonation retentit dans la nuit enneigée. Barrett n'entendit soudain plus rien. Il vit Jacey s'écrouler dans la neige.

La peur et la révulsion le figèrent, partant de sa poitrine et se propageant jusqu'à ses doigts et ses orteils. Il entra dans une rage noire et poussa un rugissement féroce avant de bondir et de se jeter sur le chasseur qui avait tiré.

Ils roulèrent au sol. Barrett voulait lui arracher la gorge, putain, il voulait voir son sang se déverser sur le manteau de neige blanc jusqu'à ce qu'il devienne pourpre.

— Nom de Dieu !

Le deuxième humain sortit de la ligne des arbres. Barrett leva la tête en grondant.

L'homme sortit un revolver de sa ceinture et visa le loup, mais Barrett fut plus rapide. Il lâcha son adversaire, fendit l'air et atterrit sur l'autre chasseur, le plaquant au sol à son tour.

Il plongea son regard dans celui de sa proie. Les yeux de

l'homme s'agrandirent, et Barrett le sentit trembler sous ses pattes.

— Pitié, pitié, pitié, bredouilla-t-il.

Une désagréable odeur d'urine emplit l'air. Le chasseur s'était pissé dessus.

Alors comme ça, cet humain se croyait assez courageux pour prendre une vie, mais il perdait le contrôle de sa vessie quand la situation était inversée ?

Barrett poussa un grondement retentissant. Il voulait que l'homme comprenne toute la douleur qu'il allait infliger à son corps fragile.

Un petit geignement dans son dos lui fit tourner la tête.

Jacey poussa un autre gémissement et essaya de lever la tête, sans y parvenir.

L'espoir se réveilla dans le cœur de Barrett. Elle n'était pas morte.

Il abandonna l'humain, courut vers elle et approcha sa truffe de sa tête.

Il sentit la faible expiration d'air sur son museau poilu.

Elle était vivante.

Il se retourna vers les chasseurs qui se remettaient debout avec difficulté et poussa un grondement d'avertissement.

Ils s'enfuirent sans demander leur reste en direction d'une camionnette garée non loin des arbres.

Il les regarda monter à bord du véhicule, démarrer en trombe et s'éloigner vers la route avant de se repencher vers Jacey.

Elle cligna lentement des yeux et essaya à nouveau de lever la tête. Il inspecta son corps pour trouver la balle, et découvrit une fléchette de tranquillisant plantée dans son épaule.

Il saisit la fléchette entre ses mâchoires, tira pour l'extraire de la fourrure de Jacey et la cracha dans la neige.

Il n'avait jamais vu une louve comme elle. Sa fourrure

grise semblait scintiller sous la faible clarté de la lune. C'était une louve grise, comme lui, mais sa fourrure était si claire qu'elle paraissait argentée, presque blanche.

Il frotta son museau contre le sien, et elle battit faiblement des paupières. Elle voulut lever sa patte avant et poussa un gémissement.

Il baissa les yeux vers sa patte et sentit une boule obstruer sa gorge. Elle était prise dans un piège, et elle saignait.

Ces enfoirés l'avaient attrapée dans un piège et lui avait tiré une fléchette dessus. Il aurait dû les tuer quand il en avait eu l'occasion.

Il ne pouvait pas l'aider sous sa forme de loup. Comprenant ce qu'il devait faire, il leva la tête et reprit forme humaine en poussant un hurlement.

Il s'accroupit au-dessus de Jacey. Elle luttait contre les effets du tranquillisant pour essayer de rester réveillée.

— Jacey, si tu m'entends, ne t'inquiète pas. Je vais te libérer, lui murmura-t-il à l'oreille.

L'odeur de la peur de la louve emplit ses narines. Il comprenait ; elle se sentait vulnérable, seule, terrifiée.

Il détestait la voir dans cet état. Il posa la main sur sa fourrure et descendit jusqu'à sa patte emprisonnée. Elle geignit, mais ne bougea pas. Il écarta lentement les mâchoires du piège à la force de ses mains jusqu'à ce qu'elle puisse sortir sa patte. Il ne voulait pas que le piège blesse d'autres animaux, alors il continua de forcer jusqu'à ce que le ressort casse, le rendant inopérant. Il le balança contre un tronc d'arbre et se retourna vers Jacey.

Elle poussa un gémissement plaintif quand il lui fit lever sa patte blessée.

— Je vais te porter, d'accord ?

Il n'était pas sûr qu'elle apprécie qu'il soit nu, mais il n'avait pas vraiment le choix. Ses vêtements étaient restés dans la Jeep.

Elle cligna une fois des yeux. Il décida de prendre ça pour un oui.

Il passa les bras sous son corps, la souleva précautionneusement en la serrant contre son torse et se mit debout. La fourrure de Jacey lui chatouillait la peau. Il n'avait jamais touché une fourrure aussi douce.

La tenant fermement contre lui, son museau posé sur son épaule, il se mit à marcher en direction de la route.

La neige craquait sous ses pieds nus, mais il sentait à peine la morsure du froid. Il ne pensait qu'à Jacey.

Il pouvait sentir les battements de son cœur contre son torse, faibles mais réguliers. Il s'arrêta devant son véhicule.

Il libéra un de ses bras pour ouvrir la porte arrière, posa doucement Jacey sur la banquette et prit une couverture dans le coffre pour l'en envelopper. Il souleva sa patte blessée pour l'examiner.

Sa fourrure argentée était tachée de rouge et sa patte avait un angle bizarre. Ce foutu piège lui avait cassé un os. Heureusement, c'était une louve et elle guérirait vite, mais cette pensée n'apaisa en rien la colère de Barrett.

Il chercha de quoi confectionner un bandage dans la boîte à gants, mais ne trouva rien. Il n'avait aucun pansement, même pas un chiffon...

Son regard se posa sur ses vêtements posés en tas sur le siège conducteur.

Il déchira son t-shirt en plusieurs bandes jusqu'à ce qu'il obtienne la taille qu'il voulait, puis revint auprès de la louve et entoura délicatement sa patte du tissu pour empêcher la blessure de saigner. Après avoir noué le bandage improvisé, il se pencha pour lui murmurer à l'oreille :

— Je vais attacher ta ceinture. C'est pour éviter que tu glisses pendant le voyage. On rentre à la maison.

Elle ouvrit lentement les yeux, battit des paupières et se rendormit.

C'était une bonne chose. Au moins, elle ne souffrait pas quand elle dormait.

Barrett sentit sa fureur repartir de plus belle. Il avait envie de retrouver les humains et de leur régler leur compte. Mais dans l'immédiat, Jacey avait besoin de lui.

La vengeance devrait attendre.

Il attacha la ceinture en prenant soin de faire passer la bande sous la patte de la louve, puis il enfila son jean et ses bottes avant de s'installer derrière le volant et de démarrer en trombe.

Il ne fallut pas longtemps avant que ses phares n'éclairent le mur en briques du bar-restaurant. Il coupa le moteur et se hâta de sortir Jacey de la voiture pour l'installer à l'étage.

Il n'avait pas eu à réfléchir longtemps avant de décider de l'emmener ici. Il ne pouvait décemment pas amener la louve chez Mena ; la vieille dame aurait la trouille de sa vie. Son appartement était le seul endroit où Jacey pourrait se rétablir en sécurité.

Il grimpa les marches deux par deux et déverrouilla sa porte.

Il entra, referma la porte avec son pied et porta Jacey jusqu'à son lit. Il la posa sur la couette et libéra doucement ses bras en laissant ses doigts plonger dans sa fourrure soyeuse.

Une décharge électrique le traversa. Il fit quelques pas en arrière.

Tout à coup submergé par l'émotion, il eut envie de s'allonger près d'elle et de s'endormir en la serrant contre son torse.

Il secoua la tête. Il ne pouvait pas faire ça. Bon sang, pourquoi pensait-il à une chose pareille ?

Il regarda le réveil. Presque deux heures du matin. Il vérifierait le pansement de Jacey dans quelques heures pour s'assurer que sa blessure cicatrisait correctement.

Incapable de trouver le sommeil, il sortit une tasse d'un placard au-dessus de l'évier et remplit la machine de café moulu. Bon sang, que son ancienne machine à café lui manquait. Il la gardait à la base, dans la pièce secrète de son bureau. Il l'avait commandée en ligne ; elle avait coûté plus de mille dollars, mais elle valait chaque centime.

Il avait amassé une petite fortune au cours de sa carrière de chef de meute. Sans parler de l'argent dont il avait hérité de sa famille en Caroline du Sud.

Mais maintenant qu'il était mort, Damon avait hérité de son argent, et la fortune de sa famille serait transmise au prochain héritier.

Ryker lui avait donné une carte de crédit pour les urgences et une grosse liasse de billets, dix mille dollars, au cas où il devrait brusquement prendre la fuite. Il n'avait pas touché à cette somme avant d'acheter des vêtements chauds à Jacey.

Ça n'avait pas vraiment d'importance. Il avait de quoi vivre avec ce que lui rapportait le Mountain Top Bar & Grill. Il avait besoin de mettre un peu d'argent de côté en attendant de trouver un autre endroit où recommencer sa vie. De préférence dans une région plus chaude, à Hawaï ou aux Bahamas.

Il remplit sa tasse de café et tira une chaise pour s'asseoir près du lit sur lequel la louve de Jacey était couchée. Il s'installa et but une gorgée de café chaud en observant ses traits à la recherche du moindre signe d'inconfort.

Sa poitrine se soulevait et redescendait doucement. Sa fourrure presque blanche tremblait, et ses pattes arrière commencèrent à remuer comme si elle courait.

Elle était en train de rêver.

Il posa sa tasse et se pencha vers elle.

— Tout va bien. Tu ne risques plus rien, dit-il d'un ton apaisant en lui caressant le dos.

Elle cessa de s'agiter et entra bientôt dans un sommeil profond et réparateur.

Barrett se réadossa à la chaise et croisa les bras sans la quitter des yeux.

Il n'arrivait pas à s'expliquer la terreur qu'il avait ressentie en la découvrant couchée dans la neige tachée de sang, immobile. Il avait senti sa poitrine se comprimer comme si une main invisible avait plongé entre ses côtes pour serrer son cœur dans sa poigne.

Pourquoi avait-il été si affecté à l'idée de la perdre ? Était-ce parce qu'il détestait voir une femme souffrir ? Parce qu'avoir un métamorphe à qui parler était agréable, même s'il n'aimait pas l'admettre ? Ou était-ce quelque chose de plus ?

Il passa la main dans sa chevelure et poussa un grognement grave.

Putain. Il allait devoir se remettre les idées en place, et vite. Il n'allait pas laisser Jacey Miller s'insinuer dans sa vie. Il en était absolument hors de question.

Dès qu'elle irait mieux, il devrait établir des limites strictes avec elle.

Et retrouver sa vie normale et ennuyeuse.

— Je veux qu'on le retrouve. Est-ce que c'est bien clair ? demanda Damon d'une voix tonnante à ses Gardiens réunis dans son bureau sur la base de Little Rock.

Dès que le chef de la meute du Texas lui avait confirmé que Boudier s'était échappé, Damon avait envoyé Jayden et Braxton en apprendre plus dans l'État à l'étoile solitaire.

Les autres Gardiens étaient rentrés à Little Rock pour se préparer à une chasse à l'homme.

— Braxton et Jayden sont en route pour le Texas. Tous les autres chefs de meute ont envoyé deux de leurs Gardiens pour les accompagner.

Damon avait accepté leur offre. Plus ils seraient nombreux, plus vite Boudier serait retrouvé.

— Lucien, ton frère t'a recontacté ?

— Il dit que Brutus, Killian et lui se demandent si Boudier ne va pas essayer de revenir en Louisiane pour récupérer son argent.

— Dis à Lorcan de rester en Louisiane avec les autres Assassins. Si la population lupine apprend que leur ancien chef de meute est en cavale, ça risque de partir en sucette. Je l'appellerai plus tard pour lui poser des questions sur les Gardiens de Louisiane, ajouta-t-il en hochant la tête.

— Tu ne penses quand même pas que les Gardiens de Louisiane essaieraient d'aider Boudier ? demanda Jaxon en fronçant les sourcils.

— Boudier gouvernait par la menace et l'intimidation. Ils savent tous qu'ils sont mieux sans lui, mais il leur fait toujours peur. On va devoir trouver un nouveau chef pour ce territoire rapidement. D'ailleurs, Lucien, préviens Lorcan qu'on est en train d'y travailler avec les autres chefs de meute. Ça devrait nous permettre de gagner un peu de temps.

— Ça marche, dit Lucien en sortant son téléphone.

Il sortit dehors pour passer l'appel.

— Putain, comment est-ce que Boudier a réussi à s'échapper ? Ça n'a pas de sens, lâcha Jaxon.

— C'est ce que Braxton et Jayden vont essayer de découvrir. Pour le moment, je veux que tout le monde surveille nos frontières au cas où Boudier aurait prévu une attaque contre l'Arkansas.

— Il aurait besoin d'aide pour réussir un coup pareil, remarqua Zane en secouant la tête. Depuis la mort de Barrett, je suis presque sûr que tous les Gardiens de Louisiane refuseraient même de lui pisser dessus s'il prenait feu.

— On ne sait jamais. Mes tripes me disent que quelqu'un lui donne un coup de main. Une personne à laquelle on n'a pas pensé.

— La sorcière ? proposa Zane.

— Ça m'étonnerait, dit Ryker. Boudier veut sa mort depuis qu'elle l'a trahi.

— Ryker. Je me demandais où tu étais, lâcha Damon.

— J'étais à la cérémonie, comme vous.

Il haussa les épaules avant de s'adosser contre le mur près de la porte.

— Je ne t'ai pas vu.

— Il n'est pas entré, dit Lucien. Il est resté dehors, dans la forêt. Comme un petit renard mignon, trop timide pour s'approcher.

— Alors comme ça, tu me trouves mignon. Merci du compliment, mais les mecs, c'est pas trop mon truc, dit Ryker avec un sourire en coin.

— Abruti, rétorqua Lucien.

— Bon, vous pouvez y aller. Mais restez joignables. Gardez votre téléphone chargé et sur vous à tout moment, dit Damon.

Tous les loups hochèrent la tête et sortirent du bureau.

— Ryker, j'aimerais te parler.

Ryker inspira profondément et se décolla du mur. Il attendit que le dernier Gardien ait quitté la pièce avant de s'asseoir sur la chaise en face de Damon.

— On ne t'a pas beaucoup vu, ces derniers temps.

— Mais j'ai toujours fait mon travail, dit le Gardien d'un air méfiant.

— Je n'ai pas dit le contraire. Écoute, je sais que tu as eu du mal à gérer la mort de Barrett.

— Comme nous tous, lâcha Ryker.

Damon hocha gravement la tête.

— Oui. C'est vrai. Mais tu étais encore plus proche de lui. Chaque fois que je venais dans son bureau, tu étais dans les parages. Il avait confiance en toi.

— En toi aussi. Assez pour te désigner comme chef de meute, remarqua Ryker en haussant les épaules.

Damon se figea, soudain pris d'un doute.

— Ryker, est-ce que ça te dérange que Barrett ne t'ait pas choisi comme chef de meute ?

Ça pourrait expliquer pourquoi on ne voyait presque jamais le Gardien dans la base. Et pourquoi, quand il était là, il ne se mêlait pas aux autres.

— Putain, non, répondit Ryker avec une expression horrifiée. Pourquoi j'aurais envie de me coltiner des maux de tête ?

— Crois-moi, ça te plairait pas, confirma Damon avec un rire sec.

— Je sais que c'est compliqué, surtout avec l'évasion de Boudier, mais j'ai posé une semaine de congés à partir de demain, dit Ryker en baissant la tête.

— Je sais. C'est de ça que je voulais te parler. Étant donné les circonstances, on va devoir reporter tous les congés.

— Quoi ? cria Ryker. Mais j'ai déjà réservé.

— Dis-moi, qu'est-ce que tu as de si important à faire pour être prêt à laisser tes frères retrouver le loup qui a tué ton chef de meute sans toi ? gronda Damon.

Il mit les mains sur les hanches. Ryker lui cachait quelque chose.

— Ça te regarde pas, lâcha le Gardien entre ses dents serrées.

— Si tu refuses de me le dire, je ne peux pas t'autoriser à y aller, soupira Damon.

— C'est n'importe quoi, putain !

Ryker envoya son poing dans le mur en parpaing. La pièce trembla sous la force du coup, mais le mur tint bon. Après les bombardements dirigés contre la meute quelques temps plus tôt, Barrett avait fait renforcer tout le bâtiment. Damon serra les poings et s'approcha du loup d'un air menaçant.

— Ryker, tu ferais bien d'apprendre à montrer un peu de respect, et vite.

Zane et Lucien ouvrirent la porte et passèrent la tête à l'intérieur du bureau. Zane entra dans la pièce, son regard voyageant entre Ryker et Damon.

— Tout va bien, là-dedans ? On aurait dit qu'une bombe explosait.

Derrière Zane, Lucien regarda Damon d'un air interrogateur.

— Ouais, tout va bien. Ryker a juste un peu de mal à s'habituer à un nouveau chef de meute, c'est tout, dit Damon sans quitter ce dernier des yeux.

Quand un muscle tressauta sur la joue de Ryker, Damon comprit qu'il avait le plus grand mal à fermer sa gueule.

Zane et Lucien entrèrent dans le bureau et se tournèrent vers leur frère Gardien, l'air à la fois surpris et inquiets.

— Ryker ?

— Ça va, répondit Ryker en hochant la tête. Tout le monde va bien, putain.

Lucien et Zane regardèrent Damon sans bouger et attendirent qu'il acquiesce pour sortir du bureau en laissant la porte grande ouverte.

Il savait que ses Gardiens ne fermaient pas la porte parce qu'ils craignaient de retrouver deux cadavres en réouvrant.

Damon prit une profonde inspiration et regarda Ryker. Il devait mettre les choses au clair tout de suite, sinon le Gardien perdrait tout respect pour lui et n'accepterait jamais son autorité.

— Ryker, je viens de te donner un ordre. Celui de ne pas partir en congés et de reporter tes vacances. Quand Boudier sera capturé, n'hésite pas à les reposer. Mais en attendant, tu n'iras nulle part, dit Damon d'une voix ferme.

Il vit Ryker hésiter, réfléchir à ce qu'il allait répondre. Damon sentit qu'au fond, le Gardien avait envie de l'envoyer se faire foutre et de lui dire qu'il ferait ce qu'il voulait.

Pourtant, il hocha finalement la tête, tourna les talons et sortit du bureau.

Damon se passa la main sur le visage et grogna à voix basse. Il n'avait jamais vu Ryker dans cet état, à cran et complètement renfermé.

Il se souvenait ce que c'était d'être un solitaire. Si Barrett ne l'avait pas intégré dans les rangs des Gardiens d'Arkansas, Damon était sûr qu'il aurait fini comme Ryker.

À l'époque, Damon était amer, isolé et seul. Et ça lui convenait. Jusqu'à ce qu'il devienne membre de la meute d'Arkansas. Jusqu'à ce qu'il rencontre Ava. Maintenant, il était transformé pour toujours.

Voir Ryker était comme regarder son passé dans un miroir.

Il se passait des choses ténébreuses dans la vie de son Gardien, et il avait envie de savoir de quoi il s'agissait.

Il n'abandonnerait pas avant de découvrir la vérité.

CHAPITRE SEIZE

Jacey grimaça. La douleur l'avait réveillée. Elle ouvrit les yeux en battant des cils, et sentir son cœur s'accélérer quand elle ne reconnut pas ce qui l'entourait. Son regard chercha dans la pièce et se posa sur Barrett. Il était endormi sur une chaise, qui se renversait dangereusement en arrière contre le mur en briques du loft.

Elle se détendit, rassurée. Elle devait être dans son appartement au-dessus du bar.

Les évènements de la nuit dernière lui revinrent brutalement en mémoire, et la nausée la prit à la gorge.

Elle se redressa dans le lit et étouffa un cri en appuyant sur sa main douloureuse.

Barrett se réveilla en sursaut. La chaise et lui atterrirent sur le plancher en bois dans un grand fracas.

Il avait l'air contrarié en se relevant.

— Tu vas bien ? demanda-t-elle avant de grimacer.

Sa gorge était si sèche et irritée que parler lui faisait mal. Il fronça les sourcils.

— Ce n'est pas moi qui me suis retrouvé pris dans un piège. Comment va ta main ?

Le drap glissa de sa poitrine, et Jacey sentit l'air frais passer sur ses seins nus.

Merde. Elle était à poil.

Le visage de Barrett devint cramoisi et il lui tourna hâtivement le dos. Elle remonta le drap jusqu'à son menton et ferma les yeux.

Bien sûr qu'elle était nue. Elle était sous sa forme de louve quand le piège s'était refermé sur sa patte. Maintenant qu'elle avait repris forme humaine, elle était aussi nue que le jour de sa naissance.

Sans quitter la fenêtre des yeux, il dit après s'être éclairci la gorge :

— Je n'ai pas retrouvé tes vêtements.

— Je les ai laissés dans la forêt derrière le jardin de Mena, répondit-elle avant de secouer la tête. Je n'aurais pas dû sortir hier soir. C'était stupide. J'aurais dû être plus prudente.

Il se retourna brusquement et la transperça de son intense regard vert.

— Jacey, tu n'as rien à te reprocher. Tu avais tous les droits d'être dehors hier soir. Ces chasseurs sont les connards qui n'auraient jamais dû être là, continua-t-il d'un ton létal. Si jamais je les retrouve, je leur arrache le cœur.

Elle le regarda sans rien dire. Étrangement, elle le crut.

— Comment va ta main ?

Il s'approcha du lit en regardant son pansement. Elle déglutit avec difficulté lorsqu'il lui fit doucement lever le bras en l'air pour examiner sa blessure de plus près.

— J'ai encore mal, mais c'est presque guéri, réussit-elle à répondre.

Le parfum de Barrett l'enveloppa, et elle se rendit compte qu'elle se trouvait dans une situation très intime avec son patron.

— Pas aussi vite que ça devrait, dit-il d'un air préoccupé.

Les chasseurs avaient peut-être empoisonné le piège. Ça expliquerait pourquoi tu n'as pas encore cicatrisé.

Il alla ouvrir un placard au-dessus de la cuisinière.

— Merci de... m'avoir sauvée hier soir.

Elle sentit ses joues chauffer, mais elle ignorait si c'était parce qu'elle n'aimait pas admettre qu'elle avait eu besoin d'aide ou parce qu'elle était nue comme un ver.

— Pas de quoi.

Il interrompit ce qu'il était en train de faire pour se retourner et la regarder dans les yeux. Quelque chose passa dans son regard, puis disparut aussi vite que c'était venu.

Elle détourna la tête, déstabilisée par ses yeux verts. Aucun homme ne l'avait encore rendue si gauche et maladroite.

Elle leva la main et tourna son poignet dans tous les sens. Les dents du piège avaient mordu jusqu'à l'os, déchiré des tendons et du cartilage, mais l'os s'était réparé pendant la nuit. Elle fit la grimace en essayant de serrer le poing.

— Tu dois y aller doucement. Laisse-toi le temps de guérir, dit Barrett en approchant pour lui tendre une tasse fumante. Tiens, bois ça.

— Qu'est-ce que c'est ? demanda-t-elle en prenant la tasse de sa main valide.

— Une tisane qui aidera ton corps à éliminer les produits toxiques que les chasseurs ont mis sur le piège.

Au lieu de se rasseoir sur la chaise, Barrett s'installa sur le lit à côté d'elle.

Elle inspira la vapeur qui montait de la tasse brûlante, puis le regarda.

— Ça sent comme une prairie pleine de fleurs de printemps.

Un sourire renversant étira les lèvres de Barrett.

— Je n'avais jamais entendu quelqu'un le dire comme ça, mais oui, il y a plusieurs fleurs dans cette décoction.

Elle hocha la tête, incapable de détacher son regard du sien.

Il parut un peu inquiet.

— Est-ce que tout va bien ? Tu as l'air chaude, dit-il en posant sa grande main sur son front. Tu n'as pas l'air d'avoir de la fièvre.

Non, pas de fièvre. Juste un bel idiot.

— Je vais bien. Je suis juste gênée d'avoir eu besoin que tu viennes à mon secours hier soir.

Jacey but une gorgée de tisane et laissa le doux arôme floral glisser dans sa gorge.

— J'essaie de prendre ma vie en main et je n'ai pas l'impression de bien m'en tirer, ajouta-t-elle en secouant la tête.

— Prendre sa vie en main, ça demande du temps. J'en sais quelque chose, dit-il avec un petit rire amer.

— Toi ?

— Oui, moi, dit-il en haussant un sourcil. Pourquoi ? Je donne l'impression d'arriver à tout gérer ?

Son ton moqueur la fit sourire.

— Davantage que la plupart des gens.

— Ça prend du temps. Tu essaies encore de trouver tes repères pour le moment. Dès que tu auras une routine, tu t'habitueras à ta nouvelle vie plus facilement.

— Tu en es là, toi ? Tu t'es habitué à ta nouvelle vie ?

Elle porta la tasse à ses lèvres en étudiant son expression.

— Pour le moment.

— Alors, tu ne te vois pas rester dans le Colorado ?

Elle frissonna et remonta le drap plus haut vers son menton. Barrett fronça les sourcils. Il prit la couverture au pied du lit et la posa autour de ses épaules nues. Quand ses doigts effleurèrent sa peau, elle oublia presque de respirer.

Ses mains s'attardèrent juste un peu trop longtemps pour être innocentes, mais cependant pas assez pour rendre le contact intime. Chaque fois qu'il la touchait, le cœur de Jacey partait à cent kilomètres-heure.

— Rester dans le Colorado ? répéta-t-il à voix basse en se tournant vers la fenêtre. C'est une question difficile.

Son regard sembla se perdre dans le paysage hivernal.

— J'imagine que j'irai où je dois aller. Et si je dois rester ici, je resterai.

— Mais tu es libre. Tu es célibataire, rien ni personne ne te retient. Tu peux faire ce que tu veux, aller où bon te semble. Si tu n'as pas vraiment envie de tenir un bar, fais autre chose. Il n'est pas trop tard.

Il se retourna et soutint son regard pendant une minute. Il finit par détourner les yeux, mais elle avait eu le temps d'y déceler une trace de tristesse.

— C'est là que tu te trompes. Pour moi, c'est trop tard.

CHAPITRE DIX-SEPT

Putain, mais qu'est-ce qui ne tournait pas rond chez lui ? Barrett poussa un grognement. Son souffle s'échappa en volutes de vapeur dans l'air. Il souleva la hache au-dessus de sa tête et laissa la lame retomber lourdement sur la bûche. Elle se fendit proprement en deux sur toute la longueur.

Barrett prit une autre bûche et la posa sur la souche. Il recommença la même action et fendit le bois d'un seul coup de hache.

En réalité, il avait déjà assez de bois pour alimenter la cheminée du loft, mais il cherchait une excuse pour s'éloigner de Jacey.

Il lâcha un autre grognement et fendit une nouvelle bûche avant de se pencher pour ranger les morceaux sur le tas de bois qui grandissait à vue d'œil.

Il était à cran depuis ce qui était arrivé à Jacey la veille, et en plus de ça, il aurait déjà dû avoir des nouvelles de Ryker depuis quelques temps. Ils avaient un système. Ryker l'appelait un jeudi par mois, ils n'utilisaient pas leurs noms et se servaient d'un code pour communiquer. Ils avaient convenu avant le départ de Ryker de ne jamais parler ouvertement de la meute par téléphone. Même si leurs lignes étaient sécurisées, Ryker était complètement parano et craignait que quelqu'un découvre que Barrett était vivant.

Ce qui mettrait la meute en danger.

Ryker en avait peut-être eu marre de l'appeler. Il commençait peut-être à se faire à son absence. Il l'avait peut-être oublié.

C'était sans doute pour le mieux.

Et puis, Ryker péterait un câble s'il apprenait que Jacey se trouvait actuellement dans son loft. Il estimerait qu'elle mettait leur secret en danger et représentait un trop gros risque que sa véritable identité soit découverte.

Mais il ne la laisserait pas découvrir ses secrets. Son ancienne vie était derrière lui. C'était son fardeau à porter dans sa nouvelle existence.

Il poussa un grondement en abattant la hache sur le bois en un coup violent et efficace.

Pourquoi Ryker ne l'avait-il pas simplement laissé mourir ? Pourquoi avait-il fallu qu'il le ramène à la vie ? Ce n'était pas comme s'il lui restait quoi que ce soit. Il n'avait aucun rôle, aucune utilité, rien.

Il n'était plus que le propriétaire d'un bar-restaurant miteux. Il n'avait pas croisé le moindre danger avant l'épisode de la nuit dernière avec Jacey.

Il sourit en se rappelant la tête des chasseurs quand il leur avait sauté dessus. C'était bon de se remettre dans le bain et de botter quelques culs, même juste pour un instant.

Il arrêta sa besogne et regarda la pile de bois coupé. Il travaillait sans relâche depuis une demi-heure et ne transpirait même pas.

Il planta la hache dans la souche et leva la tête vers son appartement.

Jacey s'était endormie après avoir bu la tisane.

Elle serait affamée en se réveillant. Il foula la neige pour retourner dans le bâtiment. Il n'y avait pas grand-chose à manger chez lui. Il décida de prendre de quoi leur préparer à manger dans la cuisine du restaurant puis d'aller récupérer les habits de Jacey. Ensuite, il appellerait Helen et lui dirait de ne pas venir travailler aujourd'hui. Il préférait fermer le bar pour ne pas laisser Jacey seule ce soir. De toute façon, il n'y aurait pas beaucoup de clients par ce temps.

Comme l'avait dit Helen, il était temps qu'il ralentisse le rythme et ferme un soir par semaine.

C'était le moment ou jamais pour commencer.

* * *

Jacey n'avait pas réussi à se rendormir après le départ de Barrett. Elle enroula le drap autour d'elle et fit lentement le tour du loft.

Elle remarqua qu'aucune photographie ne décorait les murs et qu'aucun objet personnel n'était en vue. Il n'y avait qu'une lampe et un vieux réveil sur la table de chevet.

Sans les quelques objets d'usage quotidien dans la pièce, le loft aurait eu l'air abandonné. Mais les hommes préféraient peut-être vivre dans ce genre d'espaces épurés et minimalistes.

Elle s'approcha de la fenêtre donnant sur l'arrière du bâtiment et vit Barrett dehors, torse nu. Il leva la hache au-dessus de sa tête et fendit une buche d'un seul coup. Il posa un autre morceau de bois sur la souche et recommença.

Elle le regarda, incapable de détacher les yeux de sa silhouette. Les muscles de son dos ondulaient à chacun de ses mouvements. Elle sentit son bas-ventre s'échauffer.

Il était incroyablement séduisant.

Elle inspira profondément et s'obligea à s'écarter de la fenêtre. Elle alla de l'autre côté du loft, où les fenêtres donnaient sur la rue principale de la petite ville.

La neige tombait toujours et avait déjà recouvert la rue d'une épaisse couche blanche. Elle ne vit aucune trace de pneus sur la route. Par un temps pareil, tout le monde devait être bien au chaud devant un feu, une tasse fumante de chocolat chaud à la main.

Son ventre se mit à gargouiller à cette idée.

Elle avait beau avoir l'estomac dans les talons, elle voulait désespérément prendre une douche. Elle avait besoin d'effacer le souvenir de la veille sur sa peau.

Elle leva sa main blessée. Les plaies s'étaient refermées, et l'hématome sombre avait presque disparu. Elle serra lentement le poing et sourit en constatant qu'elle ne ressentait plus la moindre douleur. La tisane de Barrett avait été efficace.

Elle serra les lèvres en se demandant si elle devait attendre son retour pour se doucher, mais il ne lui fallut pas longtemps pour se décider. Elle sentait l'odeur des chasseurs sur elle et ne voulait plus de ce rappel.

Elle se dirigea à petits pas vers la salle de bains en coinçant le drap sous son bras et referma la porte derrière elle. Elle trouva une serviette propre dans un placard. Elle ouvrit l'eau de la douche et laissa le drap glisser au sol. Un peignoir noir était accroché derrière la porte. Elle le porterait en attendant de retrouver ses vêtements.

Elle entra sous l'eau chaude et poussa un soupir d'aise. Elle fit mousser le savon et se frotta jusqu'à ce que toute sa peau soit rose. Elle en aurait enlevé la couche supérieure, si ça lui avait permis d'oublier la nuit dernière.

Venir ici avait peut-être été une mauvaise idée. Elle aurait peut-être mieux fait de rester dans le Mississippi et de vivre dans la honte et la déshonneur. Sa vie n'aurait pas été facile, mais elle aurait été en sécurité.

Non, elle avait bien fait de partir. Si elle était restée, elle aurait dû supporter le poids du jugement des autres et les messes basses sur son passage.

Au moins, personne ne la connaissait ici. Elle pouvait recommencer à zéro. Elle resterait dans le Colorado le temps de mettre un peu d'argent de côté, de décider ce qu'elle avait envie de faire et où elle voulait aller ensuite.

Elle était encore jeune et avait pratiquement toute sa vie devant elle.

Elle ne comptait pas laisser un homme la briser pour toujours.

Elle ne retomberait plus jamais amoureuse.

CHAPITRE DIX-HUIT

Ryker regarda par-dessus son épaule, rencontra le regard de Zane et pressa le pas. Depuis qu'il s'était pris la tête avec Damon, Zane le suivait comme son ombre. Il ne semblait pas arriver à semer ce connard.

— Ryker, attends, l'appela-t-il.

Il grogna et se tourna pour faire face au Gardien.

— Qu'est-ce que tu veux ?

— Te parler.

— J'ai des trucs à faire, lâcha Ryker en se remettant à marcher en direction de sa moto.

Il devait téléphoner à Barrett depuis déjà trop longtemps. Il ne pouvait l'appeler que pendant la journée, parce qu'il n'entendait jamais son téléphone dans le vacarme du bar, mais chaque fois que Ryker prenait son téléphone, un des Gardiens était là, en train de lui souffler dans la nuque.

Il était quasiment sûr que Damon leur avait demandé de le coller pour savoir ce qu'il cachait.

— Hé, attends ! tonna Zane.

Il rejoignit Ryker en quelques grandes foulées et lui attrapa le bras. Ryker se dégagea et poussa le loup.

— Putain, me touche pas !

Zane serra les poings et ses mâchoires se crispèrent. Ryker se demanda si le Gardien était vraiment sur le point de le frapper ou s'il cherchait juste à l'intimider. Zane tirait fierté de son self-control, mais vu la tronche qu'il tirait, il s'apprêtait peut-être à l'assommer.

— Qu'est-ce qui te prend ? grommela Zane. Écoute, je sais que tu étais proche de Barrett, mais Damon est notre nouveau chef de meute. Tu ferais mieux de te faire une raison.

— J'ai jamais dit que j'avais un problème avec le fait que Damon soit chef de meute, rétorqua Ryker.

— Non, mais tout le monde sait que tu ne t'es pas encore remis de la mort de Barrett.

Zane poussa un soupir et leva quelques instants la tête vers le ciel avant de rencontrer le regard de Ryker.

— Écoute, on est tous désolés que Barrett ne soit plus là. Mais tu dois accepter sa mort et tourner la page.

— Zane, qu'est-ce que tu en sais, putain ? Contrairement à ce que tout le monde semble apparemment penser, j'ai tourné la page. Je sais que Barrett ne reviendra pas.

— Tu es sûr ? Je veux dire, tu n'es jamais là depuis qu'il est mort.

— Je travaille, je joue mon rôle de Gardien. Tu devrais peut-être essayer.

— Même quand tu ne travailles pas, tu ne te mêles pas à nous.

— Je ne le faisais pas non plus du temps de Barrett.

C'était la vérité. Zane se passa la main dans les cheveux et secoua la tête.

— Mais c'est différent, maintenant. Tu devrais essayer de faire un peu plus d'efforts pour t'intégrer à l'équipe. On a tous besoin de toi.

— Merde, si j'avais su que tu allais me jouer la séquence émotion de la semaine, j'aurais apporté des mouchoirs.

Zane lutta contre un sourire, et perdit.

— Écoute, ce n'est pas parce que je n'ai pas besoin de voir vos sales tronches vingt-quatre heures sur vingt-quatre que je ne fais pas partie de la meute. Je peux me torcher le cul tout seul, tu sais.

— Dieu merci, rigola Zane.

La tension entre eux se dissipa.

— Rends-moi juste un petit service et passe à la salle de sport ce soir. Entraîne-toi avec les autres Gardiens. Partage un repas avec eux.

— Si tu commences à chanter « Nous sommes tous frères », je te mets mon poing dans la gueule, lâcha Ryker.

Zane éclata de rire.

— Tu es juste jaloux de ma beauté. Skylar me dit tout le temps que je suis canon.

— Je crois que Skylar a besoin de lunettes, grommela Ryker.

Lucien sortit des baraques des Gardiens et s'approcha d'eux.

— Tout va bien ? demanda-t-il en échangeant un regard avec Zane.

— Non. Zane est en train de me draguer. Tu devrais avertir Skylar, son compagnon est en train de changer de bord.

Lucien fit un large sourire.

— On dirait que vous avez besoin de passer un moment privilégié tous les deux.

— Pas du tout, protesta Ryker.

— En fait, je dirais même que tu as besoin de passer des moments privilégiés avec tous les Gardiens, continua Lucien en croisant les bras et en souriant comme un débile. Et si tu venais dîner chez Mamie ce soir ?

— Ah, non.

Ryker secoua la tête. Il avait beaucoup entendu parler de Mamie. Il savait que la vieille dame invitait régulièrement les Gardiens et leurs compagnes. Il serait le seul célibataire autour de la table. Ce serait bizarre.

— Allez, mon pote, insista Zane. Damon sera là. S'il te voit ce soir, il te lâchera la grappe.

Ryker haussa un sourcil. Il avait besoin de rassurer Damon. Ce dîner n'était peut-être pas une mauvaise idée.

— Tu crois ?

— Il te lâchera un petit peu, admit Zane.

— Ouais, qu'est-ce que tu as à perdre ? Mange un bon repas, essaie de sociabiliser un peu et de ne frapper personne, se moqua Lucien en lui tapotant le bras.

Passer la soirée chez Mamie était la dernière chose qu'il avait envie de faire, mais Lucien avait peut-être raison. Il donnerait l'impression de faire un effort pour s'intégrer en acceptant l'invitation, et Damon se montrerait peut-être un peu plus souple.

Il regarda les deux loups un moment et finit par acquiescer.

— D'accord, mais à une condition, dit-il en levant le doigt.

— Quoi donc ? demanda Zane.

— Ne me placez pas à côté de Mamie. Je n'ai pas envie qu'elle commence à essayer de me vendre ses accessoires, grommela Ryker.

CHAPITRE DIX-NEUF

Ryker soupira en poussant la porte de chez Mamie. Il se demandait s'il n'avait pas fait une erreur en acceptant de venir.

— Ryker, je suis si contente que tu te joignes à nous pour dîner, s'exclama Mamie en l'accueillant avec un grand sourire et quelques tapes amicales de sa main ridée sur son épaule. Puisque tu es le seul célibataire, tu peux t'asseoir à côté de moi.

Lucien éclata de rire, mais Ryker le foudroya des yeux et le loup essaya de faire passer son hilarité pour une quinte de toux. Ryker articula *connard* en silence en le regardant droit dans les yeux.

Catty donna un coup de coude dans les côtes de son compagnon, qui cessa de rire et se frotta le flanc.

Ryker sourit. Bien fait.

— Assieds-toi, je vais apporter le dîner, ajouta Mamie.

Il tira la chaise libre autour de la table et s'assit. Il était mal à l'aise en présence d'autant de monde.

Damon était assis en face de lui, Ava à ses côtés. Lucien et sa compagne Catty étaient installés à côté d'Ava. Zane et

Skylar étaient de l'autre côté de Ryker, et Jayden et Haley étaient assis près de Skylar.

La salle à manger était pleine à craquer. Exactement ce qu'il n'aimait pas.

Mamie plaça un énorme plat de dinde au centre de la table et joignit les mains.

— Servez-vous.

— Mais Mamie, je croyais que tu gardais cette dinde pour Noël ? demanda Ava en passant le plat de haricots verts à Damon. On dirait un repas de fête.

Ryker regarda les plats rassemblés sur la table. Ava avait raison. Il y avait des légumes verts, de la patate douce, de la dinde, un grand bol de sauce, des pommes de terre au four et de la sauce maison, ainsi que cinq sortes de tartes disposées sur le buffet contre le mur. Notamment, d'après les parfums que reconnut Ryker, avec de la pomme, de la pêche et du chocolat.

— J'ai décidé de ne plus attendre pour profiter des bonnes choses, répondit Mamie avec un petit sourire triste. Mieux vaut profiter du moment présent. Si j'ai bien appris une chose avec la mort de Barrett, c'est celle-là. À partir de maintenant, j'utilise ma vaisselle en porcelaine à tous les repas.

— La porcelaine, il faut la laver à la main et c'est une plaie. Tu devrais plutôt boire tes meilleures bouteilles, plaisanta Ryker.

Tout le monde arrêta d'empiler de la nourriture dans son assiette pour le regarder.

— Quoi ? grommela-t-il.

Il ne pouvait pas donner son avis, ou quoi ?

— Ryker a raison, dit Mamie en se levant. J'ai une bouteille de Wild Turkey que je garde depuis des années. Je ne l'ai jamais ouverte.

Elle disparut dans la cuisine.

— Super, Ryker, lâcha Damon en haussant un sourcil.

Maintenant, elle va se torcher la gueule. Elle est déjà difficile à gérer sobre, mais une fois bourrée, c'est une vraie tornade.

Ryker ravala une remarque acerbe.

— Elle est assez grande pour faire ce qu'elle veut, dit Catty. Et puis, je suis l'une des seules femmes à pouvoir boire à cette table. Tu es en cloque, pas de picole pour toi, ajouta-t-elle en désignant Ava avec sa fourchette.

Ava sourit et posa la main sur son ventre rond.

— Moi, je ne bois pas de Wild Turkey, dit Haley avec une grimace. J'aime le vin, mais Mamie préfère les trucs plus forts.

— Je boirai un verre avec elle, déclara Skylar en se frottant les épaules. Ça m'aidera peut-être à dormir. J'ai été tellement stressée ces derniers mois que j'en perds le sommeil.

— C'est vrai, le Refuge de Skylar ouvre bientôt, dit Haley. On va faire une grande fête à l'ouverture ? Couper le ruban ?

— Non, répondit Skylar. J'en ai discuté avec Zane et je préférerais ouvrir discrètement. Je n'ai pas envie que le refuge reçoive trop de publicité.

— Pourquoi pas ? demanda Ryker en avalant une bouchée de haricots.

— Parce que je n'ai pas envie de que les humains s'y intéressent de trop près. Le Refuge de Skylar sera ouvert aux humaines comme aux louves en difficulté, mais j'ai peur qu'on finisse par découvrir notre existence si trop de monde parle de ce lieu.

— Pourquoi ne pas le réserver aux louves ? Sans aucune humaine.

Aux yeux de Ryker, chercher à faire cohabiter des loups et des humains sous le même toit n'était pas logique. Il suffisait qu'un seul humain voit un loup muter et il risquait d'aller vendre son histoire à toutes les chaînes d'infos qui accepteraient de l'écouter.

— Parce que les louves ne sont pas les seules à avoir

besoin d'aide, répondit Skylar d'une voix douce en le regardant dans les yeux. Je ne veux pas sélectionner qui j'aiderai.

Ryker hocha la tête. Il n'était peut-être pas d'accord avec son raisonnement, mais il respectait son avis et sa façon de penser.

— Et voilà, annonça Mamie en posant une bouteille de whisky sur la table.

La vieille étiquette se décollait et était recouverte d'une épaisse couche de poussière.

— Beurk. Ce truc a l'air d'avoir été enterré dans le jardin. Tu es sûr qu'il est encore bon, Mamie ? se moqua Jayden.

— Certaine. Il était dans ma cachette secrète que personne ne connaît, déclara Mamie avec un large sourire.

— Pourquoi est-ce que ça m'inquiète ? demanda son petit-fils avec une grimace.

Ryker sourit. Au moins, l'attention des convives était concentrée sur la vieille dame, pas sur lui.

— Ryker, tu veux bien l'ouvrir pour moi ? demanda-t-elle en lui passant la bouteille.

Il posa sa fourchette pour retirer le bouchon et rendit la bouteille à Mamie. Elle sortit des verres en cristal du buffet, les posa sur la table et versa une dose d'alcool dans chacun.

— Si vous ne voulez pas du vôtre, je le boirai, dit-elle en tendant les verres à la ronde.

— Oh que non, dit sévèrement Jayden. C'est bien la dernière chose dont tu as besoin.

— Qu'est-ce que c'est censé vouloir dire ?

Mamie lança un regard noir à son petit-fils, son verre de Wild Turkey à la main.

— Que si tu commences à boire, qui sait dans quels genres d'ennuis tu vas te fourrer, dit Jayden en agitant sa fourchette en direction de sa grand-mère.

— Jayden Parker, si tu reparles encore une fois de l'incident de la Saint-Valentin, je vais t'allonger sur mes genoux et te donner une correction, lâcha Mamie en un grondement.

— J'aimerais bien voir ça, l'encouragea Damon. Je te montrerai même comment publier une photo sur Instagram.

— Tu n'es pas sur Instagram, fit Jayden en plissant les yeux. Et puis, chef de meute ou pas, tu devrais être de mon côté.

— C'est ta grand-mère, dit Damon en haussant les épaules.

— C'est un peu la tienne aussi, ajouta Ava avec un petit sourire. Après tout, elle t'a élevée depuis ton adolescence.

— Puisque c'est ton idée, si tu portais un toast, Mamie ? proposa Zane en levant son verre.

— Merci, mon chéri, dit-elle en souriant avant d'ajouter en regardant Jayden : Nous avons au moins un gentleman autour de cette table. Ryker, je tiens à m'excuser pour toutes ces âneries. C'est la première fois que tu viens, et ces idiots me ridiculisent.

— Tu veux que je leur botte le cul ? demanda Ryker.

— Je pourrais bien finir par accepter ton offre, dit Mamie en hochant la tête.

— Hé, pourquoi tu le laisses être grossier, lui ? demanda Jayden d'un air offensé.

— Il a dit cul. Il y a pire, rétorqua-t-elle.

— Bordel, grommela Jayden.

— Jayden, surveille ton langage ! cria Mamie.

— Quoi ? Il y a pire, lâcha Jayden d'un ton de défi.

Haley donna un coup de coude à son compagnon, et il se renfrogna.

— Tu peux y aller, Ryker, dit Mamie d'un air vexé.

— Je peux terminer ma dinde d'abord ? demanda-t-il, la bouche pleine.

Sa première soirée chez Mamie se révélait plus divertissante qu'il ne s'y attendait.

— Bien sûr, mon chéri.

Elle lui tapota le dos, et il se servit une généreuse portion de patates douces.

Damon étouffa un rire.

— Mamie, le toast, lui rappela Ava en levant son verre d'eau et en l'invitant à poursuivre.

Mamie hocha la tête, leva son verre et s'éclaircit la gorge.

— J'aimerais dire qu'il n'y a rien de tel que la famille, que je tiens énormément à chacun d'entre vous et que vous êtes très importants les uns pour les autres. En tant que meute, nous avons parfois des désaccords, mais nous nous protégeons toujours les uns les autres. L'Arkansas a vécu une épreuve difficile et même si nous avons été blessés, nous avons certainement su nous relever. Barrett était un chef bon et juste. Son souvenir nous accompagnera toujours.

Elle cogna le bord de son verre contre celui de Ryker puis des autres loups autour de la table.

Ryker se trémoussa sur sa chaise. Entendre parler de Barrett le mettait toujours mal à l'aise, comme si quelqu'un risquait de lire dans ses pensées et de découvrir la vérité.

Que leur chef n'était pas mort.

Tout le monde trinqua et but une gorgée de son verre.

— C'était un beau discours, Mamie, dit doucement Damon.

— Merci, mon chéri.

Pour la première fois, Ryker prit le temps d'étudier son nouveau chef de meute. Il lut les doutes sur son visage et comprit qu'il ne devait pas être facile de prendre la place d'un loup que tout le monde tenait en si haute estime.

Il aurait détesté se trouver à sa place.

Mamie reremplit les verres à la ronde et leva le sien. Tout le monde l'imita.

— J'aimerais aussi porter un toast en l'honneur du

nouveau chef de la meute d'Arkansas. Qu'il sache nous gouverner avec sagesse et bonté pendant longtemps.

— Putain, bien dit ! cria Jayden en vidant son whisky d'un trait.

— Jayden... dit Mamie d'un ton d'avertissement.

— J'ai terminé ma dinde. Tu veux que je l'emmène dehors maintenant, Mamie ? demanda Ryker.

— S'il te plaît, répondit-elle.

Tout le monde éclata de rire autour de la table. Même Ryker avait un petit sourire aux lèvres.

Damon se leva et alla se couper une grosse part de tarte aux pommes. Il donna une claque sur l'épaule de Ryker avant de se rasseoir à table.

— Je savais que tu ne regretterais pas de venir ce soir. Je pense que tu es officiellement le nouveau favori de Mamie. Méfie-toi juste quand elle commencera à sortir ses catalogues, dit-il en souriant.

Ryker perdit soudain l'appétit et repoussa son assiette. Il avait entendu dire que la vieille dame vendait des sextoys, et ne voulait pas en savoir davantage.

— Les catalogues de sa marchandise ?

— Ouais, ceux-là même, confirma Damon.

Les éclats de rire résonnèrent une fois de plus autour de la tablée.

CHAPITRE VINGT

Jacey sortit de la douche et enfila le grand peignoir de Barrett. Elle nageait dedans, mais ça lui était égal : il était chaud et portait l'odeur du loup. Elle plongea son nez dans le col et inspira profondément. Elle sentit son bas-ventre frémir.

Elle attacha la ceinture du peignoir et ouvrit la porte. Barrett tourna la tête vers elle et la regarda avec une expression un peu choquée.

— Je, euh... Je n'avais pas de vêtements, alors j'ai emprunté ton peignoir, dit-elle d'une petite voix.

— Tu as bien fait.

Il hocha la tête, s'humecta les lèvres et détourna le regard.

— J'ai retrouvé tes vêtements. Ils sont en train de tourner dans le sèche-linge. Tu pourras t'habiller après avoir mangé quelque chose. Je ne peux pas te laisser rentrer chez Mena en peignoir, je suis sûr qu'elle trouverait quelque chose à redire.

Son regard se reposa sur elle, et s'assombrit. Jacey avait soudain chaud, trop chaud.

— Je vais te préparer quelque chose à manger.

Il se dirigea vers le coin cuisine. Elle le suivit en passant ses doigts dans sa chevelure encore mouillée, regrettant de ne pas l'avoir séchée.

— Tu n'as pas besoin de cuisiner, dit-elle en s'asseyant sur le tabouret près de l'îlot de cuisine.

Il décrocha une poêle et lui sourit.

— Malgré mes piètres résultats dans la cuisine du restau, je prépare de bons petits-déjeuners à base d'œufs et de bacon. C'est inscrit dans mon ADN de mâle.

Son sourire l'éblouissait, et elle était presque sûre qu'il faisait cet effet à toutes les femmes à qui il daignait le montrer.

Elle hocha la tête et le regarda placer des tranches de bacon dans la poêle. La viande grésilla et frémit, emplissant la pièce d'une odeur délicieuse.

— C'est trop tard pour un café ? lui demanda-t-il.

— Pas pour moi. Je peux boire du café toute la nuit et je dors quand même comme un bébé, dit-elle en haussant les épaules. La caféine ne me fait pas le même effet qu'aux autres.

Il sortit deux tasses, les remplit et lui en tendit une avant de lui proposer un sachet de sucre et une petite bouteille de lait.

Elle secoua la main en souriant.

— Je le bois noir.

— Vraiment ? demanda-t-il, surpris. Moi aussi.

Il but une gorgée de café et continua à faire cuire le bacon. Ils restèrent assis dans un silence tranquille pendant qu'il enlevait les tranches cuites de la poêle et les posait dans une assiette recouverte de papier absorbant. Il sortit ensuite une boîte d'œufs, les cassa et les renversa dans la graisse du bacon. Jacey le regarda les retourner avec dextérité puis mettre quelques tranches de pain à griller. Il sortit un pot de confiture de mûres et du beurre et les posa sur l'îlot de cuisine.

— Tu es sûr que je ne peux rien faire ? demanda-t-elle, un peu gênée de rester assise pendant qu'il s'affairait.

— Non, fais-moi plutôt la conversation.

— Tu n'as pas besoin de te donner tout ce mal, dit-elle en se tortillant sur le tabouret. Je devrais vraiment rentrer à la...

Elle détourna les yeux sans terminer sa phrase.

— Tu allais dire « à la maison » ?

— Chez Mena. Je devrais rentrer chez Mena, dit-elle après s'être éclairci la gorge.

— Trop tard, les œufs sont presque prêts. Je meurs de faim, moi aussi. Quel genre d'hôte je serais si je te demandais de faire la cuisine ?

— Merci, dit-elle à voix basse.

Elle laissa son regard se promener dans le loft sobrement meublé pendant qu'il faisait cuire les œufs.

— Tu habites dans le Colorado depuis combien de temps ? Tu n'as pas l'air d'avoir grandi ici, dit-elle en se retournant vers lui.

— C'est vrai, je ne suis pas d'ici, à l'origine. Je suis arrivé il y a quelques mois.

— Et tu étais où, avant ? demanda-t-elle en buvant une gorgée de café.

Il se retourna et la regarda droit dans les yeux.

— Pas dans le Colorado.

Quelle importance, d'où il venait ? Sauf s'il... était recherché. La peur lui noua la gorge.

— Tu n'es quand même pas du Missouri, si ?

Le Missouri était un État sans loi. Il n'était gouverné par aucun chef de meute et servait de refuge à tous les loups criminels.

— Certainement pas, grommela-t-il.

Elle comprit qu'il disait la vérité. Mais alors, pourquoi ne pas lui dire d'où il était originaire ?

— Ce n'est pas juste, tu sais.

— Qu'est-ce qui n'est pas juste ?

— Tu en sais plus sur moi que l'inverse.

— Ce n'est pas parce que tu m'as dit que tu es du Mississippi et que ton ex-compagnon te trompait qu'on doit se raconter toutes nos vies.

— Mais tu en sais quand même davantage sur moi. Après tout, tu pourrais être un tueur en série, pour autant que je sache.

Il aboya un rire.

— Si c'est le cas, comment tu expliques que tu sois toujours vivante ?

— Tu attends peut-être de me mettre en confiance avant de me tuer, dit-elle en haussant les épaules.

Il lui lança un regard goguenard.

— Ma belle, ça m'a l'air de demander du temps et de la détermination. Deux choses que je n'ai pas en grande quantité.

Cette fois, ce fut au tour de Jacey de sourire.

Il servit le petit-déjeuner dans deux assiettes et en posa une devant elle. Elle lui fit un sourire penaud quand son estomac gargouilla bruyamment.

Il s'assit sur le tabouret à côté d'elle et ils commencèrent à manger.

Elle avala une bouchée et fut surprise. C'était délicieux.

— C'est vraiment bon, dit-elle avec un regard admiratif.

— Content que ça te plaise.

Il prit une bouchée de bacon, la mastiqua et l'avala avant de demander :

— Tu veux parler de ce qui s'est passé hier soir ?

— Je n'aurais jamais dû sortir, murmura-t-elle en posant

sa fourchette. Ça ne serait jamais arrivé si j'étais restée dans ma chambre.

Des larmes lui brûlèrent les yeux. Elle battit des cils pour les empêcher de couler.

Barrett tendit le bras et écarta une mèche de cheveux devant ses yeux.

— Écoute-moi. Tu n'as rien fait de mal. Ce sont ces chasseurs, les coupables. Ils essayaient de capturer un loup. Si je les revois, je les dégomme tous les deux.

Sa voix grave déclencha un frisson désagréable dans la nuque de Jacey.

— J'ai l'impression qu'ils n'iront pas bien loin et qu'il reviendront, dit-elle doucement avant de prendre une bouchée d'œufs.

— Qu'est-ce qui te fait penser ça ? demanda-t-il en se penchant vers elle.

— Ce qu'il ont dit. Ils avaient l'air de vouloir capturer autant de loups que possible. Je croyais pourtant que c'était interdit de chasser des loups pour leur fourrure ?

Cette idée la rendait malade.

— Ça l'est, dit-il en fixant sa tasse de café. Je n'avais encore jamais vu de chasseurs par ici, même pas au bar. Ils étaient peut-être juste de passage.

— Peut-être, murmura-t-elle d'un ton peu convaincu.

Il tendit le bras et posa la main sur la sienne. Elle leva la tête et rencontra ses yeux d'un vert si intense.

— Tu ne risques rien ici, Jacey. La prochaine fois que tu auras envie de courir, préviens-moi. Je t'accompagnerai.

— Vraiment ? demanda-t-elle en écarquillant les yeux. Tu accepterais de courir avec moi ?

— Bien sûr, dit-il en ôtant sa main et en baissant le nez sur son assiette. Tu es la seule louve que j'ai vue par ici. Ce n'est pas comme si j'avais quelqu'un d'autre avec qui courir.

Jacey sentit son cœur se serrer. Elle n'était pas spéciale à ses yeux.

Elle leva la tête et regarda par la fenêtre. La neige avait enfin cessé de tomber après avoir recouvert toute la ville.

Elle ne resterait pas ici éternellement. Elle avait juste besoin d'un peu de temps pour guérir de sa peine de cœur et reprendre sa vie en main. Dès qu'elle aurait de l'argent de côté et une idée de ce qu'elle voulait faire de sa vie, elle continuerait sa route.

Elle choisit de ne pas accorder d'importance à l'effet que lui avait fait le commentaire de Barrett. C'était une bonne chose qu'il ne s'intéresse pas à elle. C'était mieux pour sa santé mentale. Il valait mieux qu'elle ne se remette pas en couple si vite après sa rupture ; elle avait besoin de temps pour découvrir ce dont elle avait vraiment envie dans la vie.

Elle se retourna vers lui et hocha la tête.

— Vendredi prochain. Après la fermeture du bar, quand tout le monde dormira. J'aimerais bien aller courir.

— D'accord.

— Je n'ai pas pu aller très loin cette fois. Ils m'ont capturée à côté de chez Mena.

— Je sais.

Il ouvrit une porte de placard sous le comptoir et sortit ses habits du sèche-linge.

— Je croyais qu'ils auraient été enterrés sous la neige, dit-elle en poussant un petit soupir.

— Ils étaient tombés de l'arbre. J'ai dû creuser pour les retrouver. Un autre avantage de notre odorat sensible. J'ai le nez d'un fin limier.

Elle éclata de rire, et il fit un petit sourire.

— Merci, dit-elle en reprenant sa tasse de café. J'ai hâte de notre prochaine sortie. Quand j'ai commencé à courir hier, je n'avais plus envie de m'arrêter. Ça faisait vraiment longtemps.

— Je comprends ce que tu veux dire, dit-il en secouant la tête. Il n'y a pas beaucoup de loups dans le Colorado, tu dois rester prudente.

— Je n'ai aucune envie de révéler l'existence de notre espèce aux humains. Si Jack Welbourn l'apprenait, il m'écorcherait vive.

— J'en doute. Il a le cœur plus tendre que les gens ne le pensent, dit Barrett sans réfléchir.

— Tu le connais ?

Il se crispa, et son expression s'assombrit.

— Non, pas personnellement, marmonna-t-il en allant mettre son assiette vide dans l'évier.

Jacey comprit qu'elle avait touché un point sensible sans le vouloir. Il était temps qu'elle s'en aille. Barrett paraissait soudain fermé, elle sentit qu'il s'éloignait d'elle et n'avait plus envie de parler.

— Bon, c'était délicieux. Merci, dit-elle en ramassant ses vêtements sur le comptoir. Je vais me changer en vitesse et rentrer chez Mena. Je dois me préparer pour travailler ce soir.

— Tu crois vraiment que tu peux reprendre le travail si tôt ? demanda-t-il, l'air inquiet.

— Bien sûr.

Elle ne lui dit pas qu'elle ne voulait pas passer la soirée toute seule à tourner en rond. Après ce qui s'était passé, elle préférait s'occuper le corps et l'esprit.

— Je pensais te laisser la soirée de libre...

— Absolument pas, dit-elle fermement en secouant la tête.

Ses économies fondaient à vue d'œil, sans parler du fait qu'elle devait encore rembourser Barrett pour les vêtements. Elle ne voulait plus jamais avoir de dettes envers un homme.

— Fais-moi confiance. Je suis plus forte que j'en ai l'air.

Il se tourna pour la regarder, et cette fois, un large sourire se dessina sur ses lèvres.

— Je n'en ai jamais douté.

Jacey sentit son corps s'éveiller à des endroits que Jeremy n'avait jamais fait réagir. Un seul regard de Barrett, et elle était pratiquement devenue une flaque sur le parquet.

Elle hocha la tête, prit ses vêtements et alla se réfugier dans la salle de bains.

CHAPITRE VINGT-ET-UN

— Merde. Tant pis.

Ryker sortit son téléphone et composa le numéro du Mountain Top Bar & Grill. Il n'aimait pas appeler Barrett le soir : il mettait une plombe à répondre à son satané téléphone et en général, ce n'était même pas lui qui décrochait. C'était souvent cette humaine, Helen, celle qui ne la fermait jamais.

— Allô ? répondit Barrett d'un ton bourru à l'autre bout du fil.

— Tu sais que tu es censé répondre « Mountain Top Bar & Grill, bonsoir » ? grommela Ryker.

— Je t'emmerde, Ryker, grogna Barrett.

— Tu sais, c'est pas comme ça que tu vas développer ton activité.

— J'ai du boulot par-dessus la tête. Qu'est-ce que tu veux ?

— Je prends de tes nouvelles, monsieur Bonne Humeur. Comme d'habitude.

— Non, pas comme d'habitude. Tu as presque une semaine de retard. Et tu ne m'appelles jamais le soir.

— Quoi, je t'ai manqué ? demanda Ryker d'un ton pince-sans-rire.

Il regretta de ne pas voir la tête de Barrett. Il aurait apprécié ce divertissement.

— Damon me collait aux basques, reprit-il.

— Il ne se doute de rien, au moins ?

Ryker entendit l'inquiétude dans sa voix, et le bruit de fond lui parut soudain un peu étouffé. Barrett avait dû s'isoler dans une autre partie du bar.

— Non, mais il ne me trouve pas assez obéissant. Il pense que je ne me suis pas encore remis de ta mort.

— Parfait.

— Comment ça, parfait ? Tu sais qu'il m'a fait aller dîner chez Mamie ?

Barrett éclata bruyamment de rire. Ryker lui-même fit un petit sourire. Il n'avait pas entendu Barrett rire depuis... une éternité.

— Elle a essayé de te vendre des accessoires ? demanda-t-il, amusé.

— Elle m'a quand même laissé manger d'abord.

Il n'avait pas envie de lui raconter que la vieille dame avait sorti son catalogue de jouets pour adultes et lui avait proposé de passer commande. Il avait failli rendre son dîner sur ses genoux.

Barrett s'esclaffa à nouveau.

— Bon sang, tu te marres comme une satanée hyène, grommela Ryker.

— C'est ta faute, tu es désopilant.

— Tu te fais chier à ce point là-haut ? Pas de divertissements ?

Ryker hocha distraitement la tête. C'était une bonne chose. Barrett devait rester invisible et ne pas se faire remarquer. Sa vie en dépendait.

— Je ne dirais pas ça. J'ai trouvé des chasseurs humains en

train de capturer une louve métamorphe hier soir. Mais je ne pense pas qu'ils reviendront après m'avoir croisé.

— Merde. Tu n'as pas muté devant eux, au moins ? demanda Ryker en serrant le téléphone dans sa main.

— Bien sûr que non. J'étais déjà sous ma forme de loup. Mais j'avais très envie de leur arracher le cœur.

— Mais tu ne l'as pas fait, hein ?

Cette conversation rendait Ryker de plus en plus mal à l'aise. Ils n'avaient pas besoin d'humains morts sur les bras.

— Je n'en ai pas eu l'occasion. Je devais emmener la louve loin de là.

— Elle va bien ? demanda Ryker, pris d'un mauvais pressentiment.

— Oui, elle s'en est remise.

— Elle s'en est remise, et elle est partie, pas vrai ? Avant de t'installer dans le bar, je me suis assuré qu'il n'y avait aucun loup aux alentours. S'il te plaît, dis-moi que la louve est repartie.

— Elle n'est pas partie. Elle travaille pour moi.

— Putain, Barrett !

— Surveille ton attitude, tempêta Barrett à l'autre bout du fil.

— Non, c'est toi qui va m'écouter, Barrett. Tu vas te débarrasser de cette louve immédiatement. Vire-la et dis-lui de tracer sa route ou de rentrer chez elle. Dis-lui que c'est trop dangereux ici.

— Elle n'a pas un rond et nulle part où aller. Son compagnon a brisé leur union et l'a remplacée par une autre louve. Elle ne peut pas rentrer dans le Mississippi.

— Le Mississippi ? Putain, tu te fous de moi ? brailla Ryker dans le combiné. C'est de mieux en mieux !

— Elle ne sait rien à propos de moi. Calme-toi, bon sang.

— Étrangement, ça me rassure pas, Barrett. Il suffit d'un faux pas, d'un seul, et toute notre meute est en danger.

— Ne commence pas à me donner des leçons la meilleure manière de protéger la meute, trouduc. J'ai l'ai protégée de ma propre vie. Je suis mort pour mes loups. Et si tu n'avais pas tout fait foirer en appelant la sorcière et la fae, je le serais encore, gronda Barrett.

— Tu voulais que je te laisse mourir ? C'est ça que tu aurais préféré ? cracha Ryker.

Putain, à cet instant, il avait très envie d'achever Barrett de ses propres mains.

— Je veux que les gens arrêtent de se mêler de ma vie. Je veux qu'on me foute la paix.

— D'accord. Ton souhait est exaucé.

Ryker lui raccrocha au nez et essaya de calmer sa respiration. La colère et l'inquiétude lui comprimaient la poitrine.

Barrett était un foutu d'idiot. Il allait trahir son identité et mettre toute la meute en danger.

Ryker devait aller le voir au plus vite avant qu'il ne fasse quelque chose de stupide.

* * *

Malgré l'injonction de Barrett de ne pas travailler ce soir, Jacey entra dans le restaurant un peu après dix-huit heures et alla directement dans la cuisine. Barrett la suivit à travers les portes battantes.

— Je croyais t'avoir dit de te reposer ce soir, dit-il en plissant les yeux.

Elle prit un tablier et l'attacha autour de sa taille.

— Et j'ai décidé de venir travailler quand même. J'ai besoin d'argent.

Elle s'activait déjà, passant un doigt sur le grill froid pour s'assurer qu'il était propre puis se dirigeant vers l'un des congélateurs pour en sortir un sac de frites surgelées.

— Jacey, tu n'as pas besoin d'être ici ce soir, dit-il en prenant sa main blessée.

Ce contact délicat lui noua la gorge. Elle sut qu'elle devait dire quelque chose pour briser le silence gêné qui s'installa entre eux.

Comment quelqu'un de si intimidant pouvait-il avoir une facette si douce ?

Le regard de Barrett s'attarda sur sa main, et la respiration de Jacey s'affola. La proximité du loup la mettait dans tous ses états.

— Rentre chez Mena et repose-toi. Tu n'es pas prête à reprendre le travail, dit Barrett en la fixant de son regard intense.

Elle tira sa main pour la libérer.

— Je ne veux pas rester toute seule, laissa-t-elle échapper d'un seul coup. Je préfère être ici, où je sais que je ne risque rien, plutôt que rester enfermée dans ma chambre à ruminer ce qui s'est passé.

Elle n'avait pas envie de lui parler de ses cauchemars. Ni du fait qu'elle avait l'impression qu'on l'observait par la fenêtre, bien que sa chambre soit située au troisième étage. Elle s'était réveillée angoissée de sa sieste. Elle se sentait plus en sécurité au restaurant, entourée d'une foule de clients, que toute seule, alors que son esprit retournait un millier d'idées dangereuses dans sa tête.

Barrett cligna des yeux sans rien dire.

— Laisse-moi rester, s'il te plaît.

Sa voix n'était qu'un murmure, mais elle savait qu'il l'entendait malgré les conversations du bar à travers la porte.

— Je voulais fermer ce soir, mais Helen a dit qu'on pouvait se débrouiller tous les deux. Je ne sais pas s'il y aura beaucoup de monde, mais si tu veux rester, tu peux.

Jacey sentit le soulagement l'envahir.

— Merci.

Sans réfléchir, elle se dressa sur la pointe des pieds et posa ses lèvres sur la joue de Barrett.

Quand elle se rendit compte de ce qu'elle venait de faire, elle se sentit rougir jusqu'aux oreilles et recula en regardant le sol.

Il tourna les talons sans rien ajouter et sortit de la cuisine. Une fois seule, elle releva la tête et expira l'air qu'elle retenait sans s'en rendre compte depuis qu'elle lui avait demandé de la laisser rester.

Les lumières vives du plafond lui donnaient une impression de sécurité. Les ténèbres ne pouvaient pas se cacher dans cette pièce. Ici, dans cette cuisine, son sanctuaire, les ténèbres ne pouvaient pas lui faire de mal.

CHAPITRE VINGT-DEUX

Jacey passa le reste de la soirée en cuisine pour nourrir la foule de clients affamés. Le Mountain Top Bar & Grill était le seul restaurant ouvert dans la montagne l'hiver, et après qu'il soit resté fermé pendant deux jours, les autochtones étaient impatients de venir boire un coup et manger un morceau.

Ce qui lui convenait très bien.

Elle se secoua et fit passer son poids d'une jambe à l'autre en regardant l'horloge. Le bar-restaurant était fermé depuis une heure, et elle avait fini de nettoyer la dernière casserole sale depuis longtemps. Elle n'arrivait toujours pas à croire qu'elle avait embrassé Barrett.

Elle s'était ridiculisée et l'avait mis mal à l'aise.

Elle ferma les yeux et grogna en plissant le nez.

— Ça va, ma chérie ? demanda Helen en entrant par la double porte.

Elle enleva son tablier de serveuse et le pendit à un crochet au mur. Jacey ouvrit un œil.

— Oui, ça va. Je m'imaginais juste en train de rentrer jusqu'à chez Mena par ce froid.

Il ne neigeait plus, mais la température restait glaciale.

— Je te ramène, si tu veux, proposa Helen avec un sourire. Laisse-moi juste récupérer mon sac derrière le bar.

— Merci, Helen. C'est gentil.

Au moins, elle n'aurait pas à voir Barrett si elle rentrait avec Helen.

Ses tripes se nouèrent quand elle repensa aux deux chasseurs. Pendant qu'elle cuisinait, ses mains et son cerveau avaient été trop occupés pour réfléchir à sa mauvaise rencontre.

Imaginer ce qu'ils lui auraient fait si Barrett n'était pas arrivé la terrifiait.

Où l'auraient-ils emmenée ? Quels genres d'horreurs s'apprêtaient-ils à lui faire ? Comment l'auraient-ils tuée ?

Elle secoua la tête et se força à respirer calmement. Elle devait se ressaisir.

Elle était là. En sécurité. Avec Barrett.

Elle grogna.

— Est-ce que ça va ?

La voix rauque de Barrett la fit sursauter. Elle se retourna et hocha la tête.

— Oui, ça va. J'attends juste Helen. Elle va me ramener.

— Je lui ai dit que j'allais le faire. J'espère que ça ne t'ennuie pas.

Il pencha la tête, observant sa réaction. Elle enleva son tablier en évitant son regard.

— Pas du tout, je ne voulais pas te déranger, c'est tout, mentit-elle.

— Tu ne m'ennuies pas, loin de là.

Il fit un pas vers elle pour lui prendre la main. Elle retint son souffle.

— Je te fais mal ? demanda-t-il en fronçant les sourcils.

— Non.

Comment pouvait-elle lui expliquer que son cœur avait manqué un battement quand il l'avait touchée, ou qu'elle avait l'impression que son ventre était rempli de caramel chaud ? Elle aurait l'air idiote.

— La livraison arrivera bientôt. Je n'avais pas prévu qu'on aurait tant de commandes. On risque de manquer de provisions.

— C'est plutôt un bon problème, dit-elle.

— Et c'est grâce à toi, pas à moi. Tout le monde adore ta cuisine. Même Abraham, qui déteste pourtant tout et tout le monde.

— Abraham ? Le vieux monsieur qui se met au bout du comptoir, ne dit jamais rien et se contente de dévisager tout le monde en silence ?

Elle l'avait remarqué le premier soir, et lui jetait un coup d'œil chaque fois qu'elle passait la tête hors de la cuisine. Au début, elle le prenait pour un vieil homme aigri et désagréable, mais après un moment, en voyant son petit sourire quand Helen s'arrêtait pour lui parler, elle avait compris qu'il n'était pas méchant. Juste seul.

Jacey pouvait se mettre à sa place. Depuis qu'elle avait quitté son Mississippi natal, certaines choses étaient devenues claires à ses yeux.

Comme la solitude dans laquelle elle avait vécu quand elle était mariée.

Ça la gênait de l'admettre. À l'époque, elle pensait être amoureuse de Jeremy, mais après ces derniers jours, elle se demandait si elle avait jamais vraiment connu l'amour.

Barrett ne l'avait pas humiliée ne lui avait pas reproché d'être tombée dans le piège des chasseurs. Jeremy l'aurait fait.

Barrett lui avait dit qu'elle n'avait rien fait de mal, alors que Jeremy lui aurait sans doute fait une montagne de reproches.

Et il ne lui aurait pas préparé le petit-déjeuner comme l'avait fait Barrett. Jeremy n'avait pas cuisiné une seule fois de tout le temps qu'ils étaient restés ensemble. Il voulait qu'elle prépare leur repas même pour leur anniversaire de mariage.

— Même Abraham, confirma Barrett en souriant. On dirait que ta cuisine a convaincu tout le monde.

— Je ne sais pas faire que la cuisine, rétorqua-t-elle, encore perdue dans ses pensées à propos de son ancien compagnon.

Le sourire de Barrett disparut, et il pencha la tête.

— Je sais. Je ne voulais pas te donner l'impression de penser que tu ne sais faire que ça.

Elle secoua la tête en fixant le sol carrelé avant de prendre une inspiration et de lever la tête vers lui.

— Excuse-moi, je ne voulais pas être sèche. C'est juste qu'après avoir été rangée dans une case pendant tant d'années, j'ai enfin envie de faire autre chose. D'être autre chose. C'est bizarre, non ?

— Non, ce n'est pas bizarre du tout. En fait, c'est même très logique, dit-il en appuyant sa hanche contre le comptoir en inox. Tu essaies d'apprendre à te connaître et d'avoir une nouvelle vie.

— Exactement. C'est à la fois excitant et effrayant, et si je dois être honnête, quand ces chasseurs m'ont capturée, j'ai eu envie de rentrer retrouver mon ancienne vie dans le Mississippi. Je me sens vraiment lâche de l'admettre.

— Jacey, tu n'es pas lâche. Tu voulais te sentir en sécurité.

— Tu es trop gentil, dit-elle en souriant.

— C'est une première. Je ne crois pas qu'on m'ait déjà dit que j'étais trop gentil.

Elle éclata de rire et son hilarité tira un sourire à Barrett, qui illumina son visage séduisant.

— Tu devais être un psy avant d'habiter ici, dit-elle d'un ton soupçonneux. Je t'ai encore raconté un de mes secrets. Dis-moi un des tiens. Tu étais psy ?

Il étouffa un rire et se redressa.

— Si par être psy, tu veux dire gérer un tas de gros tarés et les forcer à être productifs, alors oui, dit-il en posant la main sur l'interrupteur. Allons-y. La soirée a été longue.

Elle acquiesça, regrettant qu'il ne lui en dise pas plus. Il ne lui avait toujours pas expliqué comment il s'était retrouvé dans le Colorado, où se trouvaient si peu de loups. Barrett semblait capable d'être tout ce qu'il voulait et d'aller où bon lui semblait. Si elle avait eu le choix, le Colorado était le dernier endroit où elle aurait voulu vivre.

Elle était venue ici parce qu'elle avait besoin de calme et d'isolement. Elle s'en irait dès qu'elle aurait retrouvé un peu d'équilibre dans sa vie.

Elle ne resterait pas dans la vie de Barrett pour toujours.

CHAPITRE VINGT-TROIS

— Des nouvelles de Boudier ? demanda Damon à Zane dans le téléphone tout en regardant les loups s'affairer sur la base.

Certains de ses Gardiens (bon sang, il n'arrivait pas à s'y faire) montaient sur leurs Harley tandis que d'autres rentraient à la base. Depuis l'évasion de Boudier, Damon gardait les loups en alerte vingt-quatre heures sur vingt-quatre et les faisait patrouiller à tour de rôle toutes les douze heures.

Il savait que c'était difficile pour ses hommes qui faisaient des heures supplémentaires, mais ils devaient retrouver Edward Boudier à tout prix. Il voulait que ce salaud paie.

— On a une piste. Un des Gardiens du Nebraska a entendu dire que Boudier a été vu sur une aire d'autoroute, mais le temps qu'ils arrivent, il était parti. Le loup qui l'a aperçu, un civil, a dit qu'il était monté dans un camion qui partait vers le nord, dit Zane.

— Il essaie de gagner le Missouri, murmura Damon.

Le Missouri était un État renégat. Il n'y avait pas de chef de meute sur le territoire et les activités criminelles y faisaient rage.

— Dès qu'il entrera dans l'État, on ne pourra plus l'extrader, fit Zane.

— Putain, pourquoi il n'y a jamais eu de chef de meute dans le Missouri ? grommela Damon en serrant le téléphone dans sa main.

— Parce qu'à la création des meutes, il y a bien longtemps, ils ont décidé qu'un État devait servir de refuge aux loups accusés injustement jusqu'à ce qu'ils puissent prouver leur innocence. N'oublie pas Braxton. C'est là qu'il avait prévu d'aller quand il a été accusé à tort.

— Je sais, je sais. Mais il doit exister un meilleur moyen pour s'assurer que les vrais coupables sont punis. C'est injuste.

— La vie est injuste, dit Zane d'une voix douce.

Au ton de sa voix, Damon comprit qu'il pensait à la mort de Barrett.

— Suis cette piste. J'envoie Braxton et Jayden dans le Missouri pour essayer de découvrir quelque chose.

— Même s'ils le trouvent là-bas, ils ne pourront pas le ramener. C'est la loi.

— Zane, je te garantis que s'ils le trouvent, ils ramèneront son cul sur le territoire d'Arkansas et je ferai justice moi-même, lâcha Damon avant de raccrocher.

Il ne voulait plus entendre un seul mot à propos de lois et de justice.

Il voulait voir la tête de Boudier sur une pique, et il ne connaîtrait pas le repos tant que ce ne serait pas fait.

Ses yeux se posèrent sur une brune sexy qui venait dans sa direction sur le trottoir, un gobelet de café dans une main et un sac en papier dans l'autre. Elle rencontra son regard et sourit.

Il sentit sa poitrine gonfler et son cœur devenir plus léger.

— Coucou, chéri, dit Ava en se collant contre son torse.

Il posa les mains dans son dos et la serra contre lui pour inspirer son parfum sucré.

Elle secoua le sac derrière son dos :

— Je t'ai apporté quelque chose.

Il n'avait pas encore mangé aujourd'hui. Il avait à peine eu le temps de prendre un café avant de partir, et c'était à quatre heures du matin. Il était presque midi.

— Merci, ma chérie.

Il prit le gobelet et but une gorgée de café chaud. C'était exactement ce dont il avait besoin. Une longue journée l'attendait.

— Et des beignets, dit-elle en souriant en ouvrant le sachet.

Elle lui tendit un beignet au sucre qu'il accepta avec gratitude. Il mordit dans la pâtisserie sucrée et poussa un grognement de plaisir. Son ventre gargouilla.

— Asseyons-nous, dit-il en lui montrant un banc en métal à l'entrée de la base.

Il la suivit et s'assit à côté d'elle. Lorsqu'il termina le premier beignet, elle lui en tendit un autre et en sortit un à la confiture pour elle.

— Je croyais qu'ils étaient pour moi ? demanda-t-il avec un petit sourire.

— Ils le sont, mais j'en ai quand même pris un pour moi. J'avais envie de confiture au citron depuis un moment.

Elle mordit une bouchée et s'exclama, la bouche pleine :

— Oh, mon Dieu. C'est délicieux.

Elle ferma les yeux et posa la main sur son ventre rond. Il posa la sienne par-dessus. Il adorait ses nouvelles formes. Porter leur enfant la rendait resplendissante. Elle râlait un peu parce qu'elle était persuadée d'être grosse, mais à ses yeux, elle était parfaite.

Elle termina son beignet et lécha le sucre sur ses doigts.

— Du nouveau sur Boudier ?

— Il a été repéré. J'ai envoyé quelqu'un sur place.

— Vraiment ? Où ça ? demanda-t-elle en se redressant vivement.

Il plissa les yeux.

— Je ne compte pas te le dire.

Elle ouvrit la bouche, puis ses lèvres séduisantes firent la moue.

— Pourquoi pas ?

— Parce que tu vas le dire à Haley et Catty, et que Mamie les interrogera jusqu'à ce qu'elle leur soutire l'information. En deux temps trois mouvements, Mamie va réunir les louves et foncer pour attraper Boudier elle-même, voilà pourquoi, lâcha-t-il avant de secouer la tête. Si je ne te le dis pas, c'est pour ton bien.

— Comme tu veux, dit froidement Ava en croisant les bras.

— Ne sois pas fâchée. Je n'ai pas envie que tu te mettes en danger, c'est tout. Je deviens dingue quand j'imagine qu'il puisse arriver quelque chose à toi ou à notre bébé.

Le regard d'Ava s'adoucit, et elle sourit.

— Je sais, mon chéri, je sais, soupira-t-elle en posant la tête contre son torse. Avant, je croyais qu'on était invincibles. Que les loups pouvaient tout faire sans que personne ne puisse les arrêter.

Il hocha la tête. Il avait pensé la même chose un jour.

— Jusqu'à ce que Barrett meure.

— Oui, dit-elle en levant la tête pour le regarder. Jusque-là, je ne me rendais pas compte des risques que je prenais. Je sais que tu crois que c'est souvent Mamie qui m'entraîne dans les ennuis, mais tout ne vient pas d'elle.

— Je sais, dit-il en souriant.

— C'est vrai ?

— Ava, dit-il en la regardant droit dans les yeux, tu es la

louve la plus têtue que je connaisse. Tu fonces tête baissée vers le danger sans réfléchir.

— Plus maintenant. Je dois penser à ce petit bébé, dit-elle en tapotant son ventre. Je suis désolée, Damon.

— Désolée de quoi ?

Il fronça les sourcils. Dans quel genre d'ennuis s'était-elle fourrée, cette fois ?

— D'être casse-pieds.

— Ava, tu es ma compagne. Maintenant et pour toujours. Je ne dirai jamais que tu es casse-pieds.

Elle lui lança un regard incrédule.

— Tu es juste parfois... bornée.

Elle le regarda fixement, puis finit par éclater de rire.

— D'accord, je l'accepte.

— Je suis désolé d'avoir été si occupé dernièrement, dit-il en la serrant contre lui.

— Tu es le chef de la meute. C'est normal que tu sois occupé.

Elle enfouit son nez contre son torse. Il toucha sa joue et lui fit lever la tête.

— J'ai l'impression de ne pas passer assez de temps avec toi, Ava. Est-ce que tu as l'impression que je te néglige ? demanda-t-il d'une voix étranglée.

Elle étouffa un rire.

— Ben, c'est vrai que tu ne me donnes que trois orgasmes par jour. Je me sens totalement négligée.

— Je suis sérieux.

— Moi aussi, dit-elle en se tournant pour le regarder bien en face. Non, je ne me sens pas négligée. Tu m'apportes des fleurs, des bonbons ou du chocolat tous les soirs, et tu n'arrêtes pas de me toucher quand tu es à la maison. C'est moi qui te dois des excuses, ajouta-t-elle en baissant les yeux.

— Des excuses ? Putain, pourquoi ?

Il ne voyait pas du tout de quoi elle voulait parler.

— C'est moi qui te saute dessus dès que tu passes la porte et qui te réclame du sexe toute la journée. Je ne sais pas ce qui m'arrive. C'est comme si mon appétit sexuel avait quadruplé. Tu ne fermes presque pas l'œil de la nuit parce que je passe mon temps à essayer de te grimper dessus.

Il rejeta sa tête en arrière et s'esclaffa. Ryker lui lança un regard étrange en passant à leur hauteur, mais Damon n'arrivait pas à s'arrêter.

— Qu'est-ce qu'il y a de drôle ? demanda-t-elle d'un air boudeur.

— Que tu penses que tu me demandes trop de sexe.

— Mais tu ne dors presque pas. Tu as besoin de repos, Damon. Tu as besoin que je lâche ta...

Elle pointa son entrejambe et ouvrit de grands yeux.

— Ma bite ?

Il adorait sa manière de le regarder. Il avait l'impression qu'elle le voyait clairement, corps et âme.

— Je suis sérieuse, protesta-t-elle en lui tapant le bras.

Il baissa les yeux sur la bosse dans son pantalon.

— Oui, je sais que c'est sérieux. J'ai un peu de temps avant mon prochain rendez-vous, si tu veux venir dans mon bureau pour... en discuter.

— Damon ! cria Lucien en garant sa Harley non loin d'eux. J'ai du nouveau.

Damon soupira et hocha la tête en regardant Ava.

— Et si je t'apportais plutôt à dîner dans ton bureau plus tard et qu'on jouait au patron et sa secrétaire ? lui murmura-t-elle à l'oreille.

— Seulement si tu ne portes qu'un trenchcoat et des lunettes.

— C'est d'accord.

Elle lui donna un petit baiser et salua Lucien de la main en s'éloignant vers sa voiture.

— Qu'est-ce qui se passe ? demanda Damon sans perdre

de temps.

— Lorcan m'a appelé. Il a découvert qui était la taupe au Texas, celle qui a laissé Boudier sortir de sa cellule. Il s'appelle Bubba. Il n'est même pas de là-bas. À l'origine, il est de...

— Louisiane, termina Damon à sa place.

— Ouais. Comment tu le sais ? Tu étais déjà au courant ? demanda Lucien avec un regard surpris.

Damon sentit un frisson lui parcourir l'échine. Il détourna la tête.

— Non. Bubba faisait partie de la meute de loups rouges qui a kidnappé Ava. Après l'avoir secourue, je me suis lancé à leur recherche malgré l'interdiction de Barrett, mais je n'ai pas retrouvé sa trace. J'ai demandé à tous nos contacts en Louisiane et interrogé tous les loups rouges. Bubba s'était volatilisé.

— Merde.

— Tu l'as dit, fit Damon en plissant les yeux. Bon sang, pourquoi est-ce que le Texas l'a laissé rejoindre les rangs de ses Gardiens, alors que c'est un loup rouge ?

— Il leur a dit qu'il voulait quitter la Louisiane. Les deux États se détestent à cause de Boudier, alors ils l'ont laissé entrer sur le territoire et quand il a fini par postuler à une place de Gardien, il a été accepté. Bubba donnait des renseignements utiles à la meute du Texas parce qu'il savait ce que Boudier prévoyait de faire, donc ils ont décidé de le garder.

— Ils lui faisaient assez confiance pour le laisser être Gardien ?

— Putain, non. Ils ne le gardaient que jusqu'à ce que Boudier puisse être condamné. En fait, si Barrett avait tant de preuves contre Boudier, c'est grâce au Texas, lui apprit Lucien en croisant les bras.

— Alors, Bubba a trahi sa meute.

— D'après un des Gardiens proche de Bubba, il a voulu

quitter la meute quand il a appris que Boudier allait être incarcéré dans l'État. Apparemment, il était terrorisé.

— Hmmm.

Damon se frotta le menton en repensant à la première fois qu'il avait rencontré le loup rouge. Il avait infiltré le camp secret dans lequel Ava était retenue en otage. Les loups rouges comptaient lui injecter une drogue qui la maintiendrait constamment en chaleur pour qu'elle enchaîne les grossesses et repeuple leur meute. Une louve ne pouvait avoir qu'un certain nombre de petits sans abîmer son corps. Elle aurait fini par mourir.

— On sait comment Bubba a libéré Boudier ? demanda-t-il.

— Ouais. Il était de garde devant la cellule un soir, et il a ouvert la porte. Cet enfoiré est sorti de la base sans se faire remarquer grâce aux vêtements que Bubba lui avait apportés.

— Où est Bubba, actuellement ?

Damon sentit son cœur tambouriner dans sa poitrine. Quand il retrouverait Bubba, il allait lui arracher les tripes et les lui faire bouffer.

— Introuvable. Il a disparu la même nuit, mais ils ne pensent pas qu'ils sont ensemble.

— Pourquoi ?

— Parce que Boudier était seul sur l'aire d'autoroute où il a été aperçu. Donc, soit Bubba est parti de son côté...

— Soit Boudier lui a déjà mis une balle d'argent dans la tête.

Le rugissement d'une Harley éclata dans la rue. Damon regarda Ryker passer sur sa moto.

— Je croyais qu'il venait de rentrer. Il ne devrait pas aller se coucher ? demanda Lucien.

— Si. Mais va lui dire, grommela Damon.

— C'est plus dur pour Ryker. Il était très proche de

Barrett. Je pense que c'était son meilleur pote, dit Lucien en ébouriffant ses cheveux.

— Ça m'étonnerait que Barrett ait eu un meilleur pote. Je veux dire, ça ne va pas à l'encontre du code de chef de meute ? Rester distant et froid à tout moment.

— Je sais pas, mais si c'est un prérequis, tu t'en tires comme un pro, mon frère, dit Lucien en lui donnant une claque sur l'épaule.

— Connard, fit Damon avant de se passer la main sur le visage. Je vais avoir besoin d'un Gardien pour retrouver Bubba.

— Je m'en occupe, proposa Lucien. Je préfère que Jaxon reste près de Ginny. Entre sa grossesse et tout ce qui s'est passé, c'est mieux qu'il soit là pour elle.

— Tu as raison. Même si Ginny a hérité de la propriété de son mari, je préfèrerais qu'elle ne rentre pas en Louisiane tout de suite.

— Je ne crois pas qu'elle en ait envie. Jaxon m'a dit qu'elle voulait vendre la maison et tout ce qu'elle contient au plus vite.

— Elle ne veut rien garder ? Aucun souvenir familial, rien ?

Lucien réfléchit un instant avant de répondre.

— Jaxon m'a dit que sa mère lui a offert le service en argent à son mariage, mais comme elle lui a planté une de ces fourchettes dans le dos, je crois que Ginny n'est pas dans les meilleures dispositions vis-à-vis des membres sa famille. Aucun d'entre eux.

— Je peux demander aux notaires de vendre la propriété, si c'est vraiment ce qu'elle souhaite. Mais je dois d'abord en parler avec elle.

Depuis que Ginny avait quitté la Louisiane après avoir tué son mari violent, Damon ne l'avait presque pas vue. Elle ne se mêlait pas beaucoup aux autres. Il pouvait comprendre.

Quand il était arrivé dans la meute d'Arkansas, il était plus solitaire qu'il ne voulait l'admettre. Les raisons de Ginny étaient différentes des siennes, et il ne savait pas si une discussion changerait quelque chose, mais il devait essayer.

— Je la préviendrai avant de partir, dit Lucien en hochant la tête. Autre chose ?

— Je vais t'envoyer une photo de Bubba. Je suis le seul de la meute à l'avoir déjà croisé.

— Tu as un conseil ?

— Ouais. Il est peut-être costaud, mais il est balourd et ne sait pas encaisser les coups. Souviens-t'en quand tu le croiseras.

— Ça marche, répondit Lucien avant de s'éloigner.

Damon suivit son Gardien des yeux en regrettant de ne pas s'acquitter lui-même de cette mission.

CHAPITRE VINGT-QUATRE

— La commande n'arrivera pas à temps avant la prochaine tempête de neige, dit Barrett à Helen et Jacey.

Le samedi soir, il les avaient réunies dans le bar après la fermeture.

— Mais je croyais qu'elle serait livrée lundi après-midi, dit Helen d'un air contrarié. Je suppose qu'on devra se contenter de servir à boire. Les clients ne seront pas contents.

— Alors, il seront vraiment furax quand l'alcool va manquer, lâcha Barrett en se passant la main dans les cheveux.

— Quoi ? s'exclama Helen.

— On était aussi censés recevoir de l'alcool. Le camion est coincé à Denver. Le chauffeur sait que la route pour venir Silverton est mauvaise et il pense qu'essayer de monter serait une perte de temps. On va fermer jusqu'à mardi, et je partirai demain à la première heure avec ma remorque pour aller chercher la commande. J'essaierai de rentrer lundi si le temps me permet de remonter.

— Tu es dingue ? demanda Helen. Si le livreur ne peut pas

faire la route, qu'est-ce qui te fais penser que tu pourras y arriver ? Tu ferais mieux de fermer le restaurant jusqu'à ce que la commande arrive.

— Si je n'ouvre pas cette semaine, je ne peux pas te payer, Helen. Je sais que tu as besoin de cet argent.

Le regard d'Helen se voila. Il n'aimait pas parler de sa vie privée devant Jacey, mais la vieille femme était parfois trop bornée pour son propre bien et ne pensait pas assez à elle. Il la vit ravaler ses larmes.

— Ne t'inquiète pas pour moi, Barrett. Je me suis toujours débrouillée. Et puis, je ne pense pas que tu devrais faire la route seul.

— Je t'accompagne, dit Jacey.

Ils se tournèrent tous les deux pour la regarder.

— Quoi ? C'est juste un aller-retour à Denver, le temps de charger la commande et de remonter, non ?

— La route est dangereuse. Je ne sais pas... commença Barrett en plissant les yeux.

— Je n'ai pas demandé si c'était dangereux, je connais les risques. Il vaut mieux qu'on y aille à deux. Comme ça, s'il nous arrive quelque chose, l'un de nous pourra aller chercher de l'aide.

Il n'aimait l'idée de la mettre en danger.

— Je ne...

— Je préférerais aussi que tu ne partes pas seul, dit Helen en serrant ses lèvres ridées. Jacey a raison. Si la voiture a un problème, l'autre peut aller chercher de l'aide.

— Tu es censée être de mon côté, grogna-t-il.

— Je le suis. Tu es peut-être mon patron, mais je m'inquiéterai toujours pour toi. Comme pour quelqu'un de ma propre famille.

— Tu es sûre que tu veux venir ? demanda-t-il à Jacey. Ce sera peut-être dangereux.

— Absolument, dit-elle en hochant la tête avec enthousiasme. Et puis, si je reste enfermée chez Mena pendant quelques jours, je vais devenir folle.

— Je croyais que tu l'aimais bien, dit Barrett d'un ton surpris.

— Oh, je l'aime bien. Mais je n'aime pas sa baraque. Elle me fait flipper, même la journée. C'est sûrement parce qu'elle est ancienne et craque de partout, mais j'ai constamment l'impression que quelqu'un m'observe.

— Ma chérie, le seul à t'observer dans cette vieille bicoque, c'est le fantôme du mari de Mena, s'esclaffa Helen.

— Tu es sérieuse ? demanda Jacey en blêmissant.

— Il y a quelques années, Mena a fait venir un hippie qui prétendait parler avec les morts. Il paraît qu'elle voulait communiquer avec son défunt mari pour savoir où il avait caché des titres d'actions d'une compagnie pétrolière.

— Mais je croyais que Mena était riche. Elle est toujours couverte d'or et de diamants des pieds à la tête. Je crois qu'elle ne les enlève même pas pour dormir.

Helen se pencha vers elle et baissa la voix, même s'il n'y avait personne dans la salle.

— La moitié de ses bijoux sont faux, à ce qu'on m'a dit.

— Elle a pu contacter son mari ? demanda Jacey.

— Le médium lui a facturé quelques milliers de dollars et lui a assuré que son mari avait dit de regarder sous le plancher de leur chambre. La pauvre femme a retourné toutes les lattes du parquet de la chambre avec un pied de biche, puis de toute la maison. Pour rien. Quand elle a essayé de recontacter le type pour se plaindre, son numéro n'était plus attribué. Il paraît que même si c'était un charlatan, il a fait entrer des mauvais esprits dans la maison.

— Helen, je suis sûr que c'est n'importe quoi, dit Barrett avec désapprobation.

— C'est ce qu'on m'a raconté. Il paraît que parfois, les

locataires se réveillent parce qu'une présence invisible a tiré leur couverture. Ça t'est déjà arrivé, Jacey ?

— Non, répondit-elle d'une petite voix.

— Helen... lança Barrett sur un ton d'avertissement.

— Ils m'ont aussi raconté qu'ils se font réveiller par des gémissements la nuit. Et certains ont vu quelqu'un debout au pied de leur lit.

— Helen, tu n'aides pas. Je pense tout ça, ce sont des grosses conneries, grommela-t-il.

— Je t'assure que j'ai entendu dire de source sûre qu'il se passait des activités paranormales dans cette maison, dit Helen en ouvrant de grand yeux.

— Tu ne dois pas rentrer chez toi ?

— Je voulais juste aider.

Elle haussa les épaules, prit son sac et se dirigea vers la porte. Elle posa la main sur la poignée et se retourna pour regarder Jacey.

— Si tu constates des phénomènes étranges dans cette maison, procure-toi de l'eau bénite et asperge ta chambre, suspends des gousses d'ail à ta fenêtre et fais un cercle de sel autour de ton lit, dit-elle avant de les saluer et de sortir.

— Ignore-la, dit Barrett.

Jacey hocha la tête, mais ne dit rien.

Il s'approcha d'elle, posa les mains sur ses épaules et attendit qu'elle lève les yeux vers lui.

Ses yeux caramel semblaient toujours faire manquer un battement à son cœur. Il sentit sa poitrine se réchauffer. Il n'avait pas l'habitude de ce genre de sensations, et ne comprenait pas d'où elles venaient.

— Tu ne crois pas aux balivernes qu'Helen a racontées, n'est-ce pas ?

— Bien sûr que non.

Elle se força à sourire, mais il ne fut pas dupe.

— Jacey ?

— Écoute, je ne crois pas aux fantômes, mais il se passe un truc étrange dans cette maison. L'atmosphère est bizarre, pesante. Je ne sais pas comment l'expliquer. La nuit, je dors avec une lumière allumée parce que j'ai l'impression qu'on m'observe.

Barrett lâcha ses épaules. En effet, il avait regardé sa chambre depuis sa fenêtre avant de s'endormir, mais comment aurait-elle pu l'avoir senti ? Il était loin et n'avait rien distingué à cette distance. Seulement la lumière.

— C'était peut-être juste une voiture qui passait. Tu n'as vu personne, si ?

— Non. Mais j'ai l'impression que celui qui m'observe attend.

— Qu'il attend quoi ?

— Qu'il attend pour m'attaquer.

Elle baissa les yeux, mais il eut le temps de voir passer la peur dans son regard.

— Tu avais ressenti ça avant... les chasseurs ?

— Non.

— Je pense que tu es encore traumatisée à cause de ce qui s'est passé, dit-il d'un ton rassurant. C'est tout à fait normal. Tu as été capturée en pleine nuit, alors tu te sens plus vulnérable le soir. Est-ce que tu dirais que c'est possible ?

Elle hocha la tête.

Il la serra contre lui. Elle ne le repoussa pas, et il la sentit trembler contre son torse.

Jacey posa les mains dans le creux de son dos et se colla contre son torse. Il la tint fermement, son menton posé au sommet de son crâne. Barrett avait mal au cœur en pensant à ce qu'elle avait vécu, et à la fois, l'idée qu'elle avait besoin de lui faisait enfler sa poitrine sans qu'il ne comprenne pourquoi.

Il se sentit envahi par un besoin intense de la protéger à tout prix et resserra encore son étreinte. Ils restèrent ainsi un long moment, et quelque chose changea entre eux. Une chose qu'il n'arrivait pas à comprendre.

Barrett avait senti que Jacey était différente depuis qu'elle était entrée dans sa cuisine. Il avait essayé de garder ses distances parce qu'il ne pouvait pas être entièrement sincère avec elle. Elle avait déjà été blessée par son ancien compagnon, et n'était pas le genre de femme à accepter une relation avec un homme qui lui servait des demi-vérités.

Il frissonna. Le simple fait de s'imaginer en couple avec Jacey lui filait les jetons.

Elle renifla et finit par s'écarter.

— Désolée.

— Ne t'excuse jamais d'être vulnérable. C'est ce qui révèle le meilleur en nous-mêmes, dit-il en plongeant son regard dans ses yeux caramel.

— Pourquoi est-ce que tu n'as jamais pris de compagne ? demanda-t-elle soudain, le surprenant.

— Je n'en ai jamais eu envie.

Il avait donné cette réponse à ses Gardiens un nombre incalculable de fois. Alors pourquoi était-il si difficile de le faire à cet instant ?

Elle lui fit un petit sourire.

— Je ne te le reproche pas. T'unir à une compagne te rendrait plus faible que tu ne l'imagines. Ça pourrait aussi te détruire de façons que tu n'envisages pas.

Elle alla chercher son manteau accroché au portemanteau contre le mur, l'enfila et mit son sac sur son épaule.

— Tu es prête ?

— Oui.

Il ouvrit la porte arrière du restaurant et la laissa sortir la première. Il se tourna vers sa Jeep, mais elle le retint par la manche.

— Ça te dérange si on marche ? demanda-t-elle avec un regard hésitant.

— Tu n'as pas trop froid ?

Les métamorphes avaient une température corporelle plus élevée que celle des humains et étaient plus résistants, mais il ne pouvait s'empêcher de s'inquiéter pour elle.

— En fait, j'ai envie d'air frais. J'ai passé la soirée dans une cuisine étouffante.

— Alors, allons-y, dit-il en prenant la direction de chez Mena, quelques centaines de mètres plus loin dans la rue. Si tu es d'accord, je monterai dans ta chambre.

Elle écarquilla légèrement les yeux.

— Je me suis mal exprimé, toussota-t-il. Si tu veux, je monterai dans ta chambre pour voir si je trouve ce qui te met mal à l'aise.

— Barrett, tu n'es vraiment pas obligé de faire ça.

— C'est normal de demander de l'aide quand on en a besoin, tu sais.

Elle leva la tête et haussa un sourcil.

— C'est un bon conseil. Tu pourrais essayer de le suivre de temps en temps.

— J'ai du mal à suivre mes propres conseils, reconnut-il avec un petit rire.

Elle éclata de rire à son tour. Le son mélodieux résonna dans la nuit noire, et Barrett se sentit plus léger.

— Tu as assez chaud ? demanda-t-il en la voyant frissonner, regrettant immédiatement de ne pas avoir insisté pour la ramener en voiture.

— Je me réchaufferai dès qu'on sera à l'intérieur.

— Viens là, dit-il en ouvrant son manteau.

Elle hésita.

— Je te propose juste un peu de chaleur, pas des roses ni un dîner aux chandelles.

— Tant mieux. Je n'ai jamais reçu de roses ; au moins, je

ne sais pas ce que je rate, dit-elle en souriant et en se collant contre son flanc avant de pousser un soupir. Tu es un vrai radiateur sur pattes.

Barrett sentit son sexe se dresser douloureusement. Le parfum de Jacey l'enveloppa soudain. Il ne pensait pas avoir déjà senti un arôme si délicieux.

Il la serra dans ses bras.

La respiration de Barrett s'accélérera et son cœur se mit à cogner contre ses côtes. Il sentit son sang chauffer, et l'excitation s'empara de lui avec une telle violence qu'il eut peur de ne pas réussir à se contrôler.

Putain, qu'est-ce qui lui arrivait ? Aucune louve ne lui avait jamais provoqué une telle réaction. La sorcière et la fée avaient-elles fait quelque chose à son âme quand elles l'avaient ramené à la vie ?

Il poussa un grondement grave. Jacey arrêta de marcher et se raidit entre ses bras.

— Qu'est-ce qu'il y a ? Tu vois quelque chose ?

— Non, je suis juste préoccupé, mentit-il en secouant la tête.

Ce n'étaient pas ses soucis qui le faisaient grogner. La cause se situait en dessous de sa ceinture.

Il s'arrêtèrent devant les marches à l'entrée de la maison victorienne de Mena. Avec ses moulures blanches décoratives sur ses murs ocres, la demeure ancienne ressemblait à une maison de poupée.

La neige s'accrochait à ses toits pointus et à ses balcons, lui donnant l'apparence d'un refuge idéal pour passer Noël en amoureux.

Putain, mais qu'est-ce qui lui prenait ? Il avait la cervelle remplie de pensées niaises.

S'il revoyait la fée et la sorcière un jour, il leur ferait regretter de l'avoir ramené d'entre les morts.

Jacey s'écarta de lui pour chercher la clé dans son sac.

Mena donnait un jeu de clés à tous ses locataires pour ne pas avoir à mettre ses vieux films sur pause pour leur ouvrir.

— Tu es sûre que ça ne te dérange pas de venir voir dans ma chambre ? demanda-t-elle en tournant la clé dans la serrure.

Elle le regardait comme si elle s'attendait à ce qu'il lui dise qu'il avait changé d'avis. Barrett savait qu'aller dans sa chambre était une mauvaise idée, mais il ne voulait pas la décevoir. Il ne pouvait plus revenir en arrière.

— Pas du tout.

Sa voix lui parut rauque et éraillée. Il espéra qu'elle ne l'avait pas remarqué. Il ne voulait surtout pas se lancer dans une relation avec quelqu'un qui n'en avait manifestement pas envie. Même juste pour du sexe.

En regardant ses lèvres charnues et ses courbes attirantes, il se dit que le sexe avec Jacey devait être une expérience entièrement nouvelle. Le genre révolutionnaire au-delà de l'entendement.

— Est-ce que ça va ? demanda-t-elle d'un air inquiet. On dirait que tu as mal quelque part.

— Non, non, ça va.

Il détourna la tête, gêné qu'une femme qu'il connaissait à peine lise en lui comme dans un livre ouvert.

Oui, il avait mal. Mal aux couilles.

Il déglutit avec difficulté et la suivit dans la maison.

La nostalgie l'envahit en voyant les meubles anciens dans l'entrée et les photos de famille un peu partout dans des cadres vieillots. Il avait grandi dans le même genre de maison, avec les mêmes photos au mur. C'était bien avant de devenir chef de meute.

Il n'avait quasiment eu aucun contact avec sa famille depuis qu'il avait déménagé en Arkansas. Il avait quitté ses parents en mauvais termes parce qu'il avait refusé d'épouser la fille du chef de meute. Zenda était sûrement très belle, mais il n'en voulait pas comme compagne. Bon sang, il ne voulait pas de compagne du tout.

Quand il avait refusé le mariage, le chef de meute l'avait exilé en Arkansas et l'avait placé à la tête l'État à condition qu'il ne cherche pas à communiquer avec sa famille et ne revienne jamais. Il avait accepté son sort et était parti.

Barrett avait trouvé une nouvelle famille avec ses Gardiens. Il ne savait même pas si la sienne, un frère avec qui il ne s'entendait pas et une sœur qu'il adorait, savait qu'il était mort.

Il avait été déraciné une fois de plus et avait perdu sa famille d'Arkansas.

Pour une fois, juste une, il avait envie de faire ce qu'il voulait. De dire merde aux règles et au reste du monde.

Jacey posa un doigt sur ses lèvres pour lui demander de garder le silence et lui fit signe de la suivre en haut des escaliers.

Ses pas lourds étaient étouffés par la moquette, mais pas assez pour ne faire aucun bruit. Il fit de son mieux pour ne pas mater ses fesses en montant les marches, mais il n'était qu'un homme. Et elle avait un très joli cul. Le plus joli qu'il avait jamais vu.

Il se força à respirer lentement.

Arrivé en haut des marches, il la suivit dans le couloir jusqu'à sa chambre.

Il avait une impression étrange. Il s'arrêta devant une porte fermée.

— Ma chambre est là, dit Jacey en montrant sa porte quelques mètres plus loin.

Il prit une profonde inspiration et sentit le parfum légèrement cuivré du danger flotter dans l'air.

— Qui occupe cette chambre ?

— Personne. Je crois que c'est là que ce gars dormait, Charles, je crois.

— Charles.

Celui qu'il avait découragé de s'intéresser à Jacey. Il n'avait pas apprécié le type ; c'était probablement son odeur qu'il sentait. Quand un humain dangereux quittait un lieu, ses intentions malveillantes restaient parfois imprégnées dans les murs. Charles n'avait pas de bonnes intentions envers Jacey. Barrett l'avait pressenti immédiatement.

— Il n'est pas revenu, au moins ?

— Non. Je suis la seule locataire.

Elle déverrouilla sa porte et l'ouvrit.

— Entre.

Il la suivit à l'intérieur de la chambre.

L'odeur de Jacey qui flottait dans la pièce l'entoura comme une couverture sensuelle.

Il enleva sa veste et se passa la main sur le visage. Il avait besoin de se reprendre, et vite.

Il s'approcha des fenêtres et demanda à Jacey par-dessus son épaule :

— Il t'arrive d'ouvrir ?

— Non, répondit-elle en se mordillant les lèvres. Tu vois quelque chose ?

— Non.

Il ne discernait que la nuit obscure par la vitre. La chambre de Jacey était située trop haut pour que quelqu'un puisse grimper et l'espionner par la fenêtre. Il essaya d'en ouvrir une, et vit qu'elles étaient toutes bloquées de l'intérieur.

— Elles sont verrouillées et c'est trop haut pour escalader.

Il fit le tour de la chambre mais ne remarqua rien qui sortait de l'ordinaire. Il montra la cheminée.

— Tu t'en sers ?

— Pas encore. Je ne sais pas comment l'allumer, dit-elle en s'asseyant sur le lit. Je voulais demander à Mena, mais elle dort encore quand je me lève, et j'oublie tout le temps de lui poser la question quand je rentre.

Il s'accroupit devant la cheminée et tourna la valve de gaz. Il appuya sur le bouton d'allumage et le maintint pendant un moment.

— Je vérifie que la cheminée est reliée au gaz de ville, expliqua-t-il sans se retourner. On ne sait pas depuis combien de temps elle n'a pas servi, alors c'est plus sûr.

Il rappuya sur le bouton. La cheminée s'alluma et des flammes se mirent à danser sur les buches en céramique.

Un petit rire ravi s'échappa de la bouche de Jacey. Elle se leva et s'approcha de la cheminée.

— Merci beaucoup. J'ai toujours rêvé de m'endormir devant un feu de cheminée.

Barrett l'imagina soudain nue, allongée devant le feu pendant qu'il embrassait chaque centimètre de son corps superbe.

— Merci, répéta-t-elle en se dressant sur la pointe des pieds pour l'étreindre.

Il passa les bras autour de sa taille et la serra contre lui. Elle s'écarta légèrement, les mains posées sur sa taille, et leva la tête.

Ses paupières étaient mi-closes, et sa respiration s'affolait.

Au lieu de s'éloigner, elle fit remonter ses mains dans son dos.

Barrett frissonna.

— Je sais que c'est contre les règles... murmura-t-elle.

— J'emmerde les règles.

Il pouvait sentir le parfum de son excitation et s'égarait dans cet arôme exquis.

— Jacey, ça devient dur pour moi.

— Je le sens, dit-elle en se cambrant contre son érection.

Il poussa un grondement.

— Je suis un célibataire endurci. Ça fait partie de qui je suis, dit-il.

— Et je ne cherche pas une relation longue. Je viens à peine de reprendre le contrôle de ma vie.

La langue rose de Jacey apparut entre ses lèvres pour les humecter.

— Il faut que tu arrêtes de faire ça.

— De faire quoi ? demanda-t-elle innocemment.

— Ce truc avec ta langue, grogna-t-il. Écoute, je suis un gentleman, mais seulement jusqu'à un certain point. Ne me fais pas faire quelque chose qu'on regrettera tous les deux.

— J'en ai assez de vivre ma vie en suivant les règles et en faisant ce qu'on attend de moi. Pour une fois, je veux faire ce dont j'ai envie. Je veux être égoïste.

— Dis-moi ce dont tu as envie.

— Je veux que tu m'embrasses. Que tu m'embrasses vraiment. Et je veux savoir que tu ne penses à personne d'autre quand tu le fais.

— C'est facile, dit-il d'une voix rauque. La seule difficulté, c'est de me contenter de tes lèvres.

Il pencha la tête. Jacey eut du mal à respirer.

— Tu veux que je t'embrasse et j'ai envie de le faire depuis longtemps, mais je ne vais pas te mentir en te disant que c'est tout ce que j'ai envie de faire avec toi, Jacey. Je suis beaucoup de choses, mais pas un menteur.

Elle déglutit quand ses mots torrides résonnèrent dans la pièce. Son regard se teinta d'indécision.

— Qu'est-ce que tu veux, Jacey ?

Il serra les poings en s'accrochant à son self-control. Le parfum de la louve entrait dans ses narines à chaque inspiration et le rendait fou.

Elle s'humecta les lèvres et soutint son regard.

— Je veux que tu m'embrasses.

Il poussa un grondement grave, tout son corps tremblant de désir.

Il pencha la tête et l'embrassa. Il posséda sa bouche, la goûta, sentit sa douceur sucrée.

Jacey gémit et entrouvrit les lèvres, le laissant la dévorer.

Ce n'était pas un baiser délicat. Ce n'était pas le baiser qu'elle méritait, ni celui dont elle avait besoin. C'était le baiser qu'il voulait, lui, celui dont il avait besoin : brutal et sauvage.

Elle avait encore meilleur goût qu'elle était belle, si c'était possible. Il rêvait de ce moment depuis qu'elle était entrée dans sa vie, et la réalité était plus incroyable que tout ce qu'il aurait pu imaginer.

Elle posa ses mains sur ses hanches alors qu'il l'embrassait avec empressement. Il colla son érection contre son ventre et avala ses petits gémissements avec des baisers avides. Il voulait désespérément plus, quelque chose avec moins de vêtements. Il ne savait pas combien de temps il pourrait encore rester maître de lui-même.

Elle lui caressa les bras, remonta jusqu'à ses épaules et ses doigts plongèrent dans sa chevelure. Elle s'y accrocha et lui rendit son baiser avec la même urgence qu'il ressentait.

— Merde, murmura-t-il. Tu as un goût merveilleux.

Il enfouit son visage dans le creux de son cou et le mordit doucement.

— Oh, mon Dieu !

Elle frissonna et se déhancha contre son érection.

— Ne t'arrête pas.

Il prit son visage entre ses mains et la força à le regarder. Son regard excité fit manquer un battement à son cœur. La voir ainsi lui donnait envie d'être avec elle sur une île déserte, loin de tout et de tout le monde.

— Je veux faire plus que t'embrasser, dit-il.

— Alors, fais-le, murmura-t-elle.

— Tu es sûre ?

Il regretta immédiatement d'avoir posé la question. Si elle changeait d'avis, il allait devoir plonger dans la neige tête la première pour se calmer.

— Oui.

— Jusqu'où est-ce que tu veux aller ?

Merde, mais qu'est-ce que c'étaient que ces cas de conscience ?

— Assez loin, dit-elle d'une voix hésitante.

Il hocha la tête et essaya de déglutir. Il ne savait pas jusqu'où il pouvait aller avant de ne plus pouvoir s'arrêter, mais il était prêt à tout pour elle.

CHAPITRE VINGT-CINQ

Jacey avait l'impression que des papillons voletaient dans son ventre.

Personne ne l'avait jamais embrassée comme le faisait Barrett, pas même son compagnon. Elle ne s'était jamais sentie aussi excitée.

Elle avait envie qu'il arrache ses vêtements et la prenne devant la cheminée, mais n'était pas assez courageuse pour le lui demander. Elle avait connu le rejet et ne comptait pas se laisser être vulnérable.

La langue de Barrett entra dans sa bouche. Bon Dieu, il avait un goût épicé tellement sexy.

Elle n'avait pas prévu ce qui était en train de se passer, mais c'était trop agréable pour arrêter.

Elle caressa le torse de Barrett et sentit chaque muscle ferme sous son t-shirt. Elle glissa ses mains en dessous pour toucher sa peau.

Il poussa un grognement.

Elle caressa chaque abdo bien dessiné et fit remonter ses doigts vers son torse brûlant. Son corps spectaculaire était aussi dur que la pierre.

Elle avait envie de le sentir contre elle. Elle remonta le t-shirt vers son cou.

Barrett soutint son regard et enleva son t-shirt en un geste fluide.

Haletante, elle regarda son torse nu. Les flammes de la cheminée illuminaient ses muscles. Il avait l'air d'un dieu grec envoyé sur Terre pour lui donner du plaisir.

Son regard intense la laissa hébétée, incapable de formuler une pensée cohérente.

Il l'attira contre lui et passa une main sous son haut en la regardant dans les yeux. Il remonta le long de sa colonne vertébrale, déclenchant des frissons sur son passage.

Jacey avait envie qu'il la touche partout, voulait sentir son corps puissant contre le sien. Elle en avait besoin. Elle n'avait jamais eu autant besoin de quelque chose.

Elle s'écarta pour soulever son haut, l'enleva et le laissa tomber par terre.

Barrett se mit à respirer bruyamment et son regard s'assombrit. Il était aussi excité qu'elle.

Quand il tendit le bras et toucha la bretelle de son soutien-gorge rose en dentelle, elle crut que son cœur allait exploser à ce simple contact. Elle se félicita d'avoir acheté de nouveaux sous-vêtements une semaine avant de quitter le Mississippi.

Elle avait voulu prendre un nouveau départ ; de la nouvelle lingerie était un bon moyen pour le faire.

— Magnifique, dit-il en traçant le contour de son sein du bout du doigt.

Il caressa son téton à travers la dentelle. Elle poussa un gémissement.

Il baissa la tête et posa ses lèvres sur les siennes. Elle plongea les mains dans ses cheveux pour l'attirer plus près et l'embrassa passionnément. Elle aspira sa langue dans sa bouche, et il gronda.

Plus rien d'autre n'avait d'importance. Elle avait besoin de ça. Elle avait besoin de lui.

Barrett passa les mains dans son dos et dégrafa son soutien-gorge. Il fit glisser avec dextérité les bretelles de ses épaules sans cesser de l'embrasser.

Ses mamelons libérés frottaient contre son torse en une douce torture.

Il la souleva sans décoller sa bouche de la sienne et alla s'asseoir dans le fauteuil placé devant la cheminée.

— J'ai besoin de te voir mieux.

Sa voix grave fit trembler les entrailles de Jacey.

Il posa sa main puissante sur sa joue avec délicatesse et l'embrassa tendrement. Jacey sentit un désir irrépressible se rassembler entre ses jambes. Tout son corps était en feu.

Il frotta son nez contre son cou et lécha sa peau sensible. Des frissons parcoururent son échine, et elle se cambra contre lui en plantant ses ongles dans ses bras musclés.

— Barrett, murmura-t-elle.

Il leva la tête.

— Dis mon prénom. Je veux t'entendre dire mon prénom quand tu jouis.

Elle se sentit rougir en entendant ses mots coquins, mais elle avait trop envie de lui pour refuser. Il aurait pu lui demander n'importe quoi à cet instant tant qu'il continuait à la toucher.

Il baissa la tête et captura un téton dans sa bouche. Elle manqua de jouir instantanément. Elle passa la main entre eux et frotta son membre à travers son jean.

— Jacey.

Il murmura son prénom sur le même ton que s'il proférait un juron.

Elle continua ses caresses avec plus d'ardeur pendant qu'il suçait goulûment ses mamelons sensibles.

Elle batailla un instant avec le bouton de son jean avant

de réussir à l'ouvrir. Elle baissa la fermeture éclair et glissa sa main dans sa braguette.

Son sexe tressauta dans sa main, et Barrett retint son souffle, essayant de contrôler son plaisir.

Sa réaction plut à Jacey. Elle aimait voir qu'ils perdaient tous les deux la tête et étaient sur le point de grimper ensemble au septième ciel.

— Pas encore. Tu vas me faire jouir trop vite, dit-il en repoussant sa main. Laisse-moi m'amuser un peu d'abord.

Il posa la main sur sa cuisse et la glissa lentement entre ses jambes.

Elle ferma les yeux.

— Jacey, regarde-moi, dit-il d'un ton autoritaire.

Elle obéit malgré son envie terrible de fermer les yeux, et soutint son regard pendant qu'il la caressait par-dessus son jean.

— Ça te plaît ?

— Oui, murmura-t-elle en essayant de garder les yeux ouverts.

— Ne me quitte pas des yeux, ordonna-t-il.

Il remonta vers la braguette de son jean et ouvrit lentement la fermeture éclair. Lentement, terriblement lentement, doigts plongèrent sous sa culotte rose et se posèrent juste au-dessus de son clitoris.

— Continue.

— Je ne comptais pas m'arrêter, dit-il avant de l'embrasser.

Ses doigts caressaient sa peau en même temps que sa langue caressait la sienne. Elle s'accrocha à lui en gémissant.

Il détacha sa bouche de la sienne pour la regarder, puis baissa brusquement le jean de Jacey en dessous de ses hanches. Elle l'aida à l'enlever. Barrett dévora son corps à demi-nu des yeux.

— Je veux te goûter et te faire jouir avec ma langue.

Il la fit asseoir sur le fauteuil en souriant et s'agenouilla devant elle.

— Garde les yeux ouverts. Même quand tu jouis.

— Je ne pense pas pouvoir y arriver.

— Si, tu peux. Je veux que tu me regardes pendant que je te lèche.

Il lui écarta les jambes et fixa sa chatte couverte de dentelle.

Tout le corps de Jacey était en feu, et elle ne savait pas combien de temps elle allait tenir. La main de Barrett glissa entre ses cuisses et se posa sur son sexe.

— Putain, tu es trempée.

Elle gémit et se cambra contre sa main. Il pencha la tête pour embrasser sa culotte.

— Oh, mon Dieu, Barrett !

— Chut. Mena va t'entendre et croire que tu as besoin d'aide.

Il passa ses pouces sous sa culotte et la baissa brusquement. Elle entendit la dentelle se déchirer.

— Hé, c'était une culotte neuve, dit-elle sans réfléchir.

— Alors, ne porte pas de culotte avec moi. Jamais.

Son regard brûlant se posa sur sa chatte nue, et il sourit. Il lui fit lever les jambes, les posa sur ses épaules et colla sa bouche contre son sexe mouillé.

Elle agrippa ses cheveux alors qu'il donnait de petits coups de langue à son clitoris et attira sa bouche contre elle, incapable de se retenir.

Elle rejeta la tête en arrière, et il leva la sienne avec un air réprobateur.

— Regarde-moi.

Elle baissa faiblement la tête et le vit replonger entre ses cuisses.

Il la lécha en soutenant son regard, déclenchant des décharges électriques sur sa peau.

— Barrett...

Elle sentit son bas-ventre se contracter de manière incontrôlable quand l'orgasme déferla sur elle comme un raz-de-marée. Elle eut du mal à garder les yeux ouverts, mais une promesse était une promesse. Barrett ne la quitta pas des yeux alors qu'elle jouissait sous sa bouche.

Encore tremblante de plaisir, elle lui caressa la joue d'une main et empoigna son sexe de l'autre. Il lui prit le poignet.

— Je veux qu'on ne pense qu'à toi ce soir. Je ne m'attends pas à...

Jacey écarquilla les yeux et baissa la tête vers son membre gonflé. Peut-être avait-elle mal lu ses signaux ?

— Tu n'as pas envie que je te touche, Barrett ?

— Si, énormément, mais...

Elle se laissa glisser du fauteuil jusqu'à ce qu'elle le chevauche. Les lèvres de Barrett étaient brillantes, encore humides de ses fluides. Elle l'embrassa.

Il lui rendit son baiser en serrant sa taille. Elle s'écarta et essaya de descendre plus bas, mais il la maintenait fermement.

— Je veux te rendre la pareille, dit-elle en regardant son gland qui dépassait de son jean.

— Je préférerais que tu m'embrasses.

Il lui caressa la joue, et elle se pencha contre sa main.

Une grande solitude se cachait dans ses yeux. Une expression qu'elle n'avait encore jamais lue en eux.

Elle se mordilla les lèvres en réfléchissant à ce qu'elle allait faire ensuite.

— Ça paraît injuste. Tu m'as donné du plaisir avec ta bouche, je veux me servir de ma bouche sur toi.

— Alors, embrasse-moi en faisant ça.

Il serra la main de Jacey autour de son sexe et poussa un grognement.

— On fera les choses à ta manière pour cette fois.

Elle sourit et posa une main dans sa nuque pendant que l'autre commençait à faire des va-et-vient autour de son membre.

CHAPITRE VINGT-SIX

Barrett rejeta la tête en arrière sous les caresses de Jacey. Son cœur battait si fort et si vite qu'il avait peur qu'il sorte de sa poitrine et soit projeté comme un missile.

— Assieds-toi.

La voix de Jacey était éraillée, attirante. Il l'avait vue vulnérable, et il adorait ce tempérament déterminé qu'elle lui révélait à présent.

Il sourit. Il devrait la faire jouir plus souvent.

Il s'assit dans le fauteuil et suivit son regard jusqu'à son sexe en érection qui dépassait de son jean, posé contre son ventre. La langue de Jacey apparut et lécha le coin de la bouche qu'il aimait tant embrasser.

Il laissa échapper un long grondement, la fit asseoir sur ses genoux et posa une main derrière sa nuque. Sentir son souffle chaud sur sa joue et entendre ses halètements le rendit encore plus dur, même s'il ne l'aurait pas pensé possible.

— Touche-moi, dit-il en guidant sa main sur sa bite.

Il n'avait pas enlevé son jean, ce qu'il regrettait parce qu'elle aurait ainsi eu un meilleur accès. Mais il préférait ne pas se déshabiller entièrement, sinon il allait lui faire l'amour jusqu'au lever du soleil.

Il ne pensait pas qu'elle soit prête pour ça.

Elle plongea sa main dans sa braguette et agrippa la base de son sexe dressé. Quand elle serra les doigts, il manqua d'éjaculer dans sa main.

Elle pressa sa bouche contre la sienne et l'embrassa tout en faisant monter et descendre sa main autour de son membre. Elle allait lentement pour faire durer le plaisir, c'était une torture délicieuse.

Elle s'écarta, essoufflée, magnifique. Elle soutint son regard, jeta un coup d'œil à son sexe puis reposa les yeux sur son visage.

Il donna des coups de reins contre sa main en grognant.

Elle ne dit rien, mais son regard parlait à sa place. L'atmosphère était saturée d'excitation, de désir et de besoin.

L'air de la chambre devint bientôt humide, et une fine couche de sueur recouvrit leurs corps.

— Jacey, murmura-t-il dans la nuit.

Elle posa sa main libre sur sa nuque.

Il en voulait plus. Il avait besoin de la toucher. Il pencha la tête et prit son téton dans sa bouche. La respiration de Jacey s'accéléra et elle se cambra sur ses genoux. Il releva la tête et glissa sa main entre ses cuisses.

— Tu es encore mouillée. Pour moi.

Il avait besoin de la posséder de toutes les manières imaginables mais se l'interdisait. Ils profitaient du moment présent, et il savait bien que c'est tout ce qu'ils avaient.

Il glissa un doigt dans son sexe humide. Elle gémit en le regardant droit dans les yeux et remua sa main plus rapidement autour de sa bite. Il bougea son doigt au même rythme, leurs corps n'en formant plus qu'un seul.

Elle écarta davantage les jambes pour lui et colla sa bouche contre la sienne. Il lui rendit son baiser, se noyant dans l'océan de désir et de plaisir qui menaçait de les engloutir.

— Barrett, murmura-t-elle.

Elle poussa un autre gémissement alors qu'il faisait aller et venir ses doigts plus vite. Elle était sur le point de s'abandonner à l'extase.

Le plaisir se rassembla dans son bas-ventre et remonta le long de sa colonne vertébrale. Il appuya son front contre le sien et gronda en sentant leur frénésie monter en puissance.

— Oh mon Dieu !

Elle frissonna lorsque l'orgasme s'empara de son corps.

Le plaisir de Jacey déclencha le sien. Il poussa un grondement, sa semence jaillit de son membre et atterrit sur son jean. Elle continua à le masturber jusqu'à ce qu'il soit vidé.

Épuisés, ils s'écroulèrent sur le fauteuil. Il la serra dans ses bras et la tint tout contre lui. Elle se blottit contre son corps chaud et poussa un soupir de contentement.

— Qu'est-ce qui vient de se passer ? murmura-t-elle contre son cou.

Son haleine chaude le fit frissonner, et il la serra plus fort dans ses bras.

— *Nous*, je crois, dit-il doucement.

Il n'avait aucune réplique futée ni rien d'intelligent à dire. Il savait qu'il ferait mieux de ne pas en faire tout un plat, mais quelque chose avait changé entre eux, s'était mis en place. Dès qu'il avait mis un pied dans sa chambre, il avait su que les choses ne seraient plus jamais les mêmes entre eux.

— C'était... hallucinant, dit-elle.

Il embrassa le sommet de son crâne et inspira son odeur. Bon Dieu, elle sentait tellement bon.

Son parfum lui évoquait un foyer, la paix. Il avait l'impression qu'elle lui appartenait. Il n'avait jamais rien ressenti de tel.

Il n'aurait pu dire combien de temps ils restèrent ainsi. La respiration de Jacey devint profonde et régulière. Il regarda la nuit par la fenêtre.

Ils étaient en sécurité dans la montagne, où le passé ne pouvait pas les retrouver et où l'avenir n'existait pas.

Il passa un bras sous les jambes de Jacey et se leva. Sa tête posée contre son épaule, elle ne se réveilla pas. Il tira les couvertures, l'allongea délicatement sur le lit puis remonta le drap et la couette jusqu'à son cou.

Elle avait l'air d'une princesse endormie en train d'attendre que son prince vienne la réveiller d'un baiser.

Il frotta la zone au-dessus de son cœur en fronçant ses sourcils.

Son cœur lui faisait mal depuis qu'il l'avait rencontrée.

Il n'était pas un prince. Il était coincé entre deux mondes, forcé d'exister en vivant caché.

Il alla éteindre la cheminée. Elle avait rempli la chambre de chaleur et le soleil se lèverait dans quelques heures.

Il referma son jean, enfila son t-shirt et ramassa sa veste sur le plancher avant de sortir de la chambre en refermant silencieusement la porte derrière lui.

Il s'attarda dans le couloir quelques minutes en fixant la porte fermée.

Il finit par secouer la tête, descendit les escaliers et sortit dans la nuit.

Il leva les yeux vers le ciel étoilé et inspira profondément.

Ce soir, il s'était senti vivant, ce qui ne lui était pas arrivé depuis qu'il était revenu d'entre les morts.

Les poils de sa nuque se dressèrent. Il se retourna, poings serrés, mais ne vit personne.

Il se passa la main dans les cheveux.

Ce n'était pas l'idée que quelqu'un soit en train de l'observer qui le rendait nerveux.

C'était la crainte de vouloir une chose qu'il ne pourrait jamais avoir.

* * *

Il s'accroupit contre le tronc d'arbre tout en observant l'immense métamorphe sortir de la maison victorienne. Il n'avait vraiment pas l'air à sa place devant une baraque élégante entourée d'arbres aux branches couvertes de neige. Les loups préféraient la chaleur et l'humidité ; c'est pour ça qu'ils étaient si nombreux à vivre dans les États du Sud.

Il plissa les paupières sans quitter Barrett des yeux. Putain, comment ce connard était-il encore vivant ? Était-il davantage qu'un loup métamorphe ? Il leva le nez en l'air et inspira longuement.

Comme s'il avait senti son mouvement, Barrett se retourna et observa les alentours.

Il attendit jusqu'à ce que Barrett semble se détendre et prenne la direction du bar miteux dont il était sorti quelques heures plus tôt.

Barrett avait dû perdre la main. Il aurait été vraiment furax d'apprendre qu'il était suivi depuis que la jolie petite louve était arrivée dans la montagne.

Il se retourna vers la maison victorienne plongée dans le noir. Aucune lumière n'était allumée à l'intérieur. Ce serait le moment idéal pour rendre une petite visite à la louve. À l'odeur de sexe qui entourait Barrett, elle serait certainement chaude pour faire quelques galipettes.

Il prit une inspiration et reposa sa tête contre l'écorce.

Ce n'était pas encore le moment, se raisonna-t-il. Il devait attendre.

Quand le moment serait venu, il ferait payer Barrett.

CHAPITRE VINGT-SEPT

Jacey serra la ceinture de son peignoir autour de sa taille et déposa du dentifrice sur sa brosse à dents. Elle fredonna sa chanson préférée tout en se brossant les dents.

Bien qu'elle n'ait dormi que quelques heures la nuit dernière, elle s'était réveillée au lever du soleil. Elle ne s'était jamais sentie en meilleure forme.

Elle se rinça le visage, rangea ses affaires dans sa petite trousse de toilette et regarda dans le miroir.

Elle sourit à son reflet. Ses yeux brillaient et son teint était radieux.

Le sexe incroyable avait cet effet sur une fille.

Un petit rire s'échappa de sa bouche.

Elle était censée aller chercher la commande du restaurant avec Barrett aujourd'hui. Elle se mordit les lèvres.

Son cœur se mit à battre un peu plus vite. Elle avait soudain hâte d'être seule avec lui dans la Jeep pendant des heures. Cette simple idée lui provoqua une bouffée de chaleur.

Elle appuya ses mains contre ses joues brûlantes.

— Calme-toi, ma fille. Ce n'est pas un rencard, et il n'y aura pas de sexe... ni de bisous. C'est du travail.

Elle n'avait passé qu'une nuit avec Barrett et ils n'avaient même pas couché ensemble, pourtant son corps le réclamait comme une drogue.

Elle n'osait imaginer comment ce serait de coucher avec lui.

Elle poussa un soupir, rassembla ses affaires et sortit dans le couloir. La chaleur la prit à la gorge. Elle avait envie de demander à Mena de baisser le chauffage mais ne voulait pas contrarier la vieille dame. Elle la logeait pour presque rien, et Jacey lui en était très reconnaissante. Ça lui permettrait de mettre de l'argent de côté.

Elle referma la porte de sa chambre, posa ses affaires de toilette sur le lit, ouvrit le placard et en sortit un jean noir et un pull rouge. Elle aurait aimé avoir de jolies bottes assorties à sa tenue, mais ses bottes d'hiver étaient plus fonctionnelles et lui tiendraient bien chaud.

Et puis, c'était pour le travail. Ce n'était pas un rencard.

Elle prit le temps de boucler ses cheveux devant le miroir de la coiffeuse, se maquilla avec soin et appliqua un peu de gloss parfumé à la cerise pour parachever le tout. Elle recula pour admirer son travail.

En consultant le réveil, elle remarqua qu'il n'était que sept heures du matin. Elle avait le temps de boire un café avant que Barrett ne passe la chercher.

Elle descendit à la cuisine. Heureusement, Mena programmait toujours la cafetière ; elle n'avait aucune envie d'attendre que le breuvage coule.

Elle se servit une tasse et but une gorgée du liquide brûlant. Parfait.

Une note était posée près de la machine à café, écrite dans une écriture élégante quoique tremblante. Jacey la ramassa et la lut à voix haute :

— Il y a du gâteau dans le frigo. Sers-toi.

Comme s'il attendait ce signal, son ventre gargouilla.

Elle ouvrit le réfrigérateur et trouva le gâteau sur l'étage du milieu, entouré d'une généreuse couche de film alimentaire. Elle le sortit et le posa sur le comptoir.

Retirer tout le plastique autour du gâteau fut une tâche fastidieuse. Mena pouvait se lancer dans une carrière de déménageuse. Avec son talent pour emballer les choses, elle ne casserait rien même pour un déménagement à travers tout le pays.

Quand le dernier morceau de film alimentaire fut enfin retiré, Jacey découvrit que le gâteau était un moelleux à la cannelle. Il avait une odeur délicieuse.

Elle ouvrit quelques tiroirs et finit par trouver un couteau, puis elle sortit une assiette à dessert décorée de vignes d'un placard sur laquelle elle se servit une petite part.

Après avoir pris une fourchette, elle emporta le gâteau et sa tasse de café dans la salle à manger.

Elle s'installa sur une des chaises anciennes et remarqua que la pièce disposait d'une cheminée, malheureusement éteinte. Elle but une gorgée de café en regardant autour d'elle.

Les plafonds étaient traversés par des poutres en bois sombre qui contrastaient avec la peinture blanche. Les trois hautes fenêtres formant une baie vitrée étaient décorées de rideaux rouges épais et moelleux qui retombaient sur le parquet. Les murs étaient recouvert d'un vieux papier peint floral. Même si le style n'était pas vraiment à son goût, Jacey trouvait qu'il rendait la pièce chaleureuse. La table était large, avec des chaises assorties, et un buffet trônait contre le mur. Des tableaux encadrés représentant des fleurs et des paysages décoraient les murs. Un chandelier en cristal surplombait le centre de la table.

On aurait dit un décor de maison de poupées.

Elle goûta le gâteau. Les saveurs de beurre et de cannelle explosèrent dans sa bouche. Elle sourit.

C'était parfait. Exactement ce dont elle avait besoin après une nuit pareille.

Elle savoura le gâteau et le café sans se presser. Quand elle leva les yeux vers la vieille horloge dans le couloir, elle vit qu'il n'était pas encore huit heures, mais elle ne pouvait plus attendre.

Elle remonta en vitesse chercher son manteau et son sac dans sa chambre et redescendit après avoir verrouillé sa porte. Une fois hors de la maison, elle prit une grande bouffée d'air hivernal glacé.

Elle n'aimait pas le froid d'habitude, mais c'était différent aujourd'hui.

Aujourd'hui, elle appréciait les odeurs dans l'air.

Aujourd'hui, elle commençait sa nouvelle vie.

Elle marcha en direction du bar-restaurant, le sourire aux lèvres.

Elle fit le tour du bâtiment et monta les marches glissantes avec prudence. Elle leva le bras pour taper à la porte de Barrett, et hésita.

Et s'il dormait encore ? Et s'il ne voulait pas qu'elle vienne chez lui ? Et si...

La porte s'ouvrit en grand avant que la question suivante ne lui vienne, et Barrett apparut, ses sourcils froncés. Ses cheveux mouillés étaient détachés et tombaient sur ses larges épaules, il ne portait qu'un jean et était pieds nus.

Jacey sentit son corps se réchauffer en le voyant. Elle baissa la main.

— Pardon. Je me suis levée tôt, alors je me suis dit que je t'éviterais de venir me chercher.

Elle baissa lentement les yeux sur son torse musclé, puis jusqu'à la fermeture éclair de son jean. Comprenant qu'elle avait l'air d'une parfaite idiote, elle releva brusquement la tête.

Elle se sentait débile. Elle avait agi sans réfléchir. Maintenant, elle avait envie que la terre s'ouvre et l'engloutisse.

— Je peux repasser...

Elle n'eut pas le temps de terminer sa phrase. Il lui prit le coude et la tira à l'intérieur de l'appartement, dans lequel régnait une température agréable.

Il ferma la porte en la regardant dans les yeux.

Jacey sentit son cœur tambouriner dans sa poitrine. Jamais un homme ne l'avait regardée comme le faisait Barrett, avec détermination et possessivité, comme un prédateur. Il se tenait beaucoup trop près d'elle pour qu'elle arrive à reprendre son souffle.

— J'allais venir te chercher dès que j'avais fini de m'habiller, dit-il d'une voix rauque.

— Oh.

Elle ne trouva rien d'autre à dire. La nuit dernière, ses mains et sa bouche s'étaient promenées partout sur son corps, pourtant elle se sentait intimidée. Elle n'était vraiment pas douée pour le flirt.

Il lui prit la main et l'entraîna vers le coin cuisine. Les cils de Jacey papillonnèrent à ce simple contact. Barrett lui faisait comme toujours un effet ahurissant.

— J'ai fait du café, dit-il en s'asseyant sur un tabouret.

Elle n'était pas sûre qu'augmenter sa dose de caféine soit une bonne idée ; elle était déjà sur les nerfs à cause de sa présence.

Il sortit une tasse d'un placard, la remplit et la posa en face d'elle avant de s'en servir une. Son café fumant à la main, il hocha la tête en direction de la salle de bains :

— Je m'habille et on peut y aller.

— Ne te presse pas, dit-elle en l'observant à la dérobée par-dessus sa tasse.

Elle le suivit des yeux alors qu'il se dirigeait vers la salle de bains. Il se déplaçait avec la grâce d'un lion, chacun de ses mouvements précis faisant rouler ses muscles.

Il était puissant, dangereux et magnifique. Et aussi beaucoup trop bien pour elle.

— Je dois attacher la remorque avant qu'on parte. La route sera plus facile à l'aller qu'au retour. Tu es vraiment sûre de vouloir venir ? demanda-t-il en passant la tête hors de la salle de bains.

— Absolument. Ça me fera du bien de descendre un peu dans la vallée, dit-elle avec un petit sourire.

Il acquiesça et redisparut dans la pièce.

— Tu as déjà dû le faire ? Aller chercher une commande toi-même ? demanda-t-elle avant de boire une autre gorgée de café.

Il faisait un meilleur café que Mena.

Les premiers jours, le café chez Mena était excellent, mais dernièrement il était devenu plus fort, presque amer. Elle était parfois tentée d'ajouter du lait pour le rendre buvable.

Elle pourrait peut-être acheter du bon café à Denver pour en faire cadeau à la vieille dame.

Barrett sortit de la salle de bains. Il avait passé un t-shirt noir qui moulait son torse musclé.

— Non. Je n'avais encore jamais commandé autant de provisions. C'est grâce à toi ; les clients adorent ta cuisine. Ils se passent volontiers de la mienne.

Elle éclata de rire.

— En tout cas, tu as préparé un excellent petit-déjeuner.

— Je suis un homme, dit-il d'un air sérieux. On doit savoir faire le petit-déj. Ça fait partie de notre formation de base.

Elle s'esclaffa, ce qui tira un sourire en coin à Barrett. Pour la première fois depuis qu'elle le connaissait, il avait l'air détendu. Il paraissait même presque s'amuser.

— Tu devrais sourire plus souvent.

— Ah oui ? fit-il en haussant les sourcils.

— Ouais. Ça te va bien.

Elle se leva et alla rincer sa tasse vide dans l'évier.

Il s'approcha dans son dos, passa ses bras autour de sa taille et enfouit son nez dans son cou. Jacey sentit ses paupières se fermer.

— Je pense que c'est toi qui me fais sourire, murmura-t-il dans son cou.

Il posa ses lèvres sur la zone sensible dans sa nuque. Elle trembla.

Elle devait vraiment se secouer. Elle recommençait à zéro. Elle ferait mieux de se concentrer sur son avenir au lieu de penser à se mettre à la colle avec un loup super sexy qui la faisait mouiller.

Elle respira lentement pour se calmer, posa la tasse sur le séchoir et se retourna.

Sa poitrine effleura le torse de Barrett. Elle se mordit les lèvres et leva la tête vers lui en retenant un gémissement. Ses yeux verts étaient braqués sur elle, ses pupilles dilatées.

Il avait envie d'elle ; elle pouvait sentir l'odeur de son excitation. Et elle avait tout autant envie de lui.

— J'imagine qu'on ferait mieux d'y aller, se força-t-elle à dire.

Elle voulait enlever ses vêtements, le déshabiller et rester au lit avec lui pour faire toutes sortes de choses coquines.

— J'imagine que oui, soupira-t-il en hochant la tête.

Elle ressentit un vide intense quand il recula, et ça ne lui plut pas de tout.

Barrett se tourna pour prendre ses clés sur l'îlot de cuisine puis fit un signe vers la porte.

— Après toi.

CHAPITRE VINGT-HUIT

Après avoir accroché la petite remorque à la Jeep, ils entamèrent la descente de la montagne.

Barrett prit son temps sur la route. Au fond, il avait envie de faire durer le trajet avec Jacey aussi longtemps que possible, même s'il savait qu'il ferait mieux de se dépêcher pour rentrer au plus vite. Se rapprocher d'elle était dangereux, cependant il ne pouvait nier qu'il appréciait sa compagnie.

Il alluma le chauffage et tourna les ventilations en direction de Jacey. Elle ne s'était pas plainte du froid, mais il l'avait vue frissonner. Lui-même était en train de suffoquer, mais il était prêt à souffrir pour son confort.

— Je n'ai pas froid, tu n'es pas obligé de mettre le chauffage, dit-elle en souriant.

— C'est peut-être moi qui ai froid.

Une goutte de sueur roula sur sa tempe. Il essaya de l'ignorer.

Elle tendit le bras, essuya la goutte et lui montra son doigt.

— Vraiment ? Tu sues des cristaux de glace ?

— Tu avais l'air d'avoir froid, admit-il en haussant les épaules.

— En fait, j'ai même chaud.

— Putain, bonne nouvelle !

Il ouvrit entièrement la vitre. Un vent froid puissant lui fouetta le visage.

Jacey éclata de rire et baissa la vitre de son côté.

Ça ne le dérangeait même pas qu'elle s'amuse à ses dépens.

— Tu arriveras à remonter avec la remorque ?

— Probablement pas.

— Pourquoi est-ce qu'on l'amène, alors ? demanda-t-elle d'un air un peu inquiet.

Il sourit.

— Je vais l'échanger contre un plus gros véhicule.

Il laissa son regard flotter sur la route entourée de neige quelques secondes avant de tourner la tête vers elle.

— J'ai un ami à Denver, Alfred, qui a un meilleur véhicule. Mais il a besoin de rester mobile et la Jeep n'a pas beaucoup de place pour entreposer des affaires. Alors j'ai rajouté la remorque pour lui.

La bouche de Jacey prit la forme d'un *oh* silencieux. Puis elle fronça les sourcils.

— Pourquoi est-ce qu'il n'a pas apporté la commande lui-même ? Comme ça, il pouvait garder son véhicule et tu aurais eu ta marchandise.

— Parce qu'il déteste la montagne, dit Barrett en regardant la route.

La neige tombait plus fort, en longues traînées de flocons. Il se demanda s'ils allaient réussir à tout charger et à faire le trajet retour avant que la nuit ne rende la route verglacée.

— Pourtant, il habite dans le Colorado, dit-elle dans un murmure.

Il rit doucement.

— Il ne déteste pas le Colorado. Juste l'altitude. Il ne m'a jamais dit pourquoi, mais je ne lui ai jamais posé la question non plus. Je me suis dit que ça ne me regardait pas.

Et puis, s'il commençait à poser des questions à Alfred, l'homme finirait par lui en poser aussi sur son passé. Il ne pouvait pas se montrer trop amical.

— C'est un loup ?

— Non. Mais ce n'est pas vraiment un humain non plus, dit Barrett en fronçant les sourcils. Du moins, il ne sent pas comme un humain.

— Où est-ce que tu l'as rencontré ?

— Ryker me l'a présenté...

Dès que les mots sortirent de sa bouche, il sut qu'il venait de faire un faux pas.

— Ryker, c'est un loup ?

Il regarda droit devant lui, les poils de sa nuque dressés par la chair de poule.

— Barrett, après hier soir, je pense qu'on a passé l'étape des cordialités, dit-elle sans regarder dans sa direction.

Hier soir. L'image de Jacey nue endormie entre ses bras était marquée au fer rouge dans son esprit, tatouée dans son cœur.

— Je n'essaie pas de faire des mystères, Jacey, dit-il doucement. Je suis juste quelqu'un de très réservé.

Elle tourna la tête vers lui.

— Je sais. J'espère juste que tu sais aussi que je ne parlerais jamais de toi à personne. Et puis, ce n'est pas comme si j'avais des amis ici. En fait, ce n'est pas comme si j'avais le moindre ami nulle part, ajouta-t-elle d'une petite voix.

— Tu m'as, moi.

Sa poitrine lui faisait mal. Bon Dieu, qu'est-ce qui se passait ? On aurait dit un ado transi d'amour.

Jacey le regarda en coin, et un petit sourire flotta sur ses jolies lèvres.

— Je veux dire, tu n'es pas toute seule, quoi, reprit-il en toussotant et en serrant le volant plus fort entre ses doigts. Je sais ce que ça fait de se sentir seul au monde et de penser qu'on n'a personne. Je sais ce que c'est de recommencer sa vie à zéro, avec rien et personne de son passé. C'est difficile au début, mais avec chaque jour qui passe tu trouves une routine, des habitudes. Et petit à petit, tu finis par oublier ton autre vie parce que tu es trop occupé à vivre la nouvelle.

— C'est ce que tu as fait ? Tu as oublié ton ancienne vie ?

— Pas encore, dit-il avec une soudaine tristesse qu'il ne put s'expliquer. Mais peut-être demain.

* * *

— Je ne veux pas que tu montes sur la Harley. Pas dans ton état, dit Damon à Ava d'une voix ferme.

Il était déjà sur la moto. Elle le fusilla des yeux, son casque coincé sous le bras.

— Pourquoi pas ?

— Parce que tu es enceinte.

— Et alors ? Les femmes enceintes montent sur des Harley tout le temps. Et en plus, je suis moins fragile parce que je suis une louve, protesta-t-elle sur un ton de défi.

— Ava...

Elle leva la main, et il se tut.

— Damon, ne commence pas. J'en ai marre de ne rien faire à part manger tout ce qui me tombe sous la main. J'ai envie de faire une balade à moto. Même une petite promenade me conviendra.

Il se passa la main dans les cheveux sans répondre.

— Tu vas juste à la base, non ? demanda-t-elle en posant une main sur sa hanche.

— Oui, mais...

— Il n'y a que dix minutes de trajet entre la maison et la

base. Je sais que Ginny est là-bas avec Jaxon, elle pourra me ramener en voiture. S'il te plaît ? demanda-t-elle avec un regard implorant.

Il grogna en comprenant qu'Ava allait avoir ce qu'elle voulait. Bon sang, elle avait toujours ce qu'elle voulait.

Elle mit le casque (que Damon lui imposait de mettre depuis qu'il avait appris qu'elle était enceinte) sans attendre sa réponse et s'approcha de la moto.

Elle prit appui sur les épaules de Damon en souriant et monta lentement sur la Harley. Avec son gros ventre, ça lui demanda un peu plus de temps que d'habitude.

Elle passa les bras autour de la taille de son compagnon et pencha la tête près de son oreille.

— Alors, tu vois ? C'est agréable, non ? Comme au bon vieux temps, avant que je devienne grosse, dit-elle en lui mordillant l'oreille.

Des frissons de plaisir parcoururent sa colonne vertébrale. Il sentit son sexe commencer à grossir.

— Tu finiras par me tuer, gronda-t-il.

— Ne dis pas des choses pareilles ! s'écria-t-elle en lui donnant une tape sur l'épaule. Et par pitié, encore moins devant les Gardiens.

— Pourquoi pas ?

— Je pense qu'ils flippent tous un peu depuis la mort de Barrett. Les loups ont tendance à être superstitieux.

— Oh, bordel. Ils n'ont pas intérêt à se comporter comme une bande de trouillards, grommela-t-il.

Ava éclata de rire.

— Je n'arrive pas à imaginer tes grands méchants Gardiens se comporter comme des trouillards un seul instant.

Damon sourit.

— Accroche-toi.

Il démarra le moteur ; la Harley s'éveilla en rugissant et

vibra sous ses doigts. Il accéléra et s'élança sur la route.

Il adorait leur petite maison en périphérie de Little Rock. Après que l'ancienne maison d'Ava avait été bombardée par des loups rouges renégats, ils avaient acheté cette petite propriété. Ce n'était pas grand-chose, juste quelques hectares, mais le terrain était boisé et ils avaient une vue superbe sur le coucher de soleil tous les soirs.

C'était leur petite oasis privée.

Depuis qu'il avait endossé son nouveau rôle de chef de meute, il y était de moins en moins et dormait régulièrement dans son ancienne chambre sur la base. Il préférait rester sur place jusqu'à ce qu'ils attrapent Boudier et qu'il puisse s'assurer que la mort de Barrett avait été vengée.

Il se détendit en accélérant sur la route et inspira profondément l'air frais et le parfum d'Ava. Il se sentait bien et, pendant une infime seconde, il eut même l'impression que tout allait pour le mieux dans le meilleur des mondes.

Ils arrivèrent trop vite à son goût. Il ralentit et entra lentement dans l'enceinte de la base des Gardiens d'Arkansas. Braxton était en train de discuter avec Jaxon sur le trottoir, mais ils s'interrompirent en les voyant et leur firent un signe de tête respectueux.

Il eut envie d'éclater de rire. Il n'aurait jamais imaginé que lui, Damon Trahan, deviendrait un jour chef de la meute d'Arkansas.

C'était pourtant la réalité.

Il se gara sur le parking devant la base, coupa le moteur, mit la béquille et attendit qu'Ava descende la première.

— Tu vois, c'était sympa, non ? demanda-t-elle en enlevant son casque.

— C'était même un peu court, admit-il.

Elle lui fit un de ses redoutables sourires.

Depuis qu'il occupait ses nouvelles fonctions, il ne prenait sa Harley que pour aller au travail et rentrer à la maison.

L'époque où il pouvait partir sur un coup de tête sur sa moto et laisser le vent le mener vers une destination inconnue lui manquait.

— J'ai du temps, dit Ava.

— Pas moi, malheureusement.

Il regarda par-dessus son épaule et vit Jaxon et Braxton venir dans leur direction. Ils paraissaient contrariés. Damon sentit son instinct se mettre en alerte.

Ava suivit son regard et hocha la tête.

— Bonjour Damon, Ava, les salua Braxton.

— Quoi de neuf ? demanda Jaxon.

— J'allais te poser la même question, dit Damon.

— Je vois que vous avez du travail. Je vais vous laisser, dit Ava en déposant un petit baiser sur la joue de Damon avant de se tourner vers Jaxon.

— Ginny est là ? Je voulais lui demander de me ramener, si ça ne la dérange pas.

— Oui, elle est là. Elle doit juste discuter avec Damon avant de rentrer.

— Bien sûr, aucun problème. Je crois que j'entends des cookies au chocolat m'appeler.

Ava tapota son ventre et s'éloigna vers la boulangerie au bout de la rue.

— Dis à Ginny de passer dans mon bureau, dit Damon en tournant les talons.

Il entra dans le bâtiment principal, déverrouilla la porte de son bureau et s'installa dans le fauteuil. Quelques minutes plus tard, il entendit des coups légers contre la porte.

— Entrez.

Jaxon ouvrit et fit signe à Ginny d'entrer avant de la suivre à l'intérieur.

— Assieds-toi, l'invita Damon en montrant la chaise en face du bureau.

— Oui, ne reste pas debout, ma douce, l'encouragea Jaxon.

Ginny s'exécuta, manifestement un peu intimidée.

Quand elle avait rejoint la meute d'Arkansas après avoir assassiné son mari violent, elle était mince, presque maigre ; à présent, protégée par la meute d'Arkansas et entourée de l'amour de Jaxon, elle avait pris du poids et était une future maman en pleine santé.

Il remarqua que sa main s'était posée sur son ventre rond de manière protectrice. Si les prévisions du médecin étaient justes, Ginny accoucherait un peu avant Ava.

— Il reste combien de temps ? demanda-t-il en indiquant son ventre.

— Huit semaines, répondit-elle avant de pousser un soupir. Mais j'ai l'impression qu'elle est prête à sortir. Je ne peux pas dormir plus de deux heures par nuit sans devoir me lever pour aller aux toilettes.

Damon éclata de rire.

— Ouais, Ava aussi. Et après être allée aux toilettes, elle passe par la cuisine se faire un casse-croûte... ou deux.

Ginny sourit.

— Merci de nous recevoir, Damon, dit Jaxon.

— Bien sûr, dit-il à son Gardien avant de regarder Ginny à nouveau. Jaxon m'a dit que tu voulais parler des biens dont tu as hérités de John.

Entendre le nom de son défunt mari la fit blêmir.

— J'ai un acheteur potentiel pour la propriété à Shreveport. Le prix de vente lui convient et il apprécie particulièrement que la maison soit déjà meublée.

— Tu es bien sûre que c'est ce que tu veux ? J'ai entendu dire que le mobilier vaut autant que la maison.

— Certaine, répondit-elle en frottant son ventre. J'aimerais conclure la vente au plus vite, et je me demandais si Jaxon peut m'accompagner. Je sais que c'est compliqué parce que vous essayez de retrouver...

— Ton père, compléta Damon.

L'expression de Ginny se durcit.

— Nous avons peut-être le même ADN, mais c'est tout ce que nous avons en commun. Il n'est pas mon père.

— Je comprends, dit-il en hochant la tête.

Son commentaire distrait pouvait paraître sec, mais il avait juste un millier de choses en tête et avait parlé sans réfléchir. Cependant, un bon chef de meute ne ferait pas ce genre d'erreur. Un bon chef de meute devait savoir rester à l'écoute, comme Barrett était à l'écoute de ses hommes.

— Je ne voulais rien insinuer par là. Ta loyauté envers la meute d'Arkansas n'est plus à prouver. Je te demande pardon.

Ginny écarquilla les yeux, et leva la tête pour rencontrer le regard de Jaxon. Il lui fit un sourire d'encouragement en lui serrant l'épaule.

— Je veillerai personnellement à ce que les papiers de vente soient en ordre et que tu reçoives la somme convenue, ajouta-t-il.

Elle regarda dans le vide quelques instants, plongée dans ses pensées.

— Apparemment, j'ai plus d'argent que tout le monde ne le pensait, dit-elle.

— La famille de John était très riche.

— Oui, mais la somme est bien plus importante que ce qui était prévu.

Elle le regarda d'un air timide, l'air mal à l'aise.

— Combien, exactement ?

— Dans les environs des vingt-cinq millions de dollars, répondit Jaxon.

— Merde, lâcha Damon.

Il rencontra le regard chargé de désapprobation de son Gardien.

— Pardon Ginny, dit-il doucement.

Elle éclata de rire.

— Jaxon dit bien pire.

— Hé, protesta ce dernier d'un ton faussement vexé.

Un sourire flotta sur les lèvres de Damon. Il n'avait jamais vu le loup si heureux.

— Félicitations, Ginny. On dirait que tu n'auras plus jamais besoin de t'inquiéter pour l'argent, dit-il en souriant.

Après l'enfer que son mari violent et son père sadique lui avaient fait vivre, elle méritait de connaître le bonheur et de bénéficier du confort que l'argent pourrait lui procurer. Et plus encore.

Ginny s'humecta les lèvres. Son regard se posa sur Jaxon, puis sur lui.

— Je sais, mais l'argent ne m'intéresse pas trop. Je veux dire, c'est super, mais je préférerais en faire don au Foyer de Skylar. Ce qu'elle fait pour les jeunes filles en difficulté est formidable.

— C'est très généreux. Merci.

Damon la regarda avec une appréciation renouvelée. Malgré tout ce qu'elle avait subi, la louve pensait encore aux autres. Jaxon avait beaucoup de chance.

— Et Jaxon peut t'accompagner à Shreveport pour conclure la vente. Ce ne sera pas avant quelques jours. J'espère que nous aurons retrouvé Boudier d'ici là, ajouta-t-il en regardant Jaxon.

— Damon, il y a autre chose, dit Ginny.

— Quoi donc ?

Il se pencha et posa les mains à plat sur le bureau pour lui accorder toute son attention.

— John avait beaucoup d'argent, et mon père y avait accès.

— Comment ça ?

— Mon père a accepté de me donner en mariage à John McGregor à condition qu'il finance son empire.

— Son empire ? répéta Damon d'un ton méprisant.

Ginny piqua un fard, manifestement mortifiée d'avoir un père si horrible.

— Ouais. Du moins, c'est comme ça qu'il l'appelait. Je pense qu'il n'est pas simplement ambitieux. Je pense qu'il est profondément mauvais, jusqu'à la moelle.

Elle frissonna et se frotta les bras.

— Ginny, tout ça est derrière toi maintenant, dit Jaxon en lui caressant les épaules.

— Vraiment ? murmura-t-elle. Il s'est échappé. Tant qu'il ne sera pas derrière les barreaux, personne n'est en sécurité.

Elle baissa les yeux vers son ventre.

— Tu ne risques rien. Il ne te fera plus jamais de mal, je te le jure, dit Jaxon en s'agenouillant devant elle.

Il prit ses mains dans les siennes et y déposa des baisers au dos.

Damon se trémoussa sur le fauteuil, mal à l'aise. C'était un moment intime et il était gêné d'en être le spectateur.

Ginny fit un large sourire à Jaxon, l'amour faisant scintiller ses yeux.

Damon était content que ces deux-là se soient retrouvés malgré leur passé difficile. Ils méritaient d'être ensemble et d'être heureux. Mais Ginny avait raison : tant que son père ne serait pas condamné pour ses crimes, personne n'était en sécurité.

Ginny le regarda. Son sourire avait disparu et une expression triste le remplaçait.

— Je t'en parle parce que si j'ai hérité de vingt-cinq millions de dollars, je me demande combien possède mon père. John lui donnait la moitié de ce qu'il gagnait chaque année.

— John donnait la moitié de ses revenus à ton père ? s'exclama Damon. C'est une somme d'argent monstrueuse. Je ne vois pas quelqu'un accepter de refiler la moitié de ce qu'il gagne sans rien dire.

— Ce n'était pas sans contrepartie, dit-elle en regardant le sol avant de lever la tête. Mon père avait persuadé John qu'il ferait de lui le nouveau chef de meute quand le moment serait venu. Chaque fois que John abordait le sujet, Edward disait qu'il voulait d'abord assurer sa retraite et rembourser ses dettes.

— Ton père avait des dettes ?

Damon connaissait le montant obscène que représentaient les possessions de Boudier, entre l'argent liquide, les antiquités, les objets d'art et son compte offshore aux Bahamas.

— Des dettes ? fit Ginny d'un ton moqueur. Mon père s'assurait de ne jamais rien devoir à personne. Il voulait être le seul à tirer les ficelles. Il n'avait aucune dette, je pense que c'était juste un prétexte pour continuer à extorquer de l'argent à John.

— Ça colle avec ce que je sais de Boudier, confirma Damon.

Un frisson lui parcourut l'échine.

— C'est pour ça que je pense que l'argent que John lui donnait est caché quelque part. À mon avis, il l'a caché sous un autre nom. Il doit attendre le bon moment, ajouta Ginny en baissant la voix.

— Le bon moment pour quoi ?

Damon pensait déjà connaître la réponse, mais il devait tout de même poser la question.

— Le bon moment pour nous faire tous payer, répondit Ginny après avoir dégluti.

— Nous n'avons aucune preuve, dit Jaxon avec un regard entendu à Damon.

Il ne voulait pas inquiéter sa compagne. Damon se leva et fit le tour du bureau.

— Merci de m'en avoir parlé, Ginny. J'apprécie ton honnêteté.

Jaxon l'aida à se lever et lui donna un petit baiser sur les lèvres.

— Je dois encore parler à Damon. Je t'appelle plus tard, dit-il.

— D'accord. Je vais aller retrouver Ava à la boulangerie, dit-elle à Damon en souriant.

— Merci, Ginny.

Damon hocha la tête avec gratitude. La louve sortit et referma la porte derrière elle.

— Qu'est-ce que tu en penses ? demanda-t-il à Jaxon.

— Ça expliquerait pourquoi on n'arrive pas à mettre la main sur lui. Avec assez de ressources, il peut rester planqué jusqu'à ce qu'il soit prêt à être retrouvé.

Damon se frotta le visage et poussa un soupir.

— Je ne comprends pas Boudier. Si j'étais lui et que j'avais autant d'argent que vous le pensez, je me tirerais des États-Unis. J'irais habiter au Mexique, merde, même en Europe. Ça ne paraît pas logique de rester ici.

— Boudier est dingue. Il ne faut pas s'attendre à ce qu'il soit logique. Barrett a réussi à le faire tomber, et il a soif de vengeance.

— Ouais, mais Barrett est mort. Et ce qui se rapprocherait le plus de se venger de Barrett, ce serait se venger sur l'Arkansas.

Jaxon hocha la tête et se tourna pour regarder la porte par laquelle Ginny était sortie.

— Je ne le laisserai plus jamais faire de mal à quelqu'un, Damon. J'ai trop à perdre. Je mettrai ce connard dans la tombe avant qu'il ne s'en prenne à ma Ginny, lâcha Jaxon avec un regard chargé de haine.

Damon savait que le Gardien se sentait toujours responsable de la mort de Barrett. Leur chef avait donné sa vie pour sauver celle de Jaxon.

— Ce bâtard va payer, je vais m'en assurer. Cette fois, pas

de conneries de Grand Tribunal. Quand j'aurai mis la main sur Boudier, il n'en restera plus rien, gronda Damon.

Boudier avait causé trop de souffrances pour lui permettre de continuer à vivre. Même si c'était la dernière chose qu'il faisait, Damon pourchasserait le loup jusqu'à l'autre bout de la Terre et lui arracherait la tête.

CHAPITRE VINGT-NEUF

La route jusqu'à Denver prit des heures, mais elle sembla tout de même trop courte à Jacey. Le temps filait à toute vitesse avec Barrett. Elle adorait discuter de tout et de rien avec lui et n'avait pas envie de retrouver la réalité.

— Tu as faim ? demanda-t-il en la fixant de ses intenses yeux verts.

Le ventre de Jacey s'échauffa, et des images de la nuit dernière apparurent dans son esprit avec une netteté frappante.

— Oui.

Sa voix ressemblait à un croassement. Sa gorge était sèche comme du papier de verre.

— On va manger un morceau avant d'aller à l'entrepôt, dit-il en tournant dans une rue animée.

Jacey remarqua que le regard des femmes dans la rue s'attardait sur Barrett quand elles le remarquaient au volant de la Jeep.

Une grande brune avec des bottes fourrées qui semblaient hors de prix, une veste en fourrure synthétique et un pull noir à col roulé s'arrêta pour lancer à Barrett un regard aguicheur.

Si Barrett la remarqua, il n'en montra rien et ne réagit pas à son œillade, contrairement à ce qu'espérait la femme. La contrariété flotta sur ses traits parfaits quand il ne lui accorda pas un regard.

Jacey sourit.

— Qu'est-ce qu'il y a ? demanda Barrett en s'arrêtant à un feu rouge.

— Hein ?

Elle tourna la tête vers la vitre et fit mine d'observer les décorations de Noël dans la rue.

— Je t'ai vue sourire. Pourquoi ? demanda-t-il avec un regard amusé.

— Non, pas du tout.

Le feu passa au vert, mais Barrett ne bougea pas.

— C'est vert.

— Je n'irai nulle part tant que tu ne m'auras pas dit pourquoi tu souriais.

Il ne la quittait pas des yeux. Un klaxon retentit derrière eux. Le cœur battant, elle pointa à nouveau le feu du doigt.

— C'est vert. Tu ne peux pas rester là.

Sa voix grimpa d'un octave sur la dernière syllabe.

— Non seulement je peux, mais je compte bien le faire.

Barrett se pencha avec un sourire amusé, ses yeux verts pétillants.

— Pfou, c'est bon, lâcha-t-elle avec un regard assassin. Je trouvais juste ça marrant que tu n'aies pas remarqué cette fille qui essayait d'attirer ton attention. On peut y aller, maintenant ?

Elle croisa les bras et poussa un soupir excédé.

En souriant, il redémarra juste avant que le feu ne passe au orange.

* * *

Barrett faisait de son mieux pour cacher son sourire, et échouait lamentablement.

Alors comme ça, Jacey surveillait ses réactions avec les humaines. Et elle appréciait apparemment qu'il ne réponde pas aux tentatives de flirt.

Il n'avait jamais vraiment été intéressé par les femmes, encore moins par les humaines. Il appréciait leur compagnie quand il avait le temps, mais il avait rarement trouvé l'occasion de satisfaire ses besoins sexuels quand il était chef de meute. Cette fonction le gardait constamment occupé, à courir partout comme le lapin dans *Alice au Pays des Merveilles*.

Il gara la Jeep sur le parking d'un restaurant qui commençait à se remplir de voitures et choisit judicieusement sa place pour repartir facilement.

— J'espère que tu as faim. Cet endroit sert les meilleurs steaks de la ville.

Il sauta hors de la voiture et courut jusqu'au côté passager. Jacey avait déjà ouvert la portière et était descendue avant qu'il n'arrive à sa hauteur.

— Je ne refuse jamais un bon steak. Surtout lorsqu'il est si vivement recommandé, dit-elle en souriant.

Barrett sentit son ventre s'enflammer et sa poitrine se comprimer. Il leva la main et frotta distraitement la zone au-dessus de son cœur en fronçant les sourcils.

— Tout va bien ? demanda Jacey d'un air préoccupé en s'approchant.

La sensation dans le ventre de Barrett s'intensifia.

— Ouais. Je me sens juste un peu bizarre.

— Oh, j'espère que tu n'es pas en train de tomber malade.

L'inquiétude teinta ses traits renversants, ce qui aggrava les symptômes de Barrett.

— Ouais, moi aussi.

Son corps lui faisait mal, son cœur battait à tout rompre et il avait l'impression d'avoir de la fièvre. Ça ressemblait beaucoup aux symptômes de la grippe. Mais les loups n'attrapaient pas la grippe. Il secoua la tête et fit un geste vers le restaurant.

— Entrons pendant qu'il reste encore de la place.

Il avait emporté l'argent laissé par Ryker pour les urgences ; après tout, manger faisait partie des urgences, se disait-il. Mais au fond, il n'était pas dupe. Il avait envie d'impressionner Jacey en l'invitant dans un grand restaurant.

Un souffle d'air chaud les accueillit quand il ouvrit la porte. Jacey enleva son manteau pendant que l'hôtesse les guidait jusqu'à une banquette dans le fond de la salle. Il l'observa à la dérobée pendant qu'elle découvrait le restaurant.

— Je ne m'attendais pas à ça.

La salle était décorée avec goût, avec des nappes en lin et de petites bougies allumées au centre des tables. Des lumières tamisées éclairaient le mur en briques et le parquet, baignant le restaurant dans une ambiance chaleureuse et intime.

— Laisse-moi deviner, tu t'attendais à trouver des coques de cacahuètes par terre et à entendre de la country ?

Elle hocha lentement la tête avec un petit sourire coupable.

Il éclata de rire.

— Ne t'inquiète pas. Ce n'est pas la première fois qu'on me sous-estime.

— Je ne m'attendais pas à ce que tu sois pingre, assura-t-elle en ouvrant de grand yeux, c'est juste que...

— Ça ne me ressemble pas ? demanda-t-il en haussant un sourcil.

— Non. C'est très cher. On dirait un restaurant où on

invite sa petite amie à dîner, plutôt qu'un endroit où on vient déjeuner vite fait.

Elle avait raison. C'était un restaurant beaucoup trop élégant pour un repas sur le pouce. Même s'il adorait passer du temps avec elle, il devait garder une distance de sécurité. S'il se rapprochait de Jacey, il finirait inévitablement par trahir ses secrets.

— La journée va être longue, alors prends des forces, dit-il d'un ton bourru en ouvrant son menu.

Il lui jeta un coup d'œil discret et remarqua que son sourire avait disparu. Merde, il avait encore dit ce qu'il ne fallait pas. Mais il ne voulait pas non plus la faire espérer...

Bordel.

— Alors, qu'est-ce que tu me conseilles ? demanda-t-elle.

— En général, je prends le bifteck. Mais le filet est excellent aussi.

— Alors, c'est ce que je vais prendre.

Elle posa son menu quand le serveur s'approcha et remplit leurs verres d'eau.

— Puis-je vous apporter un apéritif ? proposa le jeune homme en souriant.

Son regard s'attarda un peu trop longtemps sur Jacey au goût de Barrett.

— Je prendrai juste de l'eau, dit-elle.

— Un thé glacé sucré, demanda Barrett.

— Je suis navré, nous n'en avons pas.

— Bien sûr que non.

C'était impossible de trouver du véritable thé glacé sucré à la mode du Sud une fois au nord de la ligne Mason-Dixon.

— Alors, un whisky glace.

— Très bien. Prendrez-vous des entrées ?

Barrett regarda Jacey. Elle secoua la tête.

— Non. Mais je pense que nous avons choisi, dit Barrett

en tendant les menus au serveur. Mademoiselle prendra le filet, à point.

Il s'interrompit et la regarda pour s'assurer que c'était bien ce qu'elle voulait. Elle sourit et acquiesça.

— Oui, c'est parfait.

— Et en accompagnement ? demanda le serveur en sortant son carnet de commandes.

— Ce que tu recommandes, dit-elle à Barrett.

— Elle prendra la pomme de terre au four et les haricots verts.

Jacey s'assit contre le dossier de sa chaise, manifestement satisfaite de la commande.

— Et pour vous, monsieur ? demanda le serveur quand il eut fini d'écrire.

— Le bifteck, à point, avec la même garniture.

— Je vais transmettre la commande à la cuisine et vous apporte vos boissons.

— Apportez aussi un verre de votre meilleur Merlot à la demoiselle, s'il vous plaît.

— Certainement, acquiesça le serveur en s'éloignant.

Jacey lui fit un sourire gêné.

— Ne t'en fais pas. Ton métabolisme l'éliminera dès que tu l'auras bu.

— Merci. J'avais très envie d'un verre, mais je ne voulais pas donner l'impression d'être une alcoolo.

— Tu ne pourrais pas avoir l'air d'une alcoolo même si tu essayais, dit-il en riant.

Il enleva sa veste et la posa sur le dossier de la chaise.

— Et puis, je ne supporterais pas de te voir gâcher ce steak avec un verre d'eau. Ça n'irait pas du tout ensemble, ajouta-t-il.

— Tu as raison.

Barrett vit quelque chose passer dans son regard, et ses

yeux s'illuminèrent quand le serveur réapparut avec leurs boissons.

Il les plaça avec grâce et précision devant eux et repartit.

Jacey leva le verre en cristal en le tenant par le pied, le porta à son nez et sentit le bouquet du vin. Barrett nota qu'elle savait ce qu'elle faisait.

— Alors comme ça, tu aimes le vin ? Je n'étais pas sûr. J'espère que ça ne t'ennuie pas que j'aie commandé un verre pour toi.

— Pas du tout, dit-elle en souriant. Personne n'avait encore jamais fait ça. C'est agréable de sentir qu'on prend soin de moi.

Elle rougit et baissa le nez vers son verre. Il but une gorgée du sien. Le whisky glissa au fond de sa gorge en la réchauffant.

— Comment est le vin ?

— C'est le meilleur que j'ai jamais bu, répondit-elle avec des yeux brillants.

Il éclata de rire.

— Je suis sérieuse. Mon ex ne me laissait acheter que de la bière. C'est un vrai délice, dit-elle avec un large sourire.

Il serra son verre entre ses doigts.

— Pourquoi est-ce qu'il ne te laissait pas acheter du vin ? Il avait quelque chose contre cette boisson ?

— Il disait que c'était du gâchis d'argent et que si je voulais boire de l'alcool, je ferais mieux de boire de la bière comme lui parce que c'est moins cher, expliqua-t-elle avant de plisser le nez. Je déteste la bière. Je n'aime pas l'odeur, et encore moins le goût.

— Qu'est-ce que tu buvais, alors ?

— De l'eau.

Elle but une autre gorgée de vin et regarda la salle d'un air absent. Barrett sentit la colère lui nouer les entrailles.

— J'en déduis que c'était lui qui contrôlait les finances.

Elle reporta son regard sur lui et hocha la tête.

— Il payait toutes les factures et je tenais la maison. Pour lui, c'était dans l'ordre des choses.

— Tu n'as jamais eu envie de faire des études ?

— Si. Mais on s'est mariés dès la fin du lycée.

Elle haussa les épaules, une ombre de tristesse planant un instant sur son visage.

— Il voulait que son épouse soit une femme au foyer. Il avait des idées très précises sur ce que devait être un mariage.

— Putain, ça paraît vraiment à sens unique, lâcha-t-il à voix basse.

— C'est vrai. Mais je ne le voyais pas comme ça à l'époque. Mes parents sont ensemble depuis toujours, et ma mère n'a jamais travaillé. Elle a toujours eu l'air heureuse. Je suppose que j'essayais de reproduire la même chose.

— Qu'est-ce que tu voudrais étudier si tu retournais à la fac ?

Elle haussa les sourcils et s'adossa contre la chaise.

— Ouah, je ne suis pas sûre. Pour l'instant, j'ai juste l'impression d'essayer de survivre. Je ne sais pas si je devrais me bercer d'illusions de grandeur.

— Pourquoi pas ? Tout le monde a des objectifs, des projets d'avenir. C'est ce qui nous fait avancer.

— Et toi, quels sont tes projets ? demanda-t-elle en penchant la tête.

Ses magnifiques yeux caramel le mettaient en confiance.

— Mon projet, c'est de faire tourner le Mountain Top Bar & Grill, de mettre un peu d'argent de côté et de continuer ma route.

C'était la réponse la plus honnête qu'il pouvait lui donner, compte tenu des circonstances.

— Alors, tu ne comptes pas rester dans le Colorado ?

— Il me semble que c'est moi qui te posais des questions sur tes projets, dit-il en souriant. Et si tu arrêtais d'essayer de détourner la conversation ?

Elle poussa un soupir en fixant son verre de vin.

— Je ne sais pas. Je voulais devenir infirmière quand j'étais petite, mais maintenant, je ne suis pas sûre.

— Qu'est-ce que tu aimes faire ? Si tu trouves ce qui te plaît, tu peux essayer d'en faire ton métier.

— Hum... Quand je n'étais pas en train de nettoyer la maison, je cuisinais. Je voulais rassembler toutes les recettes que j'ai imaginées au cours des années dans un livre. Quand j'en ai parlé à Jeremy, il a trouvé l'idée stupide.

Barrett sentit à nouveau la colère faire battre le sang dans ses veines.

— Ton ex est un con. Si je croise ce connard un jour, il regrettera d'être né, gronda-t-il.

— Ouah. Ne prends pas de pincettes surtout, dis ce que tu penses vraiment, fit-elle en riant.

— Pardon.

Il balaya la salle des yeux pour s'assurer que personne n'était en train de le regarder. Heureusement, ils étaient dans un coin tranquille du restaurant et peu de tables étaient occupées autour d'eux.

— Tu as raison. C'est un trouduc, dit-elle avant de secouer la tête. Je suis surprise d'avoir mis si longtemps à m'en apercevoir.

— Tu as grandi dans une petite ville, tu étais conditionnée à voir les choses d'une certaine manière.

— Ouais, tu as raison. Mes parents l'adoraient. Quand il m'a annoncé qu'il voulait divorcer et briser notre union, ils ont dit que c'était ma faute parce que je n'avais pas su le rendre heureux.

Barrett poussa un grondement et serra les poings. Jacey le regarda d'un air surpris.

— Ce sont des conneries. Ce n'était pas à quelqu'un d'autre de le rendre heureux. S'il était malheureux, c'était sa propre faute, putain. Et c'est un idiot.

Cette fois, son grondement agressif attira l'attention d'un groupe d'hommes d'affaires, qui lui lancèrent des regards alarmés.

Il s'en fichait. Rejeter Jacey était digne d'un débile profond.

— Tu as raison, dit-elle en le regardant avec attention. Et si je dois être sincère, je n'étais pas heureuse non plus. Je crois que j'étais plus habituée à cette routine qu'autre chose. Ce jour-là, quand mon monde s'est retrouvé chamboulé, j'étais terrifiée. Je ne savais ni ce qui allait m'arriver, ni ce que j'allais faire. J'étais totalement dépendante de lui, il payait pour le toit au-dessus de ma tête. Je ne ferai plus jamais cette erreur.

Le silence s'installa entre eux.

— Tu sais, je pense encore à ce livre de cuisine. J'ai inventé beaucoup de recettes. J'en ai même certaines que je n'ai jamais pu tester parce que Jeremy n'aimait pas trop la nouveauté. Il préférait manger toujours les mêmes choses.

— Alors, tu devrais le faire. Tu peux essayer toutes les recettes que tu veux, on les testera sur les clients.

— C'est vrai ? demanda-t-elle, avant de faire la grimace. Je veux dire, tes clients sont très différents de... disons, les clients d'ici.

— Jacey, ce sont des gens. Crois-moi, si la nourriture est bonne, ils la mangeront.

Un sourire se dessina sur ses jolies lèvres, et il comprit qu'elle y réfléchissait sérieusement.

— Alors, qu'est-ce que tu te vois faire après avoir publié un livre de recettes ?

Elle laissa échapper un rire mélodieux et leva les mains.

— Une petite seconde. Je ne l'ai pas encore publié.

— Je sais, mais tu dois réfléchir plus loin. Avoir un objectif suivant.

— Hmm, voyons... murmura-t-elle en regardant le plafond d'un air rêveur. J'imagine qu'après avoir publié un livre de cuisine et rencontré un certain succès, j'aimerais trouver quelqu'un pour partager ma vie. Avoir un ou deux enfants et vivre à la campagne.

— Pas en banlieue ?

— Surtout pas. Je veux avoir assez d'espace pour aller courir, dit-elle avec un regard de connivence.

— Ça me plaît.

Il sourit. Il pouvait facilement imaginer Jacey dans une grande maison au milieu de la nature, avec des collines et la forêt à perte de vue. Il la vit dans son jardin en train de courir après deux petites têtes blondes qui lui ressemblaient pendant qu'un chien jappait joyeusement à ses talons. Probablement un labrador.

En revanche, il n'arrivait pas à imaginer l'homme avec elle. Cette pensée le rendait un peu malade.

— Et voilà, annonça le serveur en posant leurs assiettes devant eux. Désirez-vous autre chose ?

— Non, merci, répondit Barrett.

L'homme hocha la tête et les laissa commencer leur repas.

Chapitre trente

La porte du bureau s'ouvrit et alla claquer violemment contre le mur. Damon leva la tête pour foudroyer l'intrus des yeux. Tous les Gardiens savaient qu'ils n'avaient pas intérêt à entrer dans le bureau du chef de meute sans y avoir été invités.

— Dans le Colorado, dit Jayden avant de reprendre son souffle.

— Quoi ?

— Boudier. Il est dans le Colorado.

Il respirait bruyamment, apparemment hors d'haleine.

— Quelqu'un l'a identifié formellement. Il était train de passer la frontière du Colorado.

— Tu en es sûr ? demanda Damon en se levant.

— Oui.

— Le Colorado est loin du Sud. Il n'y a pas beaucoup de métamorphes là-bas.

— Ce qui en fait l'endroit idéal pour se planquer, dit Jayden en hochant la tête.

— Peut-être. Rassemble tous les Gardiens disponibles pour se rendre dans le Colorado.

— Quand ? demanda Jayden.

— Maintenant. Dis-leur de remplir leurs réservoirs et de tracer.

Il était déjà en train de composer un numéro de téléphone. Jayden sortit du bureau en fermant la porte derrière lui.

— Allô ? répondit la voix bourrue de son Gardien à l'autre bout de la ligne.

— Ryker, Boudier vient d'être repéré. Il est dans le Colorado, dit Damon. J'ai besoin que tu t'y rendes immédiatement. J'envoie le reste des Gardiens dès qu'ils ont fait le plein.

— Damon...

— Ryker, fais ce qu'on te dit, putain de merde, s'impatienta Damon.

Il raccrocha et jeta violemment son téléphone contre le bureau. Ryker jouait avec les limites de sa patience. Il était de plus en plus imprévisible et ne semblait toujours pas se remettre de la disparition de Barrett.

Mais ce n'était plus le moment de pleurer la mort de leur chef.

Le temps de la justice était venu.

* * *

— Merde, merde, merde ! cria Ryker.

Une femme qui sortait de la station-essence évita son regard et décrivit un grand cercle pour l'éviter avant de rejoindre son minivan.

Il sortit le tuyau d'essence de son réservoir et le raccrocha sur la pompe. Après plusieurs heures à rouler à moto, il commençait à avoir froid. Il se trouvait dans le Kansas, non loin de la frontière du Colorado. Puisqu'il n'arrivait pas à joindre Barrett, il avait décidé d'aller prendre de ses nouvelles sur place.

Et maintenant, Boudier avait été vu dans le Colorado. Ce qui signifiait probablement qu'il savait ou qu'il soupçonnait que Barrett était vivant. Ou alors, Boudier essayait juste de s'éloigner du Sud. Les poils de sa nuque se dressèrent au garde-à-vous.

Non. Même s'il aurait bien aimé que ce soit le cas, au fond de lui, il savait que ce n'était pas ça.

Il était d'autant plus urgent qu'il arrive dans le Colorado. Il devait retrouver Barrett avant Boudier.

Mais putain, comment avait-il pu apprendre que Barrett était vivant et dans le Colorado ?

Il plissa les yeux. À part Celeste et lui, la seule autre personne à savoir où se trouvait Barrett était Ella.

— Cette foutue sorcière, lâcha-t-il entre ses dents serrées.

Il avait toujours su qu'on ne pouvait pas faire confiance à la satanée sorcière de Yazoo City. Il aurait dû se douter qu'elle les trahirait.

Il composa le numéro du Mountain Top Bar & Grill.

Quand personne ne décrocha, il appela le portable de Barrett. Il n'utilisait jamais cette ligne en principe, parce qu'il ne voulait surtout pas qu'on puisse retracer son appel. Mais ça n'avait plus d'importance maintenant.

Après plusieurs sonneries, la messagerie se déclencha. Il raccrocha, sauta sur sa Harley et démarra le moteur.

Le temps leur était compté.

CHAPITRE TRENTE-ET-UN

— C'était délicieux, dit Jacey en souriant à Barrett une fois de retour dans la voiture. C'est le meilleur repas que j'ai mangé depuis que je suis arrivée dans le Colorado.

— Ce n'est pas mon cas, dit-il en démarrant le moteur et en commençant à rouler. Ta cuisine est incroyable. De qualité professionnelle. Je te verrais bien tenir ton propre restaurant.

Son compliment la fit rougir. C'était probablement la chose la plus flatteuse qu'on lui avait jamais dite.

— Tu le penses vraiment ?

— Absolument, répondit-il d'un ton très sérieux.

— Je ne sais pas si ça me plairait. Écrire un livre de recettes, oui. J'ai toujours aimé écrire, donc ce serait tout à fait dans mes cordes.

Elle regarda les gros nuages gris dans le ciel et reprit :

— Ça s'est vraiment couvert. Tu crois qu'on arrivera à remonter sur la montagne ?

— On se débrouillera. Le camion d'Alfred pourrait nous emmener n'importe où, dit-il en souriant.

Jacey sentit son cœur manquer un battement et dut

s'obliger à ne pas regarder son visage séduisant trop longtemps.

Après quelques virages à travers la charmante ville de Denver, le paysage commença à changer. Au lieu de boutiques et de restaurants chics, des entrepôts et des bâtiments industriels se succédaient à présent dans les rues.

Barrett ralentit et entra dans la cour d'un vaste entrepôt. Il se gara à l'arrière, près d'un haut grillage surmonté de fil barbelé.

— C'est normal ? demanda-t-elle en montrant la clôture qui faisait penser au périmètre autour d'une prison.

— Pour Alfred, oui. Il n'y a pas plus parano que lui. Ce vieux fou pense que quelqu'un risque de le cambrioler pour voler ses merdes.

— Il a vraiment des choses de valeur ici ? demanda-t-elle d'un ton dubitatif.

— Ne te laisse pas tromper par les apparences. C'est un ancien ranger, et il collectionne les vieux objets militaires depuis des années. Il n'a pas voulu me montrer tout ce qu'il garde là-dedans, mais il paraît que ça vaut une petite fortune.

— Ah.

Les hommes et leurs jouets. Elle ne comprendrait jamais.

Un humain d'une trentaine d'années vêtu d'une salopette et une casquette de baseball défraîchie sur le crâne sortit de l'entrepôt.

— Je peux vous aider ? appela-t-il en essuyant ses mains sur ses cuisses.

— Je cherche Alfred. J'ai besoin d'emprunter son camion, dit Barrett.

— Alfred n'est pas là. Il est parti hier à Colorado Springs. Il a dit qu'il serait de retour tard cette nuit, dit l'homme en s'approchant. Je suis Jim, au fait. Je fais des petits boulots pour Alfred et je garde le fort pendant son absence.

Barrett accepta la main que Jim lui tendait et se présenta.

— Barrett. Alfred me laisse parfois lui emprunter son camion.

Jim hocha la tête et se tourna vers Jacey.

— C'est Jacey. Elle est avec moi, dit Barrett d'une voix grave.

Même si Jim était humain, il comprit clairement qu'il ne valait mieux pas qu'il s'intéresse trop à elle.

— Alors, Alfred rentre tard cette nuit ?

Barrett semblait contrarié, et Jacey comprit à quoi il pensait.

— Dis-lui qu'on repassera demain. Je vais laisser la remorque ici, si ça ne te dérange pas, dit-il en montrant sa Jeep.

— Aucun problème. À quelle heure est-ce que je dois dire à Alfred de vous attendre ?

— À l'aube. Peut-être même avant.

Barrett lui fit un dernier signe de tête, tourna les talons et s'éloigna vers la Jeep. Jacey le suivit.

— Qu'est-ce qu'on va faire jusqu'à demain matin ?

— Je ne compte pas rentrer à Silverton, si c'est ta question.

— Et le bar ? Il va devoir rester fermé un jour de plus, dit-elle en se mordillant les lèvres.

— Jacey, c'est juste un bar. Un jour de plus ou de moins, quelle importance ?

Il lui fit un sourire rassurant. Elle ouvrit la portière passager et accueillit la chaleur à l'intérieur de la Jeep. Son corps avait beau être plus chaud que celui d'un humain, le climat du Colorado n'était pas sa tasse de thé. Elle préférait le Sud.

À travers le rétroviseur, elle regarda Barrett décrocher rapidement la remorque. Quelques secondes plus tard, il se glissa sur le siège conducteur.

— Tu as déjà eu l'occasion de visiter Denver ? demanda-t-il.

— Non. Quand mon avion a atterri, je suis allée directement dans un motel et j'ai commencé à chercher du travail, avoua-t-elle. J'ai l'impression de découvrir la ville pour la première fois. Elle est très jolie.

— Tu devrais voir Aspen. C'est superbe, dit-il en souriant.

— Tu y es déjà allé ?

— Oui, mais c'était il y a longtemps. On allait y passer les vacances d'hiver en famille, dit-il avec un regard lointain.

— Ça a l'air féerique, soupira-t-elle. J'ai toujours rêvé de passer un séjour à la neige. Skier, faire de la luge, du snowboard. J'aimerais essayer.

— N'oublie pas le vin chaud près du feu.

— Je crois que ce serait probablement ma partie préférée.

— C'est la mienne, en tout cas.

Elle éclata de rire.

Alors qu'ils traversaient la ville, Barrett lui montra les décorations de Noël et les façades des magasins. Elle sourit en voyant les membres d'une famille traverser la rue, avec des bonnets sur la tête et des gobelets de chocolat chaud fumant entre leurs moufles. Ça paraissait idéal.

Barrett entra dans la cour d'un hôtel haut de gamme, arrêta la Jeep et sortit de voiture.

Il fit le tour pour ouvrir la portière de Jacey. Un valet arriva promptement à sa hauteur.

Barrett échangea quelques mots avec lui à voix basse. Elle se demanda ce qu'ils faisaient ici, et s'intéressa aux devantures des magasins à côté de l'hôtel.

Barrett apparut à côté de sa vitre. Elle sentit son cœur papillonner dans sa poitrine.

— Qu'est-ce qu'on fait ? demanda-t-elle.

— On va passer la nuit à Denver et se lever tôt demain

matin pour charger la marchandise. Ça nous laisse du temps pour visiter la ville.

— Mais je n'ai pas les moyens, dit-elle d'une petite voix.

— C'est moi qui paie, dit-il en lui ouvrant la portière.

— Je n'ai pas emporté de vêtements de rechange.

— Jacey, s'il te plaît, ne t'inquiète pas. C'est ma faute si tu te retrouves dans cette situation. Tu as eu la gentillesse de m'accompagner, et maintenant on est coincés ici pour la nuit. Je vais t'acheter une tenue de rechange, c'est bien le moins que je puisse faire.

Sa gentillesse la toucha.

— Barrett, tu n'es vraiment pas obligé de faire ça.

Elle se frotta les bras en regardant l'entrée de l'hôtel. Entre le valet et le portier, elle se doutait qu'une nuit ici coûtait une fortune.

— Je sais. J'en ai envie, dit-il en l'entraînant vers l'entrée. Allons prendre une chambre, on décidera du reste ensuite.

Le portier sourit et leur ouvrit la porte. Elle lui rendit son sourire et le remercia avant d'entrer dans l'hôtel. Une grande fontaine se trouvait dans le lobby et des notes de piano s'échappaient de la salle du restaurant. Des clients étaient rassemblés devant une cheminée contre le mur, buvant des tasses fumantes de ce qu'elle supposa être du café chaud. Elle s'approcha de la fontaine pendant que Barrett allait réserver la chambre. Des lampes sous l'eau teintaient la carpe koï qui y nageait de bleu et de vert.

Un des ascenseurs s'ouvrit avec un tintement, et une femme vêtue d'un jean noir et de bottes en cuir de la même couleur sortit dans le lobby. Avec sa chevelure rouge vif et ses courbes généreuses, elle était sublime. Sa poitrine étirait son pull blanc et mettait son élasticité à rude épreuve.

En remarquant que Jacey était en train de la regarder, la femme leva le menton d'un air dédaigneux et sortit de l'hôtel sans adresser un regard au valet ni lui rendre son salut.

Jacey baissa la tête. Elle n'était pas à sa place ici, elle en était désormais certaine.

Elle se retourna, prête à dire à Barrett qu'elle n'allait pas rester, mais elle se cogna contre son torse dur.

— Est-ce que ça va ? Je ne voulais pas te bousculer, dit-il en la rattrapant par les coudes.

Elle battit des cils pour chasser les larmes qui commençaient à lui monter aux yeux.

— Tout va bien. C'est ma faute, je ne t'ai pas vu, dit-elle en fixant le sol.

Quand elle releva la tête, il la regardait étrangement. Avait-il compris qu'il s'était trompé ? Avait-il lui aussi réalisé qu'elle n'était pas assez bien pour être ici ?

— Allez. Allons voir la chambre, et ensuite on fera le tour de la ville, dit-il en lui prenant la main.

Son geste tendre la fit rougir. Elle eut soudain plus chaud. Ils se dirigèrent vers l'ascenseur main dans la main.

— Quel étage, madame ? demanda poliment le portier.

— Quatorzième, répondit Barrett.

— Très bien, monsieur.

L'employé appuya sur le bouton de l'étage d'une main gantée de blanc et regarda droit devant lui. Jacey l'observa à la dérobée pendant que l'ascenseur montait. Il ne cligna pas une seule fois des yeux.

L'ascenseur s'immobilisa et produisit un petit tintement.

— Quatorzième étage, dit le portier.

Ils sortirent dans le couloir. Dès que les portes se refermèrent, Jacey rit doucement.

— Ils emploient vraiment quelqu'un pour appuyer sur un bouton ? demanda-t-elle, hilare.

— Oui. Les gens paient cher pour avoir le droit d'être prétentieux, répondit-il avec un sourire en coin.

Barrett s'approcha d'une des portes et apposa une carte

magnétique contre le boîtier. Le voyant passa au vert, et il ouvrit la porte.

— Les dames d'abord, dit-il.

Elle cessa de rire. Dans quoi s'était-elle embarquée ? Elle ne pouvait pas passer la nuit dans un lit avec lui, sinon elle savait qu'aucun retour en arrière ne serait possible. Elle se connaissait assez pour savoir qu'elle ne refuserait pas de coucher avec lui. Cependant, elle était censée apprendre à se connaître et à être indépendante. Pas s'envoyer en l'air.

Mais, oh, comme Barrett savait y faire dans ce domaine.

— Jacey ?

— Ouais, pardon.

Elle se força à bouger ses pieds pour entrer dans la chambre. Elle ne pouvait pas lui dire que ça la gênait de dormir avec lui alors qu'il avait eu la tête entre ses jambes la nuit dernière.

La chambre était vaste, plutôt une suite. Un grand canapé en forme de L était disposé en face d'un grand écran de télévision mural et d'un bureau. Les fenêtres étaient des baies vitrées intégrales donnant sur une superbe vue de la ville sous la neige.

Elle remarqua un grand lit dans la pièce attenante. Un seul grand lit.

— Désolé. L'accueil m'a dit que toutes les chambres avec des lits simples étaient réservées. Je crois qu'il y a une convention en ville.

— Ce n'est pas grave.

Elle grimaça. Pourquoi avait-elle dit ça ? C'était très grave. Ça n'allait pas du tout.

— Il y a un minibar sous la télé si tu veux boire quelque chose. Je vais aller régler quelques détails à l'accueil. Je reviens tout de suite.

Il sortit dans le couloir, la laissant seule.

Elle alla jeter un œil dans la chambre. Le matelas était un modèle king size, mais il restait trop petit pour le partager avec Barrett sans que les choses ne dérapent. Le loup immense remplissait la moitié du fichu lit à lui tout seul. Elle savait qu'elle ne pourrait pas passer toute la nuit dans le même lit que lui sans le toucher. Ce n'était tout simplement pas possible.

Elle retourna dans le salon, ouvrit le minibar et en sortit une bouteille d'eau glacée. Elle l'ouvrit et but une longue gorgée d'eau fraîche. Tout allait trop vite. Elle avait besoin que les choses ralentissent un peu pour pouvoir réfléchir.

Elle s'approcha de la fenêtre pour regarder dehors. La neige tombait doucement, et sa force tranquille lui donna envie d'être blottie devant une cheminée avec un verre de vin et un bon livre.

Elle termina la bouteille d'eau et la jeta dans la poubelle. Il ne lui restait que quelques minutes avant le retour de Barrett. Elle alla s'asperger de l'eau sur le visage dans la salle de bains pour essayer de rafraîchir son corps.

CHAPITRE TRENTE-DEUX

— Ton manteau est assez chaud ? demanda Barrett en passant deux doigts sous le col de la veste de Jacey pour tester l'épaisseur du tissu.

— Il est très chaud. Pourquoi est-ce que tu poses la question ?

Il tira la fermeture éclair jusque sous le menton de Jacey puis remonta la capuche sur son crâne, mais elle retomba sur ses épaules.

— Ça ne va pas tenir. Il te faut un bonnet pour que la capuche tienne sur ta tête.

Il regarda aux alentours et repéra une boutique à l'intérieur de l'hôtel.

— Reste ici, dit-il en entrant dans le magasin.

Quelques minutes plus tard, il revint avec le bonnet blanc en laine avec une rose sur le côté qu'il avait vu en vitrine et le vissa sur la tête de Jacey.

— Qu'est-ce que tu fais ? protesta-t-elle.

— Je m'assure que tu as bien chaud. Tu n'as pas froid aux pieds ? demanda-t-il en regardant ses bottes.

— Oh mon Dieu, on dirait une mère inquiète pour sa

gamine de cinq ans, lâcha-t-elle avec impatience. Pourquoi est-ce que tu me poses toutes ces questions ?

— Parce qu'on va visiter la ville et que je n'ai pas envie que tu aies froid.

— Je n'aurai pas froid.

— Tu es sûre ?

Jacey haussa un sourcil. Elle leva la main et la posa sur la joue de Barrett.

— Tu te comportes de manière vraiment bizarre. Tu n'es pas en train de tomber malade, au moins ?

Chaque fois qu'elle le touchait, il sentait ses tripes faire le yoyo. Il couvait peut-être effectivement quelque chose, mais il était à peu près sûr que ce n'était pas un rhume.

Il s'écarta et secoua la tête. Le bruit familier d'une moto lui donna l'impression de respirer plus facilement. Ce son lui faisait toujours cet effet.

Il se tourna vers Jacey et sourit.

— C'est l'heure.

— L'heure de quoi ?

Il lui montra une Harley-Davidson V-Rod flambant neuve garée devant le trottoir.

— La Harley ? Mais il neige.

— Tu pourras prétendre que tu fais du traîneau, plai- santa-t-il. Tu n'aimes pas les motos ?

— Je ne suis jamais montée dessus, avoua-t-elle avec des yeux brillants.

— Jamais ? C'est un crime, pur et simple. Tout le monde devrait monter sur une Harley-Davidson au moins une fois dans sa vie.

Jacey sourit.

— Tu es partante ? demanda-t-il en penchant la tête.

Son sourire s'élargit, et il sentit une étrange émotion étreindre son cœur.

— Absolument. C'est la tienne ?

— Non. Je l'ai juste louée pour la journée. Je me suis dit que la meilleure manière de découvrir Denver est depuis l'arrière d'une moto.

Il lui prit la main et ils s'approchèrent de la Harley.

— Vous devez être Barrett ? demanda un homme vêtu d'une combinaison intégrale en lui serrant la main. Vous savez, on n'a pas beaucoup de demandes de location pour des motos l'hiver. Vous êtes sûrs de vouloir faire ça ? fit-il en frissonnant. Je pourrais vous louer une Mustang, vous y seriez plus au chaud.

Son regard s'attarda sur Jacey, ce qui agaça Barrett.

— On est sûrs, dit-elle en admirant les courbes et la peinture chromée de la moto.

L'homme hocha la tête, décrocha le casque attaché sur le siège passager et le tendit à Barrett.

— Je n'ai qu'un seul casque. Je vais appeler l'agence pour qu'on vous en apporte un autre tout de suite.

— Pas besoin, dit Barrett. Je n'en mettrai pas. Tant que celui-là va à Jacey, c'est parfait.

Il prit le casque des mains de l'homme et le lui tendit. Elle l'enfila en souriant, et Barrett baissa la visière.

— Il vaut mieux la garder baissée pour ne pas se prendre du vent et de la neige dans les yeux.

— Je pense vraiment que vous auriez une meilleure expérience avec un casque, dit l'homme d'un air préoccupé. Vous allez vous geler si vous n'avez rien sur le crâne.

Barrett sortit un bonnet de la poche arrière de son jean et se le vissa sur la tête.

— C'est tout ce dont j'ai besoin.

— Eh bien...

L'homme semblait sur le point de protester, mais Barrett n'avait pas de temps à perdre. Il avait envie de prendre la route avec Jacey et d'en profiter aussi longtemps que possible.

— Je dois la rendre à quelle heure ? demanda-t-il en fermant la boucle du casque sous le menton de Jacey avant de le secouer.

Il était un peu grand, mais ça irait. Il resserra la lanière au maximum puis sortit des gants en cuir de sa poche et les lui tendit.

— Où est-ce que tu as trouvé ça ? demanda-t-elle en enfonçant ses petites mains dedans.

— Là où j'ai acheté ton bonnet.

Il sortit une seconde paire pour lui, les enfila et serra les poings. Il était impatient de sentir le guidon d'une moto entre ses doigts.

— Je peux venir la chercher n'importe quand jusqu'à dix-neuf heures.

— Parfait. À tout à l'heure.

Barrett enfourcha la moto et attendit que Jacey fasse de même. Il n'était encore jamais monté sur une moto avec une femme. Il préférait rouler seul. C'était l'un des rares plaisirs qu'il avait toujours gardé juste pour lui.

Jacey passa ses bras autour de sa taille et posa la tête contre son dos. Il sourit et démarra le moteur qui s'éveilla en rugissant, faisant tourner la tête à plusieurs passants.

Ils devaient penser qu'il faisait trop froid pour se balader à moto en plein hiver alors qu'il neigeait. Ça lui était bien égal. Ils ne pouvaient pas comprendre. Ils étaient humains.

Il sentit l'adrénaline pulser dans ses veines quand il s'inséra lentement dans la circulation. Dès que la voie fut libre, il accéléra. La neige fouettait doucement ses joues et son front, mais sa peau brûlante la faisait fondre en une fraction de seconde.

Le rugissement de la moto et le vent glacé l'emplissaient d'énergie. Jacey se serra plus fort contre lui, et il faillit lâcher un grognement. Il aimait la sentir contre son corps.

Il parcourut les rues en prenant son temps pour lui faire

découvrir les points de vue de Denver. Les feux de circulation étaient décorés avec des branches de sapin et de gui et
de grandes décorations aux couleurs vives. Les lampadaires
étaient ornés de gros nœuds rouges et de brins de houx. Les
vitrines des magasins avaient été méticuleusement décorées,
et pas un seul centimètre n'avait été oublié.

Ils sortirent du quartier commercial et entrèrent dans la
zone résidentielle de la ville. Ici, la circulation était fluide,
sans stress, et Barrett prit son temps dans les rues pour
regarder les maisons décorées.

Arrêté à un stop, il regarda par-dessus son épaule.

— Comment ça va ? Tu tiens bon ?

— Oui. Mais je pensais vraiment que tu irais plus vite, lui
dit-elle à l'oreille.

— Plus vite ? demanda-t-il avec un large sourire.
Accroche-toi bien.

Il redémarra et accéléra. Les grondements du moteur
envoyaient des ondes de puissance à travers tout son corps.-
Dans son dos, il entendit Jacey éclater de rire et s'accrocher à
lui plus fort.

La circulation ralentit devant eux. Après avoir regardé
autour de lui, il fila à travers les voitures à l'arrêt avec
dextérité.

Les éclats de rire de sa passagère l'encouragèrent à accélérer encore plus.

N'importe quelle autre fille aurait été en train de crier de
peur, mais pas Jacey.

Il prit la direction de la sortie de la ville et une fois sur
l'autoroute, il libéra la puissance de la Harley, laissant la
vitesse les mener où elle le voulait.

Ils n'avaient aucun impératif et personne ne savait qui ils
étaient. À cet instant, ils étaient libres comme l'air.

Une demi-heure plus tard, il sentit Jacey commencer à
trembler derrière lui. Il prit la sortie suivante et s'arrêta

devant une station-service. Il coupa le moteur et descendit le premier.

— Tu commences à te geler.

Il souleva la visière du casque. Ses yeux caramel pétillaient.

— Un peu. Mais j'ai envie de continuer, dit-elle en lui prenant la main pour descendre de la V-Rod.

— Rentre boire un café à l'intérieur. Je fais le plein d'essence et je te rejoins.

— D'accord.

Il détacha le casque sous son menton et le lui ôta. Ses joues étaient roses, et il savait qu'elles seraient glacées s'il les touchait, mais ça ne semblait pourtant pas la déranger.

Elle entra dans la boutique et il la vit s'approcher du distributeur de boissons. Il se retourna vers la pompe à essence et pianota sur le clavier.

Il regarda Jacey à l'intérieur pendant qu'il remplissait le réservoir. Des hommes se retournèrent sur son passage, mais aucun n'avait les couilles d'aller lui parler.

Tant mieux. Ça l'ennuierait de devoir tuer quelqu'un aujourd'hui.

Après avoir fait le plein, il entra dans la station-service et alla rejoindre Jacey, en train de boire ce qui semblait être du chocolat chaud.

— Pas de café ? fit-il en haussant un sourcil.

— Nan, J'ai eu envie d'un chocolat. Tu en veux un peu ?

Elle lui tendit le gobelet. Quand les doigts de Barrett effleurèrent les siens, ses pupilles se dilatèrent.

Il porta le gobelet à ses lèvres et but une gorgée. Le chocolat brûlant, onctueux et sucré recouvrit sa langue et glissa dans sa gorge.

Il le lui rendit en souriant.

— C'est bon.

— C'est parfait. Surtout pour un jour comme celui-là.

Elle se tourna vers la fenêtre. La neige qui tombait doucement plongeait le monde dans un silence paisible.

Il alla payer l'essence et le chocolat à la caisse puis revint se poster à côté de Jacey pour regarder la neige tomber par la fenêtre. Ce n'était pas exactement romantique, mais dès qu'il s'agissait de Jacey, tout semblait le devenir un peu.

Quand elle eut fini son chocolat, ils sortirent de la boutique et regagnèrent la moto sous la neige. Il l'aida à enfiler son casque et démarra le moteur.

Cette fois, il prit son temps pour rentrer à l'hôtel.

CHAPITRE TRENTE-TROIS

Plongée dans un bain moussant, Jacey leva la tête vers le plafond et poussa un soupir. Elle ne savait pas quelle heure il était, mais elle devrait bientôt sortir de l'eau si elle ne voulait pas ressembler à un pruneau.

De retour à l'hôtel, Barrett était resté à l'accueil pour payer la location de la Harley après l'avoir invitée à monter dans la suite et à se réchauffer dans un bain moussant.

Elle n'avait pas protesté. Elle avait adoré la promenade à moto, mais après une heure, elle avait commencé à se transformer en glaçon.

Elle entendit la porte de leur suite s'ouvrir et se figea.

— Jacey ?

— J'arrive dans une minute, dit-elle en sortant du bain et en prenant une serviette.

— Ne te presse pas, dit Barrett derrière la porte fermée. Je vais prendre une douche dans l'autre salle de bains. J'ai des vêtements pour toi, je les pose sur le lit.

— D'accord. Merci.

Elle enroula la serviette autour de son corps et se mit à la recherche d'un sèche-cheveux. En ouvrant le placard sous le lavabo, elle resta interdite. Un joli panier entouré d'un ruban rose était posé sur l'étagère. Elle le souleva et le posa sur le comptoir en marbre.

Elle trouva une carte attachée au ruban.

Pour Jacey Miller.

Barrett. Il avait dû s'organiser pour que le panier soit livré pendant qu'ils étaient sur la moto.

Elle enleva le cellophane et le ruban en souriant. À l'intérieur du panier, elle trouva des rouges à lèvres, des ombres à paupières et tous les produits de maquillage et de soin dont une fille pouvait rêver.

Et ils étaient d'excellente qualité. C'étaient des produits de luxe, le genre de trucs qu'elle n'aurait jamais pu se payer.

Elle sentit son cœur gonfler dans sa poitrine. Barrett avait beau être intimidant et bourru, il était l'homme le plus attentionné qu'elle ait jamais rencontré. Il était presque trop beau pour être vrai.

Elle inspira profondément et décida d'aller chercher les vêtements dans la pièce à côté pendant que Barrett était sous la douche.

Elle ouvrit la porte et passa la tête hors de la salle de bains. En entendant l'eau couler ailleurs dans la suite, elle se faufila dans la chambre, la serviette toujours enroulée autour d'elle.

Elle s'arrêta net.

Sur le lit se trouvait une robe portefeuille rouge vif avec des chaussures à talons nude qui devaient valoir une fortune. Une rose rouge était posée à côté de la robe.

Jacey Miller ne s'était jamais sentie fondre, mais elle comprit que c'était sur le point d'arriver.

* * *

Barrett se figea en entrant dans le salon. Jacey, en train de regarder la nuit par la fenêtre, se retourna vers lui.

— Ouah, souffla-t-il. Tu es sublime.

— Merci, répondit-elle en baissant les yeux sur sa robe. Tu es plutôt canon, toi aussi.

Il essuya ses mains moites sur son pantalon et tira sur les pans de la veste qu'il avait enfilée sur une chemise noire. Il n'avait pas eu l'occasion de se mettre sur son trente-et-un depuis une éternité. Il ne regrettait même pas d'avoir dépensé une bonne partie de sa liasse d'urgence ce soir.

— Merci pour le maquillage, pour la robe et... pour tout, dit-elle avec un regard timide. Tu n'étais vraiment pas obligé.

— Je sais. Mais j'en avais envie.

Elle hocha la tête et se retourna vers la fenêtre.

— Tu as prévu de nous emmener dans un endroit en particulier ce soir ?

— Oui. J'ai réservé une table dans un restaurant. Il te plaira.

— Fini les balades à moto sous la neige ? le taquina-t-elle en souriant.

— Au moins pour aujourd'hui. Tu as faim ?

— Je meurs de faim, à vrai dire. Après tout ce que j'ai mangé à midi, je ne devrais pas être autant affamée.

— C'est bon signe. Ça veut dire que tu te dépenses.

Il ouvrit la porte de la chambre et l'invita à passer devant. Quand Jacey passa à côté de lui et que son parfum entra dans ses narines, il eut l'impression de recevoir un coup dans le plexus. Il sentit son membre durcir, et dut lutter pour maîtriser la réaction de son corps.

Ils traversèrent le couloir et il appuya sur le bouton d'appel de l'ascenseur. Les portes s'ouvrirent bientôt avec un tintement.

Ils entrèrent dans la cabine, et le portier appuya sur le

bouton du rez-de-chaussée. Barrett posa sa main dans le creux du dos de Jacey.

Une éternité lui parut s'écouler avant que les portes ne s'ouvrent sur le lobby.

— On prend la Jeep? demanda-t-elle en levant la tête vers lui.

Le cœur de Barrett cessa presque de battre. Elle avait appliqué une ombre à paupières bronze qui accentuait la couleur caramel naturelle de ses yeux. Elle battit lentement ses longs cils en attendant sa réponse. Il ne l'avait jamais vue avec du rouge à lèvres, mais ce soir ses lèvres charnues avaient une jolie couleur rose qui semblait scintiller sous les lumières de l'hôtel. La robe moulait son corps à la perfection, et elle ne portait pas de bijoux. Bon sang, elle n'en avait pas besoin. Elle était déjà un bijou. En levant les yeux, il remarqua que tous les hommes dans la pièce s'étaient retournés pour la regarder.

Il passa son bras autour de sa taille pour l'entraîner à l'extérieur.

— Non, pas ce soir.

Elle eut l'air surprise. Il sourit.

— J'ai envie de boire. Comme ça, on n'aura pas à se soucier de rester sobre pour conduire, expliqua-t-il avec un clin d'œil.

Jacey éclata de rire, et ce son transperça le cœur de Barrett. Il lui tendit la main. Elle la prit après une brève hésitation.

— Encore une fois. Merci, dit-elle doucement avant de secouer la tête. Tout ça a dû coûter une fortune. Je ne sais pas comment je pourrai te rembourser un jour.

— Tu l'as déjà fait.

— Quoi ?

— Tu m'as déjà remboursé. Par ta présence ici, ce soir. C'est tout ce que je veux.

Il l'entraîna vers la sortie en regardant droit devant lui. Il avait peur qu'elle finisse par comprendre la vérité s'il continuait à la regarder. Qu'elle était sa faiblesse, son point vulnérable.

Elle lui serra la main.

— J'ai l'impression d'avoir tout perdu et d'enfin commencer à me trouver. C'est grâce à toi aussi, parce que tu m'a donné une chance alors que je n'avais aucune expérience. Sans toi, je ne sais pas ce que j'aurais fait.

— Tu t'en serais sortie, même sans moi. Tu es une femme très forte, Jacey, dit-il en la regardant droit dans les yeux. J'espère que tu le sais.

Elle haussa les épaules sans avoir l'air convaincue.

— Le restaurant de l'hôtel a l'air sympa, remarqua-t-elle quand ils passèrent devant la porte.

— On ne mange pas à l'hôtel. On va dîner dans un restaurant européen qui propose le meilleur vin de tout le Colorado.

— Tu pourrais commander de ce vin pour ton restaurant ? demanda-t-elle avec intérêt.

— Tu crois vraiment qu'un de mes clients pourrait se l'offrir ? J'en doute. Mais je garde une bouteille pour les grandes occasions.

— Ah oui ? Quelles occasions, par exemple ?

Quelques secondes s'écoulèrent, puis il s'éclaircit la gorge.

— En fait, cette occasion ne s'est pas encore présentée. Mais quand ce sera le cas, j'aurai le vin.

Elle éclata de rire et posa la main sur son bras.

— Tu es très drôle, tu sais ?

— Personne ne me l'avait encore jamais dit.

Il fronça les sourcils. Il avait déjà été qualifié de dur à cuire, de bâtard (quand ils pensaient qu'il n'écoutait pas) et de tête de mule. Mais de type drôle, jamais.

Ils sortirent dans la nuit froide et marchèrent un bloc jusqu'à leur destination.

Il ouvrit la porte du restaurant élégant et laissa Jacey passer en premier. Il donna son nom à l'hôtesse qui approcha en souriant.

— Par ici, monsieur, dit-elle en les guidant jusqu'à leur table.

Jacey ne sembla pas remarquer que les têtes se tournaient sur son passage. Barrett, en revanche, si. Il foudroya du regard tous les humains subjugués qui osaient regarder dans sa direction. Les hommes comprenaient rapidement le message et baissaient la tête.

Barrett tira la chaise de Jacey et attendit qu'elle soit installée pour s'asseoir en face d'elle. Leur table était dans un coin tranquille, comme il l'avait demandé quand il avait téléphoné pour réserver.

La lueur de la bougie au centre de la table rendait l'ambiance encore plus romantique.

L'hôtesse leur tendit des menus et s'éloigna discrètement.

Jacey prit sa serviette en lin, la déplia et la posa sur ses genoux. Il l'imita et leva les yeux vers le serveur qui s'approchait de leur table.

— Bonsoir monsieur, madame. Je suis Rafe, je serai votre serveur ce soir, dit-il en s'inclinant légèrement. Puis-je vous proposer un apéritif pour commencer, ou peut-être une de nos bouteilles de vin ?

Il donna la carte des boissons à Barrett, qui l'ouvrit et trouva rapidement ce qu'il voulait.

— Une bouteille de celui-ci, s'il vous plaît, dit-il en rendant la carte au serveur.

Le visage de l'homme s'illumina.

— Très bien, monsieur. Puis-je prendre commande de vos entrées ?

— Oui. Nous commencerons par la terrine de foie gras Soulard.

— Excellent choix. Je vous l'apporte avec votre vin.

Il s'inclina une nouvelle fois et s'éloigna en direction de la cuisine.

— Du foie gras ? demanda-t-elle. Je n'en ai jamais mangé.

— C'est bon, tu peux me faire confiance. Tu vas adorer dès la première bouchée.

— Je n'en suis pas sûre, dit-elle en plissant le nez.

Rafe revint avec la bouteille de vin et la présenta à Barrett, qui hocha la tête. Le serveur déboucha la bouteille, et le bouchon sortit avec un bruit sonore. Il versa un peu de vin dans un verre et Barrett fit tournoyer le liquide rouge sombre. Il porta le verre à son nez, renifla, puis but une gorgée.

— Parfait, dit-il en tendant son verre à Rafe pour qu'il le remplisse.

Rafe remplit ensuite celui de Jacey.

— Avez-vous choisi ? demanda-t-il.

Barrett regarda Jacey pour s'assurer qu'elle voulait qu'il commande pour elle. Elle acquiesça et but une gorgée de vin avec un plaisir manifeste.

— Nous prendrons le homard du Maine.

— Très bon choix, monsieur, dit Rafe en souriant avant de partir.

— Comment est le vin ? demanda Barrett en levant son verre.

— Merveilleux.

Elle lui fit un large sourire. Il ne l'avait encore jamais vue aussi joyeuse et détendue, et fut heureux d'avoir commandé une bouteille d'un grand cru.

— Ce restaurant est très joli, dit-elle en regardant les bouquets de fleurs élaborés avec goût disposés à travers la salle. Merci de m'avoir emmenée ici. Je n'étais jamais allée dans un restaurant gastronomique. Tu es déjà venu ?

— Oui, il y a un bon moment. De nombreuses années, à vrai dire, quand j'étais plus jeune. Ma famille aimait venir passer les vacances d'hiver ici. Ma mère adorait ce restaurant, alors mon père nous y emmenait régulièrement.

— Où habitent tes parents ?

Il détourna les yeux. Il lui en avait déjà trop dit. Beaucoup trop.

— Ils habitaient sur la côte Est, mais ils sont morts tous les deux dans un accident d'avion.

— Oh mon Dieu, je suis vraiment désolée, Barrett. Je ne voulais pas être indiscrète, murmura-t-elle en tendant le bras par-dessus la table pour lui toucher la main.

— Ce n'est pas grave. C'était il y a très longtemps.

— Il te reste de la famille ?

— J'ai un frère et une sœur. Mais on ne se parle plus.

Il but une gorgée de vin et étudia le fond de son verre. Penser à Addison et Edgar le rendait un peu triste. Depuis qu'il était revenu d'entre les morts, il pensait régulièrement à eux.

— Je suis désolée.

— Ne le sois pas. Ça arrive, dit-il en haussant les épaules. C'était il y a longtemps, ça aussi.

Bien avant qu'il ne devienne chef de la meute d'Arkansas. À l'époque, sa plus grosse responsabilité était de choisir dans quelle résidence secondaire de ses parents il allait séjourner. Il était jeune et con, et il avait profondément déçu sa famille de plusieurs façons.

Aujourd'hui, il avait l'impression que tout ça s'était déroulé dans une autre vie.

Rafe réapparut comme par magie avec leurs entrées. Il remplit à nouveau le verre de Jacey.

— Bon appétit, dit-il avant de repartir aussi vite qu'il était arrivé.

— Tu vas voir, c'est vraiment bon, dit Barrett.

Jacey prit un des petits toasts et le porta à sa bouche avec méfiance.

Son expression changea et s'illumina à mesure qu'elle mâchait. Elle avala et regarda Barrett avec de grands yeux.

— C'est bon.

— Je te l'avais dit. Tu crois que je te ferais goûter quelque chose de dégueu ? demanda-t-il avec un petit rire.

Il mangea un des toasts. La saveur riche du foie gras explosa sur sa langue.

— Je ne m'attendais pas du tout à ça, dit-elle en prenant un autre toast avec un petit soupir.

— Je suis content de t'avoir fait découvrir ce délice. Mais même si c'est bon, attends de goûter le plat. C'est succulent.

— Et le dessert ? demanda-t-elle en haussant un sourcil.

— À se damner.

Jacey sortit du restaurant et attendit sur le trottoir pendant que Barrett payait leur repas.

Après avoir mangé un repas si extravagant et bu tout ce vin délicieux, l'air froid lui faisait du bien. La neige avait cessé de tomber après avoir recouvert les rues d'un épais manteau blanc.

— Hé, ma jolie, tu as froid ? appela dans son dos une voix rauque qui la fit frissonner.

Elle se retourna lentement. Deux hommes vêtus de jeans et de manteaux épais la regardaient avec insistance. En sentant la bière dans leur haleine, elle comprit qu'ils étaient ivres.

Sans répondre, elle se tourna vers le restaurant pour essayer d'apercevoir Barrett, mais un des types se plaça devant elle et lui boucha la vue.

— Excusez-moi.

Elle essaya de le contourner pour rentrer dans le restaurant. Il lui attrapa le bras.

— C'est pas très sympa. Où sont tes bonnes manières, petite Sudiste ? demanda-t-il avec un large sourire.

Un grondement retentissant éclata derrière l'homme, et Barrett sortit du restaurant comme un enragé. Il rentra dans l'homme qui tenait le bras de Jacey en lui donnant un coup d'épaule et le repoussa brutalement.

— Putain, ne la touche pas, tu entends ?

Barrett s'interposa entre Jacey et ses agresseurs. Elle sentit son cœur se mettre à tambouriner dans sa poitrine.

— Je vois pas d'alliance à son doigt, ça veut dire qu'elle est libre, rétorqua le type en souriant.

Barrett lui envoya son poing dans la figure, et l'humain valdingua par terre. L'autre homme semblait sur le point de venir en aide à son camarade, mais Barrett se tourna vers lui avec un regard capable de tuer. Le type recula.

— Tu m'as cassé le nez, putain, cria l'homme à terre.

Jacey remarqua qu'une petite foule était en train de se former autour d'eux. L'hôtesse du restaurant sortit sur le trottoir.

— Qu'est-ce qui se passe, ici ? demanda le responsable du restaurant, un homme d'âge mûr aux cheveux gris vêtu d'un costume en regardant tour à tour Barrett, puis l'homme au sol.

— Il m'a pété le nez, beugla ce dernier.

— Il a importuné Jacey, rétorqua Barrett avec colère.

Il avait l'air prêt à se battre contre le gérant aussi s'il lui cherchait des noises.

— Est-ce que c'est vrai ? demanda l'homme à Jacey. Il vous a importunée ?

— Oui. Je voulais rentrer dans le restaurant, et il m'a attrapée par le bras.

Elle posa la main sur le bras de Barrett, et sentit ses muscles bandés sous sa chemise. Sa fureur était palpable.

— Vous allez faire quelque chose, oui ? Il m'a cassé le nez !

Le gérant plissa les yeux vers l'homme allongé par terre.

— Si vous ne voulez pas que ça arrive, je vous conseille de

ne pas embêter les dames. Et si vous ne cessez pas immédia-tement d'ennuyer les clients de mon restaurant, j'appelle la police.

— Écoute, connard, j'ai des droits... commença le type en essayant de se lever, mais son ami lui dit de se taire.

Le gérant sortit son téléphone.

— J'appelle la police.

— Allez viens, on y va avant qu'il appelle les flics. On peut pas se le permettre, marmonna le deuxième homme.

Jacey les regarda plus attentivement, et la mémoire lui revint brutalement. Elle se souvenait où elle les avait déjà vus.

Elle sentit ses jambes se dérober. Heureusement, Barrett la rattrapa avant qu'elle ne s'écroule par terre.

— Est-ce que ça va ? demanda-t-il avec une vive inquiétude.

— Oui. Juste un étourdissement, mentit-elle.

— Laissez-moi vous appeler un taxi, proposa le gérant.

— Non, merci. L'air frais me fait du bien, assura-t-elle.

— Tu es sûre ? demanda Barrett en la regardant dans les yeux.

— Oui.

Il passa son bras autour de sa taille et ils commencèrent à marcher en direction de leur hôtel en silence. Il entrèrent dans le lobby et se dirigèrent droit vers les ascenseurs.

Le portier les salua et appuya sur le bouton de leur étage. Dès qu'ils furent dans le couloir qui menait à leur chambre, Barrett prit le visage de Jacey entre ses mains.

— Est-ce que tu vas bien ?

— Oui, c'est juste...

— Quoi ?

Elle s'humecta les lèvres et le regarda dans les yeux.

— Barrett, je suis presque sûre que ce sont ces types qui ont essayé d'attraper ma louve.

* * *

Il avait beau crever d'envie de sauter dans la Jeep pour retrouver ces mecs, il accompagna Jacey dans leur chambre. Elle était encore secouée, et il ne voulait pas la laisser seule. Il pouvait voir la peur dans son regard.

Il lui fit couler un bain pour la détendre et lui promit de ne pas quitter la suite.

Il fit les cent pas dans le salon en regardant le centre-ville de Denver illuminé dans la nuit. Il ouvrit la porte de la baie vitrée et sortit sur la terrasse.

La température avait considérablement chuté, mais il ouvrit sa chemise pour sentir l'air frais contre sa peau. Les pans du vêtement battirent au vent et la brise glacée lui piqua le torse. Il leva la tête vers le ciel noir et poussa un grognement de frustration.

Il n'aurait pas dû la laisser toute seule. Il aurait dû lui dire d'attendre dans le restaurant pendant qu'il payait. Il aurait dû la protéger.

Si une chose pareille devait se reproduire un jour, il n'hésiterait pas à tuer ses agresseurs.

La prise de conscience s'abattit sur lui comme une couverture épaisse. Il baissa la tête, abattu.

Elle était sa compagne.

Il le savait depuis le début, mais il avait essayé de se persuader du contraire. Comment les choses pouvaient-elles bien se terminer pour eux ? Il ne pouvait pas être en couple. Il était censé être mort.

Et elle ne voulait pas d'un compagnon. Elle essayait encore de se découvrir.

Il observa les lumières de la ville qui s'étalait devant lui. Comment en était-il arrivé là ?

Il secoua la tête, rentra à l'intérieur et alla jeter un œil dans la chambre. Emmitouflée dans un peignoir, Jacey s'était endormie sur le lit.

Il passa dans la salle de bains puis s'allongea contre Jacey et la prit dans ses bras.

* * *

Barrett s'était déjà levé et douché avant que Jacey ne se réveille et ne se rende compte qu'il avait passé tout la nuit près d'elle.

Elle se couvrit la bouche pour étouffer un bâillement.

— Tu aurais dû me réveiller.

— J'étais sur le point de le faire, dit-il.

Elle avait meilleure mine que la veille et semblait davantage elle-même. La peur avait disparu de ses yeux, remplacée par une assurance calme.

— Je vais aller nous chercher du café et un casse-croûte pour le voyage.

— Je serai prête à ton retour.

Elle se leva et rattacha la ceinture du peignoir qui commençait à bâiller. Barrett sentit son sexe gonfler. Même s'il l'avait déjà vue nue, il avait très envie de voir ce qui se trouvait sous le peignoir.

Il sortit de la suite, prit l'ascenseur jusqu'au rez-de-chaussée et alla commander deux cafés et des viennoiseries dans le restaurant avant de s'approcher du comptoir de l'accueil.

— Monsieur, je peux vous aider ?

— J'aurais besoin d'utiliser votre téléphone. Je n'ai plus de batterie et j'ai oublié mon chargeur, dit-il.

— Bien sûr.

L'employé derrière le bureau lui fournit un téléphone fixe et s'éloigna pour lui laisser de l'intimité. Barrett composa le seul autre numéro qu'il connaissait par cœur à part celui de Ryker.

— Allô ?

— Helen, c'est Barrett.

— Je me faisais un sang d'encre pour Jacey et toi, dit-elle. J'ai failli appeler la police quand vous n'êtes pas rentrés hier soir.

— Je suis content que tu ne l'aies pas fait, grommela-t-il.

Mieux valait ne pas attirer l'attention de la police. Il était censé être mort.

— On n'a pas pu récupérer le véhicule hier, on a dû passer la nuit à Denver. Je suis sur le point d'aller le chercher, puis la marchandise. Mais on va devoir rester fermés un jour de plus.

— Tu veux que j'aille accrocher un mot sur la porte ? proposa Helen. Les clients voudront savoir pourquoi c'est fermé.

— Je me fiche de ce qu'ils veulent. Les routes sont complètement verglacées. Je t'interdis de sortir par ce temps. Ils devineront bien pourquoi on est fermés. Et puis, je ne vois pas pourquoi quelqu'un aurait envie de sortir sous une tempête pareille.

— Pour boire. Les gens qui ont envie de boire sont prêts à tout.

Elle n'avait pas tort.

— On sera de retour aujourd'hui. Profite de la journée pour te reposer, dit-il en haussant la voix pour être entendu malgré le bruit dans le lobby.

— Merci de m'avoir avertie, mon chou. Je vous vois tous les deux demain, dit-elle avant de raccrocher.

Barrett reposa le combiné sur la base et remercia l'employé à l'accueil.

— Merci.

— Avec plaisir, monsieur.

Il repassa chercher sa commande dans le restaurant et but une gorgée de café noir avant de pousser un soupir. Une longue journée les attendait. Il aurait besoin d'autant de café que possible.

Chapitre trente-cinq

Jacey était toujours en train de grignoter son cheesecake à la framboise quand Barrett se gara devant l'entrepôt où ils s'étaient rendus la veille.

— Ne te presse pas, je vais aller discuter avec Alfred avant d'échanger nos véhicules. Tu as le temps de terminer ton petit-déjeuner, dit-il avant de sortir de la Jeep en emportant son café.

Jim sortit par la porte de garage ouverte et hocha la tête pour saluer Barrett, qui lui rendit son salut.

Jacey but une gorgée de café et soupira doucement. Regarder Barrett traverser le parking dans son jean moulant et sa veste vert sauge faisait voleter des papillons dans son ventre. Il se déplaçait avec une grâce surprenante pour sa taille, et sa beauté sauvage était unique.

Un homme d'un certain âge avec une longue barbe blanche, une casquette et un air renfrogné sortit de l'entrepôt. Il cracha un jet de tabac sur le sol glacé en voyant Barrett. Il lui tendit la main, et Barrett la serra.

Ils discutèrent un moment, puis Barrett montra la remorque garée sur le parking. Le vieil homme acquiesça, et Barrett revint vers la Jeep en trottinant.

Il ouvrit la portière, s'assit derrière le volant et démarra le moteur.

— Vérifie bien que tu emportes toutes tes affaires.

— Il nous laisse emprunter son camion ? demanda-t-elle en écrasant son gobelet vide et en prenant le sac de viennoiseries.

— Ouais. Je ne dois le ramener que la semaine prochaine, ce qui m'arrange. Je n'avais pas envie de refaire l'aller-retour demain.

Il gara la Jeep à côté de la remorque et coupa le moteur. Ils descendirent de voiture.

Jacey récupéra son sac sur la banquette arrière, rempli des différents cadeaux offerts par Barrett au cours de ce voyage. Il avait même pensé à accrocher sa robe sur un ceintre pour qu'elle ne se froisse pas.

Elle restait abasourdie par sa générosité. Elle n'avait jamais connu un homme comme lui.

— Laisse-moi porter ça, dit-il en lui prenant le sac des mains et en passant la bretelle sur l'une de ses larges épaules.

Il lui prit la main et lui fit faire le tour du bâtiment. Un grondement sonore résonna dans la cour, et la porte de garage se souleva. Un gros camion-remorque, un peu comme un camion de déménagement, mais plus gros, orné d'un motif camouflage sortit de l'entrepôt.

— Qu'est-ce que c'est que ce truc ?

— C'est ce qui va sauver nos miches et notre marchandise, dit Barrett en souriant.

— Ça montera en haut de la montagne ? demanda-t-elle, peu convaincue. Si le camion de livraison n'y arrive pas, qu'est-ce qui te fait penser que celui-là pourra le faire ?

— Parce qu'il a un moteur plus puissant et des pneus plus gros. C'était un véhicule militaire, mais Alfred l'a réagencé spécialement pour le transport de marchandises et d'autres trucs.

— D'autres trucs ? Est-ce que je veux savoir ?

— Sans doute pas.

Il l'entraîna vers le camion. Le vieil homme sauta hors de la cabine et atterrit devant eux. Il lança un regard soupçonneux à Jacey.

— Alfred, je te présente Jacey. Elle travaille pour moi au

restaurant. Elle m'a accompagné pour venir chercher la commande, dit Barrett.

— Heureuse de vous rencontrer, dit-il en lui serrant la main.

Sa poigne était ferme, mais pas douloureuse. Son expression s'adoucit légèrement.

— Vous êtes trop mignonne pour faire du travail physique, dit-il en lançant un regard de reproche à Barrett.

— Détends-toi, Alfred. Elle ne va rien porter, lâcha Barrett.

— Alors ça va, grommela-t-il. De nos jours, les hommes ne savent plus prendre soin d'une dame. S'il vous embête, venez m'en parler. D'accord, ma belle ?

— C'est promis, répondit-elle en luttant contre un sourire.

Alfred donna les clés à Barrett et tapota la portière.

— Sois prudent avec mon bébé. Tu sais que je ne prête pas mes véhicules à n'importe qui.

Barrett poussa un soupir exaspéré.

— Je sais, je sais. Je te remercie. Je ferai attention à ton camion.

Alfred hocha la tête et rentra dans l'entrepôt sans un mot de plus.

— Il est toujours comme ça ? demanda Jacey.

— D'habitude, il est bien pire. Tu le rencontres dans un bon jour. Tu es prête ?

— Oui. J'ai sorti toutes les affaires de la Jeep.

Elle lui tendit le sac de déchets du petit-déjeuner. Il le prit et le lança dans une poubelle non loin.

Il l'accompagna jusqu'au côté passager du camion et lui ouvrit la portière. Elle monta à bord, et il referma derrière lui. Le vaste tableau de bord et les grands fauteuils étaient poussiéreux, mais la cabine était accueillante.

Barrett s'assit derrière le volant et lui jeta un coup d'œil avant de passer la première.

— Le chargement ne devrait pas prendre trop longtemps. On rentre à la maison tout de suite après, dit-il en s'engageant sur la route.

Elle hocha la tête et se tourna vers la vitre.

La maison. Elle ne se sentait pas chez elle dans la petite ville en haut de la montagne, mais ce n'était plus un endroit inconnu. Elle savait que c'était en grande partie grâce à Barrett.

Ça aurait dû lui faire peur, mais ce n'était pas le cas. Elle ferait mieux de trouver des moyens d'assurer son indépendance et ne pas prendre l'habitude de compter sur lui. Elle se retrouvait dans cette situation précisément à cause de ça. Elle était entièrement dépendante de son ex, et ça l'avait rendue extrêmement vulnérable.

Elle avait beau être sous le charme de Barrett, elle savait que ça ne pourrait pas durer entre eux.

L'amour ne durait jamais.

Dès qu'ils seraient de retour au restaurant, elle aurait une longue discussion avec lui pour établir des limites entre eux.

Malgré la souffrance que lui causait cette idée, ce serait le mieux pour tous les deux.

CHAPITRE TRENTE-SIX

— Que tout le monde s'installe et se serve du vin, dit Ava.

Elle avait invité toutes les louves à dîner chez elle, y compris Mamie. Damon et les Gardiens étaient partis à la recherche de Boudier dans le Colorado, et elles étaient toutes inquiètes. Une soirée entre filles serait une distraction bienvenue.

— Tu ne peux pas boire et Ginny non plus. Je me sens coupable de boire devant vous, dit Haley en regardant son verre de vin blanc. Je vais peut-être m'abstenir, moi aussi.

— Ginny et moi, on est en cloque. Pas vous. Et puis, j'ai aussi des caramels au beurre salé recouverts de chocolat, donc je ne me sens pas privée, dit Ava avec un large sourire.

Elle ouvrit une boîte rectangulaire pleine de sucreries et en proposa aux filles.

— J'en veux un, dit Ginny en se pourléchant presque.

— En tout cas, moi, je bois. Je ne compte pas culpabiliser, annonça Catty avant d'avaler une lampée de vin en souriant. Et je mange du chocolat.

Elle prit un bonbon dans la boîte, le fourra dans sa bouche et poussa un soupir de contentement.

— C'est vraiment bon, Ava.

— Je sais ! Je les ai achetés dans la boutique de bonbons près du fleuve.

— Je suis du même avis que Catty. J'ai besoin d'un verre. Je ne m'autorise à boire que quand je ne suis pas au Bella Luna, dit Kate avant de se servir un verre de vin blanc.

— Je croyais que tu buvais du vin tous les soirs avec tes hôtes, dit Skylar en prenant un caramel.

— Oh, les hôtes ont du vin. Mais dernièrement, je ne reçois que des gros buveurs, et en général, il n'en reste pas pour moi. Ce n'est sûrement pas plus mal, ajouta-t-elle en haussant les épaules. J'ai été débordée. Nous sommes complets pour les mois à venir. J'ai même dû embaucher de l'aide.

— C'est la personne qui s'occupe de l'auberge pendant que tu es ici, ma chérie ? demanda Mamie en se versant une dose généreuse de vin.

— Oui, elle s'appelle Maria. C'est une amie de Beau et une cuisinière hors pair. Elle vient de divorcer et avait besoin d'un travail. Je suis contente de l'avoir.

— Et nous, nous sommes contentes que tu sois ici, ma belle.

Mamie lui tapota la jambe en s'installant sur le canapé. Ava regarda ses amies rassemblées en essayant de ne pas faire attention au silence qui commençait à s'installer. Catty pencha la tête pour la regarder. Haley fixait l'intérieur de son verre d'un air morose, Ginny mangeait un chocolat en évitant les regards des autres. Kate était la seule à déguster son vin joyeusement.

Skylar poussa un soupir et se leva.

— Très bien. Je vais poser la question, puisque personne d'autre n'a les couilles de le faire.

— J'ai les couilles, dit Catty. Mais tu devrais quand même

le faire. J'en ai assez d'être toujours celle qui harcèle tout le monde.

Skylar leva les yeux au ciel et se tourna vers Ava.

— Alors, quelles sont les nouvelles ? Est-ce que les Gardiens auront bientôt attrapé Boudier ?

Ava fourra un autre caramel dans sa bouche et haussa les épaules.

— Je ne sais pas, répondit-elle la bouche pleine.

— Ava, tu es la compagne du chef de meute. Tu sais sûrement quelque chose, insista Catty en plissant les yeux.

— Bon sang, Catty, arrête de me regarder comme ça.

— Je ne peux pas m'en empêcher. C'est mon regard d'avocate qui recoupe les informations, dit-elle en la dévisageant intensément. C'est comme ça que je fais cracher le morceau aux criminels.

— Ouais, ben je suis pas une criminelle, répliqua Ava.

— Est-ce qu'ils l'ont déjà attrapé ? demanda Haley.

— Pfff, les filles. Vous n'êtes même pas censées savoir qu'ils sont partis dans le Colorado, dit Ava en se mordillant un ongle. Si Damon apprend que vous êtes au courant, il va se mettre en colère.

— Du calme, ma chérie, la rassura Mamie. Personne ne dira rien à Damon. Tu sais ce que c'est, nous sommes inquiètes pour nos loups. Je n'ai pas envie qu'il leur arrive quoi que ce soit.

— Je sais, je sais, dit Ava en caressant son ventre. Pour répondre à ta question, Haley, non, ils n'ont pas encore attrapé Boudier. Mais ils sont bientôt arrivés.

— J'ai vraiment hâte que toute cette affaire soit terminée, fit Catty avant de boire une gorgée de vin. J'ai l'impression qu'on pourra enfin reprendre nos vies quand Boudier sera mort.

Le silence retomba dans la pièce, et tout le monde regarda Ginny d'un air gêné.

Elle leva la tête, en train de mâcher un autre caramel.

— Par pitié, arrêtez de me regarder comme ça. Vous connaissez déjà mon avis sur ce connard.

— Mais c'est ton père, Ginny, dit Haley d'une voix douce.

— C'est peut-être mon géniteur, mais tu peux me croire, il n'a jamais été et ne sera jamais mon père. J'ai plus de raisons de le vouloir mort que vous.

— On a juste peur de te faire de la peine, Ginny, dit Skylar.

Elle lui prit la main. Ginny sourit.

— Je sais. Et je fais confiance à Damon et aux Gardiens pour le retrouver. En fait, j'espère qu'ils le tueront sans le ramener devant le Grand Tribunal. Rien de bon ne pourra arriver tant qu'Edward Boudier sera en vie.

Ava hocha la tête. Elle était bien d'accord.

* * *

Charger le camion prit encore moins de temps que Barrett ne le pensait. Le propriétaire de la société de livraison lui proposa de s'occuper du chargement avec son diable électrique, et il fut heureux de le laisser faire. Plus vite ils reprendraient la route, plus vite ils seraient rentrés à Silverton.

La neige avait commencé à tomber pendant le trajet du retour. Les pneus passaient parfois sur des zones glissantes, mais grâce à son expérience, Barrett réussit à faire garder le cap au camion.

Jacey avait dormi pendant la plus grande partie du trajet, la tête contre la fenêtre. Il lui jetait régulièrement des regards à la dérobée et était reconnaissant qu'elle ne le voie pas faire.

Elle se réveilla, tourna la tête vers Barrett et lui fit un sourire assoupi en étirant ses bras au-dessus de sa tête.

— Pourquoi est-ce que tu ne m'as pas réveillée ? Je n'arriverai jamais à dormir cette nuit.

— Je me suis dit que tu avais besoin de repos, répondit-il en souriant.

— Ouah, on est loin de Silverton ?

Elle regarda par la fenêtre pour essayer de reconnaître le paysage, mais par ici, toutes les routes se ressemblaient. Tout était anonyme.

— On y sera dans environ cinq minutes.

— Mince. J'ai vraiment dormi longtemps.

Elle secoua la tête et ramassa une des bouteilles d'eau qu'ils avaient emportées pour le voyage.

— Tu auras de l'énergie pour décharger la marchandise, plaisanta-t-il.

— Oui. J'ai vraiment hâte d'essayer des nouvelles recettes cette semaine.

Elle fit un grand sourire, et ses yeux brillèrent.

Barrett gara bientôt le camion à l'arrière du restaurant et coupa le moteur. Une nouvelle couche de neige était tombée sur la terre gelée, et les arbres étaient recouverts de glace. C'était magnifique.

— Je vais aller ouvrir la porte arrière et on pourra décharger. Tu as tes gants, hein ? Il va faire froid.

— Juste là, dit-elle en montrant la paire de gants fourrés avant de remonter la fermeture éclair de son manteau sous son menton.

Il hocha la tête et descendit du camion. Il déverrouilla, ouvrit la porte arrière du restaurant et entra à l'intérieur pour allumer la lumière. Le téléphone derrière le bar se mit à sonner. Il tourna les talons, ne comptant pas répondre, puis hésita. Et si c'était Helen ? Elle voulait probablement savoir s'ils étaient bien rentrés. Cette femme s'inquiétait trop. Elle allait finir par faire une crise cardiaque, un de ces jours.

Il cria à Jacey par-dessus son épaule :

— J'arrive tout de suite. Je réponds au téléphone.

Il courut jusqu'au comptoir pour décrocher.

— Allô ?

— Barrett, tu étais où, putain ? hurla pratiquement Ryker à l'autre bout de la ligne. J'essaie de te joindre depuis hier, et tu ne réponds pas à ton portable.

— J'étais descendu chercher des marchandises à Denver et je n'avais plus de batterie. Je viens de rentrer à l'instant.

Barrett baissa la voix en entendant Jacey entrer dans la cuisine. Il sortit par la porte principale du bar et emportant le téléphone sans fil sur la terrasse.

— Bon sang, Barrett. Tu ne sais pas ce qui se passe ? J'ai essayé de te préve–

Une détonation assourdissante retentit derrière Barrett, l'envoya valser dans un tas de neige et fit exploser les vitres du restaurant. Il sentit une chaleur suffocante dans son dos, et eut l'impression de prendre feu.

Il roula sur le dos. Ses oreilles sifflaient, le bruit résonnant sous son crâne. Il regarda l'énorme brasier en train d'engloutir le bar-restaurant en clignant des yeux, stupéfait.

Jacey.

— Putain !

Il se releva lentement, son cœur battant à tout rompre. Elle était toujours à l'intérieur. Il entra en courant dans le bar complètement englouti par des flammes orangées.

La fumée lui piqua les poumons. Il l'appela en criant mais n'obtint aucune réponse. Il courut dans la cuisine, un bras levé pour protéger son visage, et essaya de repérer une forme ressemblant à Jacey.

Il sentit sa chair brûler quand les flammes lui léchèrent le dos.

L'explosion l'avait peut-être éjectée à l'extérieur ? Il essayait de réfléchir malgré la douleur qui s'emparait de toutes les terminaisons nerveuses de son corps.

Il fonça vers la porte arrière et sortit dans le froid.

Jacey était allongée dans la neige, immobile. Il courut et

s'agenouilla près d'elle. La neige fraîche soulagea sa peau brûlée.

Jacey gémit, mais elle n'ouvrit pas les yeux.

Elle est vivante. Tout va bien se passer. Tout va forcément bien se passer.

Des cris s'élevèrent devant le bar. Par-dessus son épaule, il vit des voisins arrêter leurs voitures et regarder l'incendie. Quelqu'un cria d'aller chercher des tuyaux pour éteindre les flammes. On les découvrirait sous peu s'ils restaient ici. Comment expliquerait-il qu'il était encore conscient malgré ses sévères brûlures ?

Il prit Jacey dans ses bras en réprimant un grognement de douleur. Ignorant la souffrance dans son dos, il se releva, Jacey contre son torse, et courut se mettre à couvert dans la forêt.

CHAPITRE TRENTE-SEPT

Jacey grimaça en sentant des feux d'artifice douloureux péta-rader sous son crâne. Elle ouvrit les yeux et tomba nez à nez avec une silhouette brûlée penchée au-dessus d'elle.

Elle laissa échapper un cri terrifié.

— Tout va bien, Jacey, dit l'homme calciné d'une voix rauque familière. C'est moi, Barrett.

Il recula de quelques pas.

— Oh mon Dieu. Qu'est-ce qui s'est passé ?

Elle s'assit, sa propre douleur oubliée.

— Il y a eu une explosion dans le bar pendant que j'étais sur la terrasse. J'ai cru que tu étais à l'intérieur, alors je suis rentré te chercher dans la cuisine. Tu vas bien ? Tu n'es pas blessée ?

— Je vais bien. C'est toi qui es blessé !

Elle était choquée qu'il arrive à tenir debout, et encore plus qu'il pense à se faire du souci pour elle.

— Je peux supporter la douleur. Je l'ai déjà fait.

Sa voix était crispée, comme s'il résistait à grand-peine à la terrible souffrance. Elle se tourna et vit le bar en train de brûler au loin entre les arbres.

— Qu'est-ce qu'on fait dans la forêt ?

— Du monde commençait à se rassembler devant le restaurant. J'ai préféré m'éclipser pour ne pas être vu dans cet état, sinon on va se demander comment j'ai pu guérir en quelques jours, expliqua-t-il avant de lâcher un sifflement de douleur.

— Je ne sais pas comment c'est arrivé. Je n'ai rien allumé dans la cuisine, ni le four ni les plaques. J'ai entendu une sorte de minuterie près de la porte arrière, puis il y a eu un grand bruit et je me suis retrouvée plaquée au sol. J'imagine que j'ai perdu connaissance.

— Tu as ton téléphone avec toi ?

— Oui, je crois.

Elle fouilla les poches de son manteau et lui tendit l'appareil.

— Mais je pense que quelqu'un a déjà appelé les pompiers.

— Tu dis que tu as entendu une minuterie. Ça veut dire que c'était une bombe. Je n'appelle pas les pompiers. Je vais contacter quelqu'un qui peut nous aider.

Il composa un numéro et colla le téléphone contre son oreille.

— Une bombe vient d'exploser dans le bar. J'ai besoin d'aide. Retrouve-moi chez Mena, dit Barrett avant de raccrocher et de rendre le téléphone à Jacey. On doit aller là-bas sans que personne ne nous voie. Tu peux marcher ?

— Bien sûr. C'est moi qui devrais prendre soin de toi, ajouta-t-elle d'une voix nouée. Mon Dieu, tu es...

Elle posa la main sur sa bouche. Le simple fait de regarder Barrett lui faisait mal. La peau de son visage avait fondu.

— On doit y aller.

Elle hocha la tête et ravala ses larmes. Elle devait rester forte pour lui.

— On va passer par les bois et rentrer chez Mena par

l'arrière.

— Et si elle a verrouillé la porte ? demanda-t-elle.

— Elle ne ferme jamais.

Le trajet jusqu'à chez la vieille dame sembla prendre des heures. Barrett ne se plaignit pas une fois, mais elle l'entendait lâcher des grognements à chaque pas. Elle n'osait pas le regarder de peur de se mettre à pleurer.

Ils entrèrent dans la maison par l'arrière en prenant soin de ne pas faire le moindre bruit. La télévision était éteinte. C'était bizarre, mais Jacey n'avait pas le temps de s'en préoccuper. Elle courut jusqu'à sa chambre, sortit la clé de sa poche, ouvrit la porte et attendit que Barrett la rejoigne.

Quand il entra dans la chambre, la douleur était imprimée sur son visage désormais méconnaissable.

— Dis-moi ce que je peux faire. Dis-moi comment t'aider, supplia-t-elle.

— Va faire couler un bain avec l'eau la plus froide possible, répondit-il entre ses dents serrées.

Elle courut dans la salle de bains et ouvrit le robinet d'eau froide de la baignoire. Elle attendit de sentir l'eau glacée sous ses doigts avant de se retourner pour aller chercher Barrett, mais il était déjà là.

— J'ai besoin d'aide pour me déshabiller, dit-il avec embarras.

Elle savait à quel point c'était difficile pour lui de demander de l'aide. Elle se plaça face à son dos et se figea. L'arrière de son t-shirt était soudé à sa peau.

— J'ai besoin que tu m'aides à l'enlever, Jacey, pour pouvoir cicatriser. S'il te plaît, dit-il en posant les mains autour du lavabo.

Elle sentit de la bile remonter dans sa gorge. Pour l'aider, elle allait devoir lui faire mal.

Elle serra les dents et tira doucement sur les lambeaux de son t-shirt.

Il garda le silence, mais elle pouvait voir ses muscles gonflés tressaillir alors qu'elle détachait le tissu de sa chair brûlée. Quand elle eut terminé, le dos de Barrett était couvert de sang.

Il se retourna et hocha la tête.

— Je peux enlever mon jean tout seul. Je sortirai dans un moment. J'ai besoin de rester dans l'eau froide.

Elle acquiesça et sortit de la salle de bains en refermant la porte derrière elle. Elle s'adossa contre le mur du couloir et se laissa glisser jusqu'au sol. De chaudes larmes coulèrent sur ses joues et mouillèrent son pull.

Après une vingtaine de minutes, elle se leva, entrouvrit la porte de la salle de bains et passa la tête à l'intérieur.

— Barrett ?

— Oui, répondit-il d'une voix faible.

— Tu te sens mieux ?

— Pas vraiment. Va voir si Mena a de la vodka, ce serait le mieux pour faire passer la douleur, dit-il en se relevant et en prenant une serviette.

Le bas de son corps était moins sévèrement brûlé que son torse et son dos. Il enroula la serviette autour de sa taille.

— Attends-moi dans ma chambre, dit-elle avant de courir au rez-de-chaussée.

Il lui était désormais bien égal de réveiller Mena. Elle fouilla dans les placards de la cuisine jusqu'à ce qu'elle trouve une bouteille de vodka.

— Dieu merci, murmura-t-elle en remontant à l'étage avec la bouteille d'alcool.

Barrett était debout au milieu de la pièce.

— Tiens, dit-elle en lui tendant la bouteille. Bois ça et allonge-toi.

— Je ne peux pas m'allonger.

Il ouvrit la bouteille et avala une grosse lampée.

— Assieds-toi, au moins, insista-t-elle.

Il finit par céder et s'installa sur le fauteuil en s'asseyant sur le bord pour ne pas mettre son dos brûlé en contact avec le dossier. Il but une autre longue rasade au goulot.

Une longue minute plus tard, elle vit son corps se détendre et comprit qu'il était en train de s'endormir.

Elle lui prit la bouteille des mains et la posa par terre, ramassa un oreiller sur le lit, le plaça dans son dos et poussa délicatement Barrett contre le dossier du fauteuil. Il tressaillit mais se laissa faire sans sortir de son sommeil. Il en avait désespérément besoin.

Elle fit un pas en arrière. Son sang de métamorphe le guérirait, mais il lui faudrait au moins une semaine de convalescence. D'ici là, elle prendrait soin de lui.

* * *

Les tripes de Ryker se nouèrent. La communication avec Barrett avait été coupée, puis quand il l'avait rappelé avec un numéro inconnu pour lui parler d'une bombe, il avait compris qu'ils étaient dans la merde jusqu'au cou. Il avait presque atteint le village en haut de la montagne, mais apparemment, il n'était pas arrivé à temps. S'il avait été là dix minutes plus tôt, il aurait peut-être pu désamorcer la bombe. Il ne pouvait plus faillir à Barrett. Il ne l'avait pas ressuscité pour devoir l'enterrer à nouveau.

— Merde, lâcha-t-il en voyant la foule rassemblée devant le bar en flammes.

Les pompiers sur place essayaient d'éteindre l'incendie et d'empêcher les curieux de s'approcher. Quelques personnes étaient en train de filmer la scène avec leurs téléphones.

— Putains de débiles.

Il entra dans l'allée de la maison de Mena, mit la béquille et coupa le moteur de sa moto. Il grimpa les marches deux par deux et regarda par-dessus son épaule pour s'assurer que personne ne l'avait remarqué. Heureusement, tout le monde était trop préoccupé par le feu. Même Mena était en train de regarder l'incendie. Elle était de dos, mais il reconnut la robe de couleur vive qui dépassait de son gros manteau. Elle avait remonté sa capuche doublée de fourrure sur son crâne, probablement pour garder ses cheveux au sec.

Elle ne l'avait pas vu. Tant mieux.

Il entra dans la maison et, après avoir cherché Barrett au rez-de-chaussée sans succès, il monta les marches au pas de course jusqu'au couloir du premier étage et vit un rai de lumière sous une porte. Il inspira profondément.

L'odeur de Barrett saturait tout l'étage, mais elle lui parut étrange, légèrement différente.

— Barrett ?

Il s'approcha de la porte et la poussa. Il resta interdit en découvrant une femme assise sur le lit en train de regarder Barrett, endormi sur un fauteuil.

— T'es qui, putain ? Et qu'est-ce que tu as fait à Barrett ? gronda-t-il avec un regard menaçant.

La fille sauta sur ses pieds et se plaça entre lui et Barrett.

— N'essaie même pas d'approcher, dit-elle en ramassant la bouteille de vodka sur le plancher.

— Sinon quoi ? Tu vas me faire boire jusqu'à ce que je crève ? rigola-t-il.

Elle lança son arme improvisée vers lui de toutes ses forces. Il essaya d'éviter le projectile, mais le cul de la bouteille le frappa au coin de la tête et lui entailla la tempe.

— Putain ! cria-t-il en touchant sa tête.

Quand il écarta sa main, ses doigts étaient couverts de sang.

— Écoute, je ne sais pas qui tu es, mais ne t'approche pas de Barrett.

Elle écarta les bras comme si elle s'apprêtait à se battre avec lui. S'il avait eu le temps, il aurait éclaté de rire.

— Je ne sais pas qui tu es, ma petite dame...

— Je suis Jacey. Je suis avec Barrett, dit-elle en levant le menton avec un air de défi.

Il la fixa avec des yeux ronds.

— Attends. Comment ça, tu es avec Barrett ?

— Je ne le quitterai pas d'une semelle jusqu'à ce qu'on sache qui a fait exploser son bar, répondit-elle.

— Tu étais avec lui quand c'est arrivé ?

Ryker pencha la tête. Même si cette femme avait essayé de lui exploser la tronche avec une bouteille de vodka, il ne pensait pas que les bombes soient sa spécialité.

— J'étais en train de ranger les provisions dans la réserve, dit-elle avant de secouer la tête. Une seconde, pourquoi je te raconte ça ? Qu'est-ce qui me dit que ce n'est pas toi qui as mis la bombe ?

— Parce que Barrett m'a appelé il y a une heure pour me demander de venir le chercher, dit-il lentement. Je suppose qu'il a utilisé ton téléphone.

Elle alla chercher son téléphone dans son manteau, afficha le dernier numéro composé et lui montra l'écran. Il hocha la tête.

— Il était dans le restaurant quand la bombe a explosé ?

— Non, sur la terrasse, répondit-elle en baissant la tête. Mais il est rentré à l'intérieur parce qu'il croyait que j'étais restée dedans.

— Merde, murmura Ryker. Bon, on peut pas rester là. On doit y aller.

— Mais Barrett a besoin de repos.

Il se retourna vers elle avec un regard noir.

— Écoute-moi bien. Si Barrett reste ici, il sera mort avant le lever du soleil. Pour l'instant, celui qui a posé la bombe pense que son plan a marché, mais s'il s'attarde ici, tout le monde saura qu'il s'en est tiré. Y compris celui qui veut sa mort.

CHAPITRE TRENTE-HUIT

Barrett fronça les sourcils en sentant qu'on lui secouait le coude. Il avait la tête lourde et le corps raide, et n'était pas encore prêt à se réveiller.

— Barrett, debout.

La voix grave familière le mit en alerte. Il força ses paupières à se soulever, et vit Jacey et Ryker. Il cligna des yeux. Les évènements récents lui revinrent tout à coup en mémoire.

— Ryker.

Il se leva et lui tendit la main. Ryker le regardait fixement, un peu pâle.

— Qu'est-ce qu'il y a ?

— Barrett, regarde-toi dans le miroir. Ta peau est presque redevenue normale, dit Jacey d'une voix douce.

Il s'approcha du miroir au-dessus de la commode et regarda son reflet. Plus aucune cicatrice n'était visible sur son torse ; sa peau avait complètement cicatrisé. Il restait encore une petite zone tuméfiée au-dessus de son œil, mais elle semblait également sur le point de disparaître. Il se tourna pour observer son dos.

— Putain, c'est quoi ce bordel ? murmura-t-il en découvrant son dos lisse dans le miroir.

C'était son dos qui avait été brûlé le plus sévèrement, là où son t-shirt s'était soudé à sa peau. Pourtant, il ne restait plus la moindre cicatrice.

— Comment est-ce que c'est possible ?

— Je ne sais pas. C'est peut-être lié au fait qu'on t'ait ramené, dit Ryker en se frottant le menton. Fais-moi penser à demander à la fée.

— Fée ? répéta Jacey en regardant tour à tour Ryker puis Barrett avec de grands yeux. Vous connaissez des fées ?

— Ouais, enfin, surtout une, répondit Ryker. Elle nous a rendu service.

— J'ai entendu dire qu'elles n'apprécient pas beaucoup notre espèce, dit Jacey en croisant les bras.

— Je me fiche pas mal de ce que tu as entendu dire, fichue bonne femme, lâcha Ryker avant de se tourner vers Barrett. Qui c'est, cette fille ? Et comment savoir si on peut lui faire confiance ?

Le loup secoua son index en direction de Jacey, et Barrett sentit la colère l'envahir brutalement. Il s'approcha lentement du Gardien et gronda d'un ton assassin :

— Ne lui parle plus jamais comme ça. Et si tu veux garder ton putain de doigt, je te conseille de l'enlever de son visage.

Ryker baissa lentement le bras et grimaça.

— Bordel de merde, pas toi aussi ! D'abord Damon, puis Braxton et Jayden. Ensuite, cet enfoiré de Zane a attrapé le virus, suivi de Lucien et Jaxon. Je ne sais pas ce que vous buvez tous, mais gardez ça loin de moi.

Barrett le foudroya des yeux. Ryker avait compris que Jacey était sa compagne sans qu'il ait besoin de le lui dire.

— On n'a pas le temps de parler de ça, Ryker. On doit découvrir qui a posé cette bombe, dit-il en écartant les bras pour essayer de détendre son dos.

— Tu saurais qu'on s'y attendait si tu avais gardé ton téléphone allumé. Putain, j'essaie de te joindre depuis hier.

— De quoi est-ce que tu parles, Ryker ?

Ryker regarda Jacey en coin. Barrett posa les mains sur ses hanches.

— Tu peux parler devant elle.

Ryker lui fit les gros yeux, mais il finit par hausser les épaules et soupirer.

— Edward Boudier s'est échappé. Il a été aperçu en train d'entrer dans le Colorado.

— Merde, lâcha-t-il en un long grondement.

— Quoi, Boudier ? L'ancien chef de la meute de Louisiane ? demanda Jacey en fronçant les sourcils. Qu'est-ce qu'il ferait dans le Colorado ?

— Il vient finir ce qu'il a commencé, dit Ryker en montrant Barrett du doigt. Il vient s'assurer que Barrett Middleton est bien mort.

* * *

— Barrett Middleton. Tu m'as dit que tu t'appelais Barrett Midland, dit Jacey en humectant ses lèvres sèches.

Elle fut prise d'un haut-le-cœur et recula en heurtant le fauteuil derrière elle. Les jambes molles, elle se laissa glisser dans le fauteuil.

— Jacey, je regrette. Je ne pouvais pas te dire mon vrai nom. Je suis censé être...

— Mort, dit-elle en levant la tête. Je sais. Quand c'est arrivé, toute la communauté métamorphe ne parlait que du chef de la meute d'Arkansas qui a sacrifié sa vie pour son Gardien. Surtout dans le Mississippi.

— Tu viens du Mississippi ? demanda Ryker.

Elle l'ignora et continua de fixer Barrett avec rancœur.

— Tu m'as menti.

— Jacey, j'étais obligé, dit-il avec un regard suppliant.

— Stop ! fit Ryker en levant la main. On n'a pas de temps pour les querelles d'amoureux. Boudier n'est pas loin. On doit se casser d'ici avant qu'il ne te retrouve.

— Jacey vient avec nous, dit Barrett.

— Oh que non. Je suis ici pour assurer ta sécurité, c'est tout. Je la connais même pas. Elle pourrait travailler pour Boudier, pour autant qu'on sache.

Barrett donna un coup de poing dans la figure de Ryker. Le loup grogna et recula en arrière, mais resta debout. Il dévisagea Barrett avec colère en se frottant le menton.

— On ne laissera pas Jacey ici. Si Boudier a posé la bombe, ça veut dire qu'ils nous a observés. Il sait que Jacey est avec moi et il essaiera de s'en prendre à elle aussi. Elle vient avec nous, répéta-t-il d'un ton sans appel.

— Tu fais chier ! Très bien. La fille peut venir, grogna Ryker en levant les bras.

À sa tête, Ryker n'était pas ravi de laisser Jacey les accompagner. Et elle ne l'était pas plus.

— On va prendre ta Jeep, dit Ryker.

— Elle est à Denver. J'ai emprunté un camion à Alfred pour remonter mes marchandises.

Ryker sembla réfléchir.

— Assez grand pour transporter ma Harley ?

Jacey ne pouvait s'empêcher de se sentir un peu mise à l'écart. Les deux loups discutaient entre eux comme s'ils avaient oublié qu'elle se trouvait dans la pièce.

— Oui, répondit Barrett. On doit se tirer d'ici et aller se mettre à l'abri quelque part.

— Damon a hérité de tous tes biens à ta mort. Tu n'as nulle part où aller.

— Je connais quelqu'un qui pourra nous héberger. Passe-moi ton téléphone, demanda-t-il en tendant la main.

Ryker donna son portable à Barrett. Il composa un numéro et attendit que l'interlocuteur décroche.

— C'est Barrett Middleton. J'ai besoin que tu me rendes un service. Non, toi, pas ta femme. J'ai besoin d'un lieu sûr dans le Colorado.

Barrett posa une main sur sa hanche en écoutant la réponse. Il regarda Jacey et lui fit un sourire rassurant, essayant de lui dire en silence que tout allait bien se passer. Jacey en était tout sauf sûre.

— Parfait. Merci.

Il raccrocha et rendit le téléphone à Ryker.

— C'était qui ? demanda Ryker.

— Eric Nordstrom. Il nous laisse sa maison. Elle est près d'Aspen. Isolée. Une équipe d'employés réduite qu'il va renvoyer chez eux. La propriété est dans la montagne, donc difficile d'accès, et elle est entourée de caméras de surveillance.

— Parfait. Maintenant, il ne nous reste plus qu'à aller chercher ton camion et à charger ma Harley, dit Ryker.

Jacey se leva, s'approcha de la fenêtre et sourit.

— Si vous voulez aller chercher le camion, c'est le meilleur moment pour le faire, dit-elle. Les pompiers viennent de le déplacer et ils l'ont garé juste devant chez Mena.

— Prends ton sac et ton manteau. On y va, dit Barrett.

Il baissa les yeux sur son torse nu. Il ne portait toujours qu'une serviette autour des hanches.

— J'ai une tenue de rechange dans ma sacoche. Tu pourras t'habiller en bas, dit Ryker en sortant de la chambre.

Jacey prit son sac et avança au pas de course dans le couloir, puis dans les escaliers, les loups juste devant elle. Elle avait des frissons dans le dos et la chair de poule.

Elle ouvrit la porte d'entrée, courut dehors et alla attendre à

côté de la portière passager pendant que Ryker sortait des vêtements pour Barrett. Quelques secondes plus tard, il s'approcha
d'elle, vêtu d'un jean noir et d'un t-shirt de la même couleur. Il
ne portait pas de veste, mais le froid ne semblait pas le déranger.

Elle maudit son cœur et son corps qui la trahirent en se
réchauffant quand elle le vit.

— Dès qu'on sera arrivés à Aspen et qu'on sera un peu
plus tranquilles, il faut qu'on parle.

— Tu l'as dit, dit-elle sèchement en ouvrant la portière. Je
voyagerai à l'arrière, Ryker peut monter devant. Je suis sûr
que vous avez beaucoup de choses à vous raconter.

Elle monta sur le siège arrière sans le regarder.

CHAPITRE TRENTE-NEUF

Le trajet jusqu'à Aspen prit six heures. Ryker ne dit quasiment pas un mot de tout le voyage. Barrett savait qu'il était en rogne.

Peu importe, il devrait se faire une raison. Barrett était plus préoccupé par ce que pensait Jacey.

Il se doutait de ce qu'elle devait ressentir. Il lui avait menti, et elle ne pourrait jamais l'accepter. Elle l'avait prévenu dès le début.

Il avait royalement merdé.

Il leva la tête vers la maison qui apparut devant eux.

— Merde. C'est grand, dit Ryker en se garant dans l'allée circulaire avant de couper le moteur.

— Je ne m'attendais pas à moins de la part d'Eric Nordstrom.

Barrett ouvrit la portière et sortit. Le jour se levait à peine sur les montagnes et les lampadaires étaient encore allumés dans la rue, éclairant les façades en briques et en bois de la grande demeure.

Jacey descendit du véhicule en claquant la portière et leva les yeux vers la maison.

— Tu connais le propriétaire ? demanda-t-elle à Barrett.

— On peut dire ça.

— Il doit être multimillionnaire.

— Milliardaire, dit Ryker en ouvrant le coffre du camion pour sortir sa Harley.

La grande double porte en bois et en fer forgé s'ouvrit, et une femme âgée les salua en souriant.

Barrett trottina jusqu'à l'entrée et lui tendit la main.

— Barrett Middleton. Vous devez être Nancy. J'imagine qu'Eric vous a averti de ma venue.

— Oui monsieur, tout à fait, répondit-elle avec un grand sourire en regardant Jacey par-dessus son épaule.

Jacey s'approcha et lui tendit la main.

— Bonjour. Je suis Jacey Miller.

— Je suis Nancy, la gardienne de la propriété de monsieur Eric. La cuisine est approvisionnée, ajouta-t-elle en se tournant vers Barrett. Vous ne devriez pas avoir besoin de quitter la maison pendant au moins une semaine. Ensuite, regardez dans l'un des grands congélateurs au sous-sol. Je garde toujours un mois de plats surgelés dedans.

— Merci beaucoup, vraiment, dit Barrett.

Il regarda par-dessus son épaule. Ryker était en train de pousser sa Harley hors du camion. Il mit la béquille et gara la moto à côté du véhicule.

— Si votre ami est prêt, je peux vous faire visiter, dit Nancy.

Barrett fit signe à Ryker de les rejoindre. Le loup poussa un soupir et prit son temps pour venir jusqu'à la porte.

— Je suis Nancy, la gardienne de la propriété de monsieur Eric.

— Ryker.

Il fourra les mains dans les poches de son jean et salua la vieille dame d'un hochement de tête.

Barrett le foudroya du regard. Il avait bien envie de lui coller une baffe pour lui apprendre le respect.

Nancy ne sembla pas s'en incommoder. Elle ouvrit la porte et les invita à entrer.

— Je vais vous faire faire le tour du propriétaire et répondre à vos questions avant de partir.

— J'espère qu'on ne vous met pas dehors. C'était un peu à la dernière minute, dit Jacey d'une voix douce.

Sa générosité réchauffa le cœur de Barrett.

— Pas du tout. Monsieur Eric a réservé une chambre pour moi à Vail, au Four Seasons. Il a dit que ça faisait partie de ma prime de Noël, dit joyeusement Nancy. Je ne pourrais pas rêver d'un meilleur employeur.

— Sans aucun doute, dit Barrett.

Il avait fréquenté Eric des années plus tôt, quand il habitait encore en Caroline du Sud, mais seulement dans un cadre professionnel. Certaines personnes le trouvaient froid, mais Barrett avait toujours eu l'impression qu'Eric ne faisait pas confiance aux gens parce qu'il craignait qu'ils n'en aient qu'après son argent. Barrett pouvait comprendre ce genre de méfiance.

Ils entrèrent dans la maison et Ryker referma la porte derrière eux. Il découvrit l'intérieur, les panneaux boisés contre les murs et le plafond à caissons avec de longues poutres.

— C'est le vestibule. Si vous avez besoin de vêtements chauds pour sortir, ouvrez ce panneau, là.

Nancy poussa le troisième panneau en bois, qui s'ouvrit comme une porte pour révéler un placard rempli de manteaux et de bottes chaudes.

— Ouah, c'est malin, approuva Jacey.

— Si vous voulez bien me suivre, dit Nancy en tournant sur la droite.

Ils arrivèrent dans un grand salon avec une cheminée en

pierre qui montait jusqu'au plafond, à dix mètres de hauteur. Deux coins salon étaient installés dans la pièce, avec des canapés et des tables basses, l'un devant la cheminée et l'autre en face des baies vitrées.

— La cheminée fonctionne au bois. Il y en a une réserve sur la terrasse derrière la maison. Si vous tombez à court, il y a encore du bois derrière l'atelier. C'est la petite dépendance à côté du bâtiment principal. Vous y trouverez aussi des équipements de ski, des motos-neige, quelques 4x4 et des voitures, mais ne vous avisez pas de conduire par ce temps. Et par là, c'est la cuisine, dit Nancy s'arrêter.

Elle devait se douter qu'ils avaient fait une longue route et avaient hâte de se reposer.

La cuisine était aussi luxueuse que le reste de la maison, avec des équipements de qualité professionnelle en inox et des comptoirs en quartz blanc veiné de noir. Le grand îlot de cuisine était entouré de tabourets et une grande table était placée sous les vastes fenêtres, donnant sur une vue époustouflante des montagnes enneigées.

Elle leur montra ensuite les deux salles de bains au rez-de-chaussée et celle près de la porte menant vers le garage.

Ils suivirent Nancy à travers la salle à manger, qui contenait une table assez grande pour accueillir seize personnes. Elle leur montra le gymnase couvert et la porte pour accéder au garage où se trouvaient six voitures. Elle rentra dans un autre salon et ouvrit les portes en verre donnant sur le grand jardin avec une cuisine extérieure, un coin salon, deux braseros et une piscine à débordement chauffée.

Ensuite, il empruntèrent l'escalier du vestibule qui menait aux sept chambres de l'étage.

Barrett observait Jacey pendant qu'elle découvrait une chambre immense avec une vue magnifique sur les montagnes, puis une autre donnant sur un petit ruisseau.

Il y avait encore six salles de bains à l'étage, chacune rattachée à une chambre.

— Il ne me reste plus qu'à vous montrer la cave à vin, dit Nancy en souriant. On y accède par un petit escalier derrière la cuisine.

— À côté de la salle de bains ? demanda Jacey.

— Oui, exactement. En descendant cet escalier, vous arriverez dans un couloir. Si vous tournez à droite, vous entrerez dans la cave. Et vers la gauche, c'est la salle de cinéma. N'hésitez pas à vous servir de la machine à popcorn et à manger des bonbons.

— Vous devriez plutôt vous inquiéter pour le vin qu'on va boire, dit Ryker. On risque de vider la cave.

Nancy éclata de rire.

— Oh, mon cher, je ne crois pas que ce soit possible. Il y a plus de deux mille bouteilles.

— Vraiment ? s'exclama Jacey en écarquillant les yeux.

— Oui. N'hésitez pas à boire ce que vous voulez. Monsieur Eric m'a demandé de vous inviter à faire comme chez vous. Puis-je vous montrer quoi que ce soit d'autre avant de partir ? demanda-t-elle en se tournant vers Barrett.

— Non, merci, Nancy. Vous avez été d'une aide incroyable, dit-il en souriant. Je suis sûr que vous avez hâte de commencer vos vacances à Vail.

— Je ne suis encore jamais allée au Four Seasons, dit-elle avec des yeux brillants. Ça va être une expérience vraiment incroyable.

Elle sortit un trousseau de clés de sa poche et le donna à Barrett.

— Voici la clé de la chambre forte, elle est au sous-sol. Pour être sincère, je n'y suis jamais allée. La propriété n'a jamais été cambriolée, sans doute parce qu'elle est si isolée dans la montagne. L'alarme ne s'est déclenchée qu'une fois, quand un ours a essayé d'entrer dans la maison.

— Un ours ? demanda Jacey d'une voix tremblante.

— Oh, ne vous inquiétez pas, ma chère. Ils hibernent en cette saison. Vous ne verrez aucun ours. Monsieur Eric vous fait dire que vous trouverez un plan de l'emplacement des caméras sur la table dans l'entrée, ajouta-t-elle à l'intention de Barrett. Oh, et voici un autre jeu de clés de la maison. Monsieur Eric dit de ne pas hésiter à l'appeler si vous avez des questions sur le système de sécurité.

— Je le ferai. Nancy, merci encore pour toute votre aide. Nous vous en sommes très reconnaissants, dit Barrett en souriant.

— Profitez de la maison et passez un bon séjour.

Elle sourit, tira la poignée télescopique de sa valise et la fit rouler jusqu'à la porte d'entrée pour aller rejoindre une petite camionnette Toyota garée dans l'allée.

Barrett referma la porte et fronça les sourcils.

— Où est parti Ryker ?

— Il a dit qu'il devait passer un coup de fil, répondit Jacey avant de s'éloigner vers la cuisine.

Il la suivit.

— Il faut qu'on parle.

— Sans déconner, lâcha-t-elle en se retournant avec un regard plein de colère. Tu m'as laissée te raconter ma vie et en retour, tu m'as menti.

Il leva les yeux vers le plafond et mesura ses paroles.

— Je n'ai jamais voulu te faire de mal, Jacey. Mais j'étais...

— Tu étais censé être mort, dit-elle en penchant la tête.

— Tu es déçue ? lâcha-t-il d'un ton acerbe.

— Je suis déçue que tu m'aies menti. Je pensais que tu étais différent. Je pensais que tu...

Sa gorge se noua, et elle déglutit.

— Tenais à toi ? demanda-t-il en faisant un pas en avant. Bien sûr que je tiens à toi. Plus que tu ne le crois. Mais si je t'avais dit qui j'étais vraiment, je t'aurais mise en danger.

— Je suis en danger de toute manière !

Ses mots le piquèrent au vif, et son cœur se serra. C'était la vérité.

— Je sais. Je suis désolé, grimaça-t-il. Si je pouvais revenir en arrière, je le ferais.

— Alors comme ça, tu es le chef de la meute d'Arkansas.

Elle le regardait comme si elle le voyait pour la première fois.

— J'étais le chef de meute. Damon Trahan est mon successeur.

— Ouais. J'ai entendu dire ça.

Elle alla à la fenêtre et regarda le paysage en croisant les bras.

— Alors, pourquoi est-ce que tu as simulé ta mort ?

— Il n'a rien simulé du tout, répondit Ryker depuis l'autre côté de la pièce. Il a sacrifié sa vie. Il s'est jeté d'une falaise avec un couteau en argent dans le cœur.

Barrett lança un regard noir au loup pour l'avertir de ne pas se mêler de la conversation.

— Mais tu devrais être mort, dit Jacey.

Elle fronça les sourcils, n'arrivant pas à comprendre ce qu'il était en train de lui dire.

— Il était mort, répondit Ryker.

— Ryker...

Jacey leva la main.

— Non, je veux entendre ce qu'il a à dire. Apparemment, il est le seul à ne pas avoir peur de me dire la vérité. Barrett était mort ? demanda-t-elle en regardant le Gardien dans les yeux.

— Ouais. Je ne savais pas que Barrett allait sacrifier sa vie pour Jaxon cette nuit-là...

— Jaxon ?

— Le Gardien que Boudier voulait faire condamner à mort. Edward Boudier avait réuni un Grand Tribunal pour accuser Jaxon des meurtres de sa femme et de son gendre.

— Jaxon ne les a pas tués. C'est Ginny Boudier qui l'a fait, et c'était de la légitime défense.

— J'ai entendu dire que la mère de Ginny lui a planté une fourchette en argent dans le corps pour l'empêcher de quitter son mari, dit Jacey en hochant la tête.

— C'est la vérité. Elles se sont battues, sa mère est tombée sur une décoration murale représentant des bois en argent et elle est morte sur le coup. Jaxon est entré dans la maison pour venir en aide à Ginny, et c'est à ce moment que son mari est rentré. Il a essayé d'assassiner Jaxon, mais Ginny a réussi à le tuer.

Jacey se frotta les bras en frissonnant.

— Le mari de Ginny était violent ?

— Son père l'avait forcée à l'épouser. John n'était pas son compagnon. Comme tu le sais, un vrai compagnon ne ferait jamais de mal à sa femelle.

Une émotion passa sur le visage de Jacey. Elle leva les yeux vers Barrett.

— Alors, tu t'es sacrifié pour Jaxon.

Barrett ne répondit pas.

— Oui, répondit Ryker. Quand Barrett est mort, la dette de sang a été payée. Mais avec l'aide de notre sorcière locale, Ella, et d'un peu de magie de fée, on a réussi à ramener Barrett à la vie.

— Attends. Tu veux parler de la sorcière de...

— De chez toi, tout juste, confirma Ryker.

— Mais... comment ?

— Ella a utilisé sa magie pour garder Barrett en vie jusqu'à ce que Celeste arrive. Nous sommes dans la maison de son mari. C'est une fae très puissante, et elle a réussi à le soigner.

La surprise se peignit sur les traits de Jacey.

— Et maintenant que Boudier sait que Barrett est vivant, il ne s'arrêtera pas avant de lui avoir fait la peau. Pour de bon, cette fois, grogna Ryker. Et comme je n'ai ni sorcière ni fée sous la main, c'est important que Barrett reste en vie.

— Oh mon Dieu, murmura Jacey en portant la main à sa bouche. Boudier veut te retrouver et te tuer.

— Ça m'est égal, gronda Barrett. Ce qui m'importe, en revanche, c'est que si quiconque apprend que je suis vivant, le Conseil estimera que la dette de sang n'a pas été payée.

— Et que la vie de Jaxon est en danger. Il pourrait être à nouveau condamné à mort, compléta Ryker. Tu lui en veux peut-être parce qu'il t'a menti, mais il a de plus gros problèmes. Comme garder ses Gardiens en vie.

— Ryker, ça suffit, gronda Barrett.

— D'accord. Je vais garer ma Harley dans le garage.

Ryker tourna les talons et sortit de la maison en claquant la porte. Barrett s'approcha de Jacey et s'accroupit à côté de la chaise sur laquelle elle s'était assise.

— Jacey, je suis vraiment désolé. Je n'ai jamais voulu te blesser. Je te le promets.

— Je sais, c'est juste...

Elle s'interrompit et secoua la tête.

— Il s'est passé tellement de choses ces deux derniers jours... Je suis épuisée. J'ai juste besoin d'un peu de temps pour tout digérer, murmura-t-elle en se frottant la tempe.

— Je comprends.

La tête de Barrett comprenait, mais son cœur souffrait. Faire de la peine à Jacey était la dernière chose qu'il souhaitait. Cette idée le torturait.

— Choisis la chambre que tu veux. Je vais sortir tes affaires du coffre, dit-il en sortant de la pièce.

CHAPITRE QUARANTE

Jacey se réveilla en sursaut et s'assit dans le lit. Son cœur cognait contre sa poitrine, et elle haletait.

Elle essaya de se souvenir du cauchemar qui avait mis ses sens en alerte, mais les images disparaissaient déjà comme des volutes de fumée.

Elle regarda autour d'elle et se rappela bientôt où elle était. Elle prit une profonde inspiration et se rallongea contre le matelas. Elle avait choisi une chambre au fond du couloir, dans laquelle Barrett avait apporté ses affaires. Elle caressa l'épaisse couette bleu clair étalée sur ses jambes. Les murs étaient recouverts d'un papier peint d'une jolie teinte crème, et les meubles étaient luxueux et manifestement très chers.

Elle ne savait pas qui était Eric Nordstrom, mais aucun doute, il était plein aux as.

Elle repoussa la couette et se leva. Le parquet froid sous ses pieds la fit frissonner. Elle leva les bras et étira ses muscles endoloris. Elle avait l'impression d'avoir été rouée de coups.

Émotionnellement, elle l'avait été. Il était arrivé trop de choses en trop peu de temps pour qu'elle arrive à suivre. Elle s'approcha de la fenêtre et tira les rideaux. La nuit était en train de tomber, et le ciel serait bientôt englouti par l'obscurité.

Elle jeta un œil au réveil près du lit. Dix-neuf heures.

Elle avait dormi toute la journée.

Son ventre gargouilla. Elle n'avait rien mangé depuis midi la veille, mais elle avait vraiment envie de prendre une douche avant d'aller chercher de quoi grignoter.

Elle entra dans la salle de bains en marbre blanc et ouvrit l'eau de la douche. Tout était en marbre blanc strié de noir : les murs, les comptoirs, la douche et même la grande baignoire. La décoration était simple mais élégante.

Un grand peignoir moelleux était pendu à un crochet. Elle le porterait en attendant d'avoir lavé ses habits.

Elle trouva une serviette et la plaça près de la douche, puis testa la température avant d'entrer sous l'eau. Elle se raidit sous le jet d'eau chaude puis sentit ses muscles commencer à se détendre. Elle leva la tête vers le pommeau et retint son souffle, laissant l'eau laver les larmes qu'elle n'avait pas versées, toujours cachées derrière ses paupières.

Barrett. Elle avait envie de pleurer chaque fois qu'elle pensait à lui.

Au fond, elle comprenait pourquoi il ne lui avait pas dit la vérité. Elle pouvait comprendre ses raisons de lui avoir menti. Mais une autre partie d'elle, celle dominée par son cœur, était profondément blessée par sa trahison.

Des larmes coulèrent sur ses joues et se mêlèrent à l'eau. Émotionnellement, elle avait l'impression de ne plus savoir où s'arrêtait son âme et où commençait celle de Barrett. Ils se connaissaient depuis peu de temps, mais elle lui avait déjà donné son cœur. Et à présent, elle ne savait plus quoi faire.

Elle avait entendu parler de Barrett Middleton quand elle habitait dans le Mississippi. C'était l'un des plus jeunes loups à devenir chef de meute. De nombreux métamorphes ne savaient pas s'ils appréciaient ou craignaient cet homme entouré de mystère. Du moins, c'était ce qu'elle avait toujours entendu dire.

Jack Welbourn n'avait jamais émis la moindre critique sur Barrett. D'après les rumeurs qui couraient dans le Mississippi, les deux chefs de meute étaient aussi proches qu'un père et un fils. Tous les loups du Mississippi ayant un grand respect pour Jack et son opinion, Barrett Middleton avait également bénéficié de leur respect.

Elle avait entendu dire que Barrett était incroyablement beau et qu'il pouvait avoir n'importe quelle louve. On racontait aussi qu'il ne trouverait probablement jamais de compagne. Qu'il était comme maudit.

Elle n'avait jamais vraiment cru aux malédictions, mais après avoir appris qu'il était revenu d'entre les morts, elle commençait à revoir son opinion sur le sujet.

Et maintenant, Boudier les traquait. Edward Boudier était le chef de meute le plus détesté sur Terre. Quand elle habitait encore chez ses parents, ils ne la laissaient jamais aller en Louisiane, pas même à la Nouvelle-Orléans pour Mardi gras, parce qu'ils avaient peur de Boudier.

Il avait soif de vengeance et tant qu'il serait en cavale, personne ne serait en sécurité.

Elle se frotta la poitrine pour essayer de se débarrasser de l'impression de malaise qui enserrait son cœur.

Elle avait un mauvais pressentiment, celui que quelque chose de terrible allait leur arriver. Et cette fois, elle n'était pas sûre qu'ils y survivraient.

* * *

Ryker repoussa son assiette vide sur l'îlot de cuisine et poussa un soupir. Il n'appréciait pas Jacey et ne lui faisait pas confiance, mais il devait reconnaître que la louve était un vrai cordon bleu.

— Tu en veux encore ? lui proposa-t-elle en levant sa spatule. Je peux te faire un autre hamburger.

— Il en a déjà mangé deux, râla Barrett depuis son tabouret à l'autre bout de la table.

Il venait de finir son second burger mais avait toujours l'air en rogne. Contre qui, Ryker n'était pas sûr.

— Ça ira, dit-il en levant les bras.

Barrett plissa les paupières. Ryker poussa un grognement et serra les mâchoires.

— C'était bon. Merci pour le repas.

C'était toute la gratitude qu'il était disposé à montrer à Jacey.

— C'était dur à dire ? demanda-t-elle.

Elle haussa un sourcil sans se démonter devant son manque de manières.

— Plus que tu ne le penses, lâcha-t-il.

Il devait également reconnaître que la louve ne se laissait pas marcher sur les pieds.

— J'ai aussi fait des cookies, mais ils doivent encore refroidir.

Elle montra la plaque de biscuits sur la table. Ryker suivit son geste et sentit sa bouche s'emplir de salive. Il avait déjà trop mangé, mais il ne refusait jamais un dessert. On ne savait pas quand ça pouvait être le dernier, alors il ne se privait jamais.

— Ils sont à quoi ?

— Au sucre, et au beurre de cacahuètes.

Merde. Il s'approcha de la table et en chipa un de chaque sur la plaque. Il mordit dans le biscuit au sucre et le sentit fondre sur sa langue. Il poussa un gémissement de plaisir.

— C'est bon.

Il termina le premier biscuit, goûta celui au beurre de cacahuètes et gémit à nouveau. C'était encore meilleur.

— Tu as utilisé une préparation toute faite ? demanda-t-il.

Il allait retenir la marque et en acheter tout un stock.

— Non, ils sont faits maison, répondit-elle en plissant le nez comme si l'idée la vexait.

— Vraiment ?

Il se demanda si elle essayait de l'amadouer avec ses talents de cuisinière. Si c'était le cas, il allait devoir rester fort. Il ne se laisserait jamais apprivoiser.

— Ryker est accro au sucre. Si tu laisses les biscuits sur le comptoir, il n'y en aura plus dans quelques minutes, dit Barrett en prenant trois cookies au sucre et deux au beurre de cacahuètes.

Il les mangea en foudroyant le Gardien des yeux.

— Tiens, tu n'en veux pas ? demanda-t-il à Jacey en lui en tendant un.

Elle secoua la tête avec un petit sourire coupable.

— J'ai déjà mangé pas mal de pâte en les faisant.

— Il reste de la pâte ? demanda Ryker.

Il aimait la pâte encore plus que les cookies.

— Oui, répondit-elle en plissant les yeux. Mais je la garde pour demain.

— Comme tu as cuisiné, on va faire la vaisselle, proposa Barrett.

Ce fut au tour de Ryker de plisser le nez.

— Quoi ? Je fais pas la vaisselle.

— Tu es sûr ?

Jacey rassembla les assiettes et les posa dans l'évier. Elle avait déjà mangé quand Ryker et Barrett étaient descendus à la cuisine. Elle les avait invités à s'asseoir et avait commencé à préparer des hamburgers sans leur demander s'ils avaient faim. Elle savait probablement que Ryker refuserait, juste par principe.

— Oui, dit Barrett en jetant un regard mauvais au loup. On va faire la vaisselle.

— D'accord, alors, je vais...

Des coups sonores retentirent contre la porte d'entrée. Les deux loups sortirent leurs revolvers de leur ceinture. Eric Nordstrom avait toute une armurerie au sous-sol ; Ryker et Barrett s'étaient servis.

— Reste ici, dit Barrett à Jacey. Et reste cachée.

Il échangea un regard avec Ryker et ils approchèrent lentement de la porte d'entrée.

Ryker regarda ce que la caméra affichait mais n'arriva pas à distinguer qui était à la porte. Barrett visait déjà la porte avec son arme.

— Je ne vois pas qui c'est. Ils doivent savoir qu'il y a une caméra et utiliser quelque chose pour la couvrir.

Une autre volée de coups retentit contre la porte.

— Ouvre, dit Ryker. J'ai un chargeur plein et toi aussi. On pourra le descendre facilement.

Barrett hocha la tête et posa la main sur la poignée. Il déverrouilla la porte et ouvrit lentement.

— Ne bouge pas, putain ! cria Ryker en braquant son arme sur la cible de l'autre côté de la porte, le doigt sur la gâchette.

Il découvrit un Damon vraiment en rogne de l'autre côté.

— Baisse ton putain de flingue, Ryker ! tonna Damon.

Braxton, Jayden, Jaxon, Zane et Lucien entrèrent à la suite de leur nouveau chef de meute.

Ryker poussa un soupir et rangea le 45 mm derrière son dos.

— Putain, Damon, t'aurais pu me prévenir. J'ai failli te trouer la peau avec de l'argent.

— Je ne suis pas si facile à tuer, lâcha Damon avant de regarder par-dessus l'épaule de Ryker.

Il se pétrifia, ses yeux s'écarquillèrent et il blêmit visiblement.

— J'imagine que je te dois pas mal d'explications, grommela Ryker en refermant la porte.

CHAPITRE QUARANTE-ET-UN

— Qu'est-ce que vous faites ici ? demanda Barrett d'une voix étranglée.

Il regarda chaque Gardien dans les yeux, Damon en dernier. Une myriade d'émotions passait sur le visage du loup. De la tristesse. Du choc. Du soulagement.

— J'ai appelé Damon quand la bombe a explosé dans le restaurant, dit Ryker. Je devais leur dire ce qui se passait.

— Tu viens de les mettre en danger ! s'emporta Barrett.

— Ils le sont déjà. Tous les Gardiens d'Arkansas le sont, rétorqua Ryker. Si tu crois que Boudier s'arrêtera après t'avoir tué, tu te trompes. Il prendra son temps pour nous exterminer tous jusqu'au dernier. On doit s'y attendre et se tenir prêts.

Il avait raison.

Barrett regarda les hommes qui étaient autrefois sous ses ordres. Ils avaient tous l'air choqués, ce qui le remua profondément.

— Je ne suis pas aussi mort que tout le monde le pensait, finit-il par dire.

Damon cligna des yeux et baissa la tête, son expression un

mélange de tristesse et de stupéfaction.

— Tu ressembles à Barrett, dit Jayden en poussant Damon pour s'approcher.

Il se pencha vers Barrett et lui renifla le cou.

— Tu sens comme Barrett.

— Dégage, débile, lâcha Barrett en lui poussant le torse.

— Tu parles aussi comme lui, continua Jayden avec animation.

Zane approcha et prit le visage de Barrett entre ses mains. Ses yeux étaient humides et pleins de tristesse. Son expression durcit, puis il serra soudainement Barrett dans ses bras.

Barrett étreignit aussi son ami, envahi de culpabilité en voyant la souffrance qu'il avait causée à tous ses hommes.

Quand Zane le lâcha, Braxton approcha avec un petit sourire. Barrett lui serra la main, mais ce n'était pas suffisant pour le loup. Il le serra lui aussi dans ses bras.

Jayden était là dès que Braxton le lâcha. Il fit comme les autres.

— Jayden, si tu commences à te frotter contre ma jambe, tu vas recevoir mon pied dans les noix, ronchonna Barrett.

Il n'était pas conçu pour supporter ce genre de situation chargée en émotions. Jayden éclata de rire et s'écarta.

— Content de te voir, Barrett, dit Lucien en lui tendant la main avant de l'attirer dans ses bras de façon bourrue.

Jaxon se tenait dans l'encadrement de la porte, yeux écarquillés, bouche bée. Il avait l'air encore plus perturbé que Damon de le voir en vie. Et il avait de bonnes raisons de l'être.

Barrett s'ébouriffa les cheveux.

— Jaxon, je suis désolé. Je sais que ça signifie que tu n'es plus en sécurité.

Jaxon s'approcha de lui en quelques grands pas et attrapa le col de son t-shirt, son expression intense.

— Tu es vivant.

— Ouais, répondit Barrett après s'être éclairci la gorge. Je suis désolé.

— Putain, tu plaisantes ? Tu es vivant. C'est fantastique, dit Jaxon en le serrant fort dans ses bras.

De toute évidence, le loup essayait de ne pas fondre en larmes.

— Tu n'es pas en colère ? murmura Barrett en lui rendant son étreinte.

— Putain, tu déconnes ? Pourquoi je serais en colère ? s'exclama Jaxon en le regardant dans les yeux.

— Parce que maintenant, la dette de sang doit encore être payée, dit Barrett en serrant les dents.

— Ça m'est égal. Le fait que tu aies décidé de mourir pour me sauver était bien plus que je n'aurais jamais pu demander. Je suis prêt à payer n'importe quel prix pour que tu sois à nouveau parmi nous. Même à donner ma vie, s'il le faut.

Barrett déglutit avec difficulté. Voilà que ses yeux picotaient. Jaxon détourna la tête en se frottant les paupières. Barrett regarda Damon, qui n'avait toujours pas bougé.

— J'ai besoin de savoir beaucoup de choses, dit-il d'une voix calme.

— J'ai besoin de te dire beaucoup de choses, répondit Barrett.

— Parfait. Maintenant que la séquence émotion est passée, mesdames, vous voulez bien me suivre à la cuisine ? On pourra discuter devant du café et des biscuits maison, dit Ryker.

Barrett fut le dernier à entrer dans la cuisine, et tous les Gardiens le dévisagèrent avec insistance.

— Qu'est-ce qui se passe ? demanda Jacey, son regard voguant entre Barrett et les loups.

Ils la regardaient tous d'un air interdit.

— Qui est-ce ? demanda finalement Jayden.

— Jacey Miller, dit Barrett en se plaçant devant elle pour

la masquer de leur vue.

— Et c'est... l'encouragea Zane.

— Pas vos affaires, grogna Barrett.

Tous les Gardiens haussèrent les sourcils, mais ils ne posèrent pas d'autres questions.

— Ce sont des amis à toi, Barrett ? demanda Jacey en posant la main sur son bras.

— Oui, répondit-il sombrement.

Elle hocha la tête.

— Dans ce cas, je vais faire d'autres cookies, déclara-t-elle en allant allumer le four.

— Tu veux que j'aille chercher la pâte ? demanda Ryker.

— Non. Laisse la pâte tranquille, dit-elle sévèrement.

Malgré la tension dans la pièce, Barrett se mordit la joue pour ne pas éclater de rire. Ryker grogna et fit un geste en direction de la machine à café.

— Bon, bon, d'accord. Les connards, vous pouvez vous faire votre café. Comptez pas sur moi.

Il s'approcha de la table de la cuisine et prit une poignée de biscuits au beurre de cacahuètes en repoussant la main de Jaxon pour l'empêcher de se servir.

— Bon sang, Ryker, ne te comporte pas comme un porc, le réprimanda Jayden.

— Tu as déjà de la chance que je n'aie pas léché toute l'assiette, rétorqua Ryker.

Braxton et Zane éclatèrent de rire. Barrett se sentit léger, une émotion qu'il n'avait pas ressentie depuis qu'il était revenu à la vie.

— Ça suffit, lâcha Damon en s'éloignant pour regarder par la fenêtre.

Tout le monde se tut dans la cuisine. Barrett comprit que les Gardiens étaient décontenancés, tiraillés entre leur joie qu'il soit vivant et leur loyauté envers leur nouveau chef de meute.

Damon finit par se retourner et le regarda dans les yeux.

— Tu es vivant. Et si tu commençais par nous expliquer comment c'est possible ?

Barrett hocha lentement la tête.

— Je tiens à dire que la nuit du procès de Jaxon, je ne pensais pas survivre. C'est pour ça que je t'ai désigné comme successeur. Je veux aussi m'excuser de t'avoir forcé à m'attaquer cette nuit-là, Damon. Je sais que tu ne l'aurais jamais fait à moins que je ne fasse quelque chose d'extrême.

— C'est pour ça que tu as fait semblant d'attaquer Ava, dit Damon.

— Oui. Et j'en suis navré.

— Je sais. Ava m'a dit que tu lui as demandé pardon avant de mourir. Explique-nous comment tu es vivant, exigea Damon avec un regard froid.

Barrett regarda Ryker.

— En fait, c'est ma faute, en quelque sorte, dit le Gardien en mâchant un biscuit d'un air pensif. J'ai rattrapé la sorcière avant qu'elle ne s'en aille après avoir menti au Grand Tribunal pour Boudier. J'espérais qu'elle saurait ressusciter quelqu'un.

— Tu savais que Barrett allait mourir ? demanda Damon en penchant la tête.

— Non. J'étais aussi surpris que vous. Je comptais essayer de ressusciter Jaxon, dit Ryker en s'adossant au mur. Bref, la sorcière m'a envoyé me faire foutre et m'a dit qu'elle ne m'aiderait à rien du tout. Mais quand elle a vu Barrett se jeter de la falaise, elle a changé d'avis. Apparemment, elle en pince pour notre chef de meute, ajouta-t-il avec un petit sourire.

Damon se hérissa. Jacey se retourna et plissa les yeux.

— Ancien chef de meute, corrigea Barrett.

Il ne voulait pas de tensions entre Damon et lui. Ils avaient des soucis trop pressants pour le moment.

— Elle l'a retrouvé en bas de la falaise et traîné jusqu'à

une grotte secrète.

— Ella a ramené Barrett à la vie ? demanda Lucien.

— Pas exactement. C'est là que ça se complique un peu.

Ryker fourra un autre cookie dans sa bouche et prit son temps pour mâcher, les forçant tous à attendre. C'était bien le genre de Ryker d'emmerder tout le monde en pleine urgence.

— Accouche ! tonna Damon.

— Ouais, c'est bon, soupira Ryker. J'avais appelé Celeste Nordstrom quand j'ai appris qu'un Grand Tribunal allait avoir lieu.

— C'est qui, Celeste Nordstrom ? demanda Jayden.

— La femme d'Eric Nordstrom, le propriétaire de cette maison. C'est une fée, dit Barrett en se passant la main sur le visage.

— Une fée ? Depuis quand est-ce qu'on fricote avec les faes ? demanda Zane d'un air contrarié.

— Depuis que sa mère m'a appelé pour me demander de leur envoyer de l'aide dans le Vermont. J'ai envoyé Ryker là-bas pour leur donner un coup de main.

— Combattre une reine des fées maléfique et ses démons, j'appelle ça un peu plus que donner un coup de main, lâcha Ryker. À t'entendre, on dirait que je suis allé les aider à organiser une vente de gâteaux.

— Ouais. Ryker serait vraiment nul pour vendre des gâteaux. Il boufferait tous les bénéfices, grommela Jacey.

Barrett se retourna vers elle en souriant. Elle finit de placer de nouveaux cookies sur la plaque avant de l'enfourner. Ryker la regarda d'un sale œil mais ne dit rien.

— Celeste était à Petit Jean la nuit du procès. Je l'ai emmenée dans la grotte. Ella avait assez de magie pour empêcher la putréfaction du corps de Barrett, mais pas assez pour le ramener à la vie. Elle s'est aussi chargée de retirer tout l'argent de son corps.

— Alors, Barrett était mort ? Genre, vraiment mort ? demanda Lucien en plissant les yeux.

Ryker décolla son dos du mur. Il avait l'air blasé par la conversation.

— Carrément mort. Quand Celeste est arrivée, elle l'a ressuscité. Apparemment, elle peut soigner les gens par... le toucher, dit-il en haussant les épaules. On est restés dans la grotte avec Ella pour veiller sur Barrett à tour de rôle. Ses blessures étaient vraiment sévères, et il lui a fallu longtemps pour être complètement remis. Dès que j'ai jugé que ça ne risquait rien, je l'ai fait sortir de l'État en pleine nuit et je l'ai emmené aussi loin que possible. En l'occurrence, dans le Colorado.

— Pourquoi est-ce que tu ne me l'as pas dit ? demanda Damon d'un ton menaçant en avançant vers lui.

— Parce que c'est plus sûr pour vous tous si je suis mort, surtout pour Jaxon, lui répondit Barrett en le regardant droit dans les yeux. Ryker a eu raison de ne rien te dire. Il te protégeait. Il vous protégeait tous.

Le silence retomba dans la cuisine. Zane finit par s'éclaircir la gorge.

— Alors, ça veut dire que c'est toi le chef de meute ?

— Non. C'est Damon. Je pense que le mieux serait d'oublier que vous m'avez vu et de rentrer en Arkansas.

— On ne peut pas. Boudier est ici, dit Damon en secouant la tête.

— Je sais. Il a fait sauter mon bar, maugréa Barrett.

Ryker toussa bruyamment.

— Pardon, il a fait sauter le bar de Ryker, je veux dire.

— On a vu, dit Braxton. On a suivi Boudier jusqu'en haut de la montagne, on a pu constater les dégâts.

— D'après ce qu'on a trouvé dans la maison victorienne non loin du restaurant... commença Damon.

— Quelle maison ? Tu parles de chez Mena ? l'interrompit

Barrett en sentant ses tripes se nouer.

— Ouais. C'est celle-là. On a suivi la trace de Boudier jusqu'à cette maison. La propriétaire a été assassinée. Elle était entreposée dans un congélateur à la cave, et elle avait l'air d'être morte depuis un moment.

— Ce n'est pas possible, murmura Jacey en devenant très pâle.

— Elle a raison. J'ai vu Mena regarder l'incendie hier soir. Elle portait une de ces grandes robes amples qu'elle adore, dit lentement Ryker.

— Est-ce que tu as vu son visage ? demanda Damon. Vous lui avez parlé quand pour la dernière fois ?

— Elle était de dos, je n'ai pas vu son visage. Elle portait la capuche de son manteau relevée sur sa tête parce qu'il neigeait.

— J'habitais là-bas. Je terminais le travail tard alors je ne la croisais pas, mais elle veillait toujours pour regarder des films. Je voyais la lumière de la télévision sous sa porte quand je rentrais. Et quand je me levais le matin, elle dormait encore.

— Alors, la dernière fois que tu l'as vue, c'était... ? demanda Damon.

— Le premier jour. Elle m'a dit qu'elle aimait bien sa solitude, qu'elle laisserait du café et de quoi manger pour le petit-déjeuner et que l'ambiance était détendue chez elle.

— C'est ce qu'on pensait, dit Damon en regardant Barrett. D'après nous, Boudier a retrouvé ta trace dans le Colorado et a envoyé quelqu'un en reconnaissance chez Mena. Un type appelé Charles, un de ses hommes de main, qui a dû lui confirmer que tu étais là. Boudier est arrivé chez Mena le lendemain de l'arrivée de Jacey. Il a dû se dire que c'était une bonne planque pour te surveiller. Il a probablement tué Mena le jour de son arrivée et pris sa place.

— Oh mon Dieu, souffla Jacey en posa la main sur sa

bouche. Edward Boudier habitait avec moi pendant tout ce temps ?

— Oui.

Barrett attira Jacey contre son torse.

— Tout va bien. Tu es en sécurité ici.

— Boudier va vite se rendre compte qu'il n'y a pas de corps dans le bar. Il le sait sûrement déjà. Il va tout faire pour te retrouver, Barrett. Et il torturera et tuera toutes les personnes auxquelles tu tiens, dit Damon en posant les yeux sur Jacey.

Barrett la serra plus fort contre lui et la sentit trembler entre ses bras. Elle était terrifiée. Il était décidé à la protéger à tout prix.

— Il ne te fera aucun mal, je ne le laisserai pas faire, murmura-t-il dans ses cheveux.

Quand il releva la tête, tous les Gardiens le regardaient avec des yeux ronds et un air abasourdi.

— Quoi ? grogna-t-il.

— Putain de merde, murmura Jayden.

— Les poules doivent avoir des dents, fit Braxton en penchant la tête.

— Putain, qu'est-ce que vous racontez ? demanda Barrett.

— Tu as enfin trouvé ta compagne, dit Lucien en souriant.

— Tu le savais, Ryker ? demanda Jayden.

— Ouais, et alors ?

Ryker fourra un autre biscuit dans sa bouche. Tous les loups semblaient estomaqués.

— Ça ne te dérange pas que Barrett ait trouvé sa compagne ? demanda Zane, surpris.

— Ça me regarde pas. Qu'est-ce que ça pourrait bien me faire ? rétorqua Ryker. Et puis, elle fait des putains de bons cookies.

Il ramassa les derniers biscuits sur le plat et sortit de la cuisine.

CHAPITRE QUARANTE-DEUX

Jacey décida de monter dans sa chambre pendant que les Gardiens d'Arkansas parlaient avec Barrett.

La stupéfaction. La confusion. L'horreur. La terreur. Voilà quelques-unes des émotions qui tempêtaient en elle.

Elle détacha son regard de la fenêtre quand on toqua doucement contre la porte.

— Je peux entrer ? demanda Barrett.

— Bien sûr.

La gorge nouée, elle jeta un rapide coup d'œil dans le miroir et lissa un peu ses cheveux.

Barrett ouvrit la porte et entra. Sa présence sembla rapprocher les murs de la chambre.

— Comment est-ce que tu te sens ? demanda-t-il en refermant la porte.

Elle se frotta la nuque et fixa le sol.

— Mieux. Je n'arrive toujours pas à croire qu'il y avait un cadavre dans le sous-sol de la maison où je vivais. Je comprends mieux pourquoi je me sentais mal là-bas.

— Ton instinct avait raison. J'aurais dû remarquer quelque chose, ajouta-t-il en secouant la tête. J'aurais dû le sentir. Pendant tout ce temps, tu étais sous le même toit qu'un psychopathe.

Il s'assit sur le lit et passa ses doigts dans ses cheveux.

— Ce n'est pas ta faute, dit-elle en s'approchant de lui.

Il releva brusquement la tête, la souffrance évidente sur son visage séduisant.

— Tu plaisantes ? Toute cette histoire est ma faute. Boudier est après moi. Et toutes les personnes qui me sont chères, toi y compris.

Elle se sentit rougir et son ventre fit des choses étranges, comme si elle était en train de dévaler des montagnes russes.

— Je suppose qu'on ferait mieux de parler de l'éléphant dans la pièce, reprit Barrett en penchant la tête.

Il tapota le lit à côté de lui. Elle sentit la chaleur l'envahir. S'asseoir sur un lit à côté de Barrett était une idée dangereuse, mais elle alla quand même le rejoindre.

— Je ne pense pas être ta compagne, Barrett.

Voilà. Elle avait enfin dit ce qui lui alourdissait le cœur.

— C'est vraiment ce que tu ressens ? demanda-t-il d'une voix bourrue.

— Ce que je ressens n'a pas d'importance.

— Au contraire, c'est la seule chose qui compte, dit-il en la regardant intensément.

Son regard parut s'imprimer dans l'âme de Jacey. Elle détourna les yeux. Ça lui faisait trop mal de le regarder.

— Barrett, tu es un chef de meute. Je suis juste une fille du Mississippi qui n'a jamais eu d'argent ni la moindre influence. Je ne suis même pas assez jolie pour toi, dit-elle en ravalant ses larmes. C'est pour ça que ça n'a aucune importance. Que je t'aime ne change rien, je ne pourrai jamais être ta compagne. Tu devrais t'unir avec une louve digne de toi.

— Tu m'aimes ?

Il pencha la tête, et elle vit une grande douceur dans ses

yeux. Elle ne lui avait encore jamais vu ce regard. Elle leva les bras et secoua la tête.

— Après tout ce que je viens de dire, tu ne retiens que ces trois mots.

— Ces trois mots sont les seuls qui comptent, murmura-t-il en lui caressant la joue.

Jacey sentit son cœur se serrer et se gonfler à la fois.

— Je t'aime, Jacey.

Elle battit des cils, mais une larme s'échappa tout de même et coula sur sa joue. Elle voulut détourner la tête mais il la tenait fermement, bien qu'avec douceur.

— J'ai su que tu étais ma compagne dès que tu es entrée dans ma cuisine, dit-il en souriant. J'ai essayé de garder mes distances, mais c'était très difficile. Et cette nuit dans ta chambre... ne pas te faire l'amour a été un véritable enfer, avoua-t-il avec un petit rire.

— Alors, pourquoi est-ce que tu ne l'as pas fait ?

— Parce que je ne voulais pas te forcer à devenir ma compagne si tu ne m'aimais pas.

— Barrett, je t'aime, mais je ne peux pas être ta compagne. Tu mérites quelqu'un qui...

— Stop ! lança-t-il d'une voix dure. Si tu dis encore une fois que tu n'es pas mon égale, je vais péter un câble.

— Barrett, tu sais aussi bien que moi que les chefs de meute s'unissent à des louves de sang royal, issues d'une lignée d'élite.

— Ce système est dépassé, et une belle connerie. Tu savais que je suis né à Charleston, en Caroline du Sud ?

— Non. Comment est-ce que tu es devenu chef de la meute d'Arkansas ? D'habitude, les chef de meute sont choisi au sein de l'État, dans une famille puissante originaire de là-bas.

— J'étais pressenti pour devenir chef de la meute de Caroline du Sud, mais le chef actuel voulait que j'épouse sa fille, Zenda, en échange du titre. Il commençait à se faire vieux et avait eu des enfants sur le tard. Il voulait passer la main à un autre loup et s'assurer que quelqu'un prendrait soin de sa fille.

— Pourquoi est-ce que tu ne l'as pas fait ?

— Parce que je n'aimais pas Zenda. Je ne voulais pas me marier par intérêt. On parle d'une vie entière. Quand mon père a appris mon refus, il m'a banni de Caroline du Sud. Grâce à ses contacts dans le Sud, il savait que le chef de la meute d'Arkansas venait de mourir et que la place était vacante, dit-il avant de se lever pour s'approcher de la fenêtre. On m'a interdit de remettre les pieds en Caroline du Sud. Même pour les funérailles de mon père.

— Barrett, je suis désolée. Il t'a sûrement pardonné avant de mourir.

— Je ne sais pas. Il est mort dans un accident d'avion alors qu'il se rendait dans le Mississippi pour rencontrer Jack Welbourn.

Il haussa les épaules, mais elle put voir la douleur dans ses yeux.

— Je me suis résigné à passer ma vie en Arkansas. Après ma mort et ma... résurrection, mes priorités ont changé, dit-il en revenant lentement vers elle. Je me fous des lois et des titres, et je me fiche de ce que les gens pensent. Je n'ai aucune envie d'épouser une reine. Quand je suis revenu à la vie, j'avais l'impression de n'être plus que l'ombre de moi-même. Mais depuis que je t'ai rencontrée, je ne me suis jamais senti aussi vivant. Je sais ce que je veux, plus que jamais. Toi. C'est toi que je veux.

Elle eut à peine le temps de reprendre son souffle avant que la bouche de Barrett ne s'écrase contre la sienne. Son corps se mit à picoter à tous les bons endroits. Il glissa sa langue dans sa bouche, et elle s'accrocha à lui en lui griffant les épaules. Elle sentit l'amour faire gonfler son cœur.

Il finit par s'écarter pour la regarder dans les yeux.

— Tu es à moi, dit-il. C'est notre destin d'être ensemble.

Elle se dressa sur la pointe des pieds et lui fit baisser la tête pour l'embrasser.

Quelqu'un toqua à la porte, faisant lâcher un juron à Barrett. Il s'écarta et foudroya la porte des yeux comme s'il envisageait de tuer le malotru qui osait les déranger.

— Barrett, il faut qu'on parle, dit Damon derrière la porte.

— On n'a pas terminé, murmura Barrett à Jacey en la regardant avec tendresse.

— Je sais.

Elle hocha la tête et fit quelques pas en arrière avant de ne plus se contrôler et de lui sauter dessus. Il la regarda une dernière fois avant de sortir de la chambre.

Restée seule, elle s'approcha de la fenêtre pour regarder le paysage plongé dans le noir. Barrett était son compagnon. Elle avait eu peur de se l'avouer, peur d'être déçue et abandonnée. Mais plus maintenant.

Désormais, elle savait ce qu'elle voulait. Lui.

CHAPITRE QUARANTE-TROIS

Barrett referma la porte de la chambre de Jacey et se tourna vers Damon. Mains sur les hanches, le loup le regardait fixement.

— Allons discuter dans la chambre au bout du couloir, dit Barrett en l'entraînant vers la pièce éloignée.

Il entra, attendit que Damon fasse de même et referma la porte.

— J'aimerais que tu laisses des Gardiens ici pour assurer la sécurité de Jacey. Boudier risque de s'en prendre à elle pour me faire souffrir.

— On te doit loyauté, Barrett, mais on ne doit rien à Jacey, protesta Damon. Elle ne fait même pas partie de la meute d'Arkansas.

— Elle est à moi. Vous lui devez loyauté à elle aussi, dit farouchement Barrett en se penchant vers Damon.

Damon plissa les yeux, puis de l'amusement teinta son regard et il éclata de rire. Damon ne riait jamais.

— Putain, qu'est-ce qu'il y a de drôle ? Je suis sérieux.

Barrett avait envie de lui envoyer un pain dans la figure pour effacer son air goguenard.

— Je trouve ça foutrement marrant que tu aies trouvé ta compagne. Tu avais juré sur tous les dieux que tu ne t'unirais jamais, et maintenant que tu l'as trouvée, tu es dans tous tes états, dit Damon en se frottant le menton. C'est franchement drôle.

Barret s'éloigna vers la fenêtre et regarda dehors.

— C'est ce que tu as ressenti quand tu as rencontré Ava ?

— Ouais. Maintenant, tu comprends pourquoi ça m'a fait autant chier que tu t'intéresses à elle quand tu nous as rejoints en Louisiane.

— Je ne sais vraiment pas pourquoi tu as cru que je m'intéressais à elle, dit Barrett avec un petit rire. Tu as pété un boulon.

— Sans déc. Quand un loup voit quelqu'un, n'importe qui, s'intéresser à sa compagne, il pète un boulon, dit Damon en s'installant dans un fauteuil placé près de la fenêtre.

Barrett continua à fixer la vue sans rien dire. Le paysage enneigé paraissait très paisible, romantique, même. En revanche, la situation ne l'était pas du tout.

— Je n'imaginais pas que je ressentirais ça un jour, dit-il en se frottant le ventre. Je commençais à croire que j'avais attrapé la grippe.

— Ah, la chute est rude, le taquina Damon.

Barrett le foudroya des yeux.

— Je ne te juge pas, continua-t-il. Ça nous est arrivé à tous. On vous protégera tous les deux. J'ai déjà appelé Jack Welbourn, et il va envoyer des Gardiens nous prêter main-forte.

— Il sait que je suis vivant ?

— Tout le monde est au courant maintenant, Barrett. Tu ne pourras plus disparaître, dit Damon en secouant la tête.

— Je sais. J'ai besoin que tu me rendes un service.

— Bien sûr.

— Je voudrais épouser Jacey.

Damon haussa les sourcils.

— Au cas où il m'arrive quelque chose, je voudrais que tout ce que je possède lui revienne. Je ne veux pas qu'elle s'inquiète pour l'argent.

— Elle a accepté de devenir ta femme ?

— Pas encore. Mais elle le fera.

Damon hocha lentement la tête d'un air songeur.

— Je croyais que j'avais hérité de tout tes biens.

— Je ne parle pas de ça. Ça te revient de droit, et je ne te les réclamerai pas. Je parle de ce dont j'ai hérité à la mort de mes parents.

— Ils ne t'ont pas déshérité quand tu es venu en Arkansas ?

— Il m'ont quand même légué une partie de leur fortune, dit Barrett avant de le regarder avec étonnement. Attends, comment est-ce que tu sais ça ?

— Edgar et Addison sont venus à ta cérémonie funéraire.

— Vous avez organisé une cérémonie funéraire pour moi ?

— Bien sûr. Ryker insistait pour le faire tout de suite après le Grand Tribunal, mais je voulais attendre d'avoir retrouvé ton corps. J'aurais dû me douter qu'il cachait quelque chose.

— Ne reproche pas à Ryker d'avoir menti. Il a fait ce qu'il pensait être nécessaire pour protéger la meute.

— Je sais. Je ne lui en veux pas. À vrai dire, je le respecte même davantage maintenant que je sais ce qu'il a fait. C'est lui qui a trouvé un moyen de te ressusciter.

— On a de la chance de l'avoir. Même si vivre avec lui pendant des semaines a été une plaie, ajouta Barrett avec une grimace. Celui-là ne trouvera jamais de compagne. Personne ne pourrait supporter ce casse-couilles.

— Au moins l'un d'entre nous sera épargné, dit Damon d'un ton pince-sans-rire.

Barrett s'esclaffa.

— Je vais organiser votre mariage, dit Damon.

Il parut sur le point de dire autre chose, puis hésita et baissa les yeux.

— Quoi ? Crache le morceau.

— Je suis content que tu ne sois pas mort, dit-il d'un ton bourru.

Les yeux du loup brillaient. L'émotion noua la gorge de Barrett. Il ne voulait pas se montrer faible et se mettre à pleurer, mais les mots de Damon l'émurent profondément.

Avant qu'il ne puisse parler, Damon se leva et le serra maladroitement dans ses bras. Barrett lui rendit son étreinte avant de s'écarter.

— Je m'occupe de votre mariage. Toi, tu dois aller parler à ta copine et lui faire accepter l'idée. C'est peut-être ta compagne, mais aucune femme n'aime qu'on lui dise quoi faire.

Avec un dernier sourire, Damon sortit de la chambre. Il avait sans doute raison. Barrett avait beau savoir que Jacey était sa compagne, lui faire accepter un engagement aussi radical allait être un véritable enfer.

* * *

Jacey enfonça son nez plus profondément dans son manteau et regarda Barrett par-dessus le feu de bois, en train de faire les cent pas. Ils étaient installés sur la terrasse à l'arrière de la maison. Dans la nuit, seules les flammes du feu et les lumières de la maison éclairaient cette partie de la propriété.

Barrett lui avait demandé de venir dehors pour pouvoir discuter en privé. Elle ne savait pas ce qu'il allait lui dire, mais elle se doutait que ce ne seraient pas des bonnes nouvelles. Il avait l'air d'avoir les nerfs en pelote.

— Quoi ? Dis-moi, demanda-t-elle en frissonnant. Tu me

rends nerveuse.

Il arrêta de marcher et rencontra son regard.

— Assieds-toi.

Merde. C'était vraiment mauvais signe.

Elle s'assit lentement sur une chaise longue à côté du feu. Malgré les flammes et son manteau, elle n'arrêtait pas de trembler. Il s'assit à côté d'elle, lui prit la main et la regarda dans les yeux. Elle déglutit avec difficulté. Elle détestait l'admettre, mais être assise près de lui faisait immanquablement de drôles de choses à son cœur.

— J'aimerais que tu m'épouses, dit-il.

— Pardon ?

Elle sentit tout l'air s'échapper de ses poumons et se retrouva soudain à bout de souffle. Elle avait dû mal entendre.

— Jacey, je veux que tu m'épouses.

Il plissa les yeux, comme pour essayer de la persuader d'accepter. Elle se leva brusquement et se mit à marcher en rond.

— Tu ne peux pas être sérieux ! dit-elle en levant les bras.

— Si, totalement.

— On se connaît à peine.

Sans parler du fait qu'il était le chef de la meute d'Arkansas.

— Peut-être, mais tu es ma compagne. Je le sais maintenant. Je pense que je l'ai toujours su, mais que je ne voulais pas l'admettre, ajouta-t-il en passant sa main dans ses cheveux.

— Eh bien, merci pour la proposition, mais je passe.

Elle leva le menton et croisa les bras sur sa poitrine comme un bouclier.

— Hum. Je m'en sors comme un pied, hein ? fit-il en grimaçant.

— On peut dire ça, lâcha-t-elle sèchement.

— Il faut que tu comprennes. C'est important que tu m'épouses, c'est pour ton propre bien.

— Pour mon bien ? Tu plaisantes ?

Elle ferma les yeux et respira profondément avant de dire quelque chose qu'elle finirait par regretter.

— Barrett, je suis venue dans le Colorado pour refaire ma vie, pour enfin vivre comme j'en ai envie et réaliser mes rêves. Être mariée à quelqu'un qui me dit ce que je dois faire n'en fait pas partie.

Elle se retourna et alla s'accouder contre la rambarde de la terrasse, son cœur battant à tout rompre.

— Tu ne comprends pas.

— Oh, je comprends parfaitement. Tu penses que je suis ta compagne, et qu'on devrait se marier. D'ailleurs, je me demande bien pourquoi tu veux m'épouser si tu penses que je suis ta compagne. Tu sais aussi bien que moi que les loups ne sont pas obligés de le faire. C'est une tradition humaine.

— En t'épousant, je te protège.

— Me protéger de quoi ? C'est après toi que Boudier en a, pas moi.

— C'est là que tu te trompes. Tu es aussi en danger.

— Quoi ? lâcha-t-elle en sentant son sang se glacer.

— Boudier cherche à me faire souffrir de toutes les manières possibles. Il t'espionnait. Ça veut dire qu'il va chercher à s'en prendre à toi. Il sait que je serais anéanti s'il t'arrivait quoi que ce soit.

— Vraiment ? demanda-t-elle, un peu émue.

— Bien sûr. Tu ne te rends pas compte à quel point tu es importante pour moi ?

Il fit un pas vers elle. Elle le regarda d'un air incertain. Elle n'était plus sûre de grand-chose.

— Écoute-moi. Si tu m'épouses, tu seras sous la protection de mes Gardiens. Ils sont prêts à mourir pour toi.

Elle secoua la tête.

— Je ne veux pas que quelqu'un meure pour moi. Je n'ai rien demandé à personne. Et si je m'en allais ? Je pourrais partir au nord, en Alaska...

— Ça ne changerait rien. Boudier se lancera d'abord à ta recherche, puis il viendra me tuer. Tu seras plus en sécurité si tu restes ici, sous notre protection. Beaucoup plus que si tu es toute seule.

Elle ouvrit la bouche, puis la referma.

— Tu dois aussi penser à ta famille, Jacey.

— Ma famille ?

— Oui. Boudier s'en prendra aussi à ta famille. Si tu m'épouses, je pourrai en parler à Jack Welbourn et lui demander de mettre tes parents sous la protection de ses Gardiens.

Elle sentit ses genoux faiblir. Elle n'avait pas pensé à ses parents. Même s'ils l'avaient pratiquement déshéritée après sa rupture avec son compagnon, ils restaient sa seule famille.

— Ce n'est pas tout, continua Barrett après avoir pris une profonde inspiration. Je sais que tu ne voulais pas te marier, que tu veux être libre de vivre ta vie comme tu l'entends. Mais je sais aussi que tu es ma compagne. Je ne te demanderai jamais de t'unir à moi si tu n'en as pas envie. Je te demande seulement de m'épouser, pour que tu puisses recevoir toute la protection possible. C'est plus facile de divorcer que de briser une union entre loups.

Elle sentit son cœur se briser. Alors, il ne voulait pas vraiment l'épouser. Un homme de plus qui ne voulait pas d'elle.

Elle ravala sa fierté et cligna des yeux, essayant de ne pas verser les larmes qui brûlaient ses paupières. Elle tourna le dos à Barrett pour qu'il ne puisse pas voir ses larmes.

— Je vais t'épouser, Barrett. Mais quand toute cette histoire sera terminée, on divorcera et on partira chacun de notre côté.

Elle s'éloigna vers la maison sans attendre sa réponse.

CHAPITRE QUARANTE-QUATRE

Barrett attendait près de l'autel de la petite chapelle blanche. C'était Ryker qui avait trouvé la petite église nichée dans la montagne. Le loup avait non seulement trouvé un prêtre, mais aussi réuni les documents nécessaires pour officialiser la cérémonie en un temps record. De tous les Gardiens, Barrett aurait pensé que Ryker serait celui qui essaierait de le dissuader d'épouser Jacey.

Étonnamment, il n'en avait rien fait, et avait même aidé à tout organiser.

Barrett regarda le prêtre avec méfiance, malgré son sourire amical. Il ne faisait pas confiance aux humains, pas même ceux qui se disaient des hommes pieux. Il tourna la tête vers la porte en espérant voir apparaître sa future femme.

— Où est-elle ? grommela-t-il à voix basse.

Avait-elle changé d'avis ? Pris la fuite ? Ou pire, Boudier l'avait-il trouvée et kidnappée ? Cette dernière pensée lui donna envie de partir à sa recherche en courant, mais le prêtre attrapa la manche de son costume.

— La voilà, dit-il en lui tapotant le bras d'un air rassurant.

Barrett se tourna vers la porte, mais ne vit que Damon. Il alla à sa rencontre.

— Où est-ce que tu vas ? demanda Damon en écarquillant les yeux. Retourne là-bas.

— Où est Jacey ?

Barrett regarda par-dessus l'épaule du loup. Personne.

— Elle s'habillait, espèce d'idiot, dit Damon en lui donnant une tape sur l'épaule. Tu ne pensais pas que tu serais le seul sur ton trente-et-un pour ton mariage, quand même ? Allez, va te placer près du prêtre grassouillet avant que Jacey pense que tu as changé d'avis.

Barrett se força à respirer lentement, rassuré de savoir qu'elle n'avait pas disparu et acceptait toujours de l'épouser. Il se retourna vers le prêtre, qui regardait sévèrement Damon. Apparemment, il n'appréciait pas qu'on le qualifie de grassouillet.

— Il me faut un témoin, c'est ça ? demanda Barrett en regardant Damon.

— Tu me demandes d'être ton témoin ?

— Non, je demande au putain de pot de fleurs derrière toi, lâcha Barrett. Bien sûr que je te demande.

Damon lui fit un de ses rares sourires et vint se placer à côté de lui.

— Veuillez éviter de dire des profanités dans la maison de Dieu, dit le prêtre entre ses dents serrées.

— Pardonnez-le, Padre, c'est son premier mariage, répondit Damon.

— Et son dernier, j'espère bien, rétorqua vertement l'homme. Le mariage n'est pas un engagement à prendre à la légère.

— Sans déconner. J'ai déjà eu assez de mal à la convaincre de m'épouser, grogna Barrett.

— Surveillez votre langage, le réprimanda le prêtre.

Damon éclata de rire.

— Elle n'était pas ravie de devenir Mme Barrett Middleton ? Quelle surprise.

— Je reconnais que je m'attendais à une autre réaction de sa part.

Barrett passa un doigt dans son col de chemise et essaya de desserrer un peu sa cravate. Ryker l'avait nouée, et elle l'étranglait. Cet enfoiré avait probablement fait exprès.

— Tu avais des roses ? Tu lui as fait ta demande dans une pièce remplie de bougies ? demanda Damon.

— Où est-ce que j'aurais trouvé des roses par ici ? Je l'ai demandée en mariage au coin du feu. Ça devrait compter.

— Hmm. Te connaissant, tu ne lui a probablement même pas demandé. Tu as dû lui dire qu'il fallait qu'elle t'épouse.

Barrett ouvrit la bouche, puis la referma.

— C'est ça, je me trompe ? demanda Damon avant d'aboyer un rire.

Le son résonna dans toute l'église en se répercutant contre les murs.

— Je t'emmerde, gronda Barrett.

— Je vous ai déjà demandé gentiment à tous les deux de ne pas être grossiers dans la maison du Seigneur. Si vous ne pouvez pas...

Barrett tourna la tête vers l'entrée et eut le souffle coupé. Le silence se fit dans la petite chapelle, et tout le monde se tourna vers la porte.

Jacey se tenait dans l'encadrement de la porte, vêtue d'une robe simple en soie blanche qui moulait parfaitement son corps. Le haut à bretelles mettait délicieusement sa poitrine en valeur. Elle avait remonté ses cheveux en chignon et ne portait pas de voile. Elle tenait un petit bouquet de poinsettias et de ce qui semblaient être des gypsophiles à la main. Elle leva les yeux vers le loup à ses côtés et hocha la tête.

Ryker lui tendit le bras, et elle l'accepta. Barrett ressentit une petite pointe d'agacement. Il n'aimait pas que le Gardien touche Jacey, même si c'était pour l'accompagner jusqu'à l'autel.

— Calme-toi, lui murmura Damon à l'oreille. Ne fais pas de scène. Le prêtre a l'air prêt à annuler la cérémonie au prochain faux pas.

Barrett serra ses mâchoires si fort qu'il eut peur que ses dents ne se brisent.

Il entendit de petits rires en provenance des bancs où Braxton, Zane et Jaxon étaient assis au premier rang. Jayden et Lucien montaient la garde autour de l'église.

Le prêtre avait accepté de les marier à minuit, quand ils auraient le moins de chances d'être vus. Les Gardiens avaient sécurisé les abords de l'église avant d'y conduire Jacey dans un des Hummer d'Eric Nordstrom.

Et voilà que Barrett se tenait devant un prêtre, incapable de détacher son regard de Jacey tandis que Ryker l'escortait jusqu'à l'autel avec une expression maussade.

Elle était éblouissante, comme sortie de la couverture d'un magazine sur les mariages. Il sentit son cœur battre un peu plus vite à chaque pas qu'elle faisait vers lui.

— Qui accorde la main de cette femme ? demanda le prêtre.

— Moi, j'imagine, dit Ryker.

Barrett gronda, poussa Ryker et prit le bras de Jacey. Il entendit des rires dans son dos, et foudroya les Gardiens des yeux.

Il entendit à peine ce que disait le prêtre mais répondit ce qu'il fallait au bon moment, sans jamais détacher son regard de Jacey. Il retint son souffle quand ce fut son tour de répéter après le prêtre ; jusqu'au dernier moment, il s'attendit à ce qu'elle refuse et sorte de l'église, mais non.

Après une éternité, le prêtre récita une dernière prière pour conclure. Barrett ne baissa pas la tête et ne ferma pas les yeux ; il regardait toujours sa jeune épouse.

— Amen, dit le prêtre en souriant. Je suis heureux de vous présenter pour la première fois M. et Mme Barrett Middleton.

Des applaudissements et des cris de joie emplirent la petite chapelle. Le prêtre grimaça, mais Ryker fourra une liasse de billets dans sa main potelée. L'homme le remercia et essaya d'encourager tout le monde à sortir de l'église. Ça convenait très bien à Barrett. Il voulait se retrouver seul avec Jacey le plus tôt possible.

* * *

Jacey avait l'impression d'être dans un rêve. Quand elle avait accepté d'épouser Barrett, elle ne pensait pas qu'ils se marieraient dans une église. Elle s'attendait juste à ce qu'il l'emmène en ville pour signer des papiers à la mairie. Mais non, elle avait eu droit à un vrai mariage. Elle savait déjà que les Gardiens savaient comment accélérer les démarches officielles, mais pouvoir se marier le jour même restait ahurissant.

Ils passeraient leur lune de miel dans la maison d'Eric Nordstrom, avec des Gardiens postés autour de la propriété tels des agents des services secrets. Il y avait assez de chambres dans la maison pour que chacun ait la sienne.

Elle n'arrivait pas à savoir ce qu'ils pensaient d'elle, mais au fond, ça n'avait pas d'importance. Dès que Boudier aurait été capturé et condamné, elle ferait annuler le mariage. Elle ne resterait pas mariée à quelqu'un qui ne l'aimait pas. Elle ne comptait pas refaire cette erreur.

De retour dans sa chambre, elle tourna devant le miroir pour regarder sa robe de mariée. Ryker lui avait dit que Barrett avait payé pour la robe. Encore une autre surprise. Le Gardien lui avait aussi glissé que Barrett lui avait demandé de l'accompagner jusqu'à l'autel pour être sûr qu'elle ne change pas d'avis.

Si Ryker n'était pas resté derrière sa porte pendant qu'elle s'habillait, elle aurait peut-être tenté de s'éclipser. Elle se retrouvait coincée dans un autre mariage sans amour. Exactement ce qu'elle s'était promis de ne jamais refaire.

Se sentant soudain épuisée, elle alla s'allonger sur le lit. Tout ça n'était peut-être qu'un rêve ?

Elle ferma les yeux. Peut-être que tout irait bien quand elle se réveillerait.

* * *

Jacey était perdue dans un monde de plaisirs, et ne voulait jamais le quitter.

— Jacey.

Elle reconnut immédiatement le timbre grave de la voix attirante. Elle ouvrit lentement les yeux. Barrett était assis sur le lit, beaucoup trop proche d'elle. Il écarta une mèche de cheveux devant ses yeux.

— Jacey, j'aimerais te parler.

Elle sourit, encore dans son rêve. Elle n'avait pas envie de parler. Elle préférait faire autre chose. Elle se redressa sur ses coudes pour le regarder.

— Je sais que tu es fatiguée, mais je dois vraiment te dire quelque chose.

Elle vit son regard descendre sur ses seins, puis remonter vers ses yeux. Elle baissa la tête et remarqua qu'elle portait une robe de mariée. Tout prit sens.

Elle était en train de dormir. Elle ne s'était pas vraiment mariée avec Barrett, elle n'était même jamais allée dans le Colorado. C'était un rêve.

Elle se pencha en avant et inclina la tête.

— Tu veux parler ? demanda-t-elle en haussant un sourcil.

Il déglutit et acquiesça.

Elle se leva, baissa les yeux sur sa robe et fronça les sourcils.

— Qu'est-ce qui ne va pas ? La robe ne te plaît pas ? Tu es magnifique dedans.

— Elle est serrée. Si tu veux discuter, laisse-moi me changer. Ce n'est pas confortable, dit-elle en lui présentant son dos.

Elle sentit ses doigts sur sa peau quand il baissa la fermeture éclair. La robe devint molle autour d'elle. Elle la retint contre sa poitrine avec ses mains, se retourna et sourit.

— C'est mieux.

Il s'éclaircit la gorge, son visage devenu rouge écrevisse.

— Je vais te chercher un peignoir.

Il se dirigea vers la salle de bains sans parvenir à ne pas lui lancer des regards en coin tout le long.

— Intéressant. Puisque c'est un rêve, je peux faire tout ce que je veux. *Avoir* tout ce que je veux.

Barrett lui rapporta un peignoir en soie blanche. Elle écarta les bras pour laisser la robe tomber par terre et enfila le peignoir sans prendre la peine de nouer la ceinture. Elle se retourna vers lui.

Son corps s'échauffait. Elle sentit l'odeur de l'excitation de Barrett.

Elle posa les mains sur les hanches, laissant le peignoir bâiller suffisamment pour révéler sa culotte blanche en dentelle et la courbe douce de ses seins.

Barrett poussa un grondement grave et serra les poings contre son corps.

Voilà qui était amusant. Exciter Barrett lui plaisait. Et puisqu'elle rêvait, peu importait s'ils couchaient ensemble, s'ils s'abandonnaient à la passion et finissaient haletants et en nage. Les rêves n'avaient aucune conséquence.

Du doigt, elle montra le seau à glace qui contenait une bouteille de champagne.

— Et si tu l'ouvrais ? Ça fait longtemps que je n'ai pas bu de champagne.

Des années, en fait, au mariage d'un membre de sa famille. Elle se demanda si le champagne avait un goût différent dans les rêves.

Probablement. Il devait être encore meilleur.

— Bien sûr, dit-il d'une voix rauque.

Elle lui rappela sa voix le soir où il l'avait léchée et l'avait fait jouir si fort qu'elle avait failli perdre connaissance.

Barrett ouvrit la bouteille de champagne glacée. Un jet de liquide à bulles se répandit sur le sol.

— La baise, grommela-t-il.

— Pas encore, dit-elle à voix basse.

— Quoi ?

Il tourna brusquement la tête dans sa direction, et elle eut du mal à ne pas éclater de rire en voyant sa tête.

— Sers-nous un verre, et on pourra parler, répondit-elle en allant s'asseoir sur le lit.

Il versa le liquide doré dans deux flûtes et lui en tendit une.

— Merci.

Elle la porta à ses lèvres, et des bulles fraîches éclatèrent sur sa langue. Elle poussa un soupir de contentement.

Elle leva la tête vers Barrett et tapota l'espace à côté d'elle sur le lit. Il s'assit. Il s'était débarrassé de sa veste et de sa cravate dès qu'ils étaient montés dans la voiture. Il avait troqué son pantalon de costume contre un jean mais portait toujours la chemise blanche, dont les cinq premiers boutons étaient ouverts. Le jean tombait bas sur ses hanches et révélait une bosse impressionnante.

Elle termina son champagne et posa la flûte sur la table de chevet. Quand elle se retourna vers lui, le peignoir bâilla et révéla son sein lourd.

Le regard de Barrett se posa sur sa poitrine et ses pupilles se dilatèrent.

Elle fit un petit sourire et ramena ses jambes sous elle en le regardant droit dans les yeux. Chacune de ses respirations faisait bâiller le peignoir, lui offrant un aperçu de sa nudité. Elle repoussa ses cheveux derrière son épaule et se pencha vers lui.

— Alors dis-moi, qu'est-ce que tu veux, Barrett ?

* * *

Barrett ne savait pas trop à quoi s'attendre en entrant dans la chambre de Jacey, mais certainement pas à la trouver à moitié nue, en train de le regarder comme si elle voulait le manger.

Après la cérémonie de mariage, ils étaient vite rentrés dans la grande demeure au cœur de la montagne, escortés par les Gardiens. Aucune célébration n'était prévue ensuite, le temps ayant manqué pour en organiser une, alors chacun était parti dans sa chambre. Ryker s'était foutu de lui et avait dit que Jacey risquait de lui interdire son lit. Mais s'il était venu la voir, c'était pour lui parler. Pour lui dire à quel point il l'aimait.

Cependant, il avait de plus en plus de mal à penser à discuter. L'odeur, le désir et la beauté de la louve le stupéfiaient. Il était prêt à faire tout ce qu'elle voudrait.

Il comprenait maintenant pourquoi les loups s'unissaient, et à quel point le lien avec une compagne était profond. Il voulait devenir le compagnon de Jacey, mais devrait attendre qu'elle en ait envie aussi. Il ne voulait pas la forcer à faire quoi que ce soit qu'elle pourrait regretter.

— Tu as l'air nerveux, dit-elle en se mordillant les lèvres avant de s'approcher plus près.

Il lutta contre une envie sauvage de la retourner sur le dos et de la pilonner jusqu'à ce qu'ils soient tous les deux inondés de sueur et ivres de plaisir.

Il s'éclaircit la gorge et essaya de se concentrer.

— Je veux que tu saches que je prends les vœux du mariage très au sérieux. Je sais que c'est très soudain...

Ses mots moururent dans sa gorge quand Jacey se pencha en avant et laissa son doigt descendre le long des boutons de sa chemise. Une onde de désir traversa son corps avec une telle puissance qu'il eut soudain peur de muter.

Elle posa les mains sur son torse, le poussa en arrière sur le lit et le chevaucha.

Il sentit son sexe gonfler et durcir, sa respiration s'accélérer. Son cœur se mit à battre si fort dans ses oreilles qu'il eut peur de devenir sourd.

Jacey baissa la tête vers lui et fronça les sourcils.

— Tu sais, c'est très bizarre.

— Que...

— D'habitude, tu n'es pas si bavard dans mes rêves, murmura-t-elle.

Il écarquilla les yeux. Son cœur se serra.

— Attends, Jacey. Ce n'est pas un rêve.

Elle l'ignora et se pencha jusqu'à ce que sa bouche ne soit plus qu'à quelques centimètres de la sienne.

— D'habitude, ta bouche est plutôt occupée à faire d'autres trucs.

Il posa les mains sur ses hanches. Elle sourit et se frotta contre son membre dressé.

— Putain...

La chaleur de son entrejambe le brûlait à travers son jean. Il mourait d'envie d'être en elle.

— Jacey, ça devient dur...

— C'est l'idée. Te rendre dur pour que tu puisses me faire mouiller, susurra-t-elle.

Elle écarta les pans du peignoir, révélant ses seins nus et sa culotte en dentelle blanche.

Elle était encore plus belle que dans ses souvenirs. Le désir s'empara de tout son être, et il n'eut plus qu'une seule idée en tête : la posséder. Il poussa un grondement rauque. Il n'avait jamais vu Jacey comme ça, et ça lui plaisait. Sauvage et désinhibée.

Avant qu'il ne puisse prononcer un mot de plus, elle écrasa sa bouche sur la sienne et lui donna un baiser brusque, avide. Dur comme la pierre et sans plus le moindre self-control, il prit le visage de Jacey entre ses paumes et lui rendit son baiser, glissa sa langue dans sa bouche, la goûta et la revendiqua, réclamant absolument tout d'elle.

Elle gémit contre sa bouche, l'embrassant de plus belle. Elle était terriblement séduisante. Il ne voulait jamais détacher ses lèvres des siennes.

Elle planta ses ongles dans ses épaules et le griffa tout en frottant son petit corps souple contre le sien.

Il devait être sûr que c'était ce qu'elle voulait vraiment. Le choix appartenait à Jacey.

Il lui prit les épaules pour la faire reculer et attendit que ses yeux brun caramel se posent sur son visage.

— Jacey, tu es sûre de vouloir faire ça ? J'ai besoin de savoir, parce que j'aurai de plus en plus de mal à m'arrêter.

— C'est ce que je veux plus que tout au monde, gémit-elle en se penchant en avant.

— Je dois te dire autre chose.

Il voulait qu'elle sache qu'il se donnait entièrement à elle. Tout ce qu'il était.

— Quoi ?

— Je t'aime. Depuis le premier jour. Je veux que tu

deviennes ma compagne et que tu sois mienne pour toujours, dit-il d'une voix bourrue.

L'expression de Jacey s'adoucit, et ses pupilles se dilatèrent.

— Moi aussi, je t'aime.

Barrett n'avait jamais reçu un cadeau plus précieux que sa réponse. Il veillerait à se rendre digne de son amour chaque jour. Il donnerait sa vie pour Jacey.

Il prit son visage entre ses mains. La chaleur grimpa entre eux lorsqu'ils se collèrent l'un contre l'autre.

Quand il baissa les mains vers les boutons de sa chemise, elle recula et interrompit leur baiser.

Elle saisit les pans de la chemise et les écarta en le regardant droit dans les yeux. Le tissu se déchira, et les boutons volèrent dans la pièce. Il se mit à bander encore plus fort.

— À mon tour, murmura-t-il.

Il glissa ses mains dans son peignoir et le lui retira lentement avant de le laisser tomber sur le lit, puis il la fit allonger en l'embrassant. Leurs langues brûlantes glissèrent l'une contre l'autre dans une danse de désir endiablée.

Elle gémit et posa ses lèvres dans son cou. Il se retint de la retourner pour s'enfoncer dans son corps irrésistible. C'était leur lune de miel, et il voulait la rendre mémorable pour Jacey.

Elle laissa une pluie de baisers dans son cou et sur son torse. Sa bouche chaude se referma sur son téton, elle l'aspira entre ses lèvres puis descendit le long de son ventre. Il sentit ses cheveux doux caresser et chatouiller sa peau, et poussa un grondement quand elle posa ses mains sur sa braguette. Elle libéra son sexe et baissa son jean sur ses chevilles.

— Jacey, dit-il d'une voix rauque qu'il entendit à peine par-dessus les battements effrénés de son cœur. Ma chérie, je ne vais pas tenir longtemps si tu continues à me toucher comme ça.

Quand elle leva la tête, il vit une lueur coquine dans son regard.

— Comment ? demanda-t-elle d'un ton innocent qui ne collait pas au désir dans ses yeux.

Elle sourit et prit son sexe en main. Il serra les draps dans ses poings jusqu'à ce que ses articulations blanchissent.

Les yeux agrandis par l'excitation, elle fit des va-et-vient le long de son membre. Barrett se cambra à chaque caresse pour venir à la rencontre de sa main.

Jacey pencha la tête vers son bas-ventre et posa la bouche au coin de sa hanche.

Elle embrassa sa peau en s'approchant lentement jusqu'à ce qu'elle ne soit qu'à quelques centimètres de son sexe. Elle lui écarta les cuisses, pencha la tête et lécha ses testicules, envoyant des décharges électriques jusqu'à la pointe de sa queue.

— Putain, lâcha-t-il en serrant le drap plus fort.

Elle lécha sa bite sur toute la longueur en prenant son temps, lui tirant un grognement frustré.

Il sentit ses boules se contracter, l'orgasme proche. Il la fit reculer, l'allongea sur le dos et se plaça au-dessus d'elle en la regardant dans les yeux.

— Je n'avais pas fini, protesta-t-elle.

— On s'occupe d'abord de ton plaisir, dit-il en souriant.

Il posséda sauvagement sa bouche. Elle avait réveillé l'animal en lui, et il ne pouvait plus être contenu.

Il tira sa culotte vers le bas, déchirant la fine dentelle en deux. Les lambeaux de tissu atterrirent par terre.

Il baissa la tête, et sa bouche trouva son téton gonflé. Quand il aspira le petit bouton de chair rose dans sa bouche, elle gémit en attirant sa tête contre sa poitrine.

Depuis qu'il la connaissait, il s'était secrètement demandé si Jacey serait capable de gérer son agressivité sexuelle. Elle était féminine et délicate, et il ne voulait pas lui faire peur. Il devait y aller lentement. Mais à présent, baigné par la lueur des flammes dans la cheminée, enivré par la chaleur de son corps, il comprit que leur première fois ne serait pas lente.

Il avait besoin d'être en elle et de la revendiquer comme sienne. De la marquer, pour que tous sachent qu'elle était sa compagne et pour s'assurer qu'elle n'appartiendrait jamais à personne d'autre.

Il lécha son ventre plat et l'intérieur de sa cuisse, ses lèvres frôlant sa peau satinée.

Il approcha entre ses jambes. Elle gémit et leva les hanches vers sa bouche. En souriant, il posa la main sur son pubis doux. Son pouce effleura son clitoris, et elle se cambra en avant.

Elle était mouillée et prête pour lui, mais il voulait d'abord la faire jouir une fois. Il avait besoin de rester un long moment en elle avant de jouir. Il voulait faire durer le moment.

Il posa les jambes de Jacey sur ses épaules et pencha la tête pour lécher l'entrée mouillée de son sexe en remontant vers son clito.

— Barrett, gémit-elle en pressant sa tête contre elle.

Il gronda et donna des coups de langue sur sa chatte à un rythme tentateur et joueur. Il leva les yeux et vit qu'elle le regardait fixement, un mélange de désir et d'amour dans les yeux.

Il continua de la lécher et se délecta de son goût sucré sur sa langue, de la saveur et du parfum de la seule femme qu'il voudrait toujours auprès de lui et ne trahirait jamais.

Jacey se cambra contre sa bouche alors qu'il léchait et suçait son clitoris. Elle se mit à haleter, ses pupilles entièrement dilatées par le plaisir.

— Barrett, s'il te plaît, dit-elle d'un ton suppliant.

Il aimait la voir ainsi, dans le plus simple appareil, en train de l'implorer de lui faire l'amour.

Il sentit son sexe devenir de plus en plus dur et sut qu'il ne pourrait plus attendre bien longtemps avant de la pénétrer.

Il aspira son clitoris dans sa bouche et pressa son visage dans sa chaleur mouillée.

Jacey s'arcbouta sur le lit et cria en commençant à trembler. Il continua de bouger sa bouche contre elle pendant qu'elle jouissait contre ses lèvres.

Quand elle se remit un peu de son orgasme, Barrett remonta le long de son corps et se plaça entre ses jambes.

Elle le regarda dans les yeux et attira son visage pour l'embrasser. Il la pénétra en poussant un grondement.

Elle poussa un petit cri en sentant son gros membre l'emplir. Elle savait qu'il était bien monté, mais elle se demanda soudain s'il pourrait rentrer entièrement en elle.

Un mélange de plaisir et de douleur s'éveilla entre ses cuisses. Il s'immobilisa en la regardant dans les yeux, pour lui laisser le temps de s'habituer à son érection massive. Une goutte de sueur coula sur la tempe de Barrett et tomba sur l'oreiller.

— Tu es serrée, dit-il en un gémissement.

— Tu es très gros, répliqua-t-elle d'une petite voix.

— Ne bouge pas.

— J'ai besoin de bouger, dit-elle en remuant ses hanches. C'est trop bon.

La douleur commençait à s'effacer et à se transformer en un doux plaisir.

Il avança son bassin contre elle en coups lents et méthodiques. Chaque mouvement envoyait de délicieux frissons à travers tout son corps jusqu'à la pointe de ses orteils.

— Je voulais aller lentement pour notre première fois, mais je crois que je ne peux pas, avoua-t-il.

— Je n'ai pas envie que tu ailles doucement. J'ai juste envie de toi.

Il caressa sa joue avant de poser ses lèvres contre les siennes. Il lui donna de longs et profonds coups de reins, envoyant des étincelles de plaisir à travers tout son corps.

Elle poussa un gémissement de gorge. Il déposa des baisers sur sa bouche et baissa la tête pour embrasser et lécher la chair sensible de son cou.

Elle enroula ses jambes autour de sa taille pendant qu'il la pilonnait, son gros membre la remplissant et la faisant grimper au septième ciel.

Ils étaient trempés de sueur. Il leva la tête pour regarder Jacey dans les yeux.

— Jouis pour moi, ordonna-t-il en un aboiement rauque.

Elle n'avait pas besoin de plus pour se laisser emporter par un second orgasme. Elle serra les jambes autour de la taille de Barrett et sentit son entrejambe commencer à picoter. Le plaisir se lova dans le creux de son ventre comme du caramel chaud et se diffusa dans tout son corps.

Elle lui mordit l'épaule et planta ses ongles dans sa peau tandis qu'elle se laissait submerger par les vagues de jouissance.

Il poussa un grondement. Ses coups de bassin redoublèrent d'ardeur pour prolonger le plaisir de Jacey. Il pencha la tête et la mordit lorsqu'il éjacula en elle.

Éreinté, il s'effondra sur elle. Elle le serra dans ses bras, et il releva la tête avec un petit sourire. Il roula sur le côté et l'attira contre son torse. Elle se blottit dans ses bras en souriant et posa ses pieds sur ses jambes musclées.

Il posa un doigt sous son menton pour lui faire lever la tête. Ses yeux étaient intenses, emplis d'amour.

— Je ne sais pas ce que je ferais si je te perdais, murmura-t-il.

— Alors ne me laisse jamais partir, répondit-elle en un soupir.

— Ma chère épouse, tu pourras t'estimer heureuse si je te laisse sortir de ce lit, dit-il en souriant.

— Ça me plaît.

— Quoi, de ne jamais sortir du lit ?

Il l'embrassa, lui tirant un petit gémissement.

— D'être ton épouse. Mais j'aime bien l'idée du lit aussi.

Il la serra dans ses bras et s'allongea sur le dos pour qu'elle le chevauche. Elle l'embrassa en frottant son corps contre lui jusqu'à ce qu'il recommence à bander.

Cette fois, ils prirent leur temps pour faire l'amour, mémorisèrent leurs réactions et savourèrent leurs corps jusqu'au petit matin.

Jacey ne voulait jamais se réveiller.

CHAPITRE QUARANTE-CINQ

Jacey ouvrit les yeux et fronça les sourcils. Barrett était allongé à côté d'elle, son bras posé de façon protectrice autour de sa taille.

Elle était encore en train de rêver ; c'était juste une autre partie du rêve. Elle observa les traits de son visage en souriant. Elle ne pouvait le nier : elle le désirait même quand il dormait.

Elle se leva silencieusement, ramassa la chemise par terre et l'enfila avant de descendre à la cuisine. Elle trouva une bouteille d'eau dans le réfrigérateur, remonta l'escalier et allait rentrer dans la chambre quand un mouvement attira son attention à travers la grande fenêtre du couloir.

Il neigeait. Elle contempla le paysage éclairé par la lune. Les sapins étaient décorés par des guirlandes de neige et une moelleuse couverture blanche masquait le sol. Tout devait être silencieux dehors, la neige étouffant tous les bruits de la nature.

— Jacey.

Elle se retourna en entendant la voix grave de Barrett.

Il se tenait à l'entrée de la chambre. Il avait enfilé son jean mais n'avait pas pris la peine de fermer sa braguette, et les muscles de son ventre ondulèrent quand il s'approcha d'elle.

Il passa les bras autour de sa taille et regarda le paysage hivernal avec elle. Elle s'appuya contre lui et poussa un soupir.

— C'est beau, hein ?

— Pas autant que toi.

Elle éclata de rire et se tourna pour le regarder.

Les yeux de Barrett descendirent vers sa poitrine. Elle n'avait pas boutonné la chemise.

Elle tendit la main et laissa ses doigts courir sur les muscles qui descendaient dans son jean, puis elle glissa la main dans son pantalon en le regardant dans les yeux.

Il poussa un soupir quand elle serra sa bite gonflée dans son poing.

Il passa une main sous sa chemise pour caresser ses seins et pinça délicatement un de ses tétons. Un gémissement s'échappa de la bouche de Jacey.

— C'est agréable ? lui murmura-t-il à l'oreille.

— Tout ce que tu me fais est agréable.

Il lui donna un baiser torride et ses mains furent soudain partout, la touchant, la caressant.

— J'ai envie de toi, gémit-elle en baissant son jean sur ses hanches.

Il l'aida à le retirer puis il la souleva en mettant ses bras sous ses fesses. Elle enroula ses jambes autour de sa taille tandis qu'il l'appuyait contre le mur et positionnait son membre à l'entrée de son sexe.

Il la pénétra d'un coup de reins, à la fois tendre et brusque.

Jacey rejeta sa tête en arrière et gémit pendant qu'il la baisait, sa bouche fiévreuse dans son cou.

— Dis que tu es à moi, gronda-t-il. J'ai besoin de l'entendre.

Sa voix rocailleuse déclencha une exquise chair de poule sur la peau de Jacey.

— Je suis à toi, Barrett ! cria-t-elle en jouissant.

Il poussa un grondement et s'enfonça profondément en elle pour déverser sa semence.

Ils restèrent imbriqués l'un à l'autre, le bruit de leurs respirations haletantes emplissant le couloir.

— Retournons au lit, dit-il en en la reposant par terre avant de l'embrasser tendrement. Pas besoin de t'habiller.

Il l'entraîna dans leur chambre avec un sourire coquin.

* * *

Jacey se blottit dans la chaleur des couvertures, agréable contre l'air froid dans la chambre. Elle sourit en se rappelant avec netteté son rêve de la nuit précédente. Elle n'avait pas encore envie d'ouvrir les yeux, pour rester plus longtemps dans cette brume fascinante de désir et d'amour.

Elle tendit le bras pour étreindre son oreiller, mais à la place, sa main rencontra de la peau chaude et un corps musclé.

Elle entrouvrit un œil en fronçant les sourcils.

Et eut une bouffée de chaleur.

C'était Barrett.

Son cœur se mit à tambouriner dans sa poitrine et sa gorge se noua quand elle comprit. Ce n'était pas un rêve du tout.

Il était allongé près d'elle, une main sur le ventre et l'autre posée sur ses yeux comme s'il se protégeait de la lumière du soleil.

Elle devait absolument se lever avant qu'il ne se réveille.

Elle avait besoin de s'isoler pour réfléchir à ce qui venait de se passer et à ce que ça signifiait pour eux.

— Bonjour.

Elle se figea en entendant sa voix, et remonta la couverture pour masquer sa nudité.

Le souvenir de chaque caresse et de chaque baiser lui revint abruptement sous la vive lumière du jour. Elle sentit ses joues rougir et chauffer. Elle lui avait ouvert son cœur, s'était donnée à lui corps et âme. En échange, il l'avait prise et dévorée.

Pire, elle lui avait avoué ses sentiments. C'était la partie qui lui déchirait le cœur.

— Ce n'était pas un rêve, murmura-t-elle en se prenant le visage entre les mains, trop gênée pour le regarder.

Il se redressa et s'assit dans le lit.

— De quoi est-ce que tu parles ? Qu'est-ce qui n'était pas un rêve ?

— Qu'avons-nous fait, Barrett ? demanda-t-elle en ôtant les mains de ses yeux pour le regarder.

Il soutint son regard avec une expression très sérieuse.

— Je ne comprends pas. Pourquoi est-ce que tu es si contrariée ?

— Je croyais qu'hier soir était un rêve.

Elle se leva en enroulant la couverture autour de son corps. Elle avait besoin de mettre autant de distance entre elle et Barrett que possible. Si elle restait dans le lit avec lui, elle savait ce qui finirait par arriver.

Il secoua la tête, les yeux plissés.

— Tu m'as dit hier soir que tu en avais envie. Que tu avais envie de moi.

— Je sais, mais c'est parce que je pensais que c'était un rêve.

Elle essaya de déglutir, mais elle avait l'impression que sa bouche était pleine de cendres.

— Alors, tu ne veux de moi que si je suis un rêve ?

— Contrairement à la réalité, les rêves sont sans consé-quences.

Elle essaya de retenir ses sanglots, mais une larme rebelle coula sur sa joue.

Barrett se leva sans s'inquiéter d'être nu et tendit le bras pour essuyer la larme.

— Je n'avais jamais fait une chose pareille avant. Je ne couche pas à droite à gauche. Le seul loup avec lequel j'ai couché était mon...

— Mari, dit-il en penchant la tête. Ce que je suis.

— Mon mari... Pour le moment, ajouta-t-elle doucement.

— Comment ça ?

Il voulut lui toucher la joue, mais elle fit un pas en arrière. Il se redressa. La tension emplit la chambre.

— Jacey, comment ça, je suis ton mari pour le moment ?

Elle le regarda dans les yeux et prononça les mots qui lui brisaient le cœur. Elle n'en avait pas envie, mais elle devait le faire.

— Barrett, je ne suis pas naïve. Je comprends bien que le mariage sera annulé une fois que Boudier aura été arrêté et que je serai hors de danger, dit-elle en détournant les yeux. Du moins, il aurait pu l'être, avant qu'on...

— Fasse l'amour ?

Elle tendit le bras pour poser la main sur sa bouche, mais il l'écarta en souriant.

— Jacey, mon cœur. Nous sommes unis maintenant. Après cette nuit, je n'ai plus aucun doute. Tu es ma compagne.

— Ce genre de lien ne dure pas.

— Bien sûr que si.

— Sérieusement ? lâcha-t-elle d'un air incrédule. Je n'ar-rive pas à croire que tu viens de dire ça, lâcha-t-elle en enfonçant son pouce dans sa poitrine. Tu parles à la seule louve de toute l'histoire des métamorphes dont le compagnon l'a quittée pour une autre, tu te rappelles ?

Le regard de Barrett devint dur. Il se pencha vers elle.

— Ce n'était pas ton compagnon. Il ne l'a jamais été, et il ne le sera jamais.

Jacey sentit un frisson inattendu parcourir son échine. Pas de peur, mais d'excitation.

— Jacey, regarde-moi, continua Barrett en prenant son visage entre ses mains. Je sais que les choses ne se sont pas passées comme tu l'aurais voulu. Un mariage à la va-vite, pas de lune de miel. Tu mérites bien plus, et je suis navré. Mais je crois que tu te méprends sur mes sentiments pour toi...

Des coups contre la porte la firent sursauter.

— Barrett ? Vous êtes réveillés ? appela Ryker.

— Merde. Il ne pouvait pas arriver à un meilleur moment, grommela Barrett.

Il trouva son jean par terre et l'enfila rapidement tandis que Jacey remontait la couverture et la serrait autour de son corps, puis il s'approcha d'elle et lui caressa la joue.

— Jacey, cette conversation est loin d'être terminée. On va encore en parler, d'accord ?

Elle hocha la tête mais ne rencontra pas son regard. Les coups reprirent contre la porte.

— Il va casser la porte si tu n'ouvres pas, lâcha-t-elle avec inquiétude en la voyant trembler sur ses gonds.

— Tu comptes embrasser ton mari avant qu'il aille tuer Ryker ?

Elle lui lança un regard noir.

— Si tu m'embrasses, j'irai répondre, dit-il en souriant.

— Pouah. D'accord.

Elle n'avait aucune envie que Ryker défonce la porte et entre alors qu'elle était nue. Elle se dressa sur la pointe des pieds et approcha les lèvres de sa joue, mais à la dernière seconde, il tourna la tête et pressa sa bouche contre la sienne.

Le désir emplit tout son corps, comme chaque fois que Barrett l'embrassait.

Il s'écarta et foudroya la porte des yeux.

— Laisse-moi aller voir ce qu'il veut. On discutera ensuite.

CHAPITRE QUARANTE-SIX

Jacey courut sous la douche dès que Barrett sortit de la chambre. Elle ferma la porte de la salle de bains et chercha le verrou des yeux, seulement pour se rendre compte que la porte n'en possédait pas. Elle grogna. Après la nuit dernière, Barrett aurait peut-être envie de remettre le couvert sous la douche.

Elle ouvrit l'eau et sauta sous le jet pendant qu'elle était encore froide. Elle se mouilla les cheveux en frissonnant jusqu'à ce que l'eau devienne tiède, puis chaude. Elle n'arrivait pas à se détendre. Elle était trop à cran, à l'affût du moindre bruit indiquant que Barrett était revenu dans la chambre. Elle trouva un rasoir et se rasa les jambes à la hâte. Elle ne se coupa que deux fois malgré sa précipitation.

Elle coupa l'eau, enfila son peignoir et noua la ceinture avant d'ouvrir la porte de la salle de bains et de passer la tête à l'extérieur.

La chambre était vide. Ryker devait avoir quelque chose d'important à lui dire.

Au moins, ça lui laissait le temps de se sécher les cheveux.

Elle trouva un sèche-cheveux dans un placard et essuya la

buée sur le miroir avant de s'occuper de sa chevelure. Elle fixa son reflet pendant que l'air chaud séchait sa chevelure mouillée, des images d'elle et Barrett flottant distraitement dans son esprit.

Elle s'était lâchée la nuit dernière. Elle l'avait touché et goûté autant qu'elle en avait envie.

Et elle était morte de honte. Elle ne s'était jamais comportée comme ça, pas même avec son ancien compagnon. Mais bon, le sexe avec Jeremy n'avait jamais été génial. Il l'avait toujours laissée sur sa faim.

Pas Barrett. Le sexe avec lui était absolument incroyable. Elle avait ressenti des choses qu'elle croyait n'exister que dans les romans d'amour.

Barrett était brutal et tendre à la fois, il anticipait où elle voulait sentir ses mains, ses doigts, sa bouche.

Elle vit ses joues s'empourprer dans le miroir. Quand elle les revit en train de faire l'amour, la chaleur inonda son bas-ventre et elle commença à mouiller.

— Jacey.

Elle sursauta et se tourna vers la porte fermée.

— Je sors tout de suite, dit-elle en resserrant le peignoir contre son corps.

Elle se brossa rapidement les dents et s'assura que le peignoir était bien fermé avant d'entrer dans la chambre.

Toujours vêtu uniquement de son jean, Barrett était tourné vers la penderie, en train de choisir des vêtements.

— Ce sont tes affaires ? demanda-t-elle en désignant le placard avant de pencher la tête. Attends, ces habits n'étaient pas là hier.

— Braxton a déplacé mes affaires ici avant le mariage. Je ne le lui avais pas demandé, mais Eric avait préparé des vête-ments pour nous. Mais bon, je suis sûr que je devrai le rembourser tôt ou tard.

— Tu as vraiment de bons amis.

Elle resserra les pans du peignoir, mal à l'aise. Elle n'arrivait pas à détacher son regard des muscles de Barrett, qui bougeaient à chacun de ses gestes. C'était comme de la poésie.

— Ce sont aussi tes bons amis, maintenant, dit-il avec un regard en coin avant de sortir un t-shirt noir à manches longues avec un jean noir et de les lancer sur le lit.

Elle sentit son corps se réchauffer et picoter agréablement. Elle serra les cuisses pour essayer de soulager les pulsations qui s'y déchaînaient.

— Est-ce que tout va bien ? demanda-t-elle après s'être éclairci la gorge.

Elle se tourna vers la fenêtre. La neige ne tombait plus, et le soleil matinal faisait scintiller le paysage blanc de milliers de petits diamants.

— Oui, répondit-il en s'approchant d'elle. Ryker m'a dit que Boudier a été retrouvé à Denver.

— Il a été arrêté ?

— Oui, des Gardiens du Mississippi ont réussi à le capturer. Il se planquait dans un motel miteux. Ils lui sont tombés dessus quand il sortait de sa chambre. D'après une carte du Colorado qu'ils ont retrouvée sur lui, il essayait de nous retrouver.

La gorge de Jacey se noua.

— Alors, on ne risque plus rien maintenant.

— Non, en effet.

Il se retourna vers la penderie et en sortit un jean et un pull à grosses mailles pour elle.

— Ce qui signifie qu'on peut descendre en ville. Ryker et les autres Gardiens n'arrêtent pas de râler parce qu'ils ont faim. Je leur ai proposé d'aller prendre le petit-déjeuner à Aspen, dit-il en posant la tenue sur le lit. Je sais qu'on doit encore discuter, mais on pourra prendre le temps de le faire quand on rentre. Tout de suite, j'aimerais juste passer une journée normale avec toi. Une journée au cours de laquelle personne n'essaie de nous tuer.

Elle rencontra son regard et sentit son cœur se serrer dans sa poitrine. Il était si séduisant, l'homme le plus beau qu'elle ait jamais vu. Elle chérirait toujours le souvenir de ce qu'ils avaient partagé la nuit dernière, mais elle ne pouvait pas le laisser s'unir à elle pour toujours. Elle devait apprendre à vivre toute seule sans dépendre de personne.

— Je vais prendre une douche, dit-il.

Il lui fit un petit baiser sur les lèvres avant d'entrer dans la salle de bains.

Elle commença à s'habiller. Elle avait le temps de boire un café et de calmer ses nerfs avant qu'ils ne partent à Aspen.

Si elle se laissait aimer Barrett et commençait à dépendre de lui, ça risquait de mal se terminer. Et elle refusait d'essuyer un nouvel échec dans sa vie.

* * *

D'habitude, Barrett aimait prendre de longues douches chaudes, mais entre la nouvelle que Boudier avait été capturé et le fait que Jacey soit officiellement sa compagne et son épouse, il était de trop bonne humeur pour s'attarder sous l'eau.

Il sortit de la douche en secouant la tête, projetant des gouttelettes d'eau sur le miroir de la salle de bains.

Il se sécha rapidement et alla s'habiller dans la chambre. Il enfila le t-shirt, s'assit sur le lit pour mettre ses bottes de moto noires et descendit au rez-de-chaussée après avoir ramassé sa veste.

Il prit la direction de la cuisine, se doutant que Jacey s'y trouvait probablement. Il tourna au coin du couloir et s'arrêta. Jacey se tenait devant la grande baie vitrée devant la table de la cuisine, entourée de Ryker, Jayden et Lucien. Elle tenait une tasse de café chaud entre ses mains et secouait la tête en regardant l'un des Gardiens.

— Allez, Jacey. Tu peux me le dire, dit Jayden d'un air contrarié avant de pousser Ryker d'un coup de coude.

— Pourquoi je te le dirais ? demanda-t-elle en inclinant la tête. Tu mangeras tout et il n'en restera plus.

— Mais non. Je ne mange pas tant que ça, lui assura Jayden avec un beau sourire.

— Conneries. Jayden bouffe deux fois plus que tous les loups que je connais, le contredit Lucien d'un ton moqueur.

— J'étais là avant, trouducs. Si elle doit le dire à quelqu'un, ce sera à moi, grogna Ryker avant d'essayer de faire un sourire à Jacey.

Sourire lui donnait l'air plus menaçant que charmant. Jacey haussa un sourcil, et Ryker fit un pas en arrière.

Putain, Barrett ne savait de quoi ils parlaient, mais il n'aimait pas les voir coller Jacey comme ça.

— Qu'est-ce qui se passe ici ? demanda-t-il d'une voix forte en entrant dans la cuisine.

Jacey écarquilla les yeux, et les Gardiens eurent le bon sens de faire au moins trois pas en arrière pour s'éloigner d'elle. Quand personne ne répondit, il se tourna vers Lucien :

— Alors ?

Lucien leva les mains en l'air en souriant.

— Ryker et Jayden essaient de persuader Jacey de leur dire où elle a caché la pâte à cookies. Mais c'est une dure à cuire, elle ne veut rien lâcher.

— Lucien, t'es vraiment un lèche-cul, ricana Jayden avant de lancer un regard suppliant à Barrett. Allez, mec. C'est juste de la pâte à cookies. On veut juste goûter. Ces gâteaux étaient trop bons. Ils m'ont rappelé chez moi.

L'expression de Jacey s'adoucit.

— Jayden, tu ne m'avais pas dit que...

— C'est parce qu'il te raconte des conneries, la coupa

Barrett. Arrête d'essayer de l'apitoyer. Elle ne te donnera pas de cookies.

— Merde, j'ai loupé quelque chose ? demanda Damon en entrant dans la cuisine.

Il se dirigea droit vers la cafetière, Braxton, Jaxon et Zane sur ses talons.

— Ryker et Jayden sont prêts à se battre en duel pour les cookies de Jacey, dit Lucien en étouffant un rire.

Jaxon éclata de rire.

— Ça ne m'étonne pas de Jayden. Un peu plus de Ryker, en revanche. Je savais pas que tu aimais autant le sucre, dit-il en se tournant vers le loup. Putain, je ne t'ai jamais vu manger un seul dessert.

— Je t'emmerde, grommela Ryker.

— À mon avis, vous feriez mieux de laisser Jacey et ses cookies tranquilles. Je ne crois pas que Barrett voudra partager, dit Lucien en riant.

Barrett lui lança un regard sévère et alla se placer entre les Gardiens et Jacey.

— Bon, si vous avez fini de vous lancer des piques, je meurs de faim, râla Damon.

— J'ai trouvé un café sympa en ville qui sert des petits-déjeuners à volonté, dit Zane. Il y aura peut-être même assez à manger pour te rassasier, Jayden.

— J'en doute, soupira ce dernier. Mais tu sais ce qui m'aiderait ?

Il regarda Jacey.

— Non. Elle ne te donnera ni cookies ni pâte à cookies, et si tu insistes encore, je t'égorge, gronda Barrett.

Les Gardiens ramassèrent leurs vestes et sortirent de la cuisine en se retenant de rire avec difficulté.

Barrett se tourna vers Jacey. Il savait que les Gardiens plaisantaient, mais ça ne lui plaisait quand même pas. Est-ce qu'il allait toujours se sentir comme ça maintenant qu'il avait une compagne ?

Il ramassa la veste de Jacey posée sur une chaise et la lui tendit. Il ne voulait pas commencer leur vie ensemble du mauvais pied.

Il lui prit la main et la serra doucement dans la sienne. Jacey avait envie de lui faire confiance, mais il devait lui montrer que ses sentiments pour elle étaient bien réels.

Il allait devoir lui prouver ses paroles par des actes.

CHAPITRE QUARANTE-SEPT

Jacey entra dans le petit restaurant installé dans un petit chalet avec Barrett. Les Gardiens étaient descendus en ville dans une seule voiture, mais Barrett et elle avaient pris un des 4x4 d'Eric. La conversation était resté légère et inoffensive. C'était exactement ce dont elle avait besoin. Elle ne voulait pas avoir une discussion chargée en émotions avant de déjeuner avec tous les Gardiens d'Arkansas.

— Par ici, dit Braxton en leur faisant signe depuis une table placée devant une grande cheminée.

Des clients entraient progressivement dans le restaurant, et le bruit des conversations se mêlait aux parfums agréables de pancakes et de bacon.

Barrett tira sa chaise et attendit qu'elle soit assise pour s'installer à côté d'elle, en bout de table. Jaxon était à sa droite et Ryker en face d'elle. Damon était assis de l'autre côté avec Braxton, Zane, Jayden et Lucien, remplissant le reste de la tablée.

— On vous a déjà commandé du café, dit Zane.

— Parfait, dit Barrett en ouvrant le menu.

Jacey but une gorgée d'eau en regardant les loups réunis

autour de la table. Ils se taquinaient en plaisantant. Ils avaient l'air plus unis que sa propre famille.

Ce qui était vraiment triste. Elle avait été élevée dans une famille traditionnelle et n'avait manqué de rien, puis elle avait épousé le loup que ses parents approuvaient. Mais quand son mariage s'était terminé et qu'elle avait eu l'impression d'échouer dans presque tous les aspects de sa vie, sa famille l'avait abandonnée et tout le monde lui avait tourné le dos. Même ceux qu'elle pensait être ses amis avaient cessé de lui parler.

Elle eut soudain l'appétit coupé.

Elle leva la tête et remarqua que Barrett la regardait intensément. Elle cligna des yeux et posa son menu sur la table quand la serveuse s'arrêta devant leur table.

— Qu'est-ce qui vous ferait plaisir ?

La serveuse était jeune, la vingtaine, blonde aux yeux bleus avec une peau parfaite. Elle portait un legging noir et un haut moulant de la même couleur qui mettait ses seins en valeur. Ses bottes grises montaient jusqu'à son genou et un minuscule tablier en jean était noué autour de sa taille.

Jacey remarqua qu'elle souriait un peu trop longtemps à Barrett et se tenait un peu trop près de lui.

Elle sentit la colère monter en elle et se propager dans ses veines comme des nappes d'essence dans une rivière. Elle regarda la jeune femme en plissant les yeux et ouvrit la bouche pour lui dire de s'éloigner de Barrett, mais avant qu'elle ne puisse parler, il posa sa main sur sa cuisse. Ce contact la détendit immédiatement.

— Ma femme et moi prendrons les pancakes à volonté, dit-il.

— On va tous prendre ça, ajouta Jayden. Avec du bacon. Apportez beaucoup, beaucoup de bacon, s'il vous plaît.

Les yeux de la serveuse se posèrent sur la main de Barrett, et elle piqua un fard.

— Bien sûr. Je vous amène ça tout de suite, bégaya-t-elle avant de s'éloigner vers le comptoir.

— La serveuse ne savait pas, dit Ryker avec un petit rire.

— Ne savait pas quoi ? demanda Barrett.

— Que vous êtes mariés. Tu ne portes pas d'alliance, alors les femmes pensent que tu es célibataire, dit-il en montrant sa main gauche.

— Ouais, Barrett. Tu devrais te trouver une bague, dit Jayden. Haley m'a dit que si je voulais l'épouser, j'avais intérêt à en porter une.

— Mais tu es déjà son compagnon, non ? demanda Jacey.

— Oh, ouais. Mais je voulais l'épouser aussi, dit Jayden en souriant béatement comme chaque fois qu'il pensait à sa compagne. Je veux qu'elle soit liée à moi de toutes les manières possibles. Ma compagne. Ma femme. Tu sais, ensemble pour toujours.

Jacey sourit. Elle appréciait Jayden. Il la harcelait peut-être pour avoir de la pâte à cookies, mais il avait l'air de tenir sincèrement à sa compagne.

— Ouais, Ryker est le seul célibataire à la table, dit Lucien en riant.

Ryker le fusilla des yeux.

— Tu n'as pas envie de trouver une compagne ? demanda Jacey au loup antipathique.

— Non. J'aime trop ma liberté.

Il but une gorgée de café en laissant son regard se promener dans le restaurant. Elle remarqua que ses yeux s'arrêtèrent un peu plus longtemps sur une femme assise à une table.

— Tu es sûr ? demanda-t-elle avec un sourire en coin. Tu regardes beaucoup la femme là-bas.

Ryker la dévisagea méchamment. Damon aboya un rire, imité par les autres Gardiens.

— Elle t'a bien cerné, Ryker.

— Non, pas du tout, protesta-t-il en pointant sa fourchette vers elle avant de regarder la femme dont elle parlait. J'aime bien son cul, c'est tout.

— Mon œil. Elle est assise, Ryker. Comment est-ce que tu peux savoir à quoi ses fesses ressemblent ? demanda-t-elle en penchant la tête.

Un autre éclat de rire général éclata autour de la table. La fille en question leva la tête et regarda dans leur direction.

— Moins fort, grommela Ryker. Vous vous comportez comme des animaux.

— Ben, c'est ce qu'on est, techniquement, remarqua Jaxon avant de remercier la serveuse qui revenait avec des assiettes chargées de pancakes.

Ils furent ensuite trop occupés à manger pour parler. Jacey devait bien avouer qu'elle appréciait la compagnie des Gardiens. Le petit-déjeuner terminé, ils sortirent du restaurant sous la lumière vive du soleil.

— Bon, c'est quoi le plan ? demanda Braxton.

— Boudier a été arrêté, on a plus besoin de rester ici, dit Damon en mettant ses lunettes de soleil. Mais il est trop tard pour rentrer en Arkansas aujourd'hui. On repartira demain matin.

— Et d'ici là ?

— Tout le monde est libre. Faites ce que vous voulez.

— Enfin, soupira Jayden. Tu vas finir par nous user jusqu'à la corde, Damon.

— Vous êtes une bande de trouducs flemmards. C'est ce dont vous avez besoin, lâcha Damon.

Jacey sourit.

— J'ai envie d'aller skier. Je n'ai jamais essayé, dit Braxton.

— J'aimerais bien voir ton gros cul sur une piste verte, rigola Zane.

— Piste verte, rien du tout. Je veux faire une piste noire, dit Braxton d'un air buté en croisant les bras.

— Je te parie mille dollars que je skie mieux que toi, dit Jayden en lui tendant la main.

— Pari tenu, accepta Braxton en la serrant dans la sienne. J'empocherai ton argent sans aucune culpabilité.

— Vous venez ? demanda Lucien à Barrett.

— On vous rejoindra plus tard. On a quelque chose à faire d'abord, répondit Barrett en prenant la main de Jacey et en mettant ses lunettes de soleil.

— À plus tard, les salua Ryker.

Elle regarda les Gardiens s'entasser dans le Hummer et la voiture s'éloigner sur la route avant de se tourner vers Barrett.

— Alors, qu'est-ce qu'on va faire ?

Barrett lui prit le bras et commença à marcher dans la rue pleine de boutiques, de cafés et de magasins.

— Nous, madame Middleton, on va s'occuper de quelque chose.

CHAPITRE QUARANTE-HUIT

Barrett prit la main de Jacey pendant qu'ils marchaient dans la rue. La sensation de sa peau contre la sienne lui manquait, mais il était content que les gants lui tiennent chaud.

Il se sentait empli d'un sentiment de paix et de satisfaction.

Pour la première fois depuis longtemps, il avait l'impression d'être à sa place. Parce que Jacey se trouvait à ses côtés.

— Je suppose que tu as un magasin spécifique en tête ? demanda-t-elle en levant les yeux vers lui.

— Oui. J'aimerais te présenter un vieil ami, dit-il avec un sourire en coin.

Ils continuèrent dans la rue, en s'arrêtant de temps à autre pour regarder des vitrines de magasins. Quand il repéra l' enseigne dorée qu'il cherchait quelques mètres plus loin, il pressa le pas.

Il ouvrit la porte de la bijouterie pour laisser entrer Jacey en premier.

L'odeur familière de la boutique l'entoura, faisant remonter des souvenirs de son passé.

Jacey écarquilla les yeux en découvrant les nombreux bijoux présentés dans des vitrines en verre.

— Qu'est-ce que...

Avant qu'elle ne puisse poser sa question, un homme d'environ soixante-dix ans sortit de l'arrière de la boutique. Son sourire s'élargit quand il vit Barrett.

— Barrett ! C'est si gentil de rendre visite à ton vieil ami Gianni ! s'écria-t-il en le serrant dans ses bras avant de l'embrasser sur les deux joues.

— Je vois que tu n'as pas changé, vieille branche, le taquina Barrett.

— Je me suis juste un peu élargi, dit Gianni en tapotant son ventre rond avant d'éclater de rire. C'est à cause de ma femme. Elle me régale de plats italiens et de bon vin.

Il éclatèrent de rire, et le regard de Gianni se posa sur Jacey. Il écarquilla les yeux.

— Et qui est cette charmante jeune femme ?

— Gianni, je te présente Jacey. Mon épouse, dit Barrett en prenant sa main.

La mâchoire du vieil Italien se décrocha. Il cligna plusieurs fois des yeux, et son sourire s'étira lentement jusqu'à ce qu'il illumine tout son visage.

— Jacey, je te présente Gianni Bertolli, un bon ami de ma famille.

Jacey lui tendit la main en souriant, mais au lieu de la serrer, Gianni prit son visage entre ses mains.

— Jacey. C'est un honneur de rencontrer la femme à qui Barrett a enfin donné son cœur.

Il lui embrassa les deux joues. Jacey devint rouge écrevisse et rentra la tête dans ses épaules.

— Merci, Gianni. C'est un plaisir de vous rencontrer.

— Tu as fait un excellent choix, Barrett. J'ai rarement vu une telle beauté et un amour si évident entre deux personnes.

— Merci, dit Barrett en portant la main de Jacey à ses

lèvres pour l'embrasser. Mon épouse est très modeste. Elle ne se rend pas compte à quel point elle est magnifique.

Gianni secoua la tête.

— Alors, tu dois le lui dire tous les jours, tout le temps, jusqu'à ce qu'elle le sache ! s'exclama-t-il en levant les bras en l'air. C'est ce que je fais avec ma chère épouse, Bella. Je lui dis qu'elle est belle chaque matin et chaque soir.

Jacey sourit.

— Prends soin d'elle, mon ami. À mon avis, tu ne pouvais pas trouver un plus beau diamant, continua Gianni en souriant. Que Dieu vous apporte plein de beaux enfants.

Jacey fronça les sourcils, mais Barrett sourit.

— Dis-moi, tu as quelque chose de spécial à montrer à mon épouse ?

— J'ai exactement ce qu'il faut, dit Gianni avec un regard brillant.

Il disparut dans la réserve du magasin, les laissant seuls. Barrett caressa la joue de Jacey et l'embrassa tendrement.

— Ah, c'est bon de voir des amoureux, dit le vieil homme en revenant et en posant un écrin sur le comptoir.

Il s'approchèrent pendant que Gianni ouvrait la boîte. C'était un collier en V orné de diamants et de saphirs, avec un gros diamant à la pointe. Tout l'ensemble était serti de platine. Une boucle d'oreille en saphir assortie se trouvait de chaque côté du collier.

— Cette parure a été fabriquée dans ma ville natale d'Italie. Créée à la main. Ces bijoux sont uniques au monde.

— Ils sont époustouflants, murmura Jacey.

— Ta femme a bon goût, Barrett. Et l'œil pour la qualité. Tu as bien fait de l'épouser. En plus d'être belle, elle est intelligente.

Le compliment fit rougir Jacey.

— Tu as raison. Je ne compte pas la laisser filer, dit Barrett en hochant la tête.

Jacey se trémoussa, mal à l'aise.

— Est-ce que tu pourrais aussi nous montrer des alliances ? demanda Barrett en montrant sa main sans bague.

Gianni baissa les yeux sur la main de Jacey et vit qu'elle ne portait pas de bague non plus.

— Ah. Bien sûr.

Elle se tourna vers Barrett avec des yeux écarquillés.

— Barrett, tu n'as pas besoin de m'acheter une bague, murmura-t-elle.

— Bien sûr que si. Tu es mon épouse. Et puis, il m'en faut une aussi.

Il savait qu'elle doutait encore de ses sentiments, mais il était déterminé à faire ses preuves.

Gianni examina sa sélection d'alliances et en sortit quelques-unes de la vitrine en prenant son temps pour les choisir. Un sourire étira lentement ses lèvres.

— Voilà. Cette alliance est faite pour une reine. Elle est en platine. Et la bague de fiançailles est sertie d'un diamant de dix carats entouré de diamants et de saphirs.

Barrett observa l'expression stupéfaite de Jacey. Elle restait bouche bée devant la bague scintillante devant elle. Elle n'avait jamais rien vu d'aussi cher de toute sa vie.

— Combien est-ce qu'elle coûte ? demanda-t-elle à Gianni.

— Pourquoi le prix importerait-il à l'épouse de Barrett Middleton ? demanda Gianni en haussant les épaules.

— Mais...

— Et si tu l'essayais ? proposa Barrett.

Elle acquiesça, et Gianni donna les bagues à Barrett.

— Et si tu la lui passais au doigt ? Tu es son mari.

Barrett prit la main de Jacey et glissa l'alliance, puis la bague de fiançailles à son annulaire. Elles lui allaient toutes les deux parfaitement.

Elle inspira profondément et son regard s'illumina quand

elle leva la main vers la lumière. Les diamants et les saphirs étincelaient sous les lampes.

— Elles sont vraiment sublimes. Je crois que je n'ai jamais rien vu d'aussi beau.

— Oh, moi si, dit doucement Barrett en la regardant, avant de se forcer à se retourner vers Gianni.

— Tu as une alliance en platine pour moi ?

— Tout à fait. Avec ou sans diamants ?

— Sans, répondit Barrett.

Avec la vie qu'il menait, il les perdrait en une semaine.

— Je vous prépare ça tout de suite, dit Gianni en repartant dans le fond de la boutique.

— Parfait.

— Barrett, je ne peux pas te laisser m'acheter tout ça. Ces bijoux doivent coûter une fortune.

Elle voulut retirer les bagues, mais il lui prit la main et remit délicatement l'alliance en place.

— L'argent n'a pas d'importance. Elles te plaisent ?

— Bien sûr. Elles sont magnifiques.

— Tant mieux. Je pensais ce que j'ai promis quand on s'est mariés. Je me suis lié à toi jusqu'à ce que la mort nous sépare. Et je ne me suis pas uni à toi à la légère, dit-il avant de l'embrasser tendrement sur les lèvres. Tu es à moi, maintenant et pour toujours. Ces bagues sont juste là pour que tout le monde sache que tu es prise.

— Je n'arrive pas à croire que tu viens de faire ça, dit Jacey quand ils sortirent du magasin de Gianni. Je n'ose pas imaginer combien ça t'a coûté.

— Arrête de t'inquiéter pour l'argent. Je voulais te gâter parce que tu le mérites. Et parce que je t'aime.

Elle se sentit fondre, et dut se retenir de se blottir entre ses bras puissants et de se coller contre lui.

C'étaient les mots qu'elle rêvait d'entendre mais ne pouvait se résoudre à lui dire. Si elle le faisait, elle savait qu'elle se noierait dans Barrett et se perdrait pour toujours.

— Jacey ?

Elle reconnut immédiatement la voix appartenant à son passé et sentit ses tripes se retourner. C'était impossible.

Elle se retourna lentement et se retrouva nez à nez avec son ex-mari et ancien compagnon.

— Jacey, qu'est-ce que tu fais ici ? Tu m'as suivi ? demanda Jeremy d'un air soupçonneux.

— Suivi ? Bon sang, pourquoi est-ce que je te suivrais ?

Elle sentit la moutarde lui monter au nez et eut envie de lui faire perdre ce ton arrogant d'une claque bien méritée.

Comment osait-il penser qu'elle le suivait ? Elle posa les yeux sur la femme à la poitrine généreuse qui l'accompagnait.

C'était Wendy, la nouvelle compagne de Jeremy. La louve pour qui il l'avait quittée.

— On n'a pas encore été présentés, dit Barrett d'une voix rocailleuse.

— Je suis Jeremy, l'ex-mari de Jacey.

Jeremy planta les mains sur ses hanches et leva le menton d'un air de défi.

— Je suis Barrett. Le mari de Jacey.

Un sourire meurtrier étira les lèvres de Barrett. Jacey se tourna vers lui avec un regard surpris. Il venait carrément de dire à Jeremy qu'il était son nouveau mari et compagnon.

— Tu es quoi ? lâcha Jeremy en écarquillant les yeux, bouche bée comme un poisson hors de l'eau.

— Son mari. Et bien sûr, *pour la vie*, dit Barrett en posant son bras autour de la taille de Jacey. On est venus se marier à Aspen. C'était une superbe cérémonie.

Elle se blottit contre son torse tiède. Elle adorait sa façon de la protéger et de prendre soin d'elle. Elle pourrait facilement s'habituer à une telle prévenance.

— Et nous, on est venus passer un séjour romantique, dit Wendy.

Elle attrapa le bras de Jeremy et regarda Jacey droit dans les yeux comme si elle marquait son territoire.

Jacey renifla d'un air méprisant. Elle pouvait le garder. Elle n'en voulait certainement plus.

— Attends, comment ça, tu t'es mariée ? fit Jeremy quand il retrouva enfin sa langue. Tu ne peux pas faire ça.

— Pourquoi pas ? Elle est libre de faire ce qu'elle veut, rétorqua Barrett. Je suis honoré qu'elle me considère digne d'être son compagnon.

— C'est arrivé quand ? exigea de savoir Jeremy.

— Hier soir, répondit Jacey en carrant ses épaules.

Elle leva la main gauche pour leur montrer le gros diamant à son doigt, presque aveuglant sous le soleil.

La bouche de Wendy se tordit en un pli jaloux.

Jacey était aux anges.

— Barrett, Barrett ! cria Gianni en sortant de sa bijouterie. Tu as oublié quelque chose.

Il tendit à Barrett une petite boîte entourée de papier blanc avec un nœud rouge.

— Tu ne voudrais quand même pas oublier ton cadeau à ta nouvelle épouse ?

— Merci, Gianni, dit-il en rangeant l'écrin dans la poche de sa veste.

Il salua l'homme, qui repartait déjà dans sa boutique.

— Qu'est-ce que c'est ? demanda Jacey, avant de reconnaître la boîte qui contenait le collier orné de diamants et de saphirs.

— Barrett, tu n'as pas acheté le collier, au moins ?

— Et si je réponds oui ? demanda-t-il avec un sourire en coin.

— Mais il devait coûter une fortune.

— Je veux t'acheter ce qu'il y a de plus beau. L'argent n'est pas un problème.

Il pencha la tête et lui donna un baiser passionné. Elle se sentit fondre entre ses bras.

— Tu es prête, mon cœur ? lui demanda-t-il en lui prenant la main quand il détacha sa bouche de la sienne.

— Oui.

Elle entrelaça ses doigts aux siens sans pouvoir s'empêcher de sourire. Barrett mit ses lunettes de soleil sur son nez et se remit à marcher en ignorant Jeremy et sa nouvelle compagne.

— Tu ne leur as même pas dit au revoir, pouffa-t-elle.

— Il a déjà de la chance que je ne le frappe pas, lâcha Barrett d'un ton glacial en la serrant contre son torse.

— Qu'est-ce que tu as pensé de sa compagne ?

— Je pense que Jeremy est un idiot, et qu'il l'ait choisie au lieu de toi le prouve. Il doit être aveugle, répondit Barrett en arrêtant de marcher. Comment est-ce que tu trouves tes bagues ? Elles te plaisent ?

Même s'il portait des lunettes de soleil, elle sentit son regard inquiet et comprit que sa réponse lui importait beaucoup.

— Si elles me plaisent ? Je les adore, dit-elle en secouant la tête. Elles sont superbes, mais c'est trop, Barrett.

— Rien n'est trop pour toi, dit-il en la serrant dans ses bras avant d'ajouter à voix basse : Ils nous regardent toujours.

— Si on leur donnait quelque chose à regarder, dans ce cas ?

Elle enlaça son cou et l'embrassa fougueusement. Quand elle sentit ses mains se poser sur ses fesses, elle regretta de ne pas déjà être de retour dans la maison au cœur de la montagne, sans rien ni personne pour les déranger. Quand Barrett s'écarta, elle était essoufflée et son cœur battait la chamade.

— Tu as déjà fait du ski ? demanda-t-il en souriant.

— Non.

— Tu vas adorer. C'est presque aussi agréable que courir dans la neige sous sa forme de loup, dit-il avec un regard plein de malice.

Elle éclata de rire. Être avec lui était naturel. Ça ne durerait probablement pas entre eux, mais elle allait profiter de chaque instant ensemble. C'était tout ce dont elle pouvait être sûre.

CHAPITRE CINQUANTE

— Alors, qu'est-ce que tu en dis ? demanda Barrett à Jacey en plantant ses bâtons de ski dans la neige.

Ils étaient au bas de la piste qu'ils venaient de descendre, après avoir loué du matériel.

— Ça faisait peur, mais c'était excitant, répondit Jacey avec un large sourire.

Elle rejeta sa tête en arrière et éclata de rire. Elle était craquante dans sa tenue de ski et son bonnet à pompon blanc.

— Tu veux refaire une descente ? proposa-t-il avant de la prendre dans ses bras pour l'embrasser.

— Sur la piste verte ? Non. Je veux essayer la...

— La piste noire ? demanda Lucien, qui s'arrêta à côté d'eux en faisant déraper son snowboard.

Il enleva son masque en souriant.

— Ouais, ça a l'air marrant, dit Jacey avec enthousiasme.

— Bon sang, c'est hors de question. Tu n'es pas prête pour les pistes noires. Ce sont les plus difficiles, elles sont réservées aux experts, dit Barrett en fronçant les sourcils.

Il ne comptait pas la laisser faire quelque chose d'aussi dangereux. Il regarda le snowboard de Lucien.

— Un expert comme Barrett, dit Lucien en suivant le regard du loup. Quand est-ce que tu as fait du snowboard pour la dernière fois, mon frère ?

— Il y a quelques années.

Il aimait encore plus le snowboard que le ski.

— Tu sais aussi faire du snowboard ? demanda Jacey avec un regard admiratif.

— J'en ai fait.

Il avait aimé faire beaucoup de choses, avant que ses responsabilités ne le condamnent à une vie de sacrifices.

— Tiens, dit Lucien en décrochant la planche de ses bottes. Je tiendrai compagnie à Jacey pendant que tu fais une descente.

— Nan, merci.

Il n'avait pas envie de laisser sa compagne.

— Qu'est-ce qui se passe ? Pourquoi on s'arrête ? demanda Braxton en dérapant pour s'arrêter juste devant eux en envoyant une gerbe de neige dans les airs.

— Barrett va prendre mon snowboard pendant qu'on reste avec Jacey, répondit Lucien avec un grand sourire en lui tendant la planche.

— Non.

— Qu'est-ce qu'il y a ? On y retourne ? demanda Damon en arrivant, suivi de près par Jayden, Jaxon et Zane.

— Barrett va faire du snowboard, fit Braxton en souriant.

— Non, pas du tout, dit-il fermement.

— Pourquoi ? Tu as la frousse ? demanda Jayden avec un regard moqueur.

— Qu'est-ce que tu viens de dire, Jayden ? gronda-t-il.

Les autres loups reculèrent. Jayden cligna des yeux.

— Quoi ? Je veux dire, je comprends que tu n'aies pas envie de te blesser pendant ta lune de miel. Et puis, tu es déjà mort une fois. Je suis sûr que ça a dû t'affaiblir un peu. Il vaut mieux ne pas prendre trop de risques.

— Donne-moi cette putain de planche, gronda Barrett en arrachant le snowboard des mains de Lucien avant de commencer à s'éloigner vers le télésiège.

— Mais c'est pas le bon télésiège, Barrett. Celui-là te fait monter au snowpark, appela Jayden derrière lui.

— Je sais, répondit-il sans se retourner.

* * *

— Ça va être génial, dit Lucien en souriant jusqu'aux oreilles.

— Est-ce que c'est légal ? Je veux dire, ils vont laisser Barrett entrer dans le parc ? demanda Jacey.

Les Gardiens l'avaient accompagnée jusqu'au bord de la piste du snowpark. Elle leva la tête vers la ligne de départ.

La piste était très raide, avec une rampe qui remontait d'un côté pour les sauts. Une fois arrivé en haut du télésiège, Barrett était monté jusqu'au départ de la piste en motoneige. Ils le virent se pencher pour attacher le snowboard.

— Les compétitions ne commencent pas avant quelques jours. Ça ne dérangera personne s'il teste la piste, assura Lucien qui regardait aussi Barrett, les bras croisés.

Elle déglutit et reporta son attention sur son compagnon.

— Mais ça a l'air vraiment pentu. Sans parler de la rampe. Je croyais qu'il allait juste faire une descente en snowboard.

— Barrett n'est pas du genre à aimer les défis faciles, déclara Ryker avant de la regarder. Ne t'inquiète pas. Il sait ce qu'il fait.

Elle se mordit les lèvres. Elle ne pouvait pas s'empêcher d'être inquiète.

Les haut-parleurs commencèrent à diffuser du rock à plein volume sur la piste. Tous les Gardiens s'alignèrent pour regarder Barrett.

— Vous allez voir ça, fit Lucien.

Jacey n'osait pas quitter la silhouette musclée de Barrett des yeux.

Il rencontra son regard, sourit, mit son masque sur ses yeux et démarra.

Il glissa avec agilité en faisant des virages gracieux et prit progressivement de la vitesse.

Elle cessa de respirer quand il s'élança sur la rampe et s'envola dans le ciel. Il tourna sur lui-même et fit plusieurs tours complets dans les airs avant d'atterrir parfaitement et de s'arrêter en dérapant devant eux, éclaboussant Jayden avec de la neige fraîche.

— Mec, c'était dément ! s'exclama le Gardien en s'essuyant le visage. Comment on appelle cette figure ?

— Un switch frontside triple cork 1440, répondit Ryker.

— Putain, comment est-ce que tu as fait ça ? demanda Jayden.

— Je croyais que tu allais rentrer le double mctwist 1260, mais tu as fait encore mieux, dit Lucien en haussant les épaules.

— Attends, comment ça se fait que Lucien connaît le nom des figures ? demanda Zane.

— Parce que comme Barrett, il a grandi dans une famille friquée, dit Ryker d'un ton moqueur. Ses parents pouvaient l'emmener au ski pendant les vacances, contrairement à nous.

Jacey déglutit. Ryker avait raison. Barrett avait eu une vie différente des leurs. Et il appartenait à une famille influente.

— Rends-moi la planche, j'ai envie d'essayer, dit Lucien.

Il récupéra le snowboard et monta en haut de la piste. Les autres Gardiens donnèrent des claques dans le dos de Barrett et le félicitèrent avant de se disperser pour aller faire encore quelques descentes.

— Alors, qu'est-ce que tu en as pensé ? demanda Barrett à Jacey. Tu n'as pas dit grand-chose.

— Je suis impressionnée. Tu dois en faire depuis des années.

— Je préfère le snow au ski, dit-il en haussant les épaules. Ça me fait presque les mêmes sensations que quand mon loup court dans la neige.

— Vraiment ? demanda-t-elle en haussant un sourcil. Tu crois que tu pourrais m'apprendre ?

Il lui fit un large sourire.

— Bien sûr. Allons louer des planches. On commence tout de suite.

CHAPITRE CINQUANTE-ET-UN

— Tu es contente ? demanda Barrett à Jacey dans la voiture.

— Je crois que j'ai découvert mon nouveau passe-temps préféré, répondit-elle.

Ses yeux étaient brillants, et ses joues portaient une jolie teinte de rose après avoir fait du snowboard pendant des heures.

— Tu as vite compris comment faire. Je suis très impressionné, admit-il.

— Tu pourras m'apprendre des figures la prochaine fois ?

— Ah, non.

Il perdit son sourire.

— Pourquoi ? Tu ne m'en crois pas capable ?

— Non, je sais que tu en es capable. Mais je n'ai pas envie que tu le fasses. C'est trop dangereux.

Il voulait la protéger à tout prix, même si ça ne lui plaisait pas.

— Je n'arrive pas à croire qu'il est à peine deux heures de l'après-midi. J'ai l'impression qu'il est beaucoup plus tard. Je suis épuisée, dit-elle avant de poser la tête contre la vitre passager en poussant un soupir.

Elle replaça une de ses douces mèches blondes derrière son oreille et croisa les bras.

— Ce n'est pas étonnant. Tu as non seulement fait du snowboard pour la première fois, mais aussi du ski. Tu vas sûrement bien dormir cette nuit.

Il sentit son cœur battre plus vite en pensant à cette nuit. Serait-elle trop fatiguée pour faire l'amour ?

— J'ai vu de la viande hachée dans le congélateur. Je pense que je vais faire du chili ce soir. Et du pain maison. Tu crois que ça plaira aux Gardiens ? demanda-t-elle, l'air incertain.

Il était sur le point de lui dire de ne pas se préoccuper de nourrir les loups et de les laisser se débrouiller seuls, mais il vit dans son regard qu'elle en avait envie. Elle voulait qu'ils l'apprécient. Il se ravisa et lui dit avec sincérité :

— Ils adoreront ton chili, autant qu'ils t'adorent déjà.

* * *

— La viande a presque entièrement décongelé. Dès qu'elle sera prête, je commence le chili, dit-elle à Ryker et Jayden qui attendaient de l'autre côté de l'îlot de cuisine.

Elle masqua son sourire en baissant la tête vers les poivrons qu'elle était en train de découper sur une planche. Elle ramassa les petits carrés verts et les ajouta aux tranches d'oignon dans le saladier.

— Bon Dieu, ça sent bon, dit Jayden en se frottant le ventre.

Il ne quittait pas des yeux le pain frais posé sur la table. Dès qu'elle l'avait sorti du four, Ryker et Jayden étaient entrés dans la cuisine comme deux lions en chasse à la recherche d'une gazelle.

— Ce sera prêt dans moins d'une heure, dit-elle avant de froncer les sourcils. Je croyais que tous les Gardiens étaient en réunion avec Barrett.

— C'est le cas, dit Ryker en croisant les bras.

— Mais j'ai trop faim, gémit Jayden d'un ton plaintif.

— Pfff. Très bien. Si je vous donne des cookies, vous me laisserez tranquille ?

— Oui, répondirent-ils en chœur.

En souriant, elle ouvrit un placard au-dessus de sa tête et en sortit une boîte de céréales allégées. Elle vit leurs expressions passer du dégoût à la surprise quand elle en sortit un sachet en plastique. Elle l'ouvrit et donna trois biscuits à chacun.

— C'est là que tu les cachais, dit Jayden en fourrant un gâteau dans sa bouche. C'est malin. Merci, Jacey.

Satisfait, il sortit de la cuisine. Ryker regardait fixement les biscuits dans sa main.

— Tu sais que tu vas devoir les déplacer, maintenant ?

— J'ai encore plusieurs cachettes où vous ne penserez jamais à regarder, répliqua-t-elle.

— Ne me lance pas de défi. Je suis sûr que je peux les trouver, dit-il avec un sourire en coin.

Elle haussa un sourcil et posa une poêle sur la cuisinière. Quand elle se retourna, Ryker était toujours là, les biscuits intacts dans sa main. La tension commença à alourdir la pièce, et les murs de l'opulente cuisine semblèrent rétrécir.

— Tu voulais me dire autre chose ? demanda-t-elle en penchant la tête.

Elle ne comptait pas se laisser intimider par le Gardien. Elle se sentait plus forte que jamais, et était prête à se défendre pour ne rien laisser s'interposer entre elle et Barrett.

— Est-ce que tu vas te battre pour lui, ou juste t'en aller ?

C'était la dernière question à laquelle elle s'attendait de la part de Ryker, le dur à cuire stoïque.

— Ça te regarde ? lâcha-t-elle en levant le menton. Ryker,

je sais que tu ne m'apprécies pas. Et je sais que tu veux protéger Barrett. C'est toi qui l'a ramené de la mort.

— Techniquement, c'est la fée, Celeste, dit-il en secouant la main.

— S'il est ici aujourd'hui, c'est grâce à toi, dit-elle doucement.

Son cœur se serra en pensant que Barrett pourrait être mort aujourd'hui.

— Je le protégerai toujours, dit Ryker d'un ton bourru.

— Moi aussi.

Elle posa les mains sur le comptoir de l'îlot de cuisine et le regarda droit dans les yeux.

— Ryker, techniquement, je suis la compagne de Barrett.

— Et son épouse, ajouta-t-il.

— Je ne sais pas exactement ce que Barrett t'a dit sur mon passé, mais j'ai déjà eu un compagnon...

— Ouais, un connard du Mississippi qui a demandé à Jack Welbourn d'annuler votre union.

— Oui, dit-elle en fronçant les sourcils.

— Barrett m'en a parlé avant le mariage. Il m'a dit qu'à cause de ça, tu ne voulais plus te marier ni avoir de compagnon.

Elle détourna les yeux. Ryker fit un pas vers elle.

— Je m'y connais pas trop sur le sujet. J'ai jamais eu de compagne, et je compte pas en avoir.

Elle poussa un soupir.

— Mais je sais que Barrett t'aime, et j'ai vu comment tu le regardes. Tu l'aimes aussi.

Elle releva brusquement les yeux vers lui.

— Je suis peut-être un connard, mais je protège ma famille. Tu es la compagne de Barrett, donc tu en fais partie maintenant.

Elle battit des cils pour chasser les larmes qui lui montaient aux yeux. Sa propre famille l'avait rejetée et abandonnée, mais elle avait été acceptée dans une famille encore plus soudée.

— Je voulais juste te dire que tu n'avais pas à redouter que Barrett te quitte comme cet enfoiré avec qui tu étais. Barrett n'a rien à voir avec lui. Déjà, ce n'est pas un enfoiré, ou du moins pas avec toi. Ne t'inquiète pas pour votre avenir et ne te base pas sur ton passé pour faire tes choix, continua-t-il en penchant la tête. Je te prédis que vous serez très heureux ensemble et que vous aurez plein d'enfants.

Ses mots firent naître une lueur d'espoir dans son cœur. Elle inspira profondément. Ryker avait raison. Il était temps qu'elle tire un trait sur son passé et qu'elle se tourne l'avenir. Vers son futur avec Barrett.

Elle contourna l'îlot de cuisine, et plaça le sachet de biscuits dans la paume de Ryker en souriant.

— Merci, Ryker.

— Pas de problème, répondit-il avec un petit sourire. Et merci pour les biscuits en rab'. Je compte bien faire râler Jayden avec.

Il sortit de la cuisine, et elle se tourna vers la fenêtre pour regarder la chaîne de montagnes qui s'étalait devant la maison. Elle ferma les yeux et respira calmement. Elle allait prendre soin de son bonheur. Elle était prête à prendre des risques, surtout si c'était pour vivre heureuse avec Barrett.

Des coups légers contre la porte interrompirent le fil de ses pensées. Elle ouvrit les yeux et alla ouvrir au Gardien qui s'était retrouvé bloqué dehors.

— Qui est enfermé dehors, cette fois ? demanda-t-elle en ouvrant la porte.

Une silhouette enveloppée d'un épais manteau lui tournait le dos. Elle se retourna lentement.

La gorge de Jacey se noua.

L'individu tendit le bras et lui aspergea quelque chose dans le visage. La douleur irradia immédiatement sa bouche et ses yeux et elle tomba à genoux, à l'agonie. Il posa la main sur sa bouche avant qu'elle ne puisse hurler pour alerter les autres.

Elle se débattit, donna des coups de pieds et griffa sa main, mais il planta une aiguille dans son cou.

Sa peur se mua en désespoir quand elle se sentit perdre connaissance.

CHAPITRE CINQUANTE-DEUX

— Qu'est-ce que tu faisais ? demanda Barrett d'un ton de reproche à Ryker quand il entra dans la pièce d'un pas guilleret.

— On m'offrait des biscuits, répondit Ryker en en fourrant un dans sa bouche.

— Hé, pourquoi t'en as eu plus que moi ? demanda Jayden avec une moue.

— Jacey me les a donnés. Elle doit m'aimer plus que toi, répondit Ryker en mâchant soigneusement.

— Ça m'étonnerait. Je suis le type le plus adorable dans cette maison, protesta Jayden.

— T'es sûr ? demanda Braxton en souriant.

— D'accord, le plus adorable à part toi, lui concéda Jayden.

— Vous avez fini, ou vous voulez vous tresser les cheveux avant qu'on commence la réunion ? lâcha Barrett.

Il secoua la tête en regardant Damon.

— Après seulement quelques mois sous ton commandement, ils sont devenus de vraies gonzesses.

— Non, pas tous. Zane, Ryker et Lucien sont toujours des

durs, comme toi, dit Damon d'un ton moqueur en chipant un biscuit dans la main de Ryker.

— On se met au boulot, vous voulez bien ? demanda Barrett avec impatience avant de se tourner vers Jaxon. Quelles sont les nouvelles concernant Boudier ? Il est toujours retenu à Denver ? Si c'est le cas, on pourrait y aller tout de suite et rendre la justice nous-mêmes.

Les Gardiens poussèrent des grondements approbateurs. Jaxon sortit son téléphone et pianota sur l'appareil. Il fronça les sourcils.

— Le dernier email que j'ai reçu remonte à quelques heures. Rien d'autre depuis.

Un téléphone sonna dans la pièce, et tout le monde fouilla ses poches.

— C'est le mien, dit Lucien en faisant glisser son doigt sur l'écran. Allô ?

Barrett regarda intensément Lucien et vit son expression s'assombrir.

— Il y a combien de temps ? murmura-t-il dans le combiné.

Tout le monde se tut dans la pièce. Barrett pouvait entendre les battements de son propre cœur. Lucien raccrocha et rencontra son regard.

— Boudier s'est échappé. Il a tué les deux Gardiens qui le surveillaient à Denver, et personne ne sait où il est.

Barrett sentit la nausée le prendre à la gorge.

— Où est Jacey ? demanda-t-il à Ryker.

— En bas, dans la cuisine. Elle prépare du chili, répondit Ryker.

Barrett sortit du bureau en courant, les autres loups sur ses talons.

— Jacey ! cria-t-il en entrant dans la cuisine.

La gazinière était allumée et de la viande hachée grésillait dans la poêle sans surveillance. Il alla voir dans le garde-manger, mais Jacey n'était pas là. Son cœur commença à s'affoler contre sa cage thoracique.

— Elle n'est pas dans la maison, dit Ryker d'un ton lugubre en entrant dans la cuisine. On vient de faire toutes les pièces avec Damon.

— Elle est peut-être dans le jardin, dit Barrett.

Il entendait un bourdonnement dans ses oreilles et la peur lui faisait tourner la tête. Quelque chose n'allait pas. Vraiment pas.

— J'ai envoyé Jayden, Jaxon et Lucien à sa recherche dehors, déclara Damon en entrant dans la pièce. Elle a peut-être juste eu envie de prendre l'air.

Barrett eut l'impression que le monde s'écroulait autour de lui. Il dut s'appuyer contre le mur pour ne pas tomber.

— Elle ne serait pas partie se promener maintenant. Elle m'a dit qu'elle était épuisée après cette journée de ski, et il y a de la viande sur le feu.

— Ne commence pas à t'inquiéter tout de suite. Attends que les autres Gardiens reviennent, dit calmement Damon.

Barrett releva brusquement la tête quand la porte s'ouvrit. Lucien, Jayden et Jaxon entrèrent dans la cuisine. Lucien rencontra son regard.

— Elle n'est pas là, hein ?

Il connaissait déjà la réponse.

— Non, répondit Lucien. Mais on a trouvé des empreintes de pas et de pneus qui ne correspondent à aucun de nos véhicules.

— Boudier, gronda Barrett.

Il se mit à courir vers la porte d'entrée, mais Damon le retint par le bras.

— Barrett, attends !

— Il l'a enlevée. Je dois la retrouver, dit sèchement Barrett en secouant le bras pour se dégager.

— Je comprends, et c'est ce qu'on va faire. Mais tu sais

aussi bien que moi que Boudier veut te tendre un piège. Tu ne peux pas te précipiter pour la sauver sans avoir un plan solide. Il ne lui fera rien tant que tu ne seras pas là pour y assister. Si je sais une chose sur ce putain de psychopathe, c'est qu'il aime avoir un public.

Même si tous ses instincts lui hurlaient de se lancer à la poursuite de sa compagne, il savait que Damon avait raison.

— Merde. Dépêche-toi de trouver un plan. Tu as vingt secondes avant que je me casse, dit-il en un grondement guttural.

Passé ce délai, rien au monde ne pourrait l'empêcher de retrouver Boudier et de mettre fin à sa vie une bonne fois pour toutes.

CHAPITRE CINQUANTE-TROIS

Jacey se réveilla avec une douleur lancinante au crâne. Elle posa la main sur son front en grimaçant, s'attendant à sentir du sang tiède sous ses doigts. Elle écarta la main pour la regarder.

Pas de sang.

Elle cligna des yeux pour s'habituer à l'obscurité dans la petite pièce qui sentait la naphtaline et la poussière, et se leva lentement du petit matelas sale sur lequel elle était allongée.

Un sentiment de terreur remonta le long de sa colonne vertébrale. Elle n'était plus dans la maison. Apparemment, elle se trouvait dans une cabane abandonnée. Et, à l'odeur d'excitation sexuelle dans l'air, elle n'était pas seule.

— Je n'aurais jamais pensé qu'il trouverait une louve à son goût un jour, mais il l'a fait. Pour mon plus grand plaisir, dit une voix masculine dans son dos.

Elle tourna la tête. De l'autre côté de la pièce, une silhouette dans un grand manteau noir fit quelques pas en avant.

Edward Boudier.

— Vu la tête que tu fais, j'en déduis que tu sais qui je suis, lâcha-t-il d'un ton railleur.

Elle se força à rester debout et regarda autour d'elle. La cabane était petite, avec une seule porte et une fenêtre condamnée par des planches. Elle ne pouvait pas distinguer l'extérieur, et personne ne pouvait voir à l'intérieur non plus.

— Où est-ce qu'on est ?

— Pas loin de ton petit copain.

— De mon compagnon, tu veux dire, dit-elle en plissant les yeux et en serrant les poings.

Un sourire froid étira les lèvres de Boudier.

— Sa compagne. Encore mieux.

— Qu'est-ce que tu me veux ? demanda-t-elle, sentant son cœur se mettre à cogner contre sa poitrine.

— À toi ? Ma foi, tu n'es qu'un moyen d'arriver à mes fins, ma chère.

Il appuya son dos contre la porte et croisa les chevilles après avoir prononcé ces mots avec finalité. Elle devait s'échapper au plus vite. Si Barrett venait ici, Boudier le tuerait.

— Ah, voilà, dit-il à voix basse d'un ton mielleux.

Des frissons parcoururent l'échine de Jacey.

— Voilà quoi ?

Il se décolla de la porte et fit un pas vers elle.

— La peur dans ton odeur, dans ta voix. Tu sais qu'aujourd'hui, ta vie va changer pour toujours, pas vrai ?

Elle cligna des yeux en essayant d'ignorer la bile qui remontait dans sa gorge.

Il pencha la tête avant de poursuivre :

— Tu sais, j'étais vraiment contrarié quand ces chasseurs t'ont laissée filer. Si Barrett ne les avait pas attaqués, je t'aurais déjà depuis des jours.

— C'est toi qui avais envoyé ces humains ? Pour m'enlever ?

Sa voix trembla, et ses jambes en firent autant.

— En effet. Avant d'établir mes quartiers chez Mena, je t'ai observée depuis un bâtiment en face de la maison. Les propriétaires avaient fermé le restaurant pour l'hiver, alors je me suis installé dans le grenier. J'attendais le moment opportun pour te kidnapper dès que Barrett regarderait ailleurs. J'avais chargé les deux chasseurs de t'attraper s'ils croisaient ta louve. Quand je t'ai vue sortir de chez Mena le soir où il neigeait, j'ai compris que c'était ma chance.

— Barrett m'a sauvée avant qu'ils ne puissent m'enlever.

— Il gâche toujours tout, lâcha-t-il entre des dents.

— Alors, qu'est-ce que tu vas faire, maintenant ? Attendre que Barrett arrive et nous tuer tous les deux ? demanda-t-elle en essayant de ravaler la peur qui l'étouffait.

L'expression de Boudier s'éclaira d'une joie mauvaise.

— Chaque chose en son temps, ma chère. Quand Barrett arrivera, mes hommes le captureront et ils tueront tous ses Gardiens. Une fois que ce sera fait, je lui tirerai une balle d'argent dans le ventre.

Elle laissa échapper un petit cri.

— Oh, ne t'inquiète pas. L'argent ne le tuera pas. Pas sur le coup, du moins ; mais il souffrira beaucoup jusqu'à ce qu'il meure d'empoisonnement. Et pendant qu'il se tordra de douleur, je le forcerai à regarder pendant que je te possède. Il ne voudrait plus jamais de toi après ça. Je le forcerai à regarder pendant qu'il agonise, et ensuite...

— Tu me tueras.

Malgré le désespoir qui lui comprimait la poitrine, elle releva le menton.

— Non. Je te laisserai partir. Et je m'assurerai que tout le monde apprenne comment tu as été déshonorée sous les yeux de Barrett pendant qu'il agonisait. Tu devras vivre avec cette tache, et tous les loups te tourneront le dos. Bon sang, tu les dégoûteras probablement tellement qu'ils te tueront pour avoir manqué de respect à ton compagnon.

— Je préfère mourir, murmura-t-elle en secouant la tête.

— Je sais, mais j'ai besoin que tu vives un peu, juste assez longtemps pour souffrir. Ne t'en fais pas, je compte prolonger ton supplice aussi longtemps que possible, dit-il avec un sourire vicieux en se frottant les mains. Et je te tuerai quand tu t'y attendras le moins.

— Tu es vraiment maléfique, dit-elle en reculant.

— Et toi, tu es sur le point de connaître davantage de douleur en un jour que tu n'en as connu pendant toute ta vie. J'ai vraiment hâte de voir Barrett rendre son dernier soupir. Ce connard m'a causé une tonne d'ennuis, bien plus que n'importe quel autre chef de meute, grommela-t-il en se frottant la nuque.

— Barrett est le chef de meute le plus honorable que je connaisse. Si tu le tues, tous les chefs des autres États voudront le venger.

— Et tous les autres chefs de meute apprendront à se soumettre. Je tuerai leurs Gardiens jusqu'à ce que tous s'inclinent devant moi et me jurent fidélité, dit-il avec un regard étincelant.

— Tu n'as pas assez de pouvoir pour faire ça.

— J'ai assez d'argent pour le faire. Ça me donne tout le pouvoir dont j'ai besoin. Les loups rouges sont déjà dans ma poche. Ils ont envie de provoquer une guerre contre les humains depuis des années. Ils veulent les éradiquer de la surface de la Terre pour qu'il ne reste que des loups. S'ils m'aident à faire plier les autres meutes, je leur accorderai cette guerre, et quand tout sera terminé, je contrôlerai les États-Unis.

— Tu es complètement fou.

— Tu le penses peut-être, mais c'est la vérité. Je suis né pour diriger le monde. Et je compte bien y parvenir.

Elle secoua la tête, abasourdie. Elle ne le laisserait pas faire sans se battre.

— Barrett va venir me sauver, et il te tuera.

— Qu'il essaie, répondit-il avec un sourire de maniaque. Il échouera.

CHAPITRE CINQUANTE-QUATRE

— Allons-y, on perd du temps ! cria Barrett en tapant sur le volant, le ventre noué par la colère et l'anxiété.

Dès qu'ils avaient compris que Boudier avait kidnappé Jacey, les Gardiens étaient montés dans deux voitures et avaient suivi les traces de pneus dans la neige. Les seuls à ne pas être dans les véhicules étaient Jaxon et Lucien : ils avaient muté et étaient partis en éclaireurs. Ils pouvaient progresser plus facilement que les voitures à travers le terrain enneigé.

Ils comprirent rapidement que les traces n'étaient pas des pneus. Boudier avait eu l'intelligence de venir avec un véhicule monté sur chenilles.

— Et si...

La boule dans sa gorge l'empêcha de terminer sa phrase. Il ne s'était jamais senti aussi impuissant.

— Reste concentré, Barrett. On va la retrouver avant que Boudier ne lui fasse quoi que ce soit, dit Damon d'une voix autoritaire. Je t'interdis de flancher.

Barrett se tourna vers le loup. Le regard de Damon était dur et résolu. Il avait tout d'un chef. Barrett hocha la tête, prit une inspiration et souffla lentement.

— Tu as raison. Boudier attendra que je sois là pour lui faire du mal. Avant de me tuer.

— Il n'en aura pas l'occasion, gronda Damon. Ce connard va mourir. Cette fois, il n'y aura pas de foutu Tribunal.

— Tu as raison, il n'y en aura pas.

Barrett plissa les yeux et regarda droit devant lui. Il arracherait la tête de Boudier de ses propres mains et mettrait fin à sa vie. Boudier lui cherchait des noises depuis trop longtemps.

Il s'était frotté au mauvais loup. En enlevant Jacey, Boudier avait signé son arrêt de mort. À la fin de cette journée, il aurait disparu de la face du monde.

— Arrête ! cria Damon en montrant quelque chose devant lui. C'est le 4x4. Cet enfoiré a bien pensé à prendre un véhicule à chenilles.

— Il savait qu'on le suivrait et il voulait prendre de l'avance, lâcha Barrett en sortant de la voiture.

Il posa la main sur la poignée de la portière du 4x4 et ouvrit lentement. Il n'y avait personne, mais l'odeur de Jacey l'entoura comme une seconde peau. Il pouvait aussi sentir sa peur.

— Il n'a pas pu aller bien loin, dit Damon dans son dos.

Lucien, Jaxon et Braxton se rassemblèrent autour d'eux et commencèrent à passer les abords au peigne fin.

— Il est forcément dans le coin. On est près du sommet de la montagne, dit Barrett en plissant les yeux.

Lucien sortit de la forêt sous sa forme imposante de loup et s'arrêta devant eux. Jaxon était juste derrière lui.

Zane sortit leurs habits de la voiture et les lança sur la neige. Lucien et Jaxon reprirent forme humaine, leur fourrure disparaissant, et restèrent accroupis dans la neige glacée le temps de retrouver leurs repères.

— Qu'est-ce que vous avez vu ? demanda Barrett, le sang battant dans ses tempes.

Il voulait des réponses, sinon il allait détruire toute la montagne jusqu'à ce qu'il la retrouve.

Jacey.

La terreur et le désespoir se mêlèrent en lui et enflèrent jusqu'à le faire suffoquer. Il n'avait encore jamais ressenti un désespoir si violent. Cette émotion lui fit penser à la mort.

— Il y a une cabane en bois à un kilomètre dans la forêt, dit Jaxon en se relevant et en se secouant pour se débarrasser de la neige sur lui.

Il s'étira le dos sans être gêné d'être nu devant ses frères avant de récupérer ses vêtements posés sur la neige.

— Et à l'odeur, Boudier n'est pas seul.

— Merde, gronda Barrett en se tournant vers la ligne d'arbres.

Le besoin de retrouver Jacey contrôlait chaque cellule de son corps. Il commença à marcher en direction de la forêt.

— Attends, dit Damon en lui attrapant le bras. Il nous faut un plan.

— Je dois retrouver Jacey, dit-il d'une voix agressive.

— Non, tu dois sauver Jacey, rétorqua vertement Damon. Boudier s'attend à ce que tu déboules fou de rage. C'est ce qu'il veut que tu fasses. Et si tu fais ce qu'il veut, il te tuera.

Damon avait raison, mais son cœur ne voulait rien entendre.

— Barrett. Je sais ce que ça fait quand ta compagne est en danger. Je sais que tu veux te précipiter pour la tirer de là et brûler la foutue cabane avec Boudier à l'intérieur, continua Damon en lui serrant le bras. Je le sais, parce que quand ces loups rouges avaient enlevé Ava, je voulais tout cramer et tous les tuer jusqu'au dernier.

— Qu'est-ce qui t'a empêché de le faire ? demanda Barrett.

Sa voix se brisa à cause de l'émotion qui lui comprimait la gorge.

— Toi.

Personne ne parla pendant un instant.

— Moi ? répéta Barrett.

— Ouais, enfoiré. Tu crois que j'avais envie que tu me bottes le cul si je désobéissais ? Tu as toujours été un bon chef. Tu nous as toujours gardés en sécurité, quel que soit le danger. Même quand on ne voulait pas t'écouter et qu'on faisait les choses comme on l'entendait.

Lucien rit doucement.

— Mais tout de suite, tu laisses tes émotions prendre le dessus et fausser ton jugement. Tu dois laisser tes Gardiens t'aider. Laisse-nous t'aider comme tu l'as fait pour nous des milliers de fois.

Barrett cligna des yeux sans rien dire.

— Barrett, dit Jaxon en lui serrant le bras à son tour, Damon a raison. Laisse-nous t'aider à retrouver ta compagne. On ne te décevra pas, mais on doit se montrer intelligents.

— Ouais, mec, renchérit Jayden en se frottant la nuque. Fais-nous confiance. On n'a pas envie qu'il arrive quoi que ce soit à Jacey.

— Putain, c'est clair, grommela Ryker.

Tout le monde se tourna vers le loup.

— Quoi ? Qui d'autre va nous faire ces super cookies ?

— Pas Ava, c'est sûr, dit Damon.

Tout le monde rit à voix basse. Barrett fixa le sol quelques secondes avant de regarder les Gardiens d'Arkansas.

— Je ne peux pas vivre sans elle, dit-il simplement.

— Je sais, mon frère, dit Damon. Je sais.

Chapitre cinquante-cinq

Jacey sentit son cœur battre à tout rompre. Elle était coincée avec Boudier, sans aucun moyen de s'échapper.

Elle savait que Barrett allait venir la chercher, mais Boudier n'était pas seul. Elle l'avait entendu parler à des loups rouges avant de refermer la porte et de l'isoler du reste du monde.

Elle détacha son regard du loup et posa les yeux sur la petite fenêtre condamnée.

— N'y pense même pas, dit-il. Les planches sont clouées solidement. Je me suis assuré de t'amener dans une planque avec une seule et unique issue. Je veux que Barrett sache que j'ai toutes les cartes en main.

Son cœur se serra. Il avait raison. Elle se sentit envahie par l'impuissance. Voilà, c'était fini. C'était la fin de sa vie.

Elle avait eu une vie nulle ; on l'avait trahie et on lui avait menti, et alors qu'elle avait enfin trouvé l'amour, elle allait mourir avant même d'avoir connu le bonheur.

— Je te hais, cracha-t-elle en le regardant dans les yeux.

Le venin dans sa voix fit étinceler le regard de Boudier. Un sourire froid étira ses lèvres.

— Hmm. Ça me plaît. Ça me plaît beaucoup. Maintenant, je ne sais plus qui torturer en premier. Barrett ? Toi ?

— Tue-moi tout de suite, espèce de taré sadique.

— Allons, allons, tu sais bien que je ne peux pas faire ça. Et puis, je préfère avoir un public et comme tu le vois, il n'est pas encore arrivé.

Elle devait forcer la main à Boudier avant que Barrett ne la retrouve. Si elle était encore en vie quand Barrett arriverait, Boudier la tuerait sous ses yeux, ou l'inverse.

Elle prit son élan et s'élança pour bousculer Boudier. La surprise passa dans les yeux du loup, puis ils noircirent. Il plissa les paupières comme un serpent, attrapa Jacey par la nuque et la jeta par terre. Elle atterrit durement sur le flanc et eut le souffle coupé par la chute.

Il éclata de rire en la voyant tenter en vain d'inspirer de l'air, soudain en train d'étouffer.

— Ça va vraiment être marrant, dit-il en riant comme un dément.

Il posa la main autour de la gorge de Jacey et serra. Les larmes montèrent aux yeux de la louve. Sa colère se mua en panique, puis en terreur. Elle essaya de griffer sa main en soutenant son regard pendant une minute, puis tout commença à s'assombrir.

Il desserra sa prise autour de son cou. Elle prit une grande goulée d'air qui brûla sa gorge irritée. Elle toussa et siffla douloureusement. Boudier la regarda fixement, son visage impassible.

— Je comprends pourquoi Barrett t'a choisie. Tu es très belle. Mais tu es aussi une femelle, ce qui signifie que tu es faible et qu'on peut te briser très facilement. Comme une poupée de porcelaine.

Il se détourna avec un sourire méprisant. Ignorant la douleur dans sa gorge, Jacey se releva et rassembla ses forces pour l'affronter.

— Je suis plus forte que je n'en ai l'air.

— Non, tu te trompes, répondit-il par-dessus son épaule avant de se retourner brusquement et de lui décocher un coup de pied dans le ventre.

Elle vola à travers la pièce, la douleur irradiant dans tout son corps en partant de son ventre. Sa tête cogna contre le mur et elle s'effondra mollement par terre.

La dernière chose qu'elle vit fut le sourire de Boudier alors qu'il sortait un couteau de sa poche.

CHAPITRE CINQUANTE-SIX

— Des gardes sont postés des deux côtés de la cabane. L'arrière donne sur une falaise, on n'a aucun moyen d'y accéder par ce côté, dit Lucien.

— Boudier s'attend à ce qu'on fonce sans réfléchir, fit Barrett.

Sa poitrine était si comprimée qu'il avait l'impression que son cœur ne battait plus. Il regarda en direction de Damon, caché derrière la ligne d'arbres.

— Tu as des nouvelles de Jaxon ? Il était censé appeler il y a dix minutes. Plus Jacey restera longtemps là-dedans, plus elle risque d'être blessée.

Avant qu'ils ne quittent la maison, Barrett avait appelé Alfred pour lui demander une faveur. Le vieil excentrique avait beau être humain, il avait des contacts dans l'armée, et ils avaient besoin de toute l'aide disponible.

— Je ne peux pas attendre plus longtemps. On doit agir, dit Barrett avant de se tourner vers les loups. C'est différent de tout ce que nous avons connu : c'est encore plus dangereux. Je ne peux pas vous demander de risquer votre vie pour moi ou ma compagne. Vous êtes nombreux à avoir une compagne vous-même. Si vous préférez vous retirer, je comprendrai.

— Putain, Barrett, grogna Ryker. Tu crois vraiment que j'ai ressuscité ton gros cul juste pour te laisser mourir, toi ou ta louve ?

— Ouais, mec, ajouta Zane. Tu as sacrifié ta vie pour les Gardiens d'Arkansas. On ne compte pas te laisser tomber.

— Exactement, renchérit Jayden d'un ton vexé. Merde, on n'est pas des mauviettes.

Barrett sentit ses yeux devenir humides et l'émotion lui nouer la gorge.

— On est tous avec toi, fit Damon en lui donnant une claque sur l'épaule. On va ramener Jacey. Toi aussi, tu as droit au bonheur.

Barrett regarda les Gardiens. La détermination était visible sur le visage de chaque loup.

— On te suivra jusqu'à la mort, conclut Lucien.

Ils hochèrent tous la tête.

C'était la dernière chose qu'il leur souhaitait, mais il était incroyablement reconnaissant qu'ils soient tous prêt à affronter la mort pour lui.

* * *

— Tu entends ?

— Quoi ? demanda Jacey en levant la tête.

— C'est le son de ta mort qui approche. Et celle de ton compagnon, dit-il en lui attrapant le bras pour la faire lever. Je veux que tu voies ça. Que tu sois témoin de la mort de tous ces putains de Gardiens d'Arkansas.

Il ouvrit la porte en grand, et le vent frais fouetta le visage de Jacey. Quand elle prit une inspiration, l'air glacé lui piqua les poumons.

— J'ai plus d'hommes que Barrett. Il est en infériorité

numérique et il le sait, mais il viendra quand même. Et les Gardiens le suivront parce que ce sont de bons petits toutous.

— Ils sont loyaux, contrairement à tes Gardiens, lâcha-t-elle avec mépris.

— Je dirige mes loups d'une main de fer. C'est la seule manière de garder le contrôle sur ces sauvages. Et puis, tu as vu le nombre d'hommes sous mes ordres ?

Elle déglutit et regarda autour d'elle. Le soleil disparaitrait bientôt, mais ses rayons illuminaient encore la neige qui recouvrait le sol. Elle cligna des yeux et finit par remarquer un mouvement dans la forêt dense qui entourait la cabane.

Boudier siffla, et une ligne de loups rouges musclés sortit de l'ombre des arbres. Jacey eut un haut-le-cœur quand leur odeur nauséabonde arriva jusqu'à ses narines.

— Laissez Barrett arriver à la cabane. Je veux qu'il voie sa femelle mourir, dit Boudier d'une voix forte. Quant aux autres Gardiens, allez vous en occuper tout de suite. Assurez-vous de ne pas en laisser en vie.

Les loups hochèrent la tête et disparurent dans l'obscurité.

— Tu ne gagneras pas, dit Jacey avec hargne.

Il lui agrippa le bras. Elle essaya de se dégager, mais il la tenait d'une poigne de fer.

— Tu te laisses dominer par ton cœur, et à cause de toi, c'est aussi le cas de Barrett, désormais. L'amour rend vulnérable. Et Barrett va mourir à cause de sa faiblesse.

Elle détourna la tête en sentant des larmes lui piquer les yeux. Elle se jura de faire tout ce qu'elle pourrait pour sauver Barrett.

CHAPITRE CINQUANTE-SEPT

Barrett entendit les grondements du loup rouge juste avant qu'il n'apparaisse entre les arbres. Il fonçait droit sur lui, suivi par des dizaines d'autres.

Il muta et libéra son loup qui bondit pour écraser le loup rouge dans la neige et plongea ses crocs dans sa fourrure. Le loup hurla et rua jusqu'à ce qu'il parvienne à se libérer, non sans que Barrett lui emporte une bonne portion de chair.

Le loup rouge poussa un glapissement furieux en se tordant de douleur. Barrett recracha sa chair ensanglantée par terre, tachant la neige de rouge. Il se tourna et vit les Gardiens en train de combattre les loups rouges sous leurs formes de loups. Ils étaient en sous-nombre et se battaient à quatre contre un, mais ça ne semblait pas leur poser de problème. Ils combattaient comme des loups possédés. Barrett eut l'impression de voir la scène se dérouler au ralenti.

Les mâchoires de Braxton étaient fermement serrées autour de la gorge d'un loup rouge enfoncé dans la neige. Trois autres s'approchèrent derrière lui et plongèrent leurs crocs dans son dos et ses pattes.

Zane était encerclé par des loups rouges, mais il était plus rapide qu'eux. Un loup attaqua, il le neutralisa rapidement et se tourna vers le suivant.

Lucien avait déjà mis deux rouges à terre. L'un était coincé sous sa grosse patte arrière tandis qu'il arrachait la gorge de l'autre.

Jayden était encerclé par cinq loups rouges qui tournaient autour de lui et lui donnaient des coups de crocs en grondant. Jayden bondit en avant et referma sa gueule autour du cou du loup le plus proche. Barrett entendit à peine le craquement de sa nuque au milieu des bruits de la bataille.

Il regarda en direction de Damon. Six loups rouges étaient empilés sur lui. Damon poussa un grondement et bondit hors de la mêlée. Les loups ne se découragèrent pas ; ils lui sautèrent tous ensemble dessus, babines retroussées.

Un loup rouge le mordit près de la gorge, mais Damon réussi à assommer son adversaire et lui arracha la trachée d'une morsure précise. Une petite fontaine de sang jaillit dans les airs.

Les loups rouges restants se jetèrent sur Damon.

Ils étaient puissants, mais il l'était encore plus. Barrett poussa un grondement furieux en courant vers leurs ennemis. Il sauta sur deux loups rouges et les jeta par terre. Il atterrit sur l'un d'entre eux, lui coupant le souffle. Le loup rouge essaya de respirer, mais Barrett ne perdit pas de temps. Il plongea ses crocs dans son cou et lui arracha la gorge. Il se prépara ensuite à affronter le second loup, mais il reculait. Il décocha un regard meurtrier à Barrett et attaqua Damon.

Barrett se tourna vers les autres combattants. Le plus proche de lui était Lucien, entouré par des loups rouges le harcelant comme une meute de bêtes sauvages.

Barrett fonça sur le groupe et débarrassa Lucien de ses assaillants en donnant de furieux coups de crocs. Il en tua deux, puis alla aider Zane.

Chaque fois qu'il tuait un loup rouge, les autres reculaient et l'évitaient avant de se tourner vers les autres Gardiens.

Il comprit soudain que Boudier voulait qu'il reste indemne... pour l'instant.

Il voulait Barrett vivant pour qu'il puisse le voir torturer Jacey.

Putain.

Il regarda Damon, occupé à réduire deux loups rouges en bouillie.

Leurs regards se rencontrèrent. Damon leva le menton en direction de la cabane et hocha la tête.

Il l'encourageait à aller sauver sa compagne. Barrett sentit un poids terrible lui écraser la poitrine. Il aurait voulu combattre aux côté des Gardiens, mais Jacey avait besoin de lui.

Damon poussa un grognement et acquiesça une fois de plus pour lui dire d'y aller.

C'était le choix le plus dur de toute sa vie.

Un hurlement déchirant retentit par-dessus les bruits du combat. Barrett gronda.

Jacey.

Il se mit à courir à travers la forêt en direction de la cabane.

CHAPITRE CINQUANTE-HUIT

Boudier se tenait dans l'encadrement de la porte de la petite cabane, Jacey devant lui, son bras serré autour de son cou. Il l'utilisait comme un bouclier, et du sang s'écoulait de la gorge de la louve.

Barrett s'arrêta à quelques mètres de Boudier et regarda son ennemi droit dans les yeux en grondant.

— Je comprends pourquoi tu as jeté ton dévolu sur cette louve, Barrett. Elle a un goût délicieux, déclara Boudier avec un large sourire.

Ce connard l'avait mordue.

Barrett entra dans une colère noire. Il poussa un long hurlement en rejetant sa tête en arrière.

— Reprends forme humaine, ou je la tue toute de suite, dit Boudier en perdant son sourire.

Il savait que Barrett pouvait le tuer facilement sous sa forme de loup. Il devait penser que le combat serait plus équitable s'il était humain.

Il se trompait.

Barrett força son loup à rentrer en lui et reprit forme humaine. Il se releva de sa position accroupie dans la neige.

Boudier posa les yeux sur lui et son regard devint haineux.

— Comment est-ce que tu as réussi à t'enfuir du Texas ? demanda Barrett.

Il devait gagner du temps. Il connaissait Boudier. Ce débile adorait parler de lui-même.

— J'ai reçu l'aide d'un loup rouge, Bubba, répondit Boudier en souriant. Il voulait se ranger, changer de vie, mais quand je l'ai vu au Texas, je lui ai expliqué qu'il allait devoir m'aider s'il ne voulait pas que mes hommes tuent sa mère. Tu serais surpris de savoir ce que la plupart des gens sont prêts à faire pour leur maman. Bubba faisait partie de la meute de rouges qui a kidnappé Ava. Quand Damon l'a sauvée, Bubba s'est volatilisé. J'ai appris par la suite qu'il avait fait une demande pour devenir Gardien du Texas. Il a dit qu'il avait envie d'une vie honnête.

— Damon a essayé de retrouver Bubba quand Ava a été à nouveau en sécurité en Arkansas. Il veut le tuer.

— Il n'est pas le seul, lâcha Boudier. Après m'avoir aidé à m'échapper, il a réussi à filer. J'ai dû acheter les services d'autres loups rouges pour te retrouver. Et j'ai réussi. Je t'ai suivi dans le Colorado, et imagine ma surprise quand j'ai appris que tu avais rencontré quelqu'un. Ta compagne.

Il frotta son nez contre l'oreille de Jacey. Elle grimaça et essaya de s'écarter de lui. Barrett sentit ses tripes se nouer. Il avait beau être nu dans la neige, son corps brûlait de rage qui faisait bouillir son sang.

— J'ai payé deux chasseurs pour attraper une louve et je leur ai indiqué dans quelle zone poser des pièges. Je l'aurais eue si tu n'étais pas arrivé, continua Boudier avant de lécher la joue de Jacey.

— C'est pour ça que tu as posé une bombe dans le bar ? demanda Barrett en faisant un pas en avant sans quitter son ennemi des yeux.

— Je voulais la faire sauter. Je savais qu'elle travaillait en cuisine et qu'elle arrivait tôt. J'avais envie que tu la voies brûler avec le restaurant.

— Mais ce n'est pas ce qui s'est passé, dit Barrett en faisant discrètement un autre pas.

— Non, en effet, dit Boudier en plissant les yeux. Quand aucun corps n'a été retrouvé, j'ai compris que vous aviez filé avec cet enfoiré, Ryker. Heureusement, mes loups rouges ont retrouvé votre trace. Finalement, je me suis chargé de l'enlever moi-même juste pour être sûr qu'ils ne feraient pas encore tout foirer.

— C'est moi que tu veux. Laisse-la partir, et je te laisserai me tuer.

— Ça a l'air si simple dit comme ça, Barrett. Mais je veux bien plus. Je veux que la dette de sang qu'on me doit soit payée. Je veux voir l'Arkansas et tous ses Gardiens tomber. Et surtout, je veux voir le désespoir dans tes yeux pendant que je détache la peau de son joli visage.

Boudier sortit un couteau de sa poche. Barrett sentit son sang se glacer. Il n'avait que quelques secondes pour agir. Il se mit à courir alors que Boudier appuyait la lame contre la gorge de Jacey.

— Non !

Un sifflement assourdissant sembla arriver de nulle part. Pendant une seconde, Barrett pensa qu'il provenait de son cœur, mais il vit Boudier se figer et écarquiller les yeux. S'il l'entendait aussi, le bruit ne pouvait pas venir de Barrett.

Barrett protégea Jacey de ses bras en entendant le bruit familier d'une rafale de balles derrière de la cabane. La petite cahute commença à vaciller à mesure que les balles criblaient sa structure branlante. Barrett allongea Jacey dans la neige et se coucha sur elle pour la protéger. Boudier regarda autour de lui, essayant de déterminer la provenance des coups de feu.

Un hélicoptère Black Hawk s'éleva derrière la cabane, piloté par Lorcan et Brutus, les Assassins de Louisiane.

— Fils de pute ! Vous êtes à moi ! hurla Boudier.

Souriant, Lorcan lui fit un doigt d'honneur. Brutus visa Boudier avec son arme.

Boudier galopa pour se mettre à couvert dans la cabane.

Barrett se releva et prit Jacey par la main.

— Cours !

Il la tira vers les arbres non loin. Des explosions assourdissantes retentirent derrière eux. Il courut à toute vitesse en tirant Jacey derrière lui. Il étaient presque arrivés à la ligne d'arbres.

Soudain, Jacey ralentit.

— Continue, on y est presque ! cria-t-il par-dessus le raffut.

— Barrett ?

Le ton de sa voix l'alarma. Il se retourna lentement.

Elle se tenait le ventre, pliée en deux. Il baissa les yeux. Du sang s'échappait à flots d'une blessure au ventre. Devenue blême, elle le regarda avec de grands yeux avant de s'écrouler.

Il la rattrapa avant qu'elle ne tombe dans la neige et leva la tête vers la cabane. Boudier était allongé à l'entrée de la porte, un pistolet pointé vers eux et un sourire satisfait sur les lèvres. Il articula les mots « balle en argent ».

Brutus lâcha un missile Hellfire sur la cabane, qui explosa dans un jaillissement de flammes. La porte d'entrée s'écroula, emprisonnant Boudier à l'intérieur. Ses hurlements résonnèrent dans la montagne.

— Laisse-moi voir, dit Barrett en se penchant vers Jacey.

Il lui écarta les mains et souleva son pull. La balle était logée profondément, et à l'odeur, c'était bien de l'argent.

— Je dois l'extraire, d'accord ? demanda-t-il en rencontrant son regard.

— Je suis désolée. J'aurais dû... courir plus vite, murmura-t-elle.

Elle leva la main et lui caressa la joue de ses doigts tachés de sang.

— Je t'interdis de me laisser, Jacey.

La voix de Barrett se brisa, et il dut s'essuyer les yeux avant d'examiner à nouveau la blessure.

— Ça va faire mal, mais dès que j'aurai enlevé la balle, tu pourras guérir.

La balle en argent l'empoisonnerait lentement si elle restait dans son corps. Dès qu'il l'aurait retiré, Jacey commencerait rapidement à aller mieux.

Il remarqua à peine les Gardiens d'Arkansas qui arrivaient en courant et se rassemblaient en cercle autour d'eux, trop concentré sur la tâche.

— Boudier lui a tiré dessus, dit-il d'une voix étranglée.

— Barrett.

Damon posa la main sur son épaule.

— Je dois extraire la balle. Si j'y arrive, elle va s'en sortir. Elle pourra guérir.

Il sentit enfin la balle, la sortit de la plaie et la jeta par terre.

— Barrett, répéta Damon en lui serrant l'épaule de toutes ses forces. Elle ne respire plus.

Le cœur de Barrett cessa de battre dans sa poitrine. Il regarda le visage de Jacey.

— Non. Elle va vivre.

Il se mordit le poignet et laissa le sang qui jaillit couler dans la bouche de Jacey. Elle ne bougea pas, ne déglutit pas.

— Laisse-moi l'aider, Barrett. Je sais faire les massages cardiaques, dit Jaxon en s'accroupissant à côté de Jacey.

Sans attendre sa permission, il commença à appuyer sur sa poitrine et à souffler de l'air dans sa bouche à intervalles réguliers.

Barrett gronda doucement.

— Laisse-le l'aider, mon frère, dit Damon. Jaxon est formé aux premiers secours. Je sais que tu n'aimes pas qu'un autre loup la touche, mais il essaie de l'aider.

Barrett laissa Damon l'entraîner un peu plus loin pendant que Jaxon essayait de réanimer Jacey.

Lorcan fit atterrir le Black Hawk non loin. Brutus, Ryker et lui descendirent de l'appareil et coururent à leur rencontre.

Ryker s'agenouilla en face de Jaxon pour appuyer sur la blessure de Jacey.

Barrett se libéra des bras de Damon et il se précipita vers le corps sans vie de sa compagne, terrassé par la colère et le désespoir. Il sortit le pistolet de Ryker de l'étui à sa ceinture et le braqua sur Jaxon.

Lucien, Zane, Braxton et Jayden firent tous un pas en arrière. Lorcan et Brutus restèrent totalement immobiles.

— Aide-la, tout de suite, ordonna-t-il.

— Barrett, dit Lorcan en faisant un pas vers lui. Jaxon est en train de l'aider. Et puis, on sait tous que tu ne tirerais jamais sur un de tes Gardiens.

— Aide-la. Tu as dit que tu pouvais l'aider, répéta Barrett sans cesser de tenir Jaxon en joue.

Jaxon leva la tête sans cesser d'appuyer à intervalles réguliers contre la poitrine de Jacey.

— J'essaie. Elle a perdu beaucoup de sang, et la balle était en argent.

— Putain, ça suffit, gronda Ryker en ignorant l'arme au-dessus de sa tête.

Il courut jusqu'au Black Hawk, en sortit une boîte, revint et commença à placer les électrodes du défibrillateur sur la poitrine de Jacey.

— Attention !

Jaxon s'écarta, et Ryker envoya une série de décharges électriques à son cœur.

— Donne-moi ce flingue, Barrett, dit Damon en se plaçant à côté de lui.

Barrett rencontra son regard. Tout son corps était engourdi. Il tendit l'arme au loup.

— Son pouls est revenu, annonça Jaxon. Lorcan, prépare le Black Hawk, on va la transporter jusqu'à l'hôpital le plus proche. Brutus, va chercher la civière.

— Il y a une civière ? demanda Lucien.

— Tout l'arrière est conçu comme une ambulance, répondit Ryker. Apparemment, Alfred est un vieux schnock parano. Il a dit qu'il était prêt pour la guerre.

— Ouais, ben là tout de suite, Alfred est mon meilleur ami, lâcha Jaxon.

Tous les loups se penchèrent pour soulever Jacey ensemble et la placer délicatement sur la civière.

— J'ai l'adresse de l'hôpital le plus proche. Jaxon restera à l'arrière avec Jacey, et Barrett peut monter devant, dit Lorcan.

— Je monte derrière, dit Barrett en secouant la tête.

— Non, intervint Damon. Jaxon a besoin de place pour agir en cas de problème. Tu ne ferais que prendre de la place.

Lorcan et Brutus soulevèrent précautionneusement la civière, et tous les Gardiens les suivirent vers le Black Hawk. Voir tous les loups être si délicats et respectueux avec Jacey toucha profondément Barrett.

— Elle est l'une des nôtres maintenant, Barrett, dit Damon. Nous la protégerons jusqu'à la mort.

Il hocha la tête, incapable de parler. S'il ouvrait la bouche, il allait craquer et se mettre à pleurer comme une mauviette. Et il n'était pas une mauviette, encore moins devant ses hommes.

CHAPITRE CINQUANTE-NEUF

Lorcan fit atterrir le Black Hawk sur la piste d'atterrissage sur le toit de l'hôpital. Il avait averti l'établissement qu'ils transportaient une victime de blessure par balle. Les expressions sur les visages de l'équipe soignante quand ils se précipitèrent hors de l'hélicoptère étaient comiques.

Le médecin commença par faire la morale à Lorcan et à lui reprocher de ne pas suivre les procédures et le protocole. Apparemment, on ne pouvait pas faire atterrir un Black Hawk sur un héliport. Mais quand Brutus le tint en joue avec un 50 mm, le médecin la ferma et se hâta de donner des instructions aux infirmiers pour qu'ils s'occupent de Jacey.

Barrett les suivit à l'intérieur et refusa de quitter Jacey d'une semelle jusqu'à ce qu'elle soit emmenée en salle d'opération. Les infirmières lui proposèrent d'aller dans la salle d'attente, mais il refusa. Il resta devant la porte de l'accès réservé et attendit, son dos appuyé contre le mur.

Les secondes devinrent des minutes, puis des heures.

— Barrett ? appela Damon en s'approchant de lui dans le couloir.

— Elle est en train de se faire opérer. Je ne sais pas depuis combien de temps, dit-il en se passant la main sur le visage avant de fixer le sang séché sur sa main.

Zane, Jayden, Braxton et Jaxon étaient derrière leur chef.

Braxton sortit un bandana de sa poche arrière et le trempa sous une fontaine d'eau avant de le tendre à Barrett.

— Tiens, nettoie ton visage, mon pote. Tu as l'air de Braveheart après un combat.

Barrett accepta le bandana et se frotta le visage.

— Je comprends mieux pourquoi toutes les infirmières me demandaient si j'avais besoin d'un médecin.

— Ryker est allé rendre le Black Hawk à Alfred avec Lorcan et Brutus, dit Damon. Il s'est certainement révélé être un allié de choix.

— Ouais. Je suis content qu'il ait accepté de nous aider. Il n'aime pas prêter son équipement, expliqua Barrett.

Une infirmière en blouse verte s'approcha d'eux en souriant.

— Monsieur, vous êtes l'époux de la blessée par balle ?

— Oui. Est-ce qu'elle va bien ? demanda-t-il, le ventre noué.

— Elle est toujours en salle d'opération. Le chirurgien dit qu'il y en a encore pour un certain temps, et il m'a demandé de vous proposer d'aller attendre dans une salle réservée pour vous et vos amis, dit-elle en se tournant vers le groupe de Gardiens.

— Une salle d'attente réservée ? demanda Zane en haussant un sourcil.

— Eh bien, oui. Une salle privée, avec un téléphone. Le chirurgien vous appellera pour vous tenir informé au cours de l'opération, dit-elle avec un sourire encourageant.

— C'est parce qu'on fait peur, c'est ça ? demanda Jayden en penchant la tête.

Elle le regarda sans répondre.

— Soyez honnête, dit Braxton avec un sourire en croisant ses gros bras tatoués.

— Oui, mon chou, c'est pour ça, dit-elle en soupirant. Vous effrayez tous les patients et l'équipe juste en attendant dans le couloir. Deux infirmières sont déjà venues se plaindre. Elles pensent que vous appartenez à un gang et que vous êtes là pour un règlement de comptes.

Elle fit un clin d'œil à Braxton avant d'ajouter :

— Personnellement, je n'ai rien contre les bikers virils et musclés.

— Je suis pris, répondit froidement Braxton en perdant son sourire.

— Merci pour la salle d'attente. C'est très gentil, dit Damon.

L'infirmière les guida à travers une succession de couloirs jusqu'à une vaste salle sans fenêtre. Elle comportait une télévision, un téléphone rouge au mur et trois canapés, et dans un coin, un petit réfrigérateur et une table avec une cafetière et des gobelets en carton.

— Est-ce que cette salle sera toujours disponible quand Jacey sortira de l'opération ? demanda Jaxon. Si elle doit rester à l'hôpital plus longtemps, je sais qu'on n'est pas censés rester dans sa chambre. Barrett ne sortira pas d'ici, et nous non plus.

Elle hocha la tête, et baissa les yeux sur les documents dans sa main.

— Mon chou, la facture est payée intégralement et en liquide. Vous pouvez faire ce que vous voulez. Cette salle vous est réservée pendant tout le temps que votre épouse passera ici, dit-elle à Barrett avant de sortir en fermant la porte derrière elle.

— Vous n'êtes pas obligés de rester, dit Barrett en s'asseyant sur un canapé.

— Pourquoi est-ce qu'on s'en irait ? demanda Jayden en s'installant à côté de lui.

— Pour rentrer en Arkansas, auprès de vos compagnes.

Ryker, qui entrait dans la pièce à ce moment-là, fit la grimace et se frotta la nuque.

— Ouais, à ce propos... Apparemment, Mamie et les autres louves sont en route.

Tout le monde se tourna vers lui.

— Comment ça se fait ? grommela Damon.

— Écoute, mon pote, tu ferais mieux de répondre à ton téléphone. Ava a essayé de te joindre, dit Ryker en plissant les yeux.

— J'ai été légèrement occupé, lâcha-t-il.

— Sans déc. Et pas nous ? Elles sont en route, alors accrochez-vous à vos slips.

Jayden ricana. Barrett se rassit sur le canapé en souriant. C'était agréable d'être entouré de ses hommes. Il regarda le groupe hétéroclite de Gardiens.

— Merci à tous d'avoir risqué vos vies pour Jacey.

— C'est normal. C'est ta compagne, elle fait partie de notre famille, dit Braxton.

Tout le monde hocha la tête.

— Jaxon, je te dois des excuses, continua Barrett avec une grimace. Je suis navré de t'avoir menacé avec une arme.

— Tu ne me dois rien du tout, lui assura Jaxon avec un petit sourire. Et puis, tu as donné ta vie pour moi. Je ne comptais pas te laisser la perdre. J'étais prêt à tout pour qu'elle survive.

— J'ai aidé aussi, vous savez, lâcha Ryker.

— Oui, oui, Ryker. On sait, fit Zane en s'asseyant sur le canapé.

— Si je dois rester coincé ici avec vos tronches de dégénérés, il va me falloir quelque chose de plus fort que du café, ronchonna Ryker en s'approchant de la cafetière.

Le téléphone sonna. Barrett sauta sur ses pieds pour répondre.

— Allô ?

Il retint son souffle et écouta le résumé du chirurgien. Il pensa à le remercier avant de raccrocher.

— Qu'est-ce qu'il a dit ? demanda Jaxon.

— Qu'elle a perdu beaucoup de sang. Il était surpris que la balle soit extraite, mais il a dit que c'était une bonne chose parce qu'il y avait des traces de poison dans la blessure.

— Donc, non seulement il lui a tiré dessus avec une balle d'argent, mais elle était recouverte de poison ? Quel fils de chien, lâcha Damon en se passant la main dans les cheveux.

— Ce n'est pas tout. Elle a été touchée à la rate. Le chirurgien a dû la retirer parce qu'il ne pouvait pas arrêter l'hémorragie. Il m'a dit que ça ne l'empêcherait pas de vivre une longue vie et que ça ne l'inquiétait pas. En revanche, il ne sait pas quelles séquelles le poison pourra avoir. Il va nettoyer la plaie et stabiliser Jacey avant de l'envoyer en réanimation. Il veut la laisser sous respirateur pendant quelques jours et la maintenir dans un coma artificiel.

— C'est une bonne chose, expliqua Jaxon aux autres. Ça aidera son corps à guérir. Et comme c'est une louve, ce sera deux fois plus rapide.

Barrett poussa un gros soupir.

— J'espère que tu as raison, Jaxon.

— C'est le cas. J'ai un bon pressentiment, dit-il en hochant la tête avec un sourire d'encouragement.

— Moi, j'ai le pressentiment que quelqu'un ferait mieux d'aller nous chercher des cafés dans un putain de Starbucks, râla Ryker. Parce que le jus de chaussette de l'hôpital est merdique.

Tout le monde éclata de rire.

— Il vont me laisser la voir, mais je ne pourrai rester que dix minutes, dit Barrett quand il raccrocha le téléphone.

Les Gardiens ne l'avaient pas quitté une seule minute. Ils hochèrent tous la tête.

— Tu veux que je t'accompagne ? proposa Damon.

— Merci, mon frère, répondit Barrett d'une voix nouée par l'émotion, mais je dois y aller seul.

— Et nous, on peut la voir ? demanda Ryker d'un ton étrangement grave.

Tout le monde le regarda avec surprise.

— Quoi ? Je sais que vous vous posez la même question, abrutis. Vous avez juste trop peur de Barrett pour la poser.

Barrett parvint à faire un mince sourire.

— J'ai le droit de prendre une personne avec moi. Pour la première visite, j'ai besoin de l'avoir juste pour moi. Je suis sûr que vous comprenez tous.

Les Gardiens acquiescèrent.

— On nous autorise trois visites par jour. Décidez qui veut venir avec moi la prochaine fois.

Il ouvrit la porte et sortit dans le couloir. Un homme en

blouse verte avec un calot chirurgical rencontra son regard. Il devait avoir environ soixante-cinq ans, et semblait fatigué.

— Vous êtes M. Middleton, le mari de Jacey ? demanda-t-il en lui serrant la main. Je suis le Dr Reynolds.

— C'est moi. Comment va-t-elle ?

— Son état est stable. L'opération a pris plus longtemps que prévu. Je voulais être certain que l'hémorragie avait cessé avant de refermer. Comme vous le savez, j'ai dû retirer sa rate. La balle l'avait percée, et sauver l'organe était impossible. Elle a eu de la chance. Si n'importe quel autre organe avait été touché, elle n'aurait pas survécu.

Barrett hocha la tête.

— Elle restera en soins intensifs pendant au moins quelques jours. Je veux qu'elle reste intubée et sous respirateur. Elle recevra un traitement par intraveineuse pour la garder endormie. Elle n'est pas encore complètement hors de danger. Je suppose que vous n'avez pas la balle avec laquelle elle a été touchée, par hasard ?

— Non. Je l'ai jetée après l'avoir extraite.

— La balle était couverte de poison. J'ai demandé des tests pour déterminer ce que c'était.

— Je veux être averti quand vous aurez les résultats, dit Barrett en serrant les poings.

Le médecin hocha la tête en le regardant dans les yeux.

— M. Middleton, je ne sais pas si vous êtes au courant de la loi. Chaque fois qu'une victime de blessure par balle se présente à l'hôpital, je dois avertir la police. Sans parler du fait que vous êtes arrivés ici dans un Black Hawk, armés jusqu'aux dents.

Il se foutait pas mal d'avoir des ennuis avec la loi. Il lui suffirait de passer un coup de fil au gouvernement, et toute l'affaire serait enterrée.

— Voilà ce que je sais, Dr Reynolds. Je sais que ma femme

est en train de se battre pour rester en vie en ce moment même. Je sais que j'avais besoin de la conduire rapidement à l'hôpital. J'aurais volé un jet si ça m'avait permis d'aller plus vite.

Le Dr Reynolds hocha la tête d'un air compréhensif.

— Je parie que dès que je rapporterai ça à la police, le FBI va envahir l'hôpital.

— Avec la CIA, et tous les autres acronymes de merde, dit Barrett. Maintenant, si j'ai répondu à toutes vos questions, j'aimerais voir ma femme.

— Suivez-moi.

Le Dr Reynolds le guida à travers un nouveau labyrinthe de couloirs jusqu'à un ascenseur, entra et appuya sur le bouton du troisième étage. Quand les portes se rouvrirent, le médecin présenta son badge à l'accueil du service de soins intensifs, et ils furent autorisés à entrer dans un couloir composé d'innombrables chambres avec des portes en verre. L'odeur de sang, d'antiseptique et de désespoir alourdissait l'air. Les infirmières couraient de chambre en chambre, réglant des intraveineuses et prenant des notes sur les ordinateurs.

— Nous l'avons placée sous coma artificiel, mais elle peut vous entendre, M. Middleton. Je vous encourage à lui parler, dit le Dr Reynolds en ouvrant une porte et en lui faisant signe de le suivre.

Barrett prit un instant pour calmer sa respiration avant d'entrer dans la chambre.

Jacey avait l'air minuscule et pâle dans le lit. Un gros tube était enfoncé dans sa gorge et relié à une machine près de la tête de lit. Plusieurs perfusions étaient plantées dans son bras, marquant sa peau parfaite. Un écran avec des lumières vives indiquait que son rythme cardiaque était élevé et sa pression sanguine faible.

— Voici Megan, M. Middleton. C'est l'infirmière qui s'occupe de Jacey cette nuit. Elle sera là jusqu'à sept heures du matin.

Megan était en train de vérifier une poche de transfusion. Elle se retourna et lui fit un sourire chaleureux. C'était une petite femme aux cheveux bruns coupés au carré et aux yeux de la même couleur.

— Vous avez l'air très jeune, remarqua Barrett en fronçant les sourcils.

— Merci, fit-elle avec un petit rire. Je le prends comme un compliment. Mais je viens d'avoir trente ans.

— Megan est l'une de nos meilleures infirmières. Elle travaille dans le service de soins intensifs depuis qu'elle a obtenu son diplôme, dit le Dr Reynolds. Même les médecins viennent lui demander conseil.

— Ne vous inquiétez pas. Mme Middleton est ma seule patiente cette nuit. Je passerai tout mon temps à m'occuper d'elle, dit Megan.

— Je suis aussi de garde cette nuit. S'il se passe quoi que ce soit, Megan me préviendra, ajouta le Dr Reynolds.

Il vérifia l'intraveineuse et examina ses constantes vitales avant d'ouvrir la porte de la chambre.

— Nous allons vous laisser un peu seul avec elle, dit Megan en posant sa main sur le bras de Barrett avec un sourire rassurant.

— Et si je touche à quelque chose et que je fais une bêtise ? demanda-t-il, un peu paniqué.

— Vous prenez peut-être de la place, M. Middleton, mais je suis sûre que vous ne ferez rien de grave, le rassura Megan en souriant.

Elle s'approcha du lit et tira la couverture pour dénuder le bras de Jacey. Elle approcha une chaise roulante du lit et tapota le dossier.

— Asseyez-vous là, vous pouvez lui tenir la main. Je serai

juste derrière la porte. J'ai des écrans dans mon bureau qui me transmettent les résultats des machines ici.

Megan suivit le Dr Reynolds jusqu'au bureau dans le couloir. Barrett se tourna vers Jacey. Il s'assit prudemment sur le fauteuil roulant près du lit et prit la main de sa compagne.

— Mon cœur, c'est Barrett. Tu vas guérir.

Les seuls sons dans la pièce provenaient des machines qui la maintenaient en vie, de petits bips réguliers. Il ravala l'émotion qui lui nouait la gorge.

— Tu aurais dû voir la tête des médecins et des infirmières quand on a fait atterrir le Black Hawk sur le toit de l'hôpital. Je crois que le médecin a failli se chier dessus. À mon avis, ils ont cru que l'hôpital était attaqué à cause des missiles sur l'hélico.

Le désespoir lui glaçait les os, l'entraînait dans un abîme et le clouait au sol. Il ne pouvait rien faire pour aider Jacey. Il se frotta les yeux et serra sa petite main dans la sienne, puis se pencha pour embrasser le bout de ses doigts. Il remarqua qu'il restait un peu de sang séché sur sa main, celle qu'elle avait utilisée pour tenir son ventre quand on lui avait tiré dessus.

— Tout le monde est là. Ils voulaient te voir, mais je leur ai dit qu'ils allaient devoir attendre. Alors dépêche-toi d'aller mieux pour qu'ils puissent te rendent visite. Je ne te laisserai pas, Jacey.

Sa voix se brisa et une larme roula sur sa joue. Il posa la tête sur sa main et laissa ses larmes couler librement. Il s'abandonna au désespoir, et ses larmes trempèrent le drap.

— Je ne peux pas te perdre alors que je viens à peine de te trouver. Je t'aime.

Un bip sonore résonna dans la chambre. Il leva la tête. Megan et le Dr Reynolds entrèrent en courant dans la pièce.

— M. Middleton, vous devez sortir, dit le Dr Reynold en appuyant sur des boutons.

Deux autres infirmières entrèrent en poussant un chariot à roulettes. Il recula pour les laisser passer. Un bourdonnement emplissait ses oreilles et il n'arrivait pas à comprendre ce qui était en train de se passer. Une infirmière le tira par le bras pour le faire sortir de la chambre. Il l'entendit à peine lui expliquer que le cœur de Jacey avait cessé de battre.

Qu'est-ce que ça signifiait ? Était-elle en train de mourir ? De l'abandonner ?

Il se retrouva seul dans le couloir. Quand il sentit la nausée lui tordre le ventre, il chercha rapidement une salle de bains et s'y s'engouffra de justesse pour rendre ses tripes.

Barrett retourna lentement dans la salle d'attente. Tous les Gardiens se levèrent quand il entra.

— Il ont dit que son cœur avait cessé de battre et il m'ont demandé de sortir, dit-il dans un souffle rauque.

Le silence s'abattit sur la pièce. Il avança lentement jusqu'au canapé, s'assit et se prit la tête entre les mains.

— Je ne sais pas quoi faire, dit-il d'une voix désespérée.

— Et la fée ? demanda Jaxon en se tournant vers Ryker. Appelle-la et dis-lui de ramener ses fesses magiques ici fissa.

— J'ai essayé. Je n'ai pas réussi à la joindre, répondit Ryker en se passant la main dans les cheveux.

— Et le poison qui recouvrait la balle ? On sait ce que c'était ? On peut peut-être trouver un antidote, dit Jaxon avec espoir.

— Le médecin dit que les résultats des tests ne sont pas encore prêts, répondit Barrett en fixant le sol.

— C'est ce qu'on va voir, grommela Jayden en se dirigeant vers la porte. Je vais aller dire aux types du labo de se bouger les miches.

— On a fait atterrir un Black Hawk armé sur le toit de

l'hôpital. S'ils ne nous ont pas encore mis dehors, je pense qu'ils ne le feront pas, fit Ryker. Je t'accompagne.

— On revient, dirent-ils avant de sortir en fermant la porte derrière eux.

— Lucien, Zane, appelez les Assassins de Louisiane pour savoir s'ils ont une idée de ce que pourrait être ce poison, dit Damon. Ils ont travaillé pour Boudier pendant des années, ils doivent connaître ces conneries en détail.

— On s'en occupe, dirent Lucien et Zane en sortant à leur tour de la pièce.

— Braxton, Jaxon, je viens de recevoir un message d'Ava. Les louves ne sont pas loin. Apparemment, elle ont atterri à Denver il n'y a pas longtemps et loué une voiture. Vous pouvez les accueillir en bas ?

— Bien sûr, répondit Braxton.

Une fois seuls, Damon s'assit à côté de Barrett.

— Je ne peux pas l'aider. Je me sens tellement impuissant, avoua Barrett.

— Je sais. Quand il s'agit de sa compagne, on est prêt à tout pour elle. Et tout de suite, tu as l'impression de ne pas pouvoir l'aider, dit Damon en posant la main sur son épaule. Jacey est dans le meilleur hôpital du Colorado, putain, même de tout le Midwest. J'ai vérifié les références de son chirurgien, et c'est l'un des meilleurs.

Barrett hocha la tête.

— J'ai promis de la protéger, mais je n'ai pas réussi à tenir ma promesse. Et ce que Jacey déteste par-dessus tout, ce sont les mensonges.

— Écoute-moi, tête de mule, dit sévèrement Damon.

Barrett leva brusquement la tête. Personne ne lui avait jamais parlé sur ce ton.

— Tu n'es pas un menteur. Tu as fait tout ce qui était en ton pouvoir pour la protéger. Boudier a eu de la chance, mais il a fini par le payer.

La porte s'ouvrit. Ils se retournèrent.

Les trois Assassins de Louisiane, Lorcan, Brutus et Killian, se tenaient dans l'encadrement de la porte. Ils portaient tous leur uniforme habituel composé de vêtements noirs et avaient gardé leurs lunettes de soleil sur le nez.

— Vous n'avez plus besoin de vous inquiéter pour Boudier. Le missile Hellfire a fait exploser la cabane, et ce qui en restait a dégringolé en bas de la falaise, dit Lorcan en penchant la tête.

— Tant mieux, lâcha Barrett. Même si je regrette de ne pas lui avoir arraché la tête moi-même.

— Je te comprends, grogna Brutus.

Damon les invita à entrer. Ils refermèrent la porte derrière eux.

— Lucien t'a appelé ? demanda Barrett à Lorcan.

— Oui, mais on était déjà en route vers l'hôpital pour venir te parler. Je crois que mon frère et Zane sont allés acheter à manger pour tout le monde. Ils devraient être bientôt de retour.

Lorcan s'assit sur le canapé. Lucien et Lorcan étaient frères, mais ils avaient été en conflit pendant des années. Ils ne s'étaient réconciliés que récemment pour s'unir contre Boudier.

Brutus, l'Assassin avec le crâne rasé et un air sévère, s'appuya contre un mur en croisant les bras. Killian se servit du café. Avec ses cheveux longs et son sourire séduisant, Killian ressemblait à une rock star. On pouvait facilement oublier qu'il était l'un des trois redoutables Assassins de Louisiane.

— Ce café est dégueu, dit-il en grimaçant.

— C'est du café d'hôpital. C'est censé être dégueu, grogna Brutus.

— Vous savez quelque chose sur le poison ? demanda Barrett en essayant de masquer son impatience.

— Je sais que Boudier gardait de l'aconit pour empoisonner

ceux qu'il considérait comme des ennemis potentiels. Ce type était un gros parano, dit Lorcan. D'après ce que Lucien m'a dit, tu as extrait la balle et le médecin a retiré la rate de ta compagne. Il ne restera que des traces de poison dans son sang. Il faut énormément d'aconit pour tuer quelqu'un.

— C'est une piste. Elle était stable en sortant de l'opération, mais maintenant...

Barrett ne termina pas sa phrase. Il n'arrivait pas à prononcer les mots.

— Ta compagne est une louve ? demanda Brutus.

Tout le monde se tourna vers lui, et le silence se fit dans la pièce. Killian se figea, le gobelet de café au bord des lèvres, son regard allant de Barrett à Brutus.

— C'est quoi cette question ? demanda Barrett en se levant et en serrant les poings.

Brutus se décolla du mur et décroisa les bras. Lorcan alla se placer entre les deux loups.

— Tu dois excuser Brutus. Il ne connaît pas les bonnes manières.

— Attends une minute, dit Killian en posant son café. Je crois que je comprends ce que Brutus veut dire. Tu te souviens quand Boudier a poignardé ce loup avec un couteau en argent recouvert d'aconit ?

— Ouais, et alors ? demanda Lorcan.

— Le loup n'est pas mort lentement empoisonné, tu te rappelles ? C'est arrivé vite. Il a fait un arrêt cardiaque. Boudier était déçu parce qu'il voulait le voir mourir lentement.

— C'est vrai, dit Lorcan en se tournant vers Barrett. C'était un loup, mais sa lignée était mêlée. Sa mère était une fée et son père un métamorphe.

— Je vous assure que Jacey est une louve. Je peux le sentir, lâcha Barrett.

— Ouais, mais toi ? demanda Damon. Je t'ai vu te couper le poignet pour donner ton sang à Jacey.

— Ma mère et mon père étaient des loups. J'appartiens à une lignée de loups pure dont l'arbre généalogique remonte jusqu'au Royaume-Uni. J'ai découvert quand j'étais enfant que mon sang avait des capacités de régénération accélérées, six fois plus rapides qu'un loup normal. Et puis, si tu te rappelles, j'ai déjà donné du sang à Lucien et il ne s'est rien passé.

— Oui, mais c'était avant que tu meures et que tu sois ressuscité, dit Damon. Vous avez dit qu'une fée t'a ramené à la vie. Est-ce qu'elle t'a donné du sang ?

— Oui, répondit Ryker depuis l'entrée. Et la sorcière a fait une sorte de rituel lié au sang pour garder Barrett en vie jusqu'à ce que la fée arrive.

— Mais si elle a reçu mon sang et celui de la fée, elle ne devrait pas guérir plus vite, au lieu de tomber malade ? demanda Barrett.

— Son corps essaie d'assimiler le sang de la fée, expliqua Lorcan. Mais il peut aussi le rejeter.

— Merde. Je l'ai tuée.

Barrett sentit ses genoux se dérober et dut se rasseoir sur le canapé. Le téléphone se mit à sonner. Il leva la tête, la bouche sèche. Damon alla décrocher.

— Allô ?

Barrett retint son souffle. Les secondes s'écoulèrent, paraissant durer des années. Il attendit. Damon raccrocha et rencontra le regard de Barrett.

— Son cœur s'est arrêté, et ils ont dû utiliser un défibrillateur, dit lentement Damon.

— Oh mon Dieu.

Barrett sentit l'espoir s'échapper de lui comme l'air d'un ballon percé.

— Ils ont réussi à faire repartir son cœur. Son état est stable.

Damon serra l'épaule de Barrett. Il leva la tête et acquiesça. Elle était toujours là. Elle était toujours vivante.

— On dirait que ta compagne se bat, Barrett, dit Lorcan.

— Elle est forte, c'est une guerrière, murmura Barrett.

— Alors elle va se remettre sur pied très vite, dit l'Assassin avec un petit sourire.

— Oui, soupira Barrett avant de froncer les sourcils. Comment êtes-vous arrivés si vite ? Et comment est-ce que vous vous êtes retrouvés dans ce Black Hawk avec Ryker ?

— Quand on a appris que Boudier s'était échappé du Texas, on l'a suivi jusqu'à Denver. Là-bas, on a croisé Ryker qui venait emprunter le Black Hawk d'Alfred, expliqua Lorcan en haussant les épaules.

— Vous connaissez Alfred ? demanda Barrett, surpris.

— Comme tout le monde, non ? fit Killian avec un large sourire.

— Bref, après quelques minutes pour décider qui allait piloter l'hélico... continua Lorcan en se frottant le menton.

— Il veut dire « après qu'il se soit pris la tête avec Ryker pour savoir qui allait piloter, suivi de quelques coups de poings », précisa Killian sans se départir de son sourire.

— Lorcan a été fourbe, lâcha Ryker avec un regard noir en direction de l'Assassin.

Killian perdit son sourire et baissa les yeux sur son café dégueu. Barrett se leva pour serrer la main à Lorcan.

— J'apprécie votre aide. Merci.

— Pas de souci, dit Lorcan. Je suis content d'avoir aidé à éliminer Boudier. Ce connard ne fera plus jamais de mal à personne.

Barrett s'approcha de Brutus pour lui serrer la main, puis fit de même avec Killian.

— Qu'est-ce que vous comptez faire, maintenant que la

Louisiane n'a plus de chef de meute et que Boudier est mort ? demanda Damon.

— On va rester en Louisiane pour aider à maintenir la paix, et avec un peu de chance, redonner espoir aux loups de Louisiane. Quand un nouveau chef de meute sera nommé, on verra bien ce qu'on fera. Si c'est un autre enfoiré comme Boudier, peut-être qu'on rejoindra les rangs de l'Arkansas, dit Lorcan en souriant.

— On serait fiers de vous compter parmi nous, assura Damon.

— On va y réfléchir. Pour le moment, souhaitons un bon rétablissement à la compagne de Barrett, déclara Killian en levant son gobelet.

Barrett hocha la tête. Jacey n'était pas encore tirée d'affaire, mais il resterait à ses côtés à chaque instant pendant sa convalescence.

CHAPITRE SOIXANTE-DEUX

Ava, Kate, Skylar, Haley, Catty, Ginny et Mamie arrivèrent à l'hôpital les bras chargés de plats chinois à emporter.

— Je n'arrive pas à croire que tu es vivant ! cria Mamie en serrant Barrett dans ses bras dès qu'elle entra dans la salle d'attente.

Elle l'étreignit longuement en pleurant contre son torse, comme si elle avait besoin de s'assurer qu'il était bien réel.

— Je ne pouvais le dire à personne, dit-il doucement aux louves en train de le regarder comme s'il était un fantôme.

Ses yeux se posèrent sur Ava.

— Ava, je te dois des excuses. Je suis désolé de t'avoir mise dans cette situation.

— Tu as forcé Damon à te tuer. Je comprends maintenant, dit Ava avec des yeux larmoyants. Tu l'as fait pour sauver la vie de Jaxon.

Il hocha la tête.

Il se raidit quand Ginny lui sauta au cou. Ce n'est que lorsqu'il la sentit sangloter dans ses bras qu'il comprit qu'elle n'était pas en colère. Elle recula pour le regarder.

— Merci. Tu nous as sauvés, dit-elle en posant la main de Barrett sur son ventre rond.

Il se trémoussa, mal à l'aise à ce contact intime. Jaxon gronda doucement mais ne bougea pas.

— Tu nous as tous sauvés. Jaxon, mon bébé et moi.

Il hocha la tête en décollant la main de son ventre. Il n'avait pas l'habitude d'être le centre de l'attention.

— On a apporté à manger. On s'est dit que tout le monde devait avoir faim, dit Mamie avant d'ajouter en regardant les trois Assassins baraqués dans un coin de la pièce : On a apporté assez pour tout le monde.

— Merci, dit Lorcan.

Les louves commencèrent à servir la nourriture dans des assiettes et à les tendre à la ronde. Granny en apporta une à Brutus.

— Merci, dit-il d'une voix rocailleuse.

— C'est toi qu'on appelle Brutus, fit Mamie en plissant les yeux.

— C'est ça, confirma-t-il en penchant la tête. Et toi, tu es la grand-mère de Jayden. Celle qui vend des sextoys.

— Ouais, c'est moi, dit-elle joyeusement.

— Bon sang, Mamie ! Arrête de faire comme si c'était génial, grommela Jayden.

Killian étouffa un rire. Elle se tourna vers lui. Barrett remarqua que Lorcan ne pouvait s'empêcher de regarder en direction de la porte comme s'il pensait à s'éclipser.

— Tu es Killian, dit-elle en lui tendant une assiette que venait de remplir Kate.

— Oui, m'dame, c'est moi, répondit-il avec un sourire irrésistible.

Barrett secoua la tête.

— J'ai entendu dire que tu étais le don Juan des Assassins, continua Mamie en remuant ses sourcils.

Lorcan fit un pas en direction de la porte.

— Ma réputation me précède, hein ? fit-il avec un sourire encore plus large. Ça me plaît.

Lorcan posa la main sur la poignée.

— Pas si vite, Lorcan ! dit Mamie en se tournant brusquement vers lui, ce qui fit tomber une de ses boucles grises devant ses yeux.

Lorcan se pétrifia et se retourna lentement. Barrett le vit devenir un peu vert.

— Je me rappelle de toi. Et je pense que tu te rappelles de moi, dit Mamie avec un petit sourire.

— Attends, tu connais Lorcan ? demanda Jayden en levant la tête de son assiette.

— Ah oui, je me rappelle, dit Kate en croisant les bras. Tu es venu au Bella Luna poser des questions sur Braxton.

— Lorcan, est-ce que Mamie était dans l'auberge avec ces auteures foldingues qui ont essayé de te tripoter ? demanda Killian.

Tout le monde se tut dans la pièce. Lorcan devint rouge comme une tomate.

— Ce n'est pas ce qui s'est passé.

— Bien sûr que non. Lorcan nous a aidées à faire quelques recherches pour une des auteures qui écrit des romans BDSM, expliqua Mamie.

Brutus s'étouffa sur ses nouilles chinoises, et Killian éclata de rire.

— Ce n'est pas ce qu'il a dit.

— La ferme, Killian, lâcha méchamment Lorcan.

— Lorcan nous a dit que trois femmes obsédées avaient essayé de le tripoter, fit Brutus avec un rare sourire.

— Je n'ai jamais utilisé le mot tripoter.

— Il y avait un fouet, mais certainement pas de tripotage, dit sèchement Mamie à Brutus.

— Pour l'amour du Seigneur, Mamie, arrête de parler, dit

Jayden en se tenant le ventre à deux mains. Je crois que je vais être malade.

Tout le monde explosa de rire.

— Lorcan, redis-nous encore ce qu'allaient faire ces vilaines auteures, dit Killian en essuyant une larme de rire.

— Va te faire foutre, Killian.

Lorcan sortit de la pièce avec un regard meurtrier.

— Je vais le chercher, dit Lucien.

— Non, laisse-le, fit Brutus en rigolant. Ça lui fait du bien. Il n'a pas assez l'habitude qu'on se moque de lui. Ça le rendra plus fort.

Barrett regarda les loups rassemblés dans la pièce sans arriver à croire tout le chemin que chacun avait parcouru. Les Assassins qui avaient autrefois essayé de tuer Braxton partageaient à présent un repas avec lui dans une ambiance chaleureuse.

Un sentiment de paix l'envahit. Jacey était sauvée et allait guérir. Dès qu'elle serait remise sur pied, ils allaient commencer leur nouvelle vie ensemble, et il chérirait chaque jour passé avec elle.

CHAPITRE SOIXANTE-TROIS

Barrett observa la scène dans la salle d'attente. Le soleil n'était pas encore levé et tous ses Gardiens, sauf Ginny, Jaxon, Damon et Ava, étaient restés à l'hôpital. Les loups dormaient assis sur les canapés, leurs compagnes blotties dans leurs bras. Lucien et Catty étaient allongés par terre avec des oreilles et une couverture. Même Mamie s'était assoupie sur un canapé.

Ginny et Ava voulaient rester aussi, mais elles étaient enceintes ; Barrett avait insisté pour qu'elles aillent se reposer à l'hôtel avec leurs compagnons.

Brutus était resté pendant que Killian et Lorcan avaient pris une chambre dans un hôtel à proximité. Ils avaient prévu de revenir à l'hôpital dès le lendemain.

Voir tous les loups réunis l'émouvait plus qu'il ne pouvait l'exprimer. On frappa doucement à la porte. Barrett allait ouvrir quand Megan, l'infirmière, passa la tête dans la pièce. En voyant toutes les personnes endormies dans la salle, elle fit signe à Barrett de la rejoindre dans le couloir. Il la suivit et ferma la porte derrière lui.

— Elle va bien ? Il y a un problème ?

— Elle va bien, lui assura-t-elle en souriant. Mieux que ça. Je suis venu vous chercher pour que vous puissiez la voir.

— C'est vrai ? demanda-t-il, le cœur battant.

— Absolument.

Elle le guida jusqu'à la chambre de Jacey. Quand elle ouvrit la porte de la pièce, l'odeur d'antiseptique lui piqua le nez, mais cette fois, il décela une autre odeur.

Jacey.

Megan l'invita à entrer et partit s'installer derrière le bureau des infirmières dans le couloir.

La chambre était uniquement éclairée par les lueurs provenant des machines qui entouraient Jacey. Il regarda l'écran. Son cœur battait régulièrement, et sa pression sanguine était moins faible.

Il s'assit dans le fauteuil roulant près du lit. Un tube se trouvait toujours dans sa gorge, mais elle était moins pâle. Il s'assit et lui prit délicatement la main.

— Jacey. C'est Barrett. Ils ont dit que tu m'entendais. Je ne sais pas si c'est vrai, mais je voulais te dire quelque chose. Je t'aime de tout mon cœur. Je ne veux plus jamais qu'on soit séparés. Je veux que tu saches que je ne peux pas imaginer ma vie sans toi. Continue de te battre, s'il te plaît. Ne m'abandonne pas.

Il pencha la tête pour embrasser ses doigts et remarqua qu'ils étaient propres. Megan avait dû faire sa toilette au cours de la nuit, quand elle avait jugé que Jacey était assez forte pour le supporter.

Il se rassit au fond du fauteuil en gardant sa main dans la sienne. Elle était si minuscule dans sa grande paume. La main de Jacey étaient fine et élégante, alors que la sienne était épaisse et puissante.

Mais ils étaient parfaits l'un pour l'autre. Un sourire flotta sur ses lèvres. Il avait cru autrefois qu'avoir une compagne rendait un loup faible. Maintenant, il savait que c'était tout le contraire.

Les doigts de Jacey se serrèrent autour de sa main.

Il cligna des yeux et secoua la tête. Le manque de sommeil devait lui provoquer des hallucinations.

Quand il vit ses doigts bouger contre les siens, il comprit que c'était bien vrai. Il leva la tête vers le visage de Jacey.

Elle avait les yeux ouverts et était en train de le regarder. L'alarme de la chambre se déclencha soudainement et Megan entra en courant dans la pièce.

— Elle a serré ma main, dit-il.

Megan écarquilla les yeux en voyant que Jacey était réveillée.

— Je n'arrive pas à y croire. Elle a reçu un somnifère, elle devrait être en train de dormir.

Elle appuya sur quelques boutons pour arrêter le respirateur, puis se dirigea vers la porte pour demander à une infirmière de prévenir le Dr Reynolds.

— Est-ce que tout va bien ? Je dois sortir ?

— Non, restez, dit Megan avant de se pencher vers Jacey. Mme Middleton, je sais que vous devez être effrayée, mais vous êtes à l'hôpital. Votre mari est là. Vous avez un tube dans la gorge, il est là pour vous aider à respirer.

Elle leva la tête vers Barrett.

— Je veux attendre l'accord du Dr Reynolds avant de l'enlever. Je préfère qu'il l'examine avant.

Barrett hocha la tête et se pencha pour ôter des mèches blondes devant les yeux de Jacey.

— Mon cœur, essaie de te détendre, d'accord ? Tu as été blessée et les médecins ont dû mettre un tube dans ta gorge pour t'aider à respirer. Essaie de respirer lentement, d'accord ?

Jacey le regarda droit dans les yeux, les yeux écarquillés et l'air alerte. Elle sembla comprendre ce qu'il disait ; sa respiration ralentit et se calma.

— Que se passe-t-il ? demanda le Dr Reynolds en entrant dans la chambre.

Il regarda Barrett, puis Jacey.

— Elle est réveillée et très alerte malgré le somnifère, dit Megan. On dirait qu'elle a repris des forces au cours de la nuit. Je pense qu'on peut retirer le tube.

Le Dr Reynolds écouta son cœur avec un stéthoscope, examina ses signes vitaux puis hocha la tête.

— Vous avez raison, Megan, dit-il avant de regarder Barrett. Vous voyez, je vous avais dit que Megan était la meilleure.

— Je vais juste vous demander de sortir de la chambre le temps qu'on lui enlève le tube, s'il vous plaît, demanda Megan.

Barrett hocha la tête et sortit de la pièce. Il remarqua que les infirmières le regardaient bizarrement, mais aucune ne dit un mot.

— M. Middleton, vous pouvez entrer, appela Megan.

Barrett poussa la porte en verre et rentra dans la chambre. Jacey était assise dans le lit. Elle avait un regard fatigué, mais elle était réveillée. Il s'approcha et lui prit la main.

— Jacey ?

— Barrett.

Sa voix était enrouée. Elle grimaça en prononçant son nom.

— Sa gorge a été irritée par le tube. Ça ira mieux dans un jour ou deux, dit le Dr Reynolds avant de se pencher vers le lit. Jacey, comment vous sentez-vous ?

— J'ai soif, souffla-t-elle.

— Je vais chercher des glaçons, on verra comment elle les tolère.

—Vous avez mal ? Vous voulez des antidouleurs ?

Elle secoua la tête.

— Non. Je n'aime pas l'effet qu'ils me font.

Le Dr Reynolds acquiesça et se tourna vers Barrett.

— Elle va incroyablement bien. J'ai examiné sa blessure pendant que vous étiez sorti de la chambre. Il n'y a ni rougeur ni signe d'infection, et ses signes vitaux sont excellents. Le labo n'a pas réussi à identifier le poison sur la balle.

L'aconit ne serait pas recherché par les tests de l'hôpital. Barrett le savait, mais pas le Dr Reynolds.

— Elle guérit à une vitesse remarquable. Elle va devenir notre patiente miracle, ajouta le médecin en souriant.

C'était grâce à son sang de louve. Mêlé au sien, et à de nombreuses prières.

— Merci pour tout ce que vous avez fait, dit Barrett en serrant la main du médecin.

— C'est elle qui a fait le plus dur, guérir, répondit le Dr Reynolds avec un large sourire. On va vous laisser en tête-à-tête.

Il sortit avec Megan et referma la porte en verre derrière eux. Barrett prit la main de Jacey.

— Tu as mal ?

— Seulement à la gorge. On dirait que tu n'as pas dormi pendant une semaine.

— Je ne pouvais pas dormir avant de savoir que tu allais bien. Ça ne fait pas une semaine, juste une très longue nuit.

— Et Boudier ? demanda Jacey en fronçant les sourcils.

Barrett lui embrassa le dos de la main.

— Mort. Lorcan a envoyé un missile sur la cabane et Boudier a péri dans les flammes.

— C'est une bonne chose. Il ne peut plus rien te faire, dit-elle faiblement.

— Tu m'as fait peur. J'ai cru que j'allais te perdre, dit-il en appuyant la main de Jacey contre sa joue.

La sensation de sa peau contre la sienne lui réchauffa le cœur.

— Je suis plus forte que je n'en ai l'air. Je viens du Mississippi, tu te rappelles ? dit-elle avec un petit sourire.

Il sentit l'espoir faire gonfler sa poitrine. Elle allait vraiment guérir.

— Je dois te dire quelque chose, dit-il après avoir regardé par-dessus son épaule pour s'assurer qu'ils étaient seuls.

— Quoi donc ?

— Quand Boudier t'a tiré dessus dans la montagne, j'ai cru que j'allais te perdre. Je me suis mordu le poignet pour te donner mon sang.

— Je ne comprends pas. Tu es un loup, pas un vampire. Ton sang n'aurait pas pu me guérir.

— Ma lignée familiale est pure, je viens d'une lignée royale. J'ai découvert enfant que mon sang pouvait accélérer la guérison. J'ai cru qu'en te donnant mon sang, je pourrais t'aider à guérir, dit-il avant de baisser les yeux. Mais j'ignorais que Celeste m'avait donné du sang quand elle m'a ramené à la vie. C'est Ryker qui me l'a appris.

— Du sang de fée ? J'ai aussi du sang de fée en moi ? demanda Jacey, un peu abasourdie.

— Oui. C'est à cause de ça que ton cœur s'est arrêté. Ton corps le rejetait. Tu as failli mourir, et ça aurait été ma faute, murmura-t-il en secouant la tête.

Elle tendit le bras pour lui caresser la joue.

— Mais je ne suis pas morte. Je le serais si tu ne m'avais pas donné ton sang. Tu m'as sauvée, Barrett.

Il frotta son nez contre sa paume. Il n'avait pas de mots. Il posa sa tête dans le creux de son cou et inspira son odeur.

— Je t'aime.

— Moi aussi, je t'aime, dit-elle d'une voix douce.

— Je ne veux jamais sortir de cette chambre. Je crois qu'ils vont devoir appeler la sécurité pour me faire partir.

Elle éclata de rire, puis grimaça. Il leva la tête, inquiet.

— Tu as besoin d'antidouleurs.

— Non, je suis juste courbaturée. Tu veux bien m'aider à m'asseoir ?

— Laisse-moi demander à l'infirmière si ce n'est pas dangereux.

Il passa la tête hors de la chambre et rencontra le regard de Megan, qui s'approcha.

— Elle veut s'asseoir.

— Laissez-moi d'abord refaire son pansement, et on l'installera dans le fauteuil.

— Merci.

Pour une fois, il sentait que tout irait bien.

CHAPITRE SOIXANTE-QUATRE

Jacey se sentit rapidement mieux et put être déplacée dans un autre service. Elle avait toujours cicatrisé rapidement, et grâce au sang de Barrett, elle sentait une puissance renouvelée battre dans ses veines.

Elle était stupéfaite par le nombres de personnes qui étaient venues lui rendre visite. Tous les Gardiens étaient passés la voir, ainsi que les Assassins de Louisiane. Ils lui avaient tous offert un petit bouquet de fleurs ou des ballons.

Même l'acariâtre Ryker lui avait apporté une peluche.

Elle se sentit très émue quand Mamie vint la rencontrer.

— Va te chercher à manger, je reste avec Jacey, dit la vieille dame en tapotant le bras de Barrett.

— Je n'ai pas faim, grommela-t-il.

— Ça va, Barrett, lui assura Jacey.

Il n'avait pas quitté son chevet depuis son réveil.

— En fait, j'aimerais bien manger autre chose que de la nourriture d'hôpital, ajouta-t-elle en plissant le nez.

— De quoi as-tu envie ?

— Je pourrais manger une vache entière, soupira-t-elle.

— Va pour des hamburgers, dit Barrett en souriant.

— Et un milkshake ? demanda-t-elle d'un ton plein d'espoir.

— Bien sûr.

Quand il se pencha pour l'embrasser, elle sentit son ventre s'embraser.

— Je ne serai pas parti longtemps.

Elle le regarda sortir de la chambre et se tourna vers Mamie quand il eut fermé la porte.

— Je n'arrive pas à croire toutes les fleurs et les cadeaux que j'ai reçus, dit-elle en regardant autour d'elle.

— En tout cas, j'ai du mal à bouger avec tout ce qu'il y a dans cette chambre, dit Mamie avant d'éclater de rire.

Elle tira une chaise près du lit et s'assit.

— Je suis sûre que les infirmières seront contentes de nous voir partir.

— Oh, oui. Je pense qu'elles essaient encore de déterminer si on est un gang de bikers ou si on a des liens avec la mafia, dit Mamie en souriant.

Jacey éclata de rire. Elles se tournèrent vers la porte en entendant toquer. Ava passa sa tête dans la chambre en souriant.

— Je peux entrer ?

— Bien sûr, dit Jacey. On a envoyé Barrett me chercher un hamburger. J'espère qu'il achètera aussi quelque chose pour lui.

— Je sais. On l'a croisé dans le couloir. J'ai envoyé Damon avec lui, dit Ava en se frottant le ventre.

— Je vais chercher du café dans la salle des infirmières. Quelqu'un en veut ? demanda Mamie.

— Beurk, non. Pas de ce truc, dit Ava en plissant le nez.

— Vous les jeunes, avec vos Starbucks et vos *latte*. Vous ne savez plus boire du vrai café, ronchonna Mamie en sortant de la chambre.

— Assieds-toi, l'invita Jacey en montrant la chaise installée par Mamie.

Ava s'assit et dévisagea Jacey fixement.

— Quoi ? demanda-t-elle en touchant ses cheveux. Je suis si mal coiffée que ça ?

— Non, pas du tout. Je te regarde parce que tu es la compagne de Barrett. Tu es une perle rare. Son miracle personnel, répondit Ava avec un large sourire.

— Je ne sais pas si c'est vrai, dit-elle d'un air gêné en baissant la tête.

— Oh, tu peux me croire. C'est vrai.

On toqua doucement contre la porte. Quand Catty passa sa tête dans la chambre, Ava l'invita à entrer.

— Je ramène toute l'équipe, dit Catty.

Kate, Ginny et Skylar étaient juste derrière elle.

— On apporte du chocolat, dit Ginny en montrant un paquet de Twix avec un sourire joyeux.

— Je voulais apporter du vin, mais personne ne m'a suivie, marmonna Catty.

— On aura tout le temps de boire du vin quand on sera rentrés à la maison, pouffa Ava.

— Rentrer à la maison. Ça me plaît, dit Jacey en poussant un soupir.

Elle se rallongea contre les oreillers pendant que les louves autour d'elles partageaient le chocolat en discutant tranquillement.

* * *

Après quelques jours, le médecin autorisa Jacey à repartir en Arkansas avec Barrett. Il avait loué un jet privé pour les ramener en grande pompe. À la nouvelle que Barrett était vivant, le Conseil avait réuni un Grand Tribunal et convoqué tous les chefs des meutes du Sud.

Jaxon savait que puisque Barrett était vivant, la dette de sang devait encore être payée, et il était prêt à payer le prix, mais ce ne fut pas nécessaire. Tous les chefs de meute déclarèrent qu'ils refusaient de laisser le Conseil condamner à mort un Gardien innocent. Tout le monde convint que l'Arkansas avait déjà assez souffert.

Le Conseil accepta et reconnut qu'il s'était rangé un peu hâtivement du côté de Boudier. La dette de sang fut annulée.

Le Conseil décréta que les chefs de meute auraient désormais plus de pouvoir et que c'était à eux de décider qui prendrait la tête de l'Arkansas.

Damon voulait que Barrett redevienne chef de la meute d'Arkansas, mais celui-ci refusa catégoriquement.

Lorcan et Lucien eurent une idée. Ils proposèrent que Barrett devienne chef de la meute de Louisiane, résolvant ainsi une bonne partie de leurs problèmes ; il accepta.

On annonça à Barrett la somme dont il hériterait de Boudier : près de deux millions de dollars. Lorcan, Brutus et Killian jurèrent fidélité à leur nouveau chef.

* * *

Trois mois plus tard

Jacey essuya le verre de vin avant de le ranger dans un placard de la cuisine récemment redécorée. Elle était contente qu'ils aient vendu la maison de Boudier et en aient acheté une autre non loin. Cette maison leur ressemblait davantage, et elle ne contenait aucun fantôme pour leur rappeler Boudier.

Elle regarda l'averse torrentielle par la fenêtre en fronçant les sourcils, espérant que Barrett rentrerait vite à la maison.

La météo avait annoncé une tempête tropicale sur la Nouvelle-Orléans dans moins d'une heure.

Un frisson parcourut son échine. Elle n'avait jamais eu peur des tempêtes, mais ce soir, elle avait un étrange pressentiment. Elle aurait peut-être dû convaincre Barrett d'évacuer le temps que la tempête passe.

Tap, tap, tap.

Elle se tourna vers la salle à manger et vit la branche basse qui tapait contre la fenêtre comme un doigt. Les lumières clignotèrent et s'éteignirent. Elle sortit un briquet d'un tiroir et alluma quelques bougies.

— Où es-tu, Barrett ? murmura-t-elle en prenant son téléphone pour l'appeler.

Aucune réponse. Elle reposa l'appareil.

Un grand fracas retentit dans la maison. Jacey poussa un cri et se munit d'une bougie avant de se diriger vers le bruit. Une branche avait brisé la fenêtre du salon. Elle distingua autre chose dans l'obscurité. Un monstre sous forme humaine.

Son sang se glaça dans ses veines. Devant elle se trouvait Boudier. La moitié de la peau de son visage avait disparu, exposant ses dents et les muscles de sa mâchoire. Elle recula en hurlant quand il tendit un bras brûlé vers elle.

— Tu devrais être mort.

— Je n'ai pas crevé dans la cabane quand elle a explosé, sale chienne. J'ai sauté de la falaise. Les loups rouges m'ont trouvé et m'ont sauvé la vie... mais seulement pour me torturer. Ils ont dit que je ne leur étais plus utile, et ils ont versé de l'argent liquide sur ma peau pour que mes brûlures ne guérissent jamais, gronda-t-il.

— Comment est-ce que tu es arrivé ici ?

Elle savait qu'elle devait le faire parler pour gagner du temps. Barrett était peut-être déjà en route. Pitié, qu'il le soit.

— J'ai réussi à m'échapper quand un de ces idiots s'est

approché un peu trop près avec un couteau, et que j'ai pu le lui arracher des mains. Je me suis libéré et j'ai fait tomber toutes leurs têtes. Ils ont payé pour ce qu'ils m'ont fait.

Son regard changea, s'assombrit et prit un éclat maléfique.

— Je suis rentré chez moi, et devine ce que j'ai appris ? Que ce fils de pute, Barrett Middleton, est devenu le chef de ma meute, qu'il a pris la tête de mon État et vendu ma magnifique maison historique à une bande de vieilles biques. Barrett m'a tout pris. Ma maison, ma place de chef, mes Gardiens et mes Assassins. Et devine quoi, salope ? Je vais le faire payer. Je vais te prendre, toi.

Boudier brandit un couteau et bondit sur elle. Avant qu'elle ne puisse penser à réagir, elle entendit un terrible grondement dans son dos.

Barrett, sous sa forme de loup, se jeta sur Boudier. L'homme hurla quand il atterrit sur lui, et il plongea la lame dans la poitrine de Barrett.

Jacey poussa un hurlement déchirant. Barrett montra les crocs, referma ses mâchoires puissantes autour de la gorge de Boudier et recracha la chair qu'il arracha par terre.

Lorcan et Brutus entrèrent dans la maison en courant.

— Tu vas bien ? Il t'a fait mal ? demanda Lorcan à Jacey.

— Non, je vais bien.

Brutus sortit son pistolet. Il tira deux balles dans la poitrine de Boudier, puis une dans son crâne.

— Je pense pas qu'il survivra à ça.

— Comment est-ce que vous saviez qu'il serait là ? demanda Jacey aux Assassins.

— Barrett n'arrivait pas à te joindre. Il nous a demandé de passer voir si tout allait bien.

— Les lignes sont surchargées par le nombre d'appels, expliqua Killian en entrant dans la pièce. J'ai fait le tour du périmètre. Boudier était seul. Je n'ai trouvé personne d'autre.

— Il a donné un coup de couteau à Barrett, murmura Jacey en regardant la petite mare de sang sur le parquet.

Des étoiles dansèrent devant ses yeux, et elle sentit ses genoux faiblir. Lorcan la retint avant qu'elle ne s'effondre.

— Doucement.

Elle ferma les yeux, et n'entendit plus rien.

CHAPITRE SOIXANTE-CINQ

— Je suis le chef de meute, et je veux voir ma femme ! tonna Barrett d'un ton menaçant sur le médecin de la base des métamorphes de Louisiane.

— Nous n'avons pas terminé votre pansement, M. Middleton, dit le vieux médecin sans se démonter. Je l'ai déjà examinée, elle va très bien.

Barrett repoussa sa main.

— Je ne veux pas être plein de bandes comme une satanée momie, je veux voir ma compagne. Elle est dans quelle chambre ?

Le médecin poussa un soupir et montra une porte au coin du couloir. Barrett lui lança un regard noir. Ces loups de Louisiane n'étaient pas habitués à sa manière de faire. Quand il se dirigea vers la chambre, toute l'équipe médicale s'écarta comme la mer Rouge.

Il ouvrit la porte et découvrit Jacey assise sur le bord du lit. Elle leva la tête vers lui en souriant.

— Tu vas bien.

— Bien sûr que je vais bien, dit-il en la prenant dans ses bras. Ce n'est pas un coup de couteau qui va me tuer. Je suis bien placé pour le savoir, je suis déjà mort. J'étais surtout inquiet pour toi.

— Le médecin m'a juste fait passer des examens pour être sûr que tout allait bien.

— Lorcan m'a dit que tu t'es évanouie. Probablement à cause de toutes ces émotions. Mais d'après le médecin, tu n'as rien, dit-il en lui embrassant le front.

Il n'arrivait pas à arrêter de la toucher. Il avait besoin de sentir qu'elle allait bien.

— Il ne t'a pas tout dit, alors, dit-elle doucement.

— Comment ça ?

Il s'écarta pour la regarder dans les yeux.

— Je me suis évanouie parce que... je suis enceinte, dit-elle en le regardant timidement.

— Tu es... enceinte ?

— Oui. Je sais qu'on n'a pas parlé d'avoir des enfants, et je comprends si tu...

— Tu es enceinte, répéta-t-il.

Il aimait le son de ces mots. Il baissa la tête et embrassa longuement Jacey.

Quand il s'écarta, il la regarda avec des yeux remplis d'amour.

— Alors, ce développement te convient ?

— Je vais devenir père, et je suis avec la seule louve que j'ai jamais aimée. Il y a quelques mois, je croyais qu'on m'avait tout pris. J'ai vécu un enfer, mais maintenant, je suis au paradis. Tout ce que j'ai perdu m'a été rendu mille fois. Avoir un enfant avec toi fait plus que me convenir, dit-il avant de l'embrasser à nouveau.

Elle se blottit contre lui en souriant.

— Tant mieux. Et je préfère te prévenir, il y a beaucoup de jumeaux dans ma famille.

Il s'écarta pour la regarder, et éclata de rire.

— Tant que les bébés et toi allez bien, je n'ai rien contre

des jumeaux. Je t'aime, Jacey. Et j'ai vraiment hâte de découvrir ce que l'avenir nous réserve.

Fin

* * *

Merci d'avoir lu ce livre ! J'espère que vous l'avez apprécié autant que j'ai aimé l'écrire. S'il vous a plu, n'hésitez pas à laisser un commentaire – ils sont très importants pour les auteurs indépendants.

Découvrez bientôt le prochain livre de la série des *Loups Gardiens* : *Son Loup Exécuteur* !

À PROPOS DE L'AUTEUR

Jodi Vaughn est l'auteur à succès USA Today de plus de vingt romans.

Inscrivez-vous à la newsletter ici pour

Abonnez-vous à ma newsletter ici!